Tod für Alice

Das Buch

Autobahn Mailand–Bergamo. Ein Sportwagen kommt bei rasender Geschwindigkeit von der Fahrbahn ab. Der renommierte Journalist Manlio Fiorentini, seit einiger Zeit Chefredakteur der lokalen Tageszeitung Bergamos, ist der einzige Zeuge. Als er versucht, erste Hilfe zu leisten, stirbt der Fahrer des Unglückswagens vor seinen Augen. Sein letztes Wort ist ein geflüstertes »Alice«.
Der Tote ist Guglielmo Rondine, einziger Sohn des einflussreichsten Mannes der Stadt. Alles scheint auf einen schrecklichen Unfall hinzuweisen, doch Manlio hat Zweifel: Warum kann er sich nicht an das Aufleuchten von Bremslichtern erinnern? War es Selbstmord? Oder wurde das Fahrzeug manipuliert? Gegen die heftigen Widerstände vieler Bewohner der nebelverhangenen Stadt vor den Toren Mailands macht Manlio sich auf die Suche nach der Wahrheit. Schritt für Schritt begibt er sich in einen gefährlichen Sumpf von Intrigen, Verschwörungen und Vertuschungen. Und wird dabei mit einer schrecklichen Schuld konfrontiert, die in seiner eigenen Vergangenheit wurzelt.

Der Autor

Piero Degli Antoni wurde 1960 in Mailand geboren und lebt heute mit seiner Familie in Bergamo, wo er für die überregionale Tageszeitung *Il Giornale* arbeitet. Mit *Tod für Alice* gelang ihm in Italien auf Anhieb der literarische Durchbruch.

Piero Degli Antoni

Tod für Alice

Roman

Aus dem Italienischen
von Olaf Matthias Roth

List Taschenbuch

Besuchen Sie uns im Internet:
www.list-taschenbuch.de

Umwelthinweis:
Dieses Buch wurde auf chlor- und säurefreiem Papier gedruckt.

Ungekürzte Ausgabe im List Taschenbuch
List ist ein Verlag der Ullstein Buchverlage GmbH, Berlin.
1. Auflage Juli 2005

Titel der italienischen Originalausgabe: *La verità è un'altra*
(Fazi Editore, Rom)
Umschlagkonzept: HildenDesign, München – Stefan Hilden
Umschlaggestaltung: Hauptmann und Kampa Werbeagentur,
München – Zürich
Titelabbildung: © Peter Mertz
Gesetzt aus der Garamond und Fenice
Satz: Franzis print & media GmbH, München
Druck und Bindearbeiten: Clausen & Bosse, Leck
Printed in Germany
ISBN-13: 978-3-548-60498-5
ISBN-10: 3-548-60498-6

Für Rossella,
die es aus einem unerfindlichen Grund
noch immer mit mir aushält

Alle dargestellten Ereignisse und Personen sind der dichterischen Inspiration entsprungen, und es wäre daher vergeblich, Übereinstimmungen mit realen Geschehnissen oder Personen zu suchen. Selbst Bergamo, könnte man sagen, ist nicht das wahre Bergamo, sondern ein ideales – eines von vielen denkbaren –, das hier als Idealhintergrund für eine gänzlich erfundene Erzählung dient.

Erster Tag

Sonntag, 19. April

»Alice ...«

Ich fahre gern nachts. Es ist der einzige Moment, in dem ich abschalten kann. Ideal wäre es, loszufahren und niemals anzukommen. Irgendwo kommt man jedoch immer an, leider. Man steigt aus und kann nichts dagegen tun: So rasch man auch gefahren ist, irgendeine Erinnerung ist schon vor einem da.

Ich nähere mich Bergamo. Es ist eine Stadt, die sich in sich selbst verschanzt hat. Das beste Symbol dafür ist die Stadtmauer, die so genannten *Mura Venete*: mächtig und uneinnehmbar, eifersüchtige Wächter unnennbarer Geheimnisse. Ich leite »La Gazzetta di Bergamo«, eine kleine Zeitung, die sich mit stiller Routine über Wasser hält. Ein paar Verbrechensmeldungen, eine Menge allgemeiner institutioneller Nachrichten, eine Prise Justiz (unter Verzicht auf schlüpfrige Prozesse), vor allem keine Enthüllungsberichte. Ich habe keine Lust mehr, denen, die wichtig sind, ins Gehege zu kommen, und in der Provinz ist das ja noch schwieriger. Jeder kennt jeden, und immer gibt es einen, dem man etwas nicht abschlagen kann. Da ist es besser, unauffällig zu leben.

Der Leitartikel am Sonntag ist Augusto Rondine vorbehalten, dem reichsten Mann der Stadt, Präsident und Gründer der allmächtigen *Banca di Provincia*. Ihm gehört nämlich die Tageszeitung, wenn auch nur indirekt. In meinen sechs Monaten als leitender Chefredakteur habe ich ihn nur wenige Male getroffen, meistens im Stadion, wo man immer auf ihn zählen kann. Auch die Fußballmannschaft gehört ihm. Wir haben ein paar Anstandstelefonate geführt, um die Abgabe der Artikel zu besprechen. In der Zeitung ergeht Rondine sich vorwiegend über Wirtschaft, aber manchmal überkommt es ihn, und er lässt sich über Moral aus, oder sogar über Politik. Es liest sowieso keiner.

Ab und zu werde ich noch angerufen und gefragt, weshalb. Meistens ziehe ich mich mit einem witzigen Hinweis auf die Vorzüge des Lebens in der Provinz aus der Schlinge. Es wäre schwierig zu erklären, dass es in meinem Fall eine Flucht war – oder eine selbst auferlegte Bestrafung. Jegliche Rechtfertigung lässt sie unbefriedigt: Sie können einfach nicht begreifen, weshalb ein brillanter Journalist, der eine Karriere als Korrespondent, viele Scoops und etliche Preise in Aussicht hat und dem sogar eine eigene Rubrik mit Foto – Füße auf dem Schreibtisch, die unvermeidliche Weste mit den tausend Taschen am Leib – in einem prestigeträchtigen Magazin gewidmet war, plötzlich beschlossen hat, sich in die Redaktion eines obskuren Provinzblattes zurückzuziehen.

Beim Fahren mache ich nachts gern mal ein Spielchen. Zum Beispiel schließe ich die Augen und beginne zu zählen, während das Auto mit hundertfünfzig, hundertsechzig Sachen weiterbraust. Ich nehme mir vor, sie erst wieder aufzumachen, wenn ich bei einer bestimmten Zahl angelangt bin. Ich beginne mit einer niedrigen Ziffer, fünf zum Beispiel. Allmählich erhöhe ich den Einsatz bei meinem russischen Roulette. Einmal habe ich es sogar bis fünfundzwanzig geschafft: Gerade noch rechtzeitig habe ich die Augen aufgerissen, kurz bevor ich unter einen großen Lastwagen mit Anhänger geschlittert wäre. Was am Ende überwog, war das Gefühl des Bedauerns.

Manchmal schalte ich auch zum Spaß die Scheinwerfer aus, vor allem in Vollmondnächten. Letztes Jahr bin ich über den ganzen Cisa-Pass ohne Licht gefahren, habe die Wälder betrachtet, die verlassene Staatsstraße, die sich den Apennin hochwindet, die einsamen Bauernhäuser. Die Fahrer zischten doppelt so schnell wie ich an mir vorbei, hupten wütend oder blendeten mich absichtlich. Sie allerdings, in einem gleißenden Lichttunnel gefangen, konnten sich den magischen Zauber jener atemberaubenden Nacht gar nicht vorstellen.

Ein anderes, weniger gefährliches Spiel: Ich schaue in den Rückspiegel und versuche anhand der Scheinwerfer zu erraten, um welche Marke es sich bei dem Wagen handelt, der mich gleich überholen wird. Heute Abend habe ich sie fast alle erraten: ein Mégane, ein Mercedes SLK, ein Käfer (gar nicht so einfach). Doch dieser hier macht es mir wirklich schwer. Scheint wohl ein Sportwagen zu sein, aber ein ziemlich großer. Die dunkle Silhouette hebt sich kaum im Widerschein der anderen Scheinwerfer ab. Ein doppeltes Aufblitzen der Lichthupe. Ich ziehe den Wagen nach rechts, drehe den Kopf nur unmerklich hinüber. Der Wagen schießt an mir vorbei, so schnell, dass ich den Luftzug spüre, wie von einem Riesen, der zum Spaß auf mein Auto pustet. Ein dunkler Blitz zischt an meiner Seite vorüber, überholt mich. Ein Sportwagen, vielleicht ein englisches Modell: Kaum habe ich den Gedanken formuliert, sind die beiden roten Rücklichter auch schon weit voraus, auf dem langen Viadukt, der die Adda überspannt. Es ist ein seltener Wagen, einer derjenigen, die Vorübergehende zum Stehenbleiben veranlassen, weshalb er wohl auch gekauft wird.

Im Radio erklingt ein Musikstück, das mir nicht gefällt. Ein Rap, noch dazu auf Italienisch, der einem die Welt mit Kreuzreimen erklären will. Ich senke den Blick und suche nach dem Knopf für den Sendersuchlauf und drücke ihn zwei-, dreimal, bis ich etwas finde, das mir zusagt. Ein Stück von Giorgio Conte hilft mir, die nächtliche Fahrt wieder genießen zu können.

Als ich erneut auf die Fahrbahn blicke, sehe ich es. Mein Fuß stürzt auf die Bremse.

Das Auto, das mich gerade überholt hat, steht zweihundert Meter vor mir quer auf der Straße. Ein niedriger, langer Wagen, wie ein Hai aus Stahl, der mir den Weg abschneidet.

Ich drücke das Bremspedal ganz durch, bis ich das Scharren des ABS höre. Mein Lybra geht in die Knie, ohne ins Schleudern zu geraten, fährt aber weiter geradeaus. Ich sehe keine Möglichkeit, dem englischen Sportwagen auszuweichen. In dem Augenblick aber – ich werde wohl weitere fünfzig Meter zurückgelegt haben – bemerke ich, dass das Coupé weiter auf die Leitplanke zufährt. Ich male mir aus, was für einen Aufprall es geben wird, und überlege, wie ich daran vorbeikomme.

Überraschenderweise prallt der Wagen aber nicht gegen die Leitplanke, nein, er schießt über das Brückengeländer, wie eine Comicfigur, die in der Luft weiterläuft, obwohl sich unter ihr schon der Abgrund auftut. Die folgende Szene sehe ich – zumindest kommt sie in meinem Gehirn so an – wie eine Fotosequenz, die sich über die ganze Seite eines Skandalblatts hinzieht, unter der Überschrift: »So stirbt ein Mann.« Erstes Foto: Das Auto neigt sich mit der Schnauze leicht nach unten, vom Gewicht des Motors hinabgezogen. Klick. Jetzt steht das Auto völlig senkrecht. Klick. Es verschwindet unter der Brücke, so dass ich nur noch die Spitze des Hecks aufragen sehen. Klick. Klick. Klick. Der Widerschein einer Stichflamme trifft auf meiner Netzhaut auf. Einen kurzen Moment später nehme ich durch die Scheibe gedämpft den Aufprall wahr.

Ich fahre an der Stelle vorbei, an der das Auto verschwunden ist, und sehe aus dem Augenwinkel eine Lücke in der Leitplanke: Durch dieses Loch muss es hinabgeschossen sein. Ohne es zu bemerken, habe ich weiterhin gebremst und bin nun in der ersten Haltebucht, am Ende der Brücke, zum Stehen gekommen. Per Handy verständige ich die Polizei von dem Unfall und steige dann aus.

Ohne zu überlegen, steige ich über die Leitplanke und das

Netz (dabei verletzte ich mich am Finger, spüre aber in meinem Wahn keinen Schmerz) und klettere den steilen Abhang hinab, der zur Adda führt. Jedes Mal, wenn ich hier vorbeikomme, werfe ich einen Blick nach unten auf die von Leonardo entworfenen Schleusen und das romantische Ufersträßchen. Ich nehme mir vor, irgendwann einmal hier spazieren zu gehen – einer jener Vorsätze, die das schlechte Gewissen von uns Wandermüden besänftigen sollen, wie der Knochen, den man einem aggressiven Hund nur hinzuwerfen braucht, damit er sich beruhigt. Immer gibt es etwas Wichtigeres, Dringenderes zu tun.

An all das denke ich – und dabei entgeht mir durchaus nicht, wie lächerlich es ist –, während ich zum Fluss hinabstürze, im Dunkeln. Eine blinde Hast, ich spüre nur die Kühle des Waldes und die Zweige, die mir ins Gesicht peitschen. Ich setze die Füße auf, ohne hinzusehen, und tatsächlich stolpere ich ein paarmal und kullere etliche Meter weit nach unten.

Das Auto ist auf einen der großen Felsen am Flussufer geprallt. Der Wagen hat den Motor ausgespuckt, wie ein Boxer einen Zahn ausspuckt. Rauchend liegt der Motorblock im seichten Wasser. Die Motorhaube ist fünfzig Meter weiter geflogen, ein Reifen ist an einem Baum hängen geblieben, ein anderer dreht sich noch an der Nabe. Innen im Wagen brennt etwas, ein kleines Feuerchen, nicht zu vergleichen mit der Energie, die beim Brand eines Tanks freigesetzt wird.

Ich möchte wegrennen und gehe dennoch näher ran. In dem verbeulten Wrack entdecke ich die Silhouette eines Mannes. Blut rinnt ihm übers Gesicht, läuft am Hals entlang, tränkt das weiße Hemd. Mit Entsetzen bemerke ich, dass er noch lebt: Er bewegt die Lippen. An der zersplitterten Windschutzscheibe klebt noch die Autobahngebührenkarte herab. Die Tür ist davon geflogen. Ich sehe seine Beine nicht und begreife nicht, ob sie unter dem Wrack liegen oder ob sie einfach nicht da sind, weil ein Blechteil sie ihm abgetrennt hat wie ein Schneider, der überflüssigen Stoff abschneidet.

Die Lippen öffnen und schließen sich immer wieder. Ich kniee neben ihm hin, tauche in eine Blutlache ein. Auf der Matte hinter dem Sitz bemerke ich eine flache, große Blechdose, die im Dunkeln glänzt. Der Mund des Mannes verzieht sich, ein grässliches Röcheln dringt daraus hervor. Dann begreife ich auch, weshalb: Eine Rippe hat Lunge und Kleider durchbohrt und ragt blutdurchtränkt aus dem Stoff.

Der Mann – oder das, was von ihm übrig ist – sammelt erneut alle Kräfte, deutlich spürt man, dass dieser Anlauf sein letzter sein wird. Ich nähere mich mit dem Ohr seinen Lippen und höre ein einziges Wort.

»Alice.«

Das ist alles. Ein Schauder überläuft ihn, während er den Mund zu einem Stöhnen öffnet. Was tut man in so einem Fall? Ich schäme mich und hasse mich dafür, aber der Schrecken ist stärker als das Mitleid, und ich kann mich nicht einmal überwinden, diesen Körper anzufassen.

Er ist tot.

Ein paar Sekunden lang bleibe ich im Blut knien, ganz benebelt vom Ekel vor dieser Szene und vor mir selbst. Analoge Bilder, die ich in meinem Gehirn unter Verschluss halten wollte, durchbrechen die Pforte meines Bewusstseins und dringen in mein Gedächtnis.

Als ich mich endlich wieder unter Kontrolle habe, will ich instinktiv nach der Blechdose greifen. Vielleicht, weil es das einzige saubere, ordentliche, unbefleckte Ding hier in der Umgebung ist.

Gerade als ich sie berühren will, ertönt eine Stimme in meinem Rücken:

»Halt!«

Ich drehe mich um, eine Taschenlampe blendet mich.

»Fassen Sie nichts an«, ordnet die Stimme an. »Kommen Sie auf mich zu.«

Ich bin der nächtlichen Erscheinung, wer auch immer es sein mag, dankbar für diese Kommandos. Vielleicht gelingt es ja jemandem, Ordnung in dieses Chaos zu bringen.

Der Mann senkt die Taschenlampe, und erst jetzt sehe ich, dass es sich um einen Polizisten handelt. Seine Hosenbeine stecken in Stiefeln: Es ist ein Beamter der Verkehrspolizei. Er sagt, ich solle mich dort drüben hinsetzen, mich ausruhen, mich sammeln. Er werde sich um das hier kümmern.

Wie ein Schwimmer auf dem Startblock hocke ich mich auf die Fersen. Ich schließe die Augen. Als ich sie wieder aufmache, hat sich die Szenerie des Unfalls verändert: Jetzt wimmelt es von Menschen, Polizisten und Sanitätern. Niemand nimmt Notiz von mir. Ich sehe, wie sie den Leichnam wegbringen, alles ausmessen, inspizieren. Handys klingeln, Funkgeräte spucken Satzfetzen aus. Nach einer Stunde, vielleicht auch anderthalb, beschließe ich aufzustehen. Ich gehe auf den erstbesten Polizisten zu, den meine Initiative zu stören scheint.

»Mein Name ist Manlio Fiorentini, ich habe den Unfall gesehen ... Dort oben ...«

Ich deute auf die Überführung dort oben, als wäre es nicht klar genug, was passiert ist.

Seufzend zieht der Polizist einen Block und einen Stift aus der Jackentasche. Sobald er sich Adresse und Telefonnummer aufgeschrieben hat, klappt er das Notizbuch zu und steckt es wieder ein.

»In Ordnung, Signor Fiorentini. Wir werden uns bei Ihnen melden. Gehen Sie sich jetzt ausruhen. Es war kein schönes Erlebnis.«

Nein, ein schönes Erlebnis war es gewiss nicht. Ich begreife nicht, weshalb der Beamte es so eilig hat, mich nach Hause zu schicken, bin aber irgendwie erleichtert deswegen.

Ich klettere den Hang hinauf, der mir jetzt viel steiler vorkommt. Ein paarmal muss ich stehen bleiben, um wieder zu Atem zu kommen, außerdem fürchte ich, mich verlaufen zu haben. Auf halber Höhe stoße ich zum Glück auf einen Pfad.

Ich steige ins Auto ein, das Standlicht habe ich brennen lassen, betrachte meine Knie, die sich gegen den blutdurchtränkten Stoff abzeichnen. Ein Schauder überläuft mich. Mein erster Impuls ist, eilends nach Hause zu fahren, mich eine halbe Stunde unter die heiße Dusche zu stellen und dann neue Sachen anzuziehen. Doch ein Journalist ist wie ein Soldat: Allzeit bereit zum Angriff, sage ich zu mir selbst und bin mir der pathetischen Rhetorik dieser Phrase durchaus bewusst. Ich kann nichts dagegen tun: Es war ja ebenjener Instinkt, der mein Leben zu einem Tunnel aus Schuldgefühlen werden ließ.

Um den Gedanken zu entfliehen, gibt es nur eines: den Motor anlassen und abhauen in der Hoffnung, diesmal Bedauern und Gewissensbisse abzuhängen.

In der Redaktion sind nur noch Seguaci, der Redakteur im Spätdienst, und Vincenzo, ein Mitarbeiter vom Sportressort, der gekommen ist, um die Ergebnisse einiger lokaler Fußballpartien nachzutragen. Es mag einem wie Verschwendung vorkommen, die ganze Mühe nur wegen ein paar unbedeutender Begegnungen. Aber ein Lokalblatt lebt eben auch, oder vielleicht vor allem, von solchen Lappalien. Man hofft darauf, dass all diejenigen, die mit Nachnamen und abgekürztem Vornamen zitiert werden, morgen zum Kiosk rennen und die Zeitung kaufen. Vielleicht auch ihr Vater oder Großvater oder Onkel. Ausgabe um Ausgabe, so sieht die kümmerliche Buchführung eines Journalismus aus, der seine Leser einzeln suchen geht, wie ein Staubsaugervertreter.

Vincenzo ist ein tüchtiger Junge und ein guter Journalist. Er zieht sich gern sportlich an, trägt immer Jeans und T-Shirt. Sein Traum ist es, USA-Korrespondent zu werden. Im Augenblick rackert er sich als Mitarbeiter im Sportressort ab, hilft aber auch bei den Verbrechens- und Unfallmeldungen aus. Er kennt jeden in der Stadt. Ich bitte ihn, hinunter in die Lokalredaktion zu kommen. Er wirft einen Blick auf meine schmutzigen Hosen, wagt es aber nicht, mir Fragen zu stellen. Er soll mir dabei helfen, die Titelseite neu zu schreiben, vielleicht kriegen wir noch einen zweispaltigen Aufmacher hin. Ich beschreibe ihm den Vorfall, er macht sich Notizen. Er ist schnell und gelassen zugleich, zwei Grundvoraussetzungen für einen guten Reporter. Ich muss an einen ehemaligen Chef denken, der uns Grünschnäbel, ohne den Sinn für die Komik seiner Äußerung zu erfassen, folgendermaßen anbrüllte: »Rasch! Aber ohne Eile.«

Vincenzo schaltet das Radio ein, das auf die Frequenzen von Polizei- und Feuerwehrfunk eingestellt ist. Während die LED-Anzeige aufblinkt, spuckt der Apparat Dialogfetzen aus. Sie beziehen sich alle auf den Unfall auf der Autobahn. Vincenzo tippt das Ganze rasch ein, und ich fahre an einem anderen Computer die Titelseite hoch. Gerade habe ich die Maske aufgerufen, als Seguaci in der Tür erscheint.

»Braucht ihr Hilfe?«

Seguaci ist einer von jenen untersetzten Männern, die ihre ganze Energie darauf verwenden, größer zu erscheinen. Er trägt Stiefel mit Absätzen und lange, eng anliegende Jacketts und zu allem Überfluss eine lächerliche pechschwarze Perücke, die ihm beinahe bis zum Hals hinabreicht. Die Augen schirmt er mit einer alten Ray Ban mit dicken grünen Gläsern ab. Er wirkt wie eine Puppe, in der ein Zwerg verborgen ist, der sie von innen bewegt.

Seguaci sagt es nicht, aber es ist klar, dass ihm missfällt, so offensichtlich übergangen zu werden. Ich mag diesen Mann nicht, der das passende Lächeln für jede Gelegenheit parat hat. Als ich hierher berufen wurde, arbeitete er schon hier, als leitender Chefredakteur. Ich konnte ihn nicht rauswerfen, also habe ich ihn zum Nachtdienst verdonnert. Das hat ihm nicht gepasst, aber er hat sich nie beschwert.

»Danke, nicht nötig«, schwindle ich. »Vincenzo und ich schaffen das schon allein. Kümmere du dich nur um die anderen Seiten.«

Vincenzo hat die Szene mitverfolgt, ohne den Blick von

der Tastatur zu heben, wie ein Froschmann in einem Taucheranzug aus Gleichgültigkeit. Als Seguaci jedoch wieder draußen ist, gestattet er sich ein flüchtiges Lächeln.

»Weißt du, wie der Tote heißt?«, fragt er mich betont beiläufig. »Dann kann ich ja vielleicht schon mal ein Foto besorgen.«

Davon ist jeder Provinzjournalist besessen. Ist irgendwo ein Unfall passiert? Dann schnell her mit einem Foto, einem Foto des Toten. Das jüngste, ahnungsloseste, zynischste Redaktionsmitglied wird losgeschickt, um das ersehnte Foto zu besorgen: meistens in der Wohnung des Opfers. Wo es für gewöhnlich von der Verwirrung der Verwandten profitiert, um die schönsten Fotos abzustauben – die, im Gegensatz zu den feierlichen Beteuerungen, niemals zurückgegeben werden. Wenn es nicht sogar noch vor dem Anruf der Polizei dort eintrifft und sich einem nichts ahnend die Tür öffnenden Elternteil gegenübersieht, so dass ihm nichts anderes übrig bleibt, als den Part des Unglücksboten zu übernehmen.

»Ich weiß es nicht. Die Polizei hat mich weggeschickt. Ruf doch mal dort an.«

Vincenzo ruft in der Polizeidienststelle an, bekommt aber keine Auskunft. So machen sie es immer: zuerst die Familienangehörigen.

»Macht ja nichts, schreib weiter. Jetzt ist es eh zu spät.«

Ich hämmere auf die Tasten ein, auf dem Bildschirm erscheint die erste Titelzeile in Originalgröße.

Von der Autobahn abgehoben

Nicht sehr einfallsreich, aber für Originalität ist jetzt keine Zeit mehr. Ich tippe die zweite Zeile ein, als das Knistern im Radio plötzlich vollkommen verstummt. So als hätte sich der Gott der Transistoren geräuspert, weil gleich eine wichtige Ansage kommt.

Jemand sagt:

»Ich bestätige die allgemeinen Angaben zur Identität des Opfers. Es handelt sich um Guglielmo Rondine, geboren am ...«

Vincenzo und ich halten beide im selben Augenblick inne, in derselben Position, mit den Fingern auf der Tastatur. Wie zwei Seelöwen sehen wir aus, die einen Befehl ihres Dompteurs ausführen. Wir halten den Atem an, bis die Stimme wiederholt:

»Ich bestätige die allgemeinen Angaben zur Identität des Opfers. Es handelt sich um Guglielmo Rondine, geboren am 22. Februar 1960, wohnhaft in der Via delle Vigne Nummer fünf ...«

Ich schaue Vicenzo an.

»Menschenskinder«, ist das Einzige, was mir einfällt. Er, weiser als ich, sagt gar nichts.

Ich bin nicht aus Bergamo, kenne die Stadt aber gut genug, um zu wissen, dass Guglielmo Rondine der einzige Sohn von Augusto Rondine ist. Er ist, oder besser: war, der Erbe des Finanzimperiums, das an der Spitze der *Banca di Provincia* steht und bei dem sämtliche Fäden der städtischen Wirtschaft zusammenlaufen. Ein unermessliches Vermögen.

Jetzt ist keine Zeit zu verlieren.

»Ruf Seguaci her«, sage ich zu Vincenzo. So wie die Dinge stehen, bei all dem, was uns erwartet, können wir auf ihn nicht verzichten. Wir knöpfen uns wieder die Titelseite vor. In vierzig Minuten schreibe ich den Bericht des Unfallhergangs, während Vincenzo eine knappe Biografie und einen Hintergrundbericht verfasst, in dem es um die Zukunft des Finanzimperiums geht, jetzt, wo Augusto Rondines Nachfolger mit dem Auto in ein Flusstal gestürzt ist. Er war vierzig Jahre, genauso alt wie ich. Wir sind am selben Tag desselben Monats geboren – ein Umstand, der mich beunruhigt, mir aber zugleich einen Schauder heimlicher Erleichterung schenkt.

Seguaci arbeitet wortlos mit, doch ich stelle einen geheimen Widerwillen bei ihm fest, wie bei einem Tandemfahrer, der, anstatt in die Pedale zu treten, diese sich einfach von selbst drehen lässt. Um halb zwei ist alles fertig. Ich beauftrage den Chef vom Dienst damit, alles in die Druckerei zu bringen. Ich bin hundemüde. Ich begleite Vincenzo nach Hause, und auf der Straße sprechen wir voller Zufriedenheit über die soeben beendete Arbeit. Vincenzo strahlt vor Genugtuung. Er ist wirklich ein geborener Journalist. Morgen früh werden die Einwohner Bergamos geschockt sein, wenn sie die Zeitung aufschlagen.

Mit der Dusche, so scheint es mir, wasche ich nicht nur den Geruch des Blutes weg, sondern auch die schlimmen Erinnerungen. Erschöpft, aber glücklich falle ich ins Bett. Doch im Augenblick des Hinübergleitens gelingt es einem Namen, zusammen mit mir in die Höhle des Schlafes zu schlüpfen.

Zweiter Tag

Montag, 20. April

Irgendwie fühle ich mich schuldig

Um acht Uhr werde ich wach. Es muss das Adrenalin sein, das ich noch im Blut habe. Ich mache die Augen auf. Ein graues Licht dringt durch die Ritzen des Rollladens. Bestimmt ein trüber Tag. Vielleicht regnet es sogar, in diesem feuchten Frühjahr, das uns ständig bis auf die Knochen durchnässen will. Ich halte den Atem an, um zu hören, ob es regnet oder nicht. Nein, anscheinend nicht, wenngleich es schwierig ist, das vom Bett aus zu beurteilen.

Meine Wohnung habe ich über die Zeitung bekommen. Ein Mietshaus aus den siebziger Jahren in einem Park, von einer alten Steinmauer eingefriedet. Vielleicht war es einmal ein Klostergarten oder gehörte zu einem Hospiz. Die Häuser stehen fast im Stadtzentrum, an der Via Garibaldi, aber innen kommt es einem vor, als wohne man auf dem Land. Stille, Bäume, Grün.

Mein erster Gedanke, noch vor dem Frühstück, gilt der Zeitung. Ein vertrautes Gefühl. Wenn du einen guten Artikel geschrieben, einen Scoop gelandet oder einen Aufmacher im Blatt hast, willst du am Morgen als Erstes gleich die Zeitung lesen. So als würde man auf objektive Weise die eigene Arbeit verifizieren wollen. Man hat womöglich Angst, sich in der Einschätzung getäuscht zu haben: Die gedruckte Seite, im Licht des Tages gelesen, kann deine Bedenken ausräumen. Es gibt aber auch die Furcht, irgendetwas auf dem komplizierten Weg vom Tippen deines Artikels bis zum Verkauf der Zeitung am Kiosk könnte schief gegangen sein. Und dann wäre die ganze Arbeit beim Teufel.

Ich gehe mit Morgenmantel und Pantoffeln nach unten, ohne mich um die überraschten Blicke der Nachbarn zu scheren, die, bereits in Anzug und Krawatte, ins Büro eilen. Einer erkennt mich, und der Gesichtsausdruck wandelt sich zu einem Lächeln. Andere haben nur einen vorwurfsvollen Blick für mich übrig.

Ich nehme die Zeitung aus dem Briefkasten – jeden Morgen wird sie mir von einem Austräger des Zeitungsverlags geliefert – und falte sie auseinander.

Schon ein flüchtiger Blick auf die Titelseite genügt, und ich begreife, dass da etwas nicht stimmt.

Ungläubig, erstaunt, wütend schließe ich die Wohnungstür auf und werfe mich aufs Sofa.

Nichts.

Auf der ersten Seite steht auch nicht eine Zeile über den Tod von Guglielmo Rondine.

Wütend durchblättere ich die Zeitung, überfliege sogar den Wirtschaftsteil und das Feuilleton in der unsinnigen Hoffnung, unsere Arbeit sei durch irgendeine elektronische Macke durcheinander gewirbelt worden. Doch nichts dergleichen. Kein Unfallbericht, keine biografische Notiz, kein Hintergrundbericht und kein Foto, weder Titel noch Untertitel. Nichts, nicht einmal ein »kurz notiert«.

Ungeduldig umklammere ich das Telefon. Als er mir antwortet, merke ich, dass er geschlafen hat. Es ist mir egal.

»Ciao, hier ist Manlio.«

Seguaci räuspert sich, versucht, die Oberhand zu gewinnen. Ich lasse ihm keine Zeit.

»Hast du die Zeitung gesehen? Unser Aufmacher ist rausgeflogen. Was ist passiert?«

Er brummelt etwas, ich falle ihm ins Wort.

»Du hast ihn doch der Druckerei übergeben?«

»Aber ja doch, um zwei bin ich rübergegangen. Die Seite war fertig. Ich habe noch gesehen, wie sie in den Satz gegangen ist … Lass mich rasch telefonieren. Ich rufe dich gleich zurück.«

Ich überfliege die Zeitung, die mir heute Morgen noch armseliger als sonst vorkommt. Schlecht geschriebene Artikel, noch schlechtere Überschriften, schlampiger Umbruch, aufs Geratewohl ausgewählte Fotos, schludrig eingepasst. All dies ließe sich beheben. Immerhin gibt es auch ein paar gute Sachen, zum Beispiel von Vincenzo. Der Journalismus ist keine besonders schwierige Kunst, man lernt sie rasch. Was fehlt, ist die Begeisterung. Ich sehe sie ja, diese Journalistenbeamten, wie sie über ihre Computer gebeugt dasitzen. Sie haben sich aus Bequemlichkeit für dieses Metier entschieden, aus Ehrgeiz, aus Faulheit. Allen gemeinsam ist eine blinde Angepasstheit. Von wegen die da oben anprangern: Nicht einmal ihre Macht *anzweifeln* würden sie. Und wieder einmal frage ich mich: Was habe ich hier verloren?

Das Telefon unterbricht den Fluss meiner Gedanken.

»Manlio? Ich hab die Sache geklärt. Der Fehler liegt bei der Fernübertragung. Die hat nicht geklappt.«

»Was soll das heißen, die hat nicht geklappt?«

»Der Setzer sagt, er hätte die Seite abgeschickt. An der Rotationspresse sagen sie aber, sie hätten lediglich die alte Version bekommen.«

»Und der Setzer hat nicht angerufen, um sich zu vergewissern?«

»Doch, das schon. Ein Angestellter hat abgenommen, er weiß nicht, wer es war, und gesagt, es sei alles in Ordnung, was aber nicht stimmte. Du weißt ja, wie das mit den Druckern so ist, um die Uhrzeit sind sie alle besoffen …«

»Verdammt! Diesmal gehe ich der Sache aber auf den Grund. So einfach kommen die mir nicht davon!«

Ich lege auf, ohne Seguaci Gelegenheit zu einer Erwiderung zu geben. Blödmann. Der kommt mir auch nicht ungeschoren davon! Heute habe ich ein Gespräch beim Herausgeber.

Ich frühstücke in meiner Stammbar. Auf der Kühltruhe liegt die »Gazzetta« für die Kundschaft aus. Ich werfe einen Blick hinein in der unsinnigen Hoffnung, dieses Exemplar unterscheide sich womöglich von meiner Ausgabe. Während ich meinen Cappuccino trinke, bekomme ich das Gespräch zwischen zwei Stammkunden mit. Sie sprechen Dialekt, aber es ist klar, worüber sie diskutieren.

»Der iss tot … klar doch, wenn ich's dir sach, heut Nacht …«

Die Nachricht hat sich also schon in der Stadt verbreitet. Das wundert mich nicht. In der Provinz funktioniert die Mundpropaganda reibungslos. Dies ist die aufregendste Story, seit ich leitender Chefredakteur der Zeitung bin. Und wir haben es vermasselt.

Einer der beiden geht auf die Kühltruhe mit dem Eis zu, nimmt die Zeitung, blättert darin, liest im Sportteil. Es scheint ihn nicht zu verwundern, dass er nichts über Rondines Tod findet, daran ist er gewöhnt. Nicht umsonst hat die Zeitung den Spitznamen »Lügenblatt«. Die Einwohner Bergamos rechnen nicht damit, die wichtigsten und pikantesten Ereignisse in der Zeitung abgedruckt zu sehen. Bestimmt wären sie erstaunt, sind sie es doch gewohnt, sich auf die vertraute mündliche Kommunikation zu verlassen, um die wichtigsten Neuigkeiten in Erfahrung zu bringen. Sie empören sich nicht deswegen, sondern pflegen wohl eher ein gesundes Misstrauen im Hinblick auf das Presseorgan ihrer Stadt.

Wieder im Büro, sage ich, noch bevor ich meinen Lodenmantel ausgezogen habe, zu der Sekretärin, einer winzigen Blonden:

»Ich möchte gern mit dem Herausgeber sprechen.«

Sie reißt die himmelblauen Augen weit auf – eine Angewohnheit, die ihr wahrscheinlich ihre Mutter beigebracht hat, um ihren einzigen Vorzug zur Geltung zu bringen – und antwortet:

»Doktor Zenoni hat auch schon nach Ihnen gesucht, vor fünf Minuten. Soll ich ihn anrufen?«

Aaaah, ein Seufzer der Genugtuung. Diesmal hat sich sogar der Herausgeber aufgeregt. Lügenblatt hin oder her, wir haben Staub aufgewirbelt. Und obwohl klar ist, dass ich der Hauptverantwortliche bin und daher diesen peinlichen Vorfall auf meine Kappe nehmen muss, freut es mich doch, dass sich etwas bewegt, in diesem zähen Morast. Doch dieses Gefühl wird nicht lange anhalten.

»Ich freue mich, mit Ihnen sprechen zu können«, näselt Zenoni. Er ist der wichtigste Handelsrechtsexperte der Stadt. Er ist fünfzig Jahre alt, hat einen dunklen Schnurrbart und Brillengläser dick wie Glasbausteine. Die Zeitung gehört einer Gesellschaft, deren Hauptaktionär er ist. Doch wie ich schon erwähnte, haben mir viele zu verstehen gegeben, dass die Macht eigentlich in den Händen Rondines liegt.

»Sie wollten mich vorhin wahrscheinlich wegen des Unfalls sprechen, nehme ich an.«

»Ganz genau. Ich finde es sehr gut, dass Sie in der Sache Vorsicht walten lassen.«

»Vorsicht …?«

»Ganz recht, Vorsicht. Ich stimme mit Ihnen überein, es war nicht nötig, die Nachricht sofort abzudrucken. Der Commendatore ist ja eine sehr bekannte Persönlichkeit und sein *business* ist natürlich ziemlich wichtig. Und sei es nur wegen der Börse, verstehen Sie?«

»Ich …«

»Noch etwas anderes. Mir wäre daran gelegen, dass die Angelegenheit in Zukunft Pugnaletto übernimmt, Ihr Lokalreporter. Ich kenne ihn bereits und halte ihn für einen tüchtigen Jungen, aufmerksam, gewissenhaft, ausgeglichen – eben das, was man einen *good fellow* nennt. Sie haben nichts dagegen, nehme ich an.«

Im Bruchteil einer Sekunde denke ich: Entweder ich kündige, oder ich sage nichts.

Ich sage nichts.

»Schön, dann wären wir uns also in allem einig. Auf Wiederhören.«

Er hängt ein, ohne meinen Gruß abzuwarten. Bestimmt wartet der Aufsichtsrat irgendeiner Teppichfabrik in der näheren Umgebung auf ihn, oder ein Kabelleger oder Erdölbroker. Ich bin der Letzte, dessentwegen er sich Gedanken machen würde, wenn ein Mann wie er sich überhaupt Gedanken um etwas machen muss.

Doch die Zeit, die ich brauche, um den Hörer wieder auf die Gabel zu legen, reicht aus, um meinen ganzen Ärger verpuffen zu lassen. Als ich dann schließlich die Hand vom Hörer nehme, habe ich bereits meinen unerschütterlichen Gleichmut wiedererlangt. Ich hatte niemals vor und habe es auch jetzt noch nicht vor, das »Lügenblatt« in eine anständige Zeitung zu verwandeln. Es ist mir sogar gleichgültig, ob die Titelseite vielleicht doch nicht wegen eines banalen technischen Fehlers unverändert geblieben ist. Und es interessiert mich nicht, ob Seguaci einen heimlichen internen Informationsdienst für den Herausgeber versieht. Ich bin nicht hergekommen, um guten Journalismus zu propagieren. Ich bin gekommen, weil ich entfliehen, flüchten und vergessen wollte. Wegen nichts anderem.

Ich gehe auf die Tür zu und sage liebenswürdig zur Sekretärin:

»Bestellen Sie bitte Pugnaletto her.«

Pugnaletto kommt am späten Nachmittag, gegen sechs. Schüchtern bleibt er an der Tür zu meinem Büro stehen, halb drinnen, halb draußen. Er dürfte so an die fünfundzwanzig, sechsundzwanzig sein. Ehrerbietig, unterwürfig, umständlich. Irgendein Bischof oder Kardinal hat ihn mir empfohlen. Wäre er nicht Journalist geworden, er hätte einen fantastischen Pfarrer abgegeben: Ich stelle ihn mir im Beichtstuhl vor, wie er erregt den morbiden Berichten seiner Schäfchen lauscht, um dann mit erstickter Stimme hastig die Absolution zu erteilen. Die Vergebung ist ein Grundübel unserer Zeit.

»Komm nur rein, setz dich.«

Er nimmt gegenüber von mir Platz und schiebt mir ein paar Manuskriptseiten zu. Es hat den Anschein, als wolle er meine Zustimmung einholen, dabei fürchte ich, dass es sich genau umgekehrt verhält. Ich lese ohne Unterbrechung, ohne den Blick zu heben, ohne eine Miene zu verziehen. Wieder einer seiner langweiligen, oberflächlichen Artikel – darin ist er Meister. Nicht zu übersehen sind seine Bemühungen, den Tonfall abzuschwächen, das Vorgefallene zu relativieren, den Neuigkeiten die Flügel zu stutzen. Ein Journalist, das ist gewissermaßen ein Cowboy, der die Saloontüren aufreißt und »He, wisst ihr schon das Neueste?« schreit. Pugnaletto dagegen klopft leise an die Tür, bittet schüchtern um Einlass und entschuldigt sich dann für die Störung. Ideal wäre es für ihn, wenn es überhaupt keine Nachrichten gäbe.

Obwohl sein Artikel furchtbar banal ist, zeige ich keinerlei Regung.

Ich lege die Blätter auf den Schreibtisch und schaue ihn an, ebenso undurchschaubar wie der Chirurg, der die Arme ausstreckt, um sich von seinem Assistenten den Operationskittel ausziehen zu lassen.

»Ist das so in Ordnung?«, fragt er mich in halb hoffnungsvollem, halb unterwürfigem Tonfall.

»Aber ja doch, selbstverständlich. Ach, lass ihn nur gleich hier, den Titel mache ich.«

Er geht oder entflieht vielmehr, wie ein Priester, der einer Versuchung entgehen will. Ich nehme die Blätter wieder zur Hand, lese nochmals Zeile für Zeile den gefälligen Text. Was mich erschüttert, ist nicht der Ton, sondern die Substanz: die Rekonstruktion des Unfalls. Der Polizei zufolge musste

Rondine junior abrupt bremsen, weil ein Lastwagen vor ihm ins Schleudern geraten war. Ab diesem Zeitpunkt hatte er die Kontrolle über den Wagen verloren (und endlich, zwanzig Stunden später, fällt mir ein, was für ein Auto es war, das ich nicht identifizieren konnte: ein Aston Martin aus den sechziger Jahren, von unschätzbarem Wert). Der alte Sportwagen begann auf dem nassen Asphalt zu schlittern. Er geriet von der Fahrbahn ab und schoss genau durch jene Lücke in der Leitplanke, die durch einen früheren, wenige Stunden zuvor geschehenen Unfall verursacht worden war. Ein schicksalhafter Zufall, wie Journalisten in solchen Fällen schreiben – und Pugnaletto bildet da keine Ausnahme.

Irgendetwas überzeugt mich nicht an der Sache. Erstens habe ich keinen Lastwagen gesehen. Allerdings hatte ich kurze Zeit aufs Autoradio geblickt und ihn also womöglich übersehen. Zweitens macht mich die Schnelligkeit stutzig, mit der die Polizei ihre endgültigen Schlüsse zieht. Ich wurde nicht einmal als Zeuge herangezogen.

Ich weiß nicht, ob ich meine Ratlosigkeit Pugnalettos schwammigem Text zuschreiben soll. Es sind ja nur Vermutungen, die ich da anstelle, und was hätte ich denn für einen Verdacht – dass Rondine erschossen wurde? Obwohl ich von Berufs wegen zu hartnäckigen Zweifeln neige, erscheint mir eine Verschwörung diesmal wirklich sehr unwahrscheinlich.

Ich schalte den Computer ein und rufe die Maske für den Titel auf. Um Pugnalettos blassen Bericht ein wenig aufzupeppen, suche ich nach einer knalligen Überschrift, etwas wie:

Die verdammte Lücke in der Leitplanke

Es fehlt der eigentliche Bericht, könnte man einwenden. Doch inzwischen haben es ja alle schon erfahren, sogar die landesweiten Fernsehnachrichten haben sich darauf gestürzt. Nein, was wir jetzt brauchen, ist ein wenig Herzschmerz, sind Tränen und Erinnerungen, verdammt, ausgerechnet das.

Ich beginne, den Text in die Tasten zu hauen, doch bereits beim zweiten Buchstaben streikt der Computer plötzlich. Nichts zu machen, der Cursor bleibt unbeweglich, und der Mauszeiger rührt sich auch nicht vom Fleck. Ich warte ein paar Sekunden, vielleicht ist er ja nur kurzzeitig hängen geblieben. Doch die Grabesruhe des Bildschirms gibt wenig Anlass zur Hoffnung. Ich greife zum Telefon.

»Vincenzo, könntest du mal eben kommen?«

Vincenzo ist nicht nur ein guter Redakteur, sondern kennt sich auch mit Computern aus. Bei dieser Zeitung, wo wir selbst an den Kugelschreibern sparen müssen, ist er der Einzige, der jedwedes technische Problem lösen kann.

Ich lasse ihn an meinen Platz, und er beginnt die Tasten zu bearbeiten. Einstweilen rufe ich die Sekretärin an.

»Können Sie dem Archiv bitte sagen, dass ich alles über die Familie Rondine brauche? Vor allem die Interviews.«

Schweigen in der Leitung. Vincenzo schaut lächelnd zu mir herüber.

»Da wirst du nichts finden. Einen leeren Umschlag.«

Ich lege wieder auf.

»Augusto Rondine ist Besitzer der *Banca di Provincia*. Da wird er doch wohl ein paarmal interviewt worden sein.«

»Du machst Witze! Seit fünfzig Jahren spricht der nicht mehr mit Journalisten – jedenfalls gibt er keine Interviews. Zumindest von uns würde es niemandem auch nur im Traum einfallen, ihn um eines zu bitten. Ab und zu versucht es mal ein Korrespondent von außerhalb. Erst heißt es, mal sehen, dann lassen sie ihn ein paar Tage warten, um ihm anschließend mitzuteilen, es täte ihnen sehr Leid, aber der Commendatore habe plötzlich geschäftlich verreisen müssen. Das ist kein Mann, der gern Werbung für sich macht.«

»Und wie regelt er das mit der Fußballmannschaft?«

»Ihm gehört sie, aber Präsident ist jemand anders. Er spricht nie öffentlich.«

»Dann erzähl mir, was du so weißt.«

Vincenzo freut sich, meine Neugierde geweckt zu haben: Er selbst ist zu jung, um Rondine persönlich gekannt zu haben – er ist fünfzehn Jahre jünger –, aber sein älterer Bruder ging auf dieselbe Schule wie Rondine.

Guglielmo Rondine wurde, wie Vincenzo erzählt, von allen Männern glühend beneidet. Er war der Spross des reichsten Mannes der Stadt – und eines der reichsten Männer Italiens. Milliardär, und noch dazu gut aussehend. Zurück aus Amerika, brach er unzählige Herzen: Nicht nur bei seinen Altersgenossinnen, sondern auch von den reiferen Damen der guten Gesellschaft Bergamos, die wie es scheint ganz verrückt waren nach diesem Jungen mit den schwarzen Haaren und den grünen Augen. Soweit man weiß – und Vincenzo wüsste es mit Sicherheit –, hat niemals ein Ehemann protestiert. Einerseits wegen Guglielmos eindrucksvoller Statur, eins neunzig groß und Schultern wie ein Boxer, andererseits aber wegen der unvermeidlichen Hochachtung für den Vater, mit dem früher oder später alle geschäftlich zu tun hatten. Vincenzo zufolge war Guglielmo kein Sexmaniak, sondern gefiel sich vielmehr in der Rolle des galanten Verführers. Er war geistreich, intelligent, sogar gebildet: alles Eigenschaften, die ihn zusammen mit der Anziehungskraft, die sein athletischer Wuchs ausübte, unwiderstehlich machten. In der Stadt erzählt man sich, er habe lange ein Verhältnis mit einer berühmten Schauspielerin gehabt. Die beiden trafen sich in einem Hotel in Chiasso, wo sie – ohne dass ihr jeweiliger Ehepartner es wusste – leidenschaftliche Liebesnächte verbrachten. Die Gerüchte hatten dazu geführt, den Ruhm des Verführers noch zu steigern: Die Honoratiorinnen der Stadt rissen sich förmlich darum, den jungen Mann ins Bett zu bekommen, in den die berühmte Schauspielerin unsterblich verliebt war. So fiel ein wenig Divenglanz auch auf sie.

Guglielmo war nicht nur ein gerissener Provinzplayboy. Er hatte sich bei der *Banca di Provincia* hochgedient, wo es ihm gelungen war, den Umsatz innerhalb weniger Jahre um fünfzig Prozent zu steigern, vor allem dank der damals unerhörten Neuerung, am Schalter Versicherungspolicen zu verkaufen. Auch das Bankwesen schien wie gemacht für ihn, doch vielleicht war es der Wunsch, sich vom übermächtigen Einfluss des Vaters frei zu machen, der seinen Weg in eine andere Richtung hatte lenken wollen. Finanziert von der *Banca di Provincia,* hatte er in den letzten Jahren ein Projekt in großem Stil angeleiert: die Erschließung eines riesigen Neubaugebiets im Süden der Stadt. Eine Modellstadt von mehreren Millionen Quadratmetern, ein »Bergamo II«. Geplant im Hinblick auf einen Anschluss an den Großraum Mailand, wodurch unsere Stadt in einigen Jahren zu einem eleganten Vorort jener anderen würde.

»Und deshalb«, fährt Vincenzo in seinem Bericht fort, »kam es auch zu heftigen politischen Auseinandersetzungen. Warburg, der Stadtbaurat, wollte nie etwas von dem Projekt wissen. Er hat versucht, es auf jede denkbare Weise zu verhindern. Und trotz des Drucks, den ich dir nicht zu beschreiben brauche, hat er bislang durchgehalten. Klar, jetzt wo Rondine tot ist, steht das ganze Unterfangen auf der Kippe.«

Vincenzo hat inzwischen den Computer wieder hochgefahren und redet weiter, am Schreibtisch sitzend, neben dem Foto von meiner Tochter. Einen Augenblick ist es so, als hätte der Regisseur dieser Szene die Stummtaste gedrückt. Vincenzo spricht weiter, doch ich höre seine Worte nicht mehr. Dann verschwindet auch das Bild, löst sich im Hintergrund auf, das von Giulia nimmt seinen Platz ein. Sie sieht aus wie damals, als ich sie zum letzten Mal sah, die Gesichtszüge zu früh gereift, das Lächeln dasjenige einer Erwachsenen. Sie schaut mich mit dem Wohlwollen einer Mutter, nicht dem einer Tochter an und sagt zu mir: »Geh nur, Papa.«

Vincenzo hat währenddessen weitergeredet. Ich konzentriere mich wieder auf seine Worte und höre, wie er erklärt: »Guglielmo Rondine war nicht nur ein Provinz-Don-Juan und ein talentierter Geschäftsmann. Er ging aufs Sarpi-Gymnasium, das humanistische, und war auch dort der Beste. Glänzend, gewissenhaft und mit einem ausgezeichneten Gedächtnis begabt, war er der Liebling der Lehrer und auch der Kameraden. Dank seiner Statur war er auch im Fußball der Beste. Mein Bruder meint, er hätte in der ersten Liga spielen können. Aber er wollte es nicht. Während der Schulzeit war der Film sein Hobby. Er begeisterte sich leidenschaftlich dafür, sah und las alles, wurde Mitglied des Filmforums. Er hatte sich einer Gruppe von Amateurfilmern angeschlossen.«

Ich muss zugeben, dass mich das, was Vincenzo da erzählt, ein wenig irritiert. Nun hatte ich mich doch bereits an den großen Jungen aus der Provinz gewöhnt, den reichen, verwöhnten Burschen, der gelangweilt verheiratete Frauen verführt und schicke Sportwagen fährt. Vincenzos letzte Beschreibung überlagert jedoch das Porträt, das ich in meinem Kopf aufgehängt hatte, so als hätte ein zu Späßen aufgelegter Maler mit zwei Pinselstrichen die Physiognomie des Bildes übermalt.

»Und dann, was geschah dann? Hat er seinen Abschluss in Literaturwissenschaft gemacht?«

»Von wegen. Dann schaltete sich die Staatsraison ein, oder vielmehr die Familienraison. Urplötzlich wandte Guglielmo sich von allem ab – Schule, Freunde, Filmforum – und ging an eine renommierte Businessschool in Amerika. Als er ein paar Jahre später zurückkam, hatte er sich bereits in einen Aufsteiger verwandelt, in einen luxusverliebten Manager. Jetzt sammelte er leidenschaftlich Autos, keine Frauen mehr. Wenn ein neues Modell herauskam, egal welches – er musste es besitzen. Manchmal fuhr er gerade mal vierzig Kilometer damit, dann stieß er es schon wieder ab. Und die Oldtimer sind nicht mit einbezogen: Für sie hatte er eigens eine Lagerhalle außerhalb der Stadt gekauft, die Tag und Nacht bewacht wurde und in der Dutzende von unglaublich wertvollen Wagen standen.«

Erneut verschwimmt mein Porträt an der Wand, während Vincenzo mit ein paar Pinselstrichen darüber geht. Guglielmo Rondine wird zum Phantom. Reich und verwöhnt, intelligent und anspruchsvoll, ein Schürzenjäger und doch gebildet …

»Und der Vater?«, frage ich, auf der Suche nach einem Anhaltspunkt.

»Ist Hauptaktionär der *Banca di Provincia*, das weißt du ja. Er ist jetzt fast achtzig, erfreut sich aber eiserner Gesundheit: Er hat noch immer ein Auge auf die Geschäfte. Wer weiß, an wen das Geld jetzt gehen wird? Die Mutter ist schon seit geraumer Zeit tot, andere Verwandte scheint es nicht zu geben.«

»Ja, und das Geld?«, hake ich nach. »Woher kam das denn? War die Familie Rondine schon immer vermögend?«

Vincenzo schiebt die Unterlippe vor, die überall gültige Geste des Nichtwissens.

»Eine ganz normale Familie, vielleicht Bauern. Woher sie das Geld hatten, um die Bank zu gründen, kann niemand mit Sicherheit sagen. Und bestimmt wird auch niemand versuchen es herauszufinden. Ein paar Monate nach dem 25. April gründete er, zusammen mit anderen Kampfgefährten, die *Banca di Provincia*. Einem verdienstvollen Partisanen wie ihm hat selbstverständlich niemand Steine in den Weg gelegt, das ist klar. Woher jedoch dieses Geld kam, hat niemand begriffen. Und das wird man wohl auch niemals herausfinden.«

»Und Alice?«, frage ich.

»Alice?«

»Das einzige Wort, das Guglielmo mir zuflüsterte, bevor er auf dem Kiesbett der Adda starb.«

»Vielleicht solltest du das seinem Vater erzählen.«

»Erst möchte ich verstehen, was es damit auf sich hat. Alice, erinnert dich das an irgendetwas? Vielleicht hieß seine Freundin so, oder es ist sonst ein Name. Überleg mal.«

»Bei Rondine junior gestaltet sich die amouröse Buchhaltung ziemlich schwierig. Er hatte nie eine feste Beziehung, soweit ich weiß, abgesehen von einer Geschichte damals auf dem Gymnasium. Wenn es eine junge Frau ist, dann muss sie große Bedeutung für ihn gehabt haben.«

Ich bleibe allein zurück und mache mich wieder an die Arbeit. Die Inspiration ist flöten gegangen, und ich würde gern darauf verzichten, Überschriften und Zwischentitel für Pugnalettos mittelmäßigen Artikel zu erfinden. Doch jetzt habe ich mich dazu bereit erklärt, und ich möchte nicht wie der unberechenbare Redaktionstyrann erscheinen, indem ich die Arbeit jetzt auf einmal anderen aufbürde. Die Finger berühren die Tasten, ohne eine von ihnen herunterzudrücken, und somit bekommen meine Augen auch nichts Erhellendes auf dem Bildschirm zu sehen.

Alice, Alice, der Name geht mir nicht mehr aus dem Kopf. Als hätte Guglielmo Rondine, nach meiner Tochter, ihn mir von neuem anvertraut. Vielleicht zum ersten Mal fühle ich mich in gewisser Weise verantwortlich.

Vielleicht verbirgt sich hier Alices Geheimnis

Eine halbe Stunde später bin ich schon im Auto, den Artikel habe ich, so gut es eben ging, abgeschlossen, und jetzt muss ich mich auf den Weg machen – ich habe bereits Verspätung – zu einer jener langweiligen Konferenzen im Centro San Bartolomeo. Ich kann mich schlecht gegen so etwas sträuben. Schließlich bin ich Chef der lokalen Tageszeitung, ein verdienstvoller Profi, den viele gern mit einem Intellektuellen verwechseln. Ich werde gebeten, an Seminaren über ganz unterschiedliche Themen teilzunehmen, zu denen ich nichts beisteuern kann. Und genau in jenen Momenten nähert sich der Journalismus dem Mysterium der Kunst an.

Ich biege in den Viale Vittorio Emanuele ein und fahre dann an der Kreuzung nach links. Das darf man nicht, doch ich genieße Straffreiheit, wie sie hier in der Provinz den wenigen bekannten Gesichtern vorbehalten ist. Tatsächlich hebt der Verkehrspolizist an der Ecke eine Hand, zum Zeichen des gnädigen Einverständnisses. Vor dem Teatro Donizetti lese ich im Vorbeifahren, was auf dem Programm steht, und als ich wieder auf die Fahrbahn blicke, ist es bereits zu spät. Der Fiat 600 vor mir ist stehen geblieben. Ich steige aufs Bremspedal, kann aber nicht mehr rechtzeitig bremsen. Die Stoßstange meines Lybra stößt gegen die des anderen Wagens und verbeult ihn am Heck. Eine imposante Frau im Pelzmantel – auch sie einst Opfer des Zaubers von Rondine junior? – steigt aus und begutachtet den Schaden. Auch ich steige aus und strecke ihr meine Visitenkarte hin.

»Tut mir Leid«, sage ich; hoffentlich handelt es sich nicht um eine hysterische Ziege. Sie lächelt mich wohlwollend-distanziert an, mit der abgehobenen Einstellung der Reichen in Bezug zu lächerlichen materiellen Unannehmlichkeiten. Dennoch nimmt sie die Visitenkarte entgegen und steckt sie in ihre Tasche aus Krokodilleder.

»Melden Sie sich bei mir, wenn Sie sich mit der Versicherung in Verbindung gesetzt haben«, schlage ich vor, und sie entlässt mich mit einem letzten Lächeln, um dann mit ihrem Fiat 600 davonzufahren.

Etwas verwirrt steige ich wieder in meinen Wagen. Ich halte mich für einen guten Fahrer, dieser banale Unfall erstaunt mich. Wieso habe ich nicht rechtzeitig gebremst? Natürlich, ich war einen Augenblick lang abgelenkt, aber aus dem Augenwinkel hätte ich doch zumindest die Bremslichter des Wagens vor mir gesehen …

Die Bremslichter.

Jetzt begreife ich. Das heißt, ich begreife sogar zwei Dinge auf einmal. Erstens: Die Bremslichter haben nicht aufgeleuchtet, dessen bin ich mir sicher. Ich brauche nur den Blick auf das Auto vor mir zu richten: Die Dame im Pelzmantel ist vorne an der Kreuzung der Via Caversazzi stehen geblieben, und die Bremslichter haben nicht aufgeleuchtet, keines der beiden. Das also ist der Grund.

Doch noch wichtiger ist mein zweiter Gedanke.

Ich lege den ersten Gang ein und wende. Zumindest diesmal wird das Centro San Bartolomeo ohne meine wertvolle Mitarbeit auskommen müssen. Ich fahre an der Porta Nuova vorbei, bei Dunkelgelb, erneut nickt der Verkehrspolizist begütigend. Mit achtzig Sachen komme ich zum Viale Papa Giovanni und biege mit quietschenden Reifen nach rechts ab.

Fünf Minuten später bin ich auf der Autobahn. Ich beschleunige auf hundertachtzig. Zehn Minuten genügen, und ich bin an der Brücke über die Adda. Ich überquere sie. Gleich danach steht ein Mauthäuschen zwischen den Fahrspuren. Mit einem gewagten Manöver – gefährliche Spielchen am Steuer sind ja schließlich meine Spezialität – fahre ich durch eine freie Stelle in der Hecke auf dem Mittelstreifen. Ich beuge mich vor, um die erste Lücke im Verkehr auszunutzen. Doch dies ist Italiens meistbefahrene Autobahn, und ich muss ein paar Minuten warten, bis sich genügend Abstand zwischen zwei Fahrzeugen ergibt, die auf der Überholspur dahinbrausen.

Mit voll durchgedrücktem Gaspedal reihe ich mich schließlich in den Verkehr ein. Im Rückspiegel sehe ich den Umriss eines Sportwagens, der immer näher kommt. Er blitzt mich mit der Lichthupe an, erst wütend, dann entsetzt, als er begreift, dass er nicht mehr bremsen kann. Ich weiche nach rechts aus und wäre um ein Haar mit einem Lieferwagen voller Maurer zusammengestoßen, die mich mit unmissverständlichen Gesten bedenken. Endlich gelingt es mir, auf die ganz rechte Fahrspur zu fahren, die wie üblich leer ist.

Mit fünfzig Kilometern pro Stunde überquere ich die Brücke. Die Leitplanke wurde noch nicht erneuert. Nur ein weiß-rot gestreiftes Plastikband hängt dort.

Ich parke in derselben Haltebucht wie gestern und gehe gegen die Fahrtrichtung ein Stück zu Fuß zurück. Unter dem Hupen wütender Autofahrer, die hier unvermutet einen Fußgänger auftauchen sehen, gelange ich zu der fatalen Lücke in der Leitplanke. Ich beuge mich vor und schaue nach unten ins Tal. Auch aus dieser Entfernung sind auf der Flussböschung noch die Spuren des Unfalls zu sehen. Nur eine dünne Plastikbarriere trennt mich von dem Abgrund. Es wäre so einfach. Ich klammere mich an die Leitplanke und widerstehe der Versuchung.

Jetzt begreife ich.

Jetzt weiß ich es.

Jetzt fällt mir wieder ein, was ich gestern Abend gesehen habe. Oder vielmehr, was ich *nicht* gesehen habe. Ich habe den Lastwagen nicht gesehen, der ins Schleudern geraten war. Vor allem aber habe ich die Bremslichter des Aston Martin nicht gesehen.

Guglielmo Rondine hat nicht gebremst.

Das Loch in der Seitenbegrenzung ist ganz eng: Wenn ich die Arme ausbreite, kann ich das fehlende Stück überbrücken. Die Lücke muss nur wenige Zentimeter breiter sein als das Auto.

Zufall? Unmöglich.

Ich bin mir dessen jetzt absolut sicher, so sicher, wie ich meinen Namen weiß.

Guglielmo Rondine ist nicht Opfer eines banalen Unfalls geworden. Jemand, der Autos sammelt, würde niemals mit kaputten Bremslichtern durch die Gegend fahren.

Guglielmo Rondine hat Selbstmord begangen.

Er hat absichtlich das Steuer herumgerissen, die Lücke in der Leitplanke angepeilt und ist mit zweihundert Sachen hindurchgeschossen.

Und nun, während die Autos mich weiterhin anhupen und Windstöße mir die Jacke hochwirbeln, frage ich mich: Was bringt einen gut aussehenden, reichen und glücklichen jungen Mann dazu, sich umzubringen, obwohl er alles im Leben hat?

Vom Auto aus rufe ich die Sekretärin der Zeitung an. Ich bitte sie, einen Termin mit Augusto Rondine zu vereinbaren.

Ich bin erst wenige Hundert Meter gefahren, als das Telefon klingelt.

»Es tut mir Leid«, sagt das Mädchen peinlich berührt, »aber der Assistent des Commendatore hat mir gesagt, dass es derzeit wirklich unmöglich ist, einen Termin auszumachen. Wegen des Todesfalles, Sie wissen schon ... Er hat noch hinzu gefügt, dass Sie dafür bestimmt Verständnis hätten. Vielleicht in ein paar Tagen ...«

Die Abfuhr des Alten überrascht mich. In einer Stadt wie dieser gehört der leitende Chefredakteur der Zeitung zusammen mit dem Präfekten, dem Bischof und dem Chef der Carabinieri zu den anerkannten Autoritäten. Was ich entdeckt habe, kann Rondine nicht wissen. Ich könnte ihn ja sehen wollen, um ihm mein Beileid auszudrücken. Daran wäre nichts Seltsames gewesen.

»Geben Sie mir die Nummer. Ich rufe ihn persönlich an.«

Der Assistent hebt ab. Er spricht leise, in salbungsvollem Ton. Er ist überaus freundlich und zuvorkommend, doch die Antwort bleibt gleich.

»Es tut mir Leid. Der Commendatore ist wirklich zutiefst erschüttert wegen des Todesfalls. Er wünscht niemanden zu sehen. Sie können sich ja vorstellen, wie schwer ihn das alles getroffen hat. Wenn Sie möchten, kann ich Ihre Beileidsbekundungen gern an ihn weiterleiten. Das heißt, ich danke Ihnen herzlich, dass Sie so umsichtig waren und …«

»Bitte glauben Sie mir, ich muss dem Commendatore etwas ganz Wichtiges sagen, und zwar persönlich.«

»In ein paar Tagen vielleicht, nach der Beerdigung, wenn er sich wieder etwas erholt hat. Wenn Sie wollen, können Sie ihm ja ein paar Zeilen schreiben.«

Der Tonfall ist jetzt nüchterner. Er verabschiedet sich und legt auf, ohne mir Gelegenheit zum Widerspruch zu geben.

Mag Augusto Rondine mir eine Abfuhr erteilt haben, der Kommandant der Verkehrspolizei nimmt meinen Anruf mit aufrichtiger Liebenswürdigkeit entgegen.

»Oh, *direttore*, wie schön … Es freut mich immer, wenn Sie anrufen.«

Ich erzähle ihm, dass ich den Unfall Rondines miterlebt habe, und dieser Umstand scheint ihn sehr zu überraschen. Als ich eine Unterredung mit ihm vereinbaren will, sagt er:

»Haben Sie jetzt gerade zu tun? Wir könnten uns nämlich sofort sehen.«

Die Verkehrspolizei hat ihren Sitz außerhalb der Stadt. Ein

einstöckiges Gebäude mit schusssicheren Fenstern und einer weiträumigen Umzäunung zur Autobahn hin. Ich parke in einer Haltebucht davor. Eine Videokamera überprüft mein Äußeres, scheint mich aber offensichtlich nicht für gefährlich zu halten, da sich das Tor mit einem Klacken öffnet.

Das Büro des Kommandanten ist ein sehr helles Eckzimmer direkt über dem Mauthäuschen. Die Autos zischen unter uns hindurch. Der Raum ist beinahe vollkommen schallisoliert, im Innern hört man nur ein leises Brummen im Hintergrund. Wir sind nicht weit entfernt von dem Ort, an dem Rondine verunglückt ist – oder vielmehr Selbstmord begangen hat.

Das Zimmer ist voll gestellt mit Pflanzen, ein erstaunliches Detail für jeden, der mit den Gewohnheiten von Polizisten vertraut ist. Doch dies ist zweifellos ein Polizist, der anders ist als die anderen. Hochgewachsen und schlank, trägt er eine maßgeschneiderte Uniform. Kommandant Guidolini – er wird so an die fünfzig sein – hat eine gewisse Ähnlichkeit mit David Niven, was vielleicht an seinem gebräunten Gesicht und dem schmalen Schnurrbart liegt.

»Also, *direttore*, was Sie mir da am Telefon eröffnet haben, hat mich doch sehr überrascht. Waren Sie Zeuge des Unfalls?«

»Der Aston Martin überholte mich auf der Brücke und stand kurz darauf plötzlich quer zur Fahrbahn. Ich habe gesehen, wie er hinuntergeschossen ist.«

»Und da sind Sie gleich in die Redaktion gefahren.«

»Nein, ich bin stehen geblieben. Ich bin hinuntergeklettert, um zu sehen, ob jemand überlebt hatte …«

Das verblüfft Guidolini.

»Sie sind hinuntergeklettert?«

»Es war natürlich nichts mehr zu machen. Ich hatte nur so eine Eingebung.«

Gar nicht so übel, den Helden zu spielen. Guidolini ist wirklich überrascht.

»Und sind Sie wieder gefahren, bevor die Streife kam?«

»Nein, ich bin eine Stunde geblieben, vielleicht anderthalb. Ich habe auch bei einem Ihrer Beamten meinen Namen angegeben.«

Guidolini kommentiert diese Nachricht nicht, aber es ist klar, dass sie ihm völlig neu ist. Ich setze noch einen drauf, als ich ihm erzähle, was ich heute Nachmittag gesehen und begriffen habe:

»Das war kein Unfall. Guglielmo Rondine hat Selbstmord begangen. Da bin ich mir sicher.«

Guidolini lehnt sich zurück und seufzt. Er wirkt erleichtert. Man sieht ihm an, wie die Gedanken die Nervenbahnen entlangsausen. Diese Journalisten, überall wittern sie eine Sensation.

»Bedaure. Ich weiß es zu schätzen, dass Sie hergekommen sind, um mir Ihre Vermutungen, Ihre Zweifel mitzuteilen. Aber es gibt leider keinen objektiven Anhaltspunkt, der Ihre These stützen würde.«

Er öffnet den Deckel des dunkelbraunen Aktenordners, der auf dem Schreibtisch liegt.

»Sehen Sie? Es gibt einen Zeugen, der wie Sie zum Zeitpunkt des Vorfalls auf der Autobahn unterwegs war. An seiner Aussage ist nicht zu rütteln: Der Fahrer des Aston Martin hat gebremst, weil ein Lastwagen vor ihm plötzlich ins Schleudern geraten war. Es gibt also kein dunkles Geheimnis.«

Als guter Journalist strecke ich instinktiv die Hand nach dem Dossier aus, doch der Kommandant klappt die Mappe zu, bevor ich einen Blick darauf werfen kann, und sei es von der falschen Seite aus.

»Was war in der Dose?«, frage ich.

»In welcher Dose?«

»Ich habe eine Metalldose im Wagen gesehen. Direkt hinter dem Fahrersitz. Eine runde, glänzende Dose.«

»Bedaure, es wurde keine Metalldose gefunden. Sie wird wohl bei dem Aufprall davongeflogen sein.«

Es hat keinen Sinn, ihn auf den offensichtlichen Widerspruch hinzuweisen: Der Aufprall hatte sich ja bereits ereignet, als ich die Dose sah. Kein Zweifel, dieser liebenswürdige Mensch belügt mich, weshalb auch immer.

»Darf ich Ihnen jetzt eine Frage stellen?«

»Als Polizist?«

»Als neugieriger Mensch. Oder als Freund, wenn Ihnen das lieber ist. Sagen Sie mir, weshalb nehmen Sie all diese Mühen auf sich? Wenn Rondine tödlich verunglückt ist oder, wie Sie sagen, Selbstmord begangen hat – was für einen Unterschied macht das?«

»Ich habe meine Gründe«, erwidere ich, ohne noch etwas hinzuzufügen. Wie sollte ich ihm das mit Alice erklären und was sie für mich bedeutet?

Guidolini steht plötzlich auf.

»Entschuldigen Sie«, sagt er und geht ans Fenster.

Ein schwarzer Mercedes wartet vor dem Tor. Nach ein paar Sekunden geht das Gitter selbsttätig auf. Die große Limousine fährt auf den Hof, beschreibt einen Bogen um das Gebäude und verschwindet um die Ecke.

»Warten Sie bitte einen Augenblick.« Er geht hinaus und schließt die Tür hinter sich.

Wohl jeder, zumindest jeder Journalist, hätte an meiner Stelle ebenso gehandelt. Wie oft habe ich eine derartige Situation ausgenutzt, um mir eine zusätzliche Information zu verschaffen. Heimlich durchblätterte Aktenordner, geraubte Notizblöcke. Sogar Papierkörbe habe ich schon durchwühlt. Ohne auch nur darüber nachzudenken, gehe ich um den Schreibtisch herum und schlage die Mappe auf.

Ich überfliege den Bericht, der mehr oder weniger das wiedergibt, was der Kommandant gesagt hat. Und finde das, was ich suche: den Namen des Zeugen. Lelio Artifoni.

In dem Bericht steht nichts Neues. Ich schaue mich um, und mein Blick fällt auf einen Pappkarton, der neben einem Karteikasten steht. Ich gehe darauf zu, hebe den Deckel hoch.

Bingo.

Hier drin liegen die Gegenstände, die auf dem Kies des Flussbetts gefunden wurden. Rondines Brieftasche ist dabei – etliche große Scheine sind darin und seine Papiere. Eine Sekunde lang betrachte ich das Foto im Führerschein. Dieser junge Mann mit dem ungewöhnlichen Lebensweg hat einen schwer zu deutenden Blick. Hart, würde man spontan sagen. Doch es ist auch eine leise Melancholie darin zu lesen. Der Blick eines Menschen, der seine Seele verbergen will.

Ich klappe die Brieftasche wieder zu und wühle in dem übrigen, leicht angesengten Kram. Ein Reiseführer, noch ein Führer – diesmal für Restaurants –, ein Lappen, die Wagenpapiere, alte Zeitungen. Ich hebe eine alte Ausgabe des »Lügenblatts« hoch, und tatsächlich, da ist sie.

Die runde Metalldose.

Ohne einen Augenblick zu überlegen, greife ich danach und stecke sie in meine Manteltasche. Eine Sekunde bevor die Tür aufgeht, nehme ich wieder die alte Position ein.

Der Kommandant bleibt auf der Schwelle stehen. Seine Haltung hat sich geändert. Jetzt hat er es eilig, mich loszuwerden.

»Tut mir Leid. Ich werde erwartet.«

Wir verabschieden uns hastig voneinander, ich bedanke mich noch aufs höflichste, um die Reaktion Guidolinis zu testen, der erwartungsgemäß immer ungeduldiger wird.

Unten schaue ich noch einmal zu seinem Büro hinauf. Und dort, hinter der Scheibe, inmitten der üppigen Pflanzen, sehe ich die beiden.

Guidolini schüttelt die Hand eines korpulenten alten Mannes mit grimmigem Gesicht, der ganz in Schwarz gekleidet ist.

Augusto Rondine.

Mein Handy klingelt. Der Verleger.

»Störe ich?«, fragt er. Ohne die Antwort abzuwarten, fährt er fort: »Es ist noch mal wegen des Unfalls. Ich weiß, dass

Sie Pugnaletto die Sache übergeben haben, *very good.* Wie ich schon sagte, ein tüchtiger Junge, der umsichtig vorzugehen weiß. Lassen Sie ihn in Ruhe arbeiten. Treiben Sie ihn nicht zur Eile an. Und pflanzen Sie ihm vor allem keine Ideen ein, die gar nicht von ihm selbst stammen. Haben Sie mich verstanden?«

Der Ton ist unmissverständlich. Die Botschaft ebenfalls. Zu anderen Zeiten meines Lebens hätte ich ihn zum Teufel geschickt. Manchmal habe ich das auch getan. Doch es hat sich etwas geändert.

»Selbstverständlich.«

»Wunderbar.« Der einschüchternde Tonfall ist einem väterlichen Singsang gewichen. »Die Zeitung hat unter Ihrer Leitung an *appeal* gewonnen. Ich glaube nicht, dass man das einer Laune wegen aufs Spiel setzen sollte. Sie haben nach wie vor unser volles Vertrauen.«

Er legt auf, bevor ich noch etwas erwidern kann.

Wieder im Auto, kann ich dem Impuls nicht widerstehen und greife in die Manteltasche. Ich betrachte die kleine runde Dose, versuche ihr Geheimnis zu erraten. Mit einer vorsichtigen Drehbewegung gegen den Uhrzeigersinn öffne ich den leichten Deckel.

Es ist eine Filmrolle.

Ich packe das Ende des Zelluloidstreifens und halte ihn ins Gegenlicht. Doch die Bilder sind zu klein, um etwas erkennen zu können, nur mit Mühe kann ich die Silhouette eines Mannes ausmachen. Es scheint ein Super-8-Film zu sein. Behutsam lege ich die Rolle wieder in das Döschen und drehe den Deckel zu. Ich kann es kaum erwarten, diesen kleinen Film zu sehen. Vielleicht verbirgt sich hier Alices Geheimnis.

Vielleicht spiele ich doch wieder mal Reporter

Lelio Artifoni wohnt in der Via Gombito, in der Oberstadt, ist aber nicht zu Hause. Ein Nachbar klärt mich auf, dass er Aufseher im Teatro Sociale ist, nur wenige Meter von hier.

Dieser Ort hat mich immer fasziniert. Das Theater ist einige Jahrhunderte alt. Seit den fünfziger oder auch den sechziger Jahren steht es jedoch leer. Der Eingang befindet sich in der Via Colleoni und ist ganz unscheinbar. Wenn man das schmale dunkle Gässchen entlanggeht, das die Oberstadt der Länge nach teilt, kann man sich nur schwer vorstellen, was für ein riesiger Raum sich hier verbirgt. Auf den alten Boden wurden Holzdielen gelegt. Das Innere ist nur spärlich, aber stimmungsvoll beleuchtet. Heute wird das Theater für irgendwelche unbedeutenden Ausstellungen genutzt. Im Sommer torkeln ermattete Touristen aus den Bussen, die am Colle Aperto geparkt sind, und stolpern hier herein, wie Schafe, die sich an einem schwülen Nachmittag in den Schatten dürrer Sträucher legen. Sind sie dann erst einmal hier, bringen sie jedoch keineswegs die Bilder oder Fotos zum Staunen: Die beachten sie nicht einmal. Nein, der Zauber des Verfalls lässt ihre Münder offen stehen. Die heruntergekommenen Logen, die schmale Bühne, der feuchte Geruch, der den mächtigen Mauern entweicht, und dazu das Gefühl, dass hier wirklich Geschichte gemacht wurde. Napoleon und Garibaldi waren hier, um nur zwei Beispiele zu geben.

Doch noch hat die Touristensaison nicht begonnen. Wenige Neugierige schlendern zwischen den Schautafeln einer Ausstellung über Pilze herum. Ich sehe mich um, auf der Suche nach Artifoni. Der Stand am Eingang ist leer. Ich lasse den Blick durch den Ausstellungsraum schweifen, schlüpfe in den Korridor, der zu den Garderoben führt. Nichts. Ich kehre wieder um. An der Eingangstür taucht ein etwa fünfzigjähriger Mann auf. Er ist klein und untersetzt, hat einen langen Bart und einen vorsichtigen Blick. Er trägt einen blauen Kittel.

»Signor Artifoni?«, frage ich und strecke ihm die Hand hin. Überrascht schaut er sie an, wie etwa ein Affe ein Funkgerät anschaut. Er schüttelt sie nicht und antwortet auch nicht. Das fängt ja gut an. Ich müsste mit dem ererbten Misstrauen der Bergamasker eigentlich vertraut sein. Hier Journalist zu sein ist zehnmal schwieriger als irgendwo sonst. Fragen sind hier nicht besonders willkommen.

»Ich weiß, dass Sie gestern Abend den Unfall auf der Autobahn gesehen haben«, fahre ich fort, als ob nichts wäre. Es ist die einzig mögliche Vorgehensweise. So tun, als hätte man die argwöhnischen Blicke gar nicht bemerkt, und weitermachen, als hätte der andere, anstatt sich in einen hartnäckigen Mutismus zu flüchten, uns umarmt und geküsst.

»Ja«, gibt der verschwiegene Zeuge zu. Er hat den starken Akzent der hiesigen Provinz. Was gering erscheint, ist bereits ein Sieg. Jetzt muss ich dieses kleine »Ja« ausnutzen, um seine grobe Widerborstigkeit zum Bröckeln zu bringen.

»Ich habe es nämlich auch mitbekommen, ich war direkt hinter dem Wagen, der von der Brücke gestürzt ist, und wüsste gern, was Sie gesehen haben. Das Ganze hat mich schon ziemlich erschüttert, wissen Sie …«

Es ziemt sich, an dieser Stelle einen pathetischen, sentimentalen Tonfall anzuschlagen. Die Bergamasker sind empfänglich dafür. Und tatsächlich taut auch Artifoni allmählich auf. Er fängt an, die Geschichte zu erzählen, wenngleich auf seine Weise.

Er spricht langsam. Bevor er einen Satz ausspricht, übersetzt er ihn im Geist aus dem Dialekt.

»Ich habe das Auto gesehen, das da plötzlich gebremst hat. Und danach hat es sich quer gestellt und ist hinabgeschossen.« Punkt. Damit glaubt er seine Chronistenpflicht erfüllt zu haben. Es genügt jedoch, ihn mit einer Reihe von Fragen anzustacheln, damit er sich von jenem eng umgrenzten Ausgangsbereich zu einer einigermaßen akzeptablen Geschichte aufschwingt.

Artifoni fuhr also, wenn ich seinen Worten Glauben schenken darf, auf der rechten Spur, mit achtzig Stundenkilometern. Er fuhr so langsam, weil er nicht oft auf der Autobahn unterwegs ist, vor allem nicht nachts. Der Unfall ereignete sich vor seinen Augen. Ein Lastwagen, ein großer Lastwagen mit kippbarer Ladefläche, fuhr mit hundert, hundertzehn Kilometern auf der Überholspur an Artifoni vorbei und war nun etwa hundert Meter vor ihm. Plötzlich sah Artifoni auf der Überholspur einen weiteren Wagen blitzschnell näher kommen. Er kannte den Wagentyp nicht, hatte noch nie etwas Ähnliches gesehen. Der Aston Martin – das sage ich ihm, entnehme seiner Reaktion aber, dass er nichts damit anfangen kann –, der Aston Martin war noch etwa zehn Meter von dem Lastwagen entfernt und wollte ihn gerade überholen, als der Lastwagen plötzlich ins Schleudern geriet und so auch die linke Fahrspur in Beschlag nahm. Artifoni weiß nicht, was passiert ist. Die Schlangelbewegungen kann er sich nur so erklären, dass der Fahrer ein paar Sekunden lang eingenickt ist.

Plötzlich war also die Überholspur blockiert. Der Fahrer des Aston Martin sah ein, dass er niemals zwischen dem Lastwagen und der Leitplanke zur Linken durchgepasst hätte. Artifoni behauptet, er habe die Bremslichter des Sportwagens aufleuchten sehen. Der Asphalt auf der Brücke sei jedoch nass gewesen, und so habe sich der Wagen sofort quer gestellt, sei ein Stück nach rechts abgekommen und in etwa hundert Metern Entfernung an ihm vorbeigeschlittert, um dann durch die Lücke in der Leitplanke nach unten zu stürzen. Artifoni hielt nicht wie ich in der Haltebucht an. Geschockt fuhr er weiter. Da er kein Handy besitzt, fuhr er weiter bis Bergamo – was bei dieser Geschwindigkeit mindestens zwanzig Minuten gedauert haben dürfte –, und dort hat er die Polizei verständigt. Doch der Beamte teilte ihm mit, dass sie bereits über den Unfall im Bilde seien und jemand bereits die Polizei verständigt habe – ich. Ende.

Alles passt zusammen. Seine Darstellung stimmt genau mit dem Bericht der Verkehrspolizei überein, bis ins kleinste Detail. Artifonis Auto habe ich nicht gesehen – doch ich wandte ja in dem Augenblick den Kopf zur Seite, um das vorbeifahrende Auto zu identifizieren. Und den Lastwagen habe ich auch nicht gesehen – weil ich durch das Autoradio abgelenkt war. Wäre da nicht das Problem mit den Bremslichtern – doch auch hier lässt sich vielleicht eine einfache Erklärung finden –, gäbe es keinen Grund, weitere Nachforschungen anzustellen.

Und trotzdem überzeugt mich dieser Mann hier nicht. Es kommt mir vor, als würde er eine auswendig gelernte Lektion herunterleiern: der Lastwagen, die Geschwindigkeit, der Aston Martin ... Ich finde es auch verdächtig, dass der Wagentyp ihm nichts sagt, obwohl er doch ständig in den Nachrichten erwähnt wurde – sogar einen Ausschnitt aus einem James-Bond-Streifen haben sie ausgekramt, um das Modell zu zeigen. Wenn ich das, was er mir gerade erzählt hat, noch einmal Revue passieren lasse, fällt mir auf, dass er den Namen Rondine kein einziges Mal erwähnt hat, als wüsste er nicht, wer der Unglücksfahrer war. Dabei spricht man in der Stadt von nichts anderem.

Artifoni hat vorsichtig, ausweichend, misstrauisch mit mir gesprochen. Das ist nicht nur eine Charakteristik der hiesigen Bevölkerung. Und dann begreife ich auf einmal: Er hat meinen Besuch erwartet. Er hat ein genauestens einstudiertes Schauspiel zum Besten gegeben. Das anfängliche Widerstreben gehört zu einem sorgfältig geplanten Zeremoniell. Artifoni *wusste*, dass ich ihn aufsuchen würde, jemand musste ihm Bescheid gegeben haben – der Kommandant? Zenoni? Augusto Rondine selbst?

Gut, wenn dies eine Falle ist, dann tappe ich gern hinein. Oder tue zumindest so. Als Artifoni seinen Bericht beendet hat – im letzten Teil wurde er geradezu redselig –, danke ich ihm mit einem breiten Lächeln.

»Wissen Sie, ich war abgelenkt und habe das Ganze nicht so genau mitbekommen ... Ich habe mir sogar eingebildet, ich sei vielleicht irgendwie an dem Unfall schuld ...«

Der Verweis auf mein schlechtes Gewissen ist eine ziemlich geniale Eingebung, wie ich finde. Artifoni schüttelt den Kopf, er scheint den bergamaskischen Eispanzer allmählich zu durchbrechen. Solidarisch reicht er mir die Hand.

»Rufen Sie mich ruhig an, wenn es nötig ist«, bringt er heraus.

Ich gehe die Via Gombito entlang, und ganz plötzlich liegt die herrliche Piazza Vecchia vor mir, die mir immer wieder den Atem raubt. Der Palazzo della Ragione auf seinen Pfeilern, elegant und ätherisch. Rechts die Torre del Campanone, links, noch verborgen der Dom, schließlich Santa Maria Maggiore mit ihren Löwen – mir gefällt vor allem jene kleine, aus der Ecke herausgehauene Pforte, wunderbar in ihrer aufragenden Asymmetrie. Die Cappella Colleoni mit ihrem obszönen Emblem und rechts das Baptisterium. Ein Anblick, der mich erfreut, der mich tröstet, der Schönheit und Kraft vereint.

Irgendjemand in dieser Stadt will nicht, dass ich meine Nase in seine Angelegenheiten stecke. Wer weiß, vielleicht spiele ich doch wieder mal Reporter.

Ohnmacht

Als ich nach Hause komme, steht Vincenzo wartend unten vor der Tür. Ich entschuldige mich für meine Verspätung und bitte ihn hereinzukommen. Er öffnet den Kofferraum und holt einen großen Karton heraus.

»Du hast also einen gefunden.«

»Du weißt ja: Ich kenne jeden in der Stadt.«

Ich helfe ihm dabei, die Kiste nach oben zu tragen.

»Wo sollen wir ihn aufstellen?«, fragt er mich. Der Tisch im Wohnzimmer ist am besten geeignet. Die Wand gegenüber ist leer, mit Ausnahme eines Bildes, das ich abnehme.

Vincenzo hat bereits den Projektor herausgeholt.

»Morgen früh muss ich ihn wieder ins Filmforum bringen. Glaubst du, das schaffst du?«

»Aber sicher. Es ist ja nur ein Kurzfilm.«

Mit geübten Händen beginnt er ihn aufzustellen und das Kabel in die Steckdose zu stecken. Es ist ein altes Gerät, das sehe sogar ich. Faszinierend wie der Aston Martin, der von der Brücke stürzte.

»Weißt du, wie du den Film einlegen musst?«

»Mach das lieber du.«

Ich halte ihm die Metalldose hin, und er betrachtet sie genau. Er ist der geborene Reporter, und das Wichtigste, was ein guter Reporter mitbringen muss, ist eine gute Beobachtungsgabe. Das Zweitwichtigste ist die Fähigkeit, scheinbar unzusammenhängende Dinge miteinander in Verbindung zu bringen. Vincenzo hat begriffen, dass in dem, was alle für einen normalen Unfall halten, noch etwas Zusätzliches verborgen liegt. Mein Interesse macht ihn neugierig und reizt ihn. Doch ich habe nicht vor, ihn einzuweihen, zumindest einstweilen nicht. Ich folge meinen Intuitionen, ohne irgendwelche konkrete Anhaltspunkte – der erste könnte dieser Film hier sein. Solange ich nichts Genaues in Erfahrung gebracht habe, möchte ich lieber alleine Nachforschungen anstellen.

»Danke«, sage ich zu ihm, »du kannst jetzt zurück in die Redaktion fahren.«

Die Enttäuschung lässt seine Gesichtszüge erstarren. Klar, er hat sich reingehängt, weil er hoffte, ich würde ihn einweihen. Aber er reitet nicht darauf herum.

»Wenn du Hilfe brauchst, melde dich.«

Draußen ist es finster. Ich brauche nur das Licht zu löschen und bin schon ins Dunkel getaucht. Vincenzo hat mir erklärt, wie man den Apparat bedient. Ich drücke auf einen Knopf und höre das Brummen des Motors. Als ich einen weiteren drücke, leuchtet das Gerät auf und wirft ein scharfes Rechteck auf die Wand.

Der Projektor gibt das klassische Schnarren von sich, während auf der Wand die ersten schwarzen, verkratzten Einzelbilder zu sehen sind.

Dann beginnt der Film, verschwommen. Ich reguliere das Objektiv, um ein scharfes Bild zu bekommen, in Schwarzweiß.

Ein Mädchen mit hellen Haaren ist in Großaufnahme zu sehen, es hält den Kopf gesenkt. Der Bildausschnitt vergrößert sich, und ich bemerke, dass es sich im Innern eines Wagens befindet. Ich sehe es zu drei Vierteln, durch die Windschutzscheibe und das Seitenfenster.

Das Mädchen hat den Kopf und die Arme aufs Lenkrad gelegt, als würde es schlafen. Die Hupe, die von der Stirn niedergedrückt wird, ertönt ununterbrochen. Lange, unendlich lange scheint die Einstellung – das vornüber gebeugte Mädchen, der Lärm der Hupe – unverändert, doch es handelt sich wohl nur um wenige Sekunden.

Dann ändert das Objektiv seine Position. Ein Junge, der eine Straße entlangläuft, ist nun zu sehen, er kommt näher, wird immer größer. Großaufnahme des erschütterten Gesichts.

Ich kenne ihn.

Es ist Guglielmo Rondine. Blutjung.

Der Bildausschnitt vergrößert sich erneut. Rondine greift nach der Klinke, reißt die Wagentür auf. Der Körper des Mädchens rutscht vom Sitz, mit makabrer Langsamkeit sackt er Rondine entgegen, der ihn beinahe im Sinken auffängt, ihn aufrichtet, in den Armen wiegt. Jetzt, da der Kopf nach hinten gebogen ist und die blonden Haare das Pflaster streifen, kann ich endlich das Gesicht sehen. Das Mädchen ist wunderschön, von einer ganz eigenen Schönheit, die herkömmliche Grenzen sprengt und neue Maßstäbe setzt. Ein breiter Mund, kräftige Wangenknochen, helle, längliche Augen. Ich kann den Anblick kaum genießen, denn plötzlich ändert sich der Bildausschnitt erneut.

Ein zweiter Junge kommt ins Bild, den ich nicht erkenne. Er packt Guglielmo bei den Schultern und versucht ihn wegzuziehen. Rondine widersetzt sich, erst ganz entschieden, dann immer schwächer. Kurzzeitig nehme ich den Gesichtsausdruck echten Schmerzes wahr. Ich kann es nicht erklären, es passiert selten, nur bei den wirklich guten Schauspielern. Eines der Geheimnisse der Schauspielkunst, so heißt es, ist das Sich-Versenken in die Situation, die man darstellen will, und zwar indem man sich an eine analoge Situation erinnert, die man selbst erlebt hat. Wenn ich Rondine in diesem Augenblick so sehe, glaube ich zu wissen, dass er in der Realität jenen Konflikt durchlebt, den er gerade spielt. Der Freund zieht ihn weg, er versucht sich zu wehren, bemerkt dann aber, dass er es nicht kann, nicht darf und vielleicht im Grunde gar nicht will.

»Komm, Giacomo, weg hier«, fleht der Freund ihn an, und diese Worte haben die Wirkung einer kräftigen Zange, die imaginäre Ketten durchtrennt. Überaus langsam bettet Rondine den Körper auf den Sitz, er lässt die Beute los, richtet sich auf und betrachtet das Mädchen, das er offensichtlich liebt – oder vielmehr geliebt hat. Was er da anschaut, ist nicht nur eine Leiche, sondern der eigentliche Grund seines Daseins. Dann entfernt Rondine sich mit schweren Schritten, gestützt von dem Freund. Ausblendung.

Nach einer Serie von versengten Einzelbildern, die über die Wand flimmern, kommt der Vorspann. Was ich dem Kommandanten der Verkehrspolizei da gestohlen habe, ist die noch nicht geschnittene Fassung eines Kurzfilms.

Die erste Schrifttafel lautet: »Überfluss Produktion GmbH präsentiert«.

Die zweite: »Ein Film von GUGLIELMO RONDINE«.

In Erwartung des Titels lasse ich mich in den Sessel sinken, als ich plötzlich ein Geräusch hinter mir höre.

Ich drehe mich um, und alles, was ich erkennen kann, ist eine schwach vom Projektor erleuchtete Gestalt. Aber ich bringe kein Wort heraus, schaffe es nicht einmal, den Arm zu heben, mich aus dem Sessel zu hieven.

Ich bemerke eine rasche Bewegung, und plötzlich spüre ich einen stechenden Schmerz im Nacken. Ich stürze zu Boden, und mit einem Mal gehen die Lichter aus, draußen und in meinem Kopf, als wäre ich nach der letzten Vorstellung in einem Kino eingeschlossen. Ich falle in Ohnmacht.

Dritter Tag

Dienstag, 21. April

Vielleicht finde ich jemand anderen

Es ist bereits Morgen. Das merke ich an dem Licht, das durch die geschlossenen Läden dringt. Ich reiße sie auf und erkenne, dass ich einen Fehler gemacht habe. Die Strahlen schießen bereits in meine Pupillen, sausen den Sehnerv entlang und treffen wie spitze Pfeile in meinem Gehirn auf. Der Schmerz breitet sich im ganzen Körper aus.

Ich kneife die Augen zusammen, blicke mich um, indem ich langsam den Kopf wende, denn ich habe Angst, dass er mir bei einer ruckartigen Bewegung abreißt. Ich kann mich noch erinnern, wie Vincenzo mir den Projektor bringt, ich das Licht lösche und den Apparat einschalte. Sogar den Filmausschnitt mit Guglielmo Rondine habe ich noch in Erinnerung und, ach ja, das wunderschöne Mädchen. Dann ... dann gab es einen Schlag ... irgendetwas oder irgendwer hat mich an den Schultern gepackt ... der Film!

Hastig drehe ich mich um. Auf dem Tisch thront der Projektor, er ist noch eingeschaltet. Ein leichter Brandgeruch liegt in der Luft, wie ich erst jetzt bemerke.

Der Film ist verschwunden. Die Nabe für die Filmspule ist leer.

Ich lasse den Blick durchs Zimmer schweifen, sonst ist nichts angerührt worden. Mühsam stehe ich auf, stütze mich auf dem Sofa ab. Ich strecke den Arm aus und schaffe es bis in die Küche hinüber. Das Glas der Fenstertür ist zerbrochen: Dort sind sie oder ist er also hereingekommen. Ich gehe auf den Balkon, und vielleicht liegt es an dem grellen Licht und der frischen Luft, jedenfalls wird mir übel. Ich versuche gar nicht dagegen anzukämpfen und übergebe mich in einen leeren Blumenkübel, der passenderweise herumsteht. Ich wische mir den Mund mit dem Jackettärmel ab – ich trage noch mein Jackett, wie ich erst jetzt feststelle – und werfe einen Blick nach unten. Der Eindringling ist hier hochgeklettert, dazu braucht es nicht viel: Es reicht, sich mit den Füßen auf das Balkongeländer unter meinem zu stellen und sich dann hinaufzuhangeln. Er hat sich hier heraufgehievt, hat die Scheibe eingetreten – der Projektor muss den Lärm übertönt haben, oder vielleicht hat er eine nasse Zeitung verwendet – und mich an der Schulter gepackt.

Der Eindringling hat den Film mitgehen lassen oder vielleicht auch wieder in seinen Besitz gebracht. Nur zwei Personen wussten, wer ihn hat. Ich schaue auf die Uhr, halb neun. Heute ist die Beerdigung, und die möchte ich keinesfalls verpassen.

Die Stadt scheint den Atem anzuhalten an diesem fahlen Morgen. Regenschwere Wolken, aufgespießt von dem Fahnenmast, hängen über dem Castello San Vigilio, auch sie schließen sich der allgemeinen Trauer an.

Die Villa Rondine, am Beginn der Torni, jener Straße, die in die Colli, die Hügel, führt, thront über Bergamo wie ein mürrischer Wächter, dessen Unnahbarkeit etwas Erschreckendes hat. Am Gittertor herrscht reger Verkehr hinein- und herausfahrender Autos. Sogar die Motoren scheinen Rücksicht auf den bedeutenden Trauerfall zu nehmen: Mit einem leisen, niemals aufdringlichen Schnurren rollen die Wagen auf den Kies des Hofes.

Die Villa ist nicht so beeindruckend, wie man es vermuten sollte. Die einzige Extravaganz besteht in zwei sehr hohen, stolzen Türmchen. Man kann sich leicht vorstellen, wie Rondine senior von dort aus forschend über die Stadt blickt.

Nachdem man ein paar Stufen überwunden hat, kommt man zum Totenzimmer, das gleich neben dem Eingang liegt, damit die Störung auch wirklich auf ein Minimum reduziert wird. Augusto ist nicht zu sehen. Die Beaufsichtigung der Besucher besorgen zwei kräftige junge Männer in schwarzen Anzügen, eher Bodyguards als Totenwächter. Ich trage mich ins Kondolenzbuch ein und trete an die offene Bahre. Rondines Gesicht zeigt keine Regung, nicht einmal die des ewigen Friedens, und ich kann es nur schwer mit dem lebhaften, eindringlichen und entschiedenen Ausdruck in dem Kurzfilm von gestern Abend in Einklang bringen. Von allen hier weiß ich vielleicht als Einziger, was wirklich auf der Autobahnbrücke passiert ist. Ein nutzloser Vorteil, wenn es mir nicht gelingt, auch den Grund dafür herauszufinden. Es wäre schön, wenn Guglielmo Rondine, oder auch nur sein Körper, mir ein Zeichen gäbe, mir irgendeine Botschaft anvertraute, irgendein Indiz.

Eine Narbe zieht sich über die linke Wange der Leiche, eine weitere verunziert die Hand und verschwindet im Hemdärmel. Es sind keine Wunden, die von dem Unfall neulich stammen, sondern sie müssen von einem anderen, länger zurückliegenden Unglück herrühren, das sich auf jeden Fall erst nach Guglielmos Dreharbeiten ereignet hat: In dem Filmstreifen, der mir geraubt wurde, war sein Gesicht noch unversehrt.

Für weitere Beobachtungen bleibt keine Zeit. Der eine der beiden dunkel gewandeten Zerberusse tritt auf mich zu, eher einschüchternd denn höflich.

»Hier entlang, bitte«, sagt er und deutet auf den Ausgang.

Im Kirchenschiff des Bergamasker Doms hat sich alles eingefunden, was in der Stadt Rang und Namen hat. Gäbe es noch aktive Terroristen, so hätten sie mit einem einzigen

Sprengsatz alle Potentaten des Ortes ausradieren können. Doch die Rebellen der siebziger Jahre wollten nur mit der MG auf Polizeikasernen schießen, denn sie glaubten noch, der wahre Feind verberge sich unter den Uniformen.

Augusto Rondine ist natürlich da, außerdem der Bürgermeister, der Stadtbaurat Warburg und viele weitere Politiker, darunter auch einige Abgeordnete aus der Stadt. Ich sehe Don Filasti, den Präsidenten des Istituto di Carità, einen Priester, der sehr bekannt geworden ist durch seinen Einsatz für Jugendliche und vor allem wegen seines philosophischen Wissens, das ihn zu Vorträgen auch weit außerhalb Bergamos führt und ihm, natürlich, eine wöchentliche Rubrik in der »Gazzetta« eingebracht hat. Neben Don Filasti, der ihm einen Arm um die Schulter gelegt hat, ist ein Behinderter mit mandelförmigen Augen und seligem Ausdruck. Auch der Kommandant der Verkehrspolizei ist da, neben den Kollegen von den Carabinieri und der Polizei. Es folgt eine ganze Reihe mehr oder weniger wichtiger örtlicher Berühmtheiten. Niemand will dieses Ereignis versäumen, niemand wollte es dem mächtigsten Mann der Stadt gegenüber an Respekt mangeln lassen. Ich stelle mir die leeren Büros vor, die vergeblich klingelnden Telefone, die verschobenen Treffen.

Es fängt an. Für den Gottesdienst hat sich sogar der Bischof herbequemt. In der Menge entdecke ich Seguaci und Pugnaletto. Ich sehe viele Kollegen aus der Redaktion – fast alle, würde ich sagen, auch Vincenzo. Alle erweisen unserem heimlichen Herrscher die Ehre.

Dicht beim Sarg steht eine majestätische große und schlanke Frau in einem Hosenanzug. Ich kann ihr Gesicht nicht sehen, das von einer riesigen dunklen Sonnenbrille bedeckt ist, während die Haare unter einem schwarzen Tuch stecken. Auch aus einer Entfernung von etlichen Metern sehe ich, wie ihre Schultern zucken, und begreife, dass sie weint. Sie ist die Einzige. Augusto Rondine verschanzt sich hinter seinem undurchdringlichen Schmerz. Niemand sonst scheint

Guglielmo Rondine geliebt zu haben. Die Frau aber bebt vor Schluchzen, beinahe fällt sie in Ohnmacht, jemand stützt sie.

Nach dem Ende der Zeremonie begeben sich viele Besucher zum Friedhof in der Unterstadt, und ein ununterbrochener Fluss von dunkelblauen und schwarzen Limousinen strömt in Schrittgeschwindigkeit den Viale delle Mura entlang. Die Polizisten halten den Weg frei, damit nichts diese letzte, paradoxerweise ganz langsame Fahrt Guglielmo Rondines aufhalten kann. Der Trauerzug fährt durch das gesamte Stadtzentrum, eine stille, eindringliche Weise, sich Respekt zu verschaffen.

Der Friedhof in Bergamo ist eine Imitation des Cimitero Monumentale in Mailand. Die Grabkapellen in seinem Inneren begnügen sich jedoch mit einer nüchternen Schlichtheit, die sich sehr vom Mailänder Pomp unterscheidet. Hier tendiert man dazu, jede Aufwallung zu ersticken, dies ist kein Volk, das zum Größenwahn neigt. Auch im Angesicht des Todes triumphiert nicht die Angst, die Bestürzung, der Schrecken, sondern die Bescheidenheit. Die Menge ist kleiner geworden. Viele Krämerseelen haben sich zurückgezogen, aus Furcht vor einer persönlichen Begegnung: Augusto Rondine hat etwas Einschüchterndes. Ich allerdings bin dagegen gefeit: Ich habe nicht lange genug in dieser Stadt gelebt und habe sowieso keine Träume mehr, die man mir zerstören könnte. Ich sehe ihn aus wenigen Metern Entfernung, wie er Hände schüttelt, mit dem starren Ausdruck einer ägyptischen Gottheit. Ich warte, bis ich an die Reihe komme.

»Herzliches Beileid«, sage ich zu ihm, und nichts lässt darauf schließen, dass ihm bewusst ist, wer ich bin, was ich mache, was ich sage.

Indem ich mich über das Zeremoniell hinwegsetze, erlaube ich mir hinzuzufügen:

»Ich muss so bald wie möglich mit Ihnen sprechen. Wissen Sie, ich habe ...«, doch bevor ich ausreden kann, packt mich eine robuste Hand am Unterarm, schiebt mich gewaltsam zur Seite, führt mich weg. Eine finstere Fratze mit quadratischem Kiefer zischt mir ins Ohr:

»Gehen Sie, es ist besser so. Der Commendatore ist sehr mitgenommen.«

Es hat keinen Sinn, sich zu widersetzen, ich würde nicht viel erreichen. Ich bleibe in der Nähe stehen, warte, dass etwas passiert, dass jemand eintrifft.

Plötzlich spüre ich eine leichte Berührung an der Schulter, es ist Vincenzo. Er steckt gerade das Handy wieder ein.

»Ein Anruf aus der Redaktion. Im Brembana-Tal ist eine Lawine niedergegangen. Anscheinend wurde ein Skifahrer verschüttet. Ich fahre gleich hin.«

Ich verabschiede ihn mit einem Lächeln. Tüchtiger Junge. Der ganze Enthusiasmus, was für eine Verschwendung.

Ich mustere die Leute, die dem Häuptling die letzte Ehre erweisen. Obwohl sie kürzer als beim Beerdigungsgottesdienst ist, scheint die Reihe der Wartenden dennoch endlos. Ich sehe sie vor mir, wie sie sich zerstreuen, an den Gräbern, den Grabkapellen, zum Friedhof hinausströmen und sich in den Straßen, den Gassen und Plätzen verlieren. Wenn sie es wagte, wäre wohl die gesamte Stadt hier, um diesem Mann die Hand zu schütteln.

Auch der Kommandant der Verkehrspolizei erfüllt den Ritus, und sobald er kondoliert hat, fange ich ihn ab. Er blickt über die Schulter, besorgt, dass jemand seinen Verstoß gegen das Protokoll mitbekommen könnte. Doch es ist zu spät. Ich packe ihn am Arm.

»Ich wurde heute Nacht überfallen. Zu Hause.«

Guidolini scheint ehrlich überrascht zu sein.

»Haben Sie schon Anzeige erstattet?«

»Ich wollte die Sache lieber erst mit Ihnen besprechen.«

»Das fällt nicht in meine Zuständigkeit.«

»Lassen Sie das, spielen Sie mir nichts vor.« Ich werde ungeduldig. »Sie wissen alles.«

»Gehen wir nach draußen. Dann können wir in Ruhe darüber sprechen.«

Diesmal ist er es, der mich am Ärmel zieht. Er bugsiert mich zum Friedhof hinaus, neben die dunkelblaue Limousine. Der Chauffeur will den Wagenschlag öffnen, doch er erteilt ihm eine Abfuhr. Der Untergebene zieht sich diskret ans Steuer zurück. Wir bleiben draußen stehen, zu Füßen der eindrucksvollen Freitreppe. Niemand kann uns hören.

»Also, was ist passiert?«

»Fragen Sie mich nicht nach Dingen, die Sie schon wissen. Man hat bei mir eingebrochen und den Film geraubt.«

»Diebe, welche Diebe bestehlen. Komisch, finden Sie nicht?«

»Sie haben gelogen. Sie sagten, unter den Gegenständen aus dem Auto hätte sich keine Dose gefunden. Das stimmte nicht. Und Sie wissen ganz genau, was sie enthielt.«

»Das brauchte ich Ihnen nicht zu verraten. Ich könnte Sie der Entwendung juristischen Beweismaterials anklagen, ein schlimmer Tatbestand. Einstweilen werde ich das jedoch nicht tun.«

Ich weiß nicht, weshalb, aber ich glaube ihm.

»Sie sind nicht von hier und können sich das nicht vorstellen, und vielleicht ist das auch besser so. Wir aber, die wir von hier sind, müssen einfach auf gewisse Weise Augusto Rondine berücksichtigen, das, was er tut, was er denkt. Die Stadt verdankt ihm viel. Es ist wahr, wir haben die Dose mit dem Film gefunden, ja und? Als Sie zu mir kamen, hatte ich noch keine Zeit gehabt, mir den Film anzuschauen. Eine heikle Sache, Sie verstehen. Und zugleich vollkommen überflüssig.«

»So überflüssig, dass jemand mir einen Schlag auf den Kopf versetzt hat, um sie sich zurückzuholen. Jemand, den Sie geschickt haben, nehme ich an.«

Er schaut mich überrascht, beinahe entrüstet an.

»Wie können Sie so etwas denken! Hätte ich den Film

wiederhaben wollen, hätte ich doch bloß einen Beamten bei Ihnen vorbeizuschicken brauchen, glauben Sie nicht? Und genau das wollte ich heute Vormittag tun.«

»Aber Sie waren doch der Einzige, der wusste, dass die Spule verschwunden war.«

Der Kommandant beißt sich auf die Lippen. Ich dränge ihn in die Ecke. »Der Einzige waren Sie, nicht wahr?«

»Als ich bemerkt hatte, dass die Dose verschwunden war, wusste ich sofort, wer es getan hatte. Aber ich konnte nicht so tun, als wäre nichts geschehen. Alle Gegenstände waren in ein Verzeichnis eingetragen. Wenn etwa ein Richter gekommen wäre und das Fehlen des Films beanstandet hätte, was dann? Dann hätte ich am Pranger gestanden. Daher teilte ich meinen Untergebenen mit, dass ich sie genommen hätte, um sie an ein Speziallabor weiterzuleiten. Ich hoffte, sie sobald wie möglich wiederzubekommen und die Sache zu bereinigen, ohne dass es jemand mitbekam.«

»Das heißt, Sie …«

»Ziehen Sie keine voreiligen Schlüsse. Wenn Sie wollen, können wir einen Pakt schließen. Also, ich werde Sie einstweilen nicht anzeigen.«

»Das bedeutet nicht viel. Da Sie es bislang nicht getan haben, ist es jetzt zu spät dafür. Sie könnten in Erklärungsnot geraten.«

»Sie haben ja keine Ahnung, wie einfach ich diese Sache wieder ins Lot bringen könnte. Und ebenso einfach wäre es, Ihnen den Kopf geradezurücken. Jedenfalls möchte ich erst einmal abwarten. Ich werde eine interne Untersuchung durchführen, um herauszufinden, ob jemand mein Vertrauen missbraucht hat. Sie allerdings dürfen nichts unternehmen. Keine Zeile will ich in Ihrer Zeitung lesen, oder in irgendeiner anderen. Sonst haben Sie eine hübsche Anzeige am Hals, und einen Prozess gleich noch obendrein. Haben wir uns verstanden?«

»Keine einzige Zeile, einverstanden.«

»Und ich will auch nicht, dass Sie überall herumschnüffeln, Fragen stellen, Zeugen suchen.«

»Zu spät. Ich habe bereits mit Artifoni gesprochen, Ihrem Aufseher am Teatro Sociale.«

»Ich weiß. Sie hätten sich besser bei mir erkundigt.«

»Wirklich ein komischer Kauz. Er lügt, ohne mit der Wimper zu zucken, und schert sich keinen Deut darum, ob die anderen es merken.«

Der Kommandant blickt sich erneut hastig um. Augusto Rondine ist noch auf dem Friedhofsgelände, ein einzelner Trauergast kommt die Stufen herunter, steigt ins Auto ein und fährt davon. Erleichtert aufseufzend, nehme ich an.

»Hören Sie. Mir gefällt dieser komische Vogel auch nicht. Er ist aber im Augenblick der glaubwürdigste Zeuge, den wir haben. Sie waren auch dabei, ich weiß«, sagt er mit erhobener Hand, um meinen Einwand abzuwehren, »aber Sie selbst haben mir ja gesagt, Sie seien abgelenkt gewesen, und daher können Sie nicht von vornherein ausschließen, dass sich die Sache nicht doch so zugetragen hat, wie Artifoni behauptet. Glauben Sie mir. Bitte. Ich stelle Nachforschungen an und hoffe, bald zu Ergebnissen zu kommen.«

»Ich war an jenem Abend auf der Brücke. Guglielmo Rondine hat Selbstmord begangen.«

Der Kommandant sieht mich starr an.

»Selbstmord oder Unfall, für wen spielt das eine Rolle? Für den Vater. Vielleicht ist er kein sympathischer Mensch, aber deshalb muss man doch nicht gleich so grausam sein. Diese ganze Hartnäckigkeit, ich begreife das nicht. Was haben Sie denn davon? Was suchen Sie?«

Beinahe hätte ich Alice erwähnt, aber im letzten Augenblick halte ich mich zurück. Wie sollte ich ihm erklären, dass das letzte Wort Guglielmo Rondines mich an meine Tochter erinnert, an meine Feigheit, das Scheitern meiner Existenz? Wenn ich diesem Menschen etwas von *Alice im Wunderland* erzählte, würde er nur lachen, das weiß ich.

Als ich bei meinem Wagen angekommen bin, entdecke ich einen Zettel unter dem Scheibenwischer. Seltsam, hier ist doch kein Parkverbot. Ich nehme den Zettel in die Hand, drehe ihn um. In Druckbuchstaben steht darauf:

SAN MARCO PASS. 24 4 45

Im Umkreis von hundert Metern ist niemand zu sehen. Ich stecke den Zettel in die Hosentasche und fahre los. Wenn der Kommandant mir keinen Glauben schenkt, finde ich vielleicht jemand anderen.

Und das andere ist ein Datum

Der Palazzo della Giustizia erhebt sich beinahe im Mittelpunkt der Unterstadt, hinter dem Sentierone, dem Herz der Stadt.

Bevor ich mich dort hinbegebe, betrete ich eine Buchhandlung. Ein finsteres, einfallsloses Geschäft, das keine Passanten anlockt und nichts unternimmt, um Abhilfe zu schaffen. Ich mag Orte wie diese, an denen einen gleichgültige oder auch nur respektvolle Verkäufer in Ruhe stöbern lassen.

Ich mache die Abteilung mit religiösen Büchern ausfindig (ziemlich groß, wie in Bergamo nicht anders zu erwarten) und dringe in einen Wald voller Bibeln, Kommentare, Katechismen und sakraler Texte ein. Endlich finde ich, wonach ich suche. Ein Evangelium im Taschenformat. Auf dem Umschlag ist die Zeichnung einer aufgehenden Sonne.

Sobald ich wieder draußen bin, schlage ich das kleine Buch auf. San Marco, das Markusevangelium, geht bis Kapitel 16, von 24 keine Spur. Ich kenne mich nicht gut aus auf dem Gebiet und möchte nicht, dass mir etwas entgangen ist. Als ich den Band durchblättere, stelle ich fest, dass Markus das kürzeste von allen Evangelien geschrieben hat, ein Vorläufer des Journalismus gewissermaßen. Matthäus und Lukas dagegen drücken sich wortreicher aus. Bei Matthäus 24,4 heißt es zum Beispiel: »Jesus aber antwortete und sprach zu ihnen:

Sehet zu, dass euch nicht jemand verführe.« Nun, das passt auf mich: Ich soll mich nicht verführen, sprich: von der Wahrheit abbringen lassen. Kapitel 24, Vers 45 lautet dagegen: »Wer ist nun der treue und kluge Knecht, den der Herr gesetzt hat über sein Gesinde, dass er ihnen zu rechter Zeit Speise gebe?« Dieser Passus bleibt im Dunkeln, ich kann ihn überhaupt nicht mit meinen Nachforschungen in Beziehung bringen. Was will mein unbekannter Briefschreiber mir mitteilen – falls er sich im Evangelium geirrt hat?

Dann ist da noch Lukas. Kapitel 24, Vers 4 lautet: »Und da sie darum bekümmert waren, siehe, da traten zu ihnen zwei Männer mit glänzenden Kleidern.« Einverstanden, einer könnte Guidolini sein, dessen Uniform gewiss ganz prächtig ist, aber der andere? Ich lese Lukas 24,45: »Da öffnete er ihnen das Verständnis, dass sie die Schrift verstanden, und sprach zu ihnen: Also ist's geschrieben, dass Christus musste leiden und auferstehen von den Toten am dritten Tage.«

Das Johannesevangelium geht zum Glück nur bis Kapitel 21. Wenn mir jemand wirklich etwas mitteilen wollte, würde er dies auf eindeutigere Weise tun: Ich bekomme nicht zum ersten Mal anonyme Briefe. Ignoriert man sie, greift der Absender nach einer Weile zum Telefonhörer und fordert Rechenschaft von einem. Die einzige Information, die mir dieser Zettel einstweilen verschafft, ist, dass sich nicht die ganze Stadt mit Augusto Rondine solidarisiert. Jemand weiß etwas und möchte mir helfen.

Wie in allen Gerichtsgebäuden herrscht auch hier drinnen eine drohende, düstere Atmosphäre. Vor den großen Fenstern hängen schwere Vorhänge. Oft heißt es ja, die Justiz wolle »Licht ins Dunkel bringen«, aber es ist klar, dass Metapher und Realität im Widerspruch zueinander stehen. Die Richter wollen Licht ins Dunkel da draußen bringen, nicht aber ihr eigenes Tun erhellen.

Die Staatsanwaltschaft befindet sich im zweiten Stock. Um

dorthin zu gelangen, muss man in den ersten Stock gehen, diesen einmal umrunden und dann eine zweite Treppe hinaufsteigen. Dort oben geht es dann kleiner, enger und noch dunkler weiter.

Gualtieros Büro ist das zweite auf der rechten Seite. Ich klopfe leise an und trete an. Die Stenographin ist bei ihm, doch als er mich sieht, bittet Gualtiero sie zu gehen und eine Akte herauszusuchen. Ich setze mich, während er die Tür mit einer ungewöhnlichen Vorsicht schließt.

»Na, wie war's auf der Beerdigung?«

Ich begreife nicht, ob er es weiß oder einfach ins Blaue rät. Es würde mich nicht wundern: Von diesem Zimmer gehen unsichtbare Fäden aus, die sich wie ein Netz über die ganze Stadt legen.

»Feierlich und lieblos. Wie Augusto Rondine.«

Von seinen Kollegen ist Gualtiero wahrscheinlich der Einzige, der nicht teilgenommen hat. Einerseits wegen seiner köstlich versnobten Einstellung, die ihn von allen unterscheidet – und die ihn, den erstgeborenen Sohn Massimo Specianis, eines der wichtigsten Anwälte Bergamos, dazu gebracht hat, Richter zu werden und den Ruhm, das Geld und die väterlichen Überzeugungen in den Wind zu schlagen. Andererseits aber auch, weil Gualtiero, im Unterschied zu anderen Richtern, keinerlei Ambitionen hat. Die Arbeit des zweiten Staatsanwalts findet er recht unterhaltsam – was für ihn bereits ein Erfolg ist: Sein Hauptfeind ist die Langeweile. Er träumt nicht davon, Präsident des Kassationsgerichts zu werden, und das entsprechende Gehalt interessiert ihn auch nicht: Er stammt aus einer ziemlich reichen Familie und muss sich nicht um so etwas Erbärmliches wie Geldfragen kümmern.

Kennen gelernt hatte ich ihn während einer Reportage, als ich noch in Mailand arbeitete. Ich war in ein Dörfchen in den Valli geschickt worden, um über einen Mann zu berichten, der Frau und Kinder eingemauert hatte, nachdem er sie massakriert hatte. Wir waren uns auf der Stelle sympathisch – was mir gestattete, der Konkurrenz ab und zu ein Schnippchen zu schlagen. Wir blieben in Kontakt, hin und wieder ein Telefongespräch, bis ich ihn schließlich anrief, um ihm meine Ernennung zum leitenden Chefredakteur der *Gazzetta* mitzuteilen.

»Das kann ich nicht glauben«, erwiderte er, und das war aufrichtig. »Was hast du denn in diesem Provinznest hier verloren?«

Auch er bekam meine ausweichende Antwort zu hören, mit der Gualtiero sich dann auch zufrieden gab.

Seit ich in Bergamo lebe, habe ich Etliches über ihn erfahren. Nachts findet man ihn gern in einem der illegalen Spielcasinos zwischen Seriate und Albano, in Gesellschaft von ziemlich zwielichtigen Gestalten – von Leuten, die er durchaus am folgenden Morgen im Gerichtssaal wiedertrifft, wo sie dann auf der Anklagebank sitzen. Doch genau das gefällt mir an ihm und schenkt mir das Vertrauen in seine professionelle Gewissenhaftigkeit wieder. Nur wer die eigenen heimlichen Laster zu akzeptieren bereit ist, kann auch die moralische Integrität bewahren.

»Ich war auch auf der Autobahn, vorgestern, als Rondine ums Leben kam.«

»Ja, das habe ich gehört.«

Wie denn? Von wem denn? Doch es hat keinen Zweck, ihn nach weiteren Einzelheiten zu fragen. Wie ich schon sagte: Von diesen Büros führen unsichtbare Leitungen überallhin. Die Menschen in diesen Büros hier interessieren sich nicht nur für Verbrechen und Übeltaten. Vielfältigen Beziehungen haben sie es zu verdanken, dass sie alles über alle wissen, quasi über einen gigantischen, virtuellen Zettelkasten verfügen, in dem jede Notiz aufbewahrt wird. Von diesen Fenstern aus kann man die Stadt atmen hören.

»Ja, und?«, frage ich, provokativ.

»Nichts und. Ich finde, *du* solltest etwas dazu sagen.«

»Gualtiero, es war kein Unfall, weshalb Rondine von der Brücke gestürzt ist. Er hat es absichtlich getan. Er wollte sich umbringen.«

Ich mustere ihn, warte auf eine Reaktion. Alles, was mein Freund – Freund? – hervorbringt, ist ein Lächeln.

»Ich weiß, dass du diese These vertrittst. Und versteh mich nicht falsch, meiner Meinung nach könnte sie sogar stimmen. Im Grunde spricht nichts dagegen ...«

»... außer dem Bericht der Verkehrspolizei.«

»Tja, der Bericht der Verkehrspolizei ... Ich kenne ihn nur zu gut, diesen Guidolini. Er ist viel zu sehr mit den Bundfalten seiner Hose beschäftigt, als dass er sich ernsthaft für seine Arbeit interessierte ...«

»Dann glaubst du mir also?«

»Ich sehe nicht, weshalb ich das nicht tun sollte. Was ich mich allerdings frage, ist ...«

»... weshalb mir das so wichtig ist, weshalb ich mich so sehr reinhänge.«

»Mehr oder weniger.«

»Hör mal, Gualtiero, gestern Abend wurde ich zu Hause überfallen.«

Das scheint er noch nicht zu wissen, denn plötzlich strafft er den Rücken auf seinem Lehnstuhl.

»Jemand ist über den Balkon hereingekommen. Er hat mich von hinten gepackt und mir einen Schlag versetzt. Dann bin ich ohnmächtig geworden.«

»Ein Raubüberfall?«

»Richtig, ein Raubüberfall. Er wusste ganz genau, was er rauben wollte.«

»...?«

»Einen Film. Einen alten Super-8-Streifen, der sich in dem Aston Martin befunden hatte. Das habe ich neulich an dem Abend gesehen, gleich nach dem Unfall, als ich hinunter zum Kiesbett gelaufen bin. Stell dir vor, Guidolini leugnete, den Film zu haben!«

»Und?«

»Es ist ein Film, den wahrscheinlich Guglielmo Rondine gedreht hat, als Junge, als er noch aufs Gymnasium ging. Aber ich konnte ihn nicht mehr zu Ende anschauen.«

Gualtiero schweigt. Er überlegt. Durchaus besorgt, wie mir scheint. Zum ersten Mal seit ich ihn kenne, bringt ihn etwas durcheinander. Er war nicht mehr auf dem Laufenden. Jemand muss ihm etwas verschwiegen haben: Und ich glaube, genau das ist es, was ihn am meisten beunruhigt.

»Hör mal, Manlio«, sagt er in einem brüsken Tonfall zu mir, den ich gar nicht an ihm kenne. »Vielleicht ist die Angelegenheit viel ...«

Er kann den Satz nicht mehr zu Ende führen. Die Tür geht plötzlich auf, ohne dass jemand angeklopft hätte. Eine unverzeihliche Rücksichtslosigkeit im Büro eines Richters. Gualtiero verstummt. Ich drehe mich um, und auf der Schwelle steht ein fettes Männchen mit einer goldumrandeten runden Brille und einem penibel gestutzten Spitzbart.

Der Oberstaatsanwalt.

»Guten Tag, *signor direttore*«, grüßt er mich mit kalter Höflichkeit.

Der Oberstaatsanwalt und Gualtiero tauschen einen Blick, den ich nicht deuten kann.

»Vielleicht ist es besser, wenn Sie mich in mein Büro begleiten«, lädt mich der Oberstaatsanwalt ein. Doch ich bin nicht sicher, ob das eine Einladung ist.

Ich blicke Gualtiero scharf an und warte auf eine Erklärung, womöglich einen Ratschlag. Doch er schaut zum Fenster hinüber, eine feige Geste, die mich verletzt.

Das Büro des Oberstaatsanwalts ist riesig und wirkt eiskalt. Auch hier schließen dichte dunkelbraune Vorhänge jeden Sonnenstrahl aus. Der völlig leere Schreibtisch steht fast in der Mitte des Raums. Dahinter ragt düster ein überbordendes Regal mit Gesetzestexten auf. Davor steht ein Polstersessel. Ich nehme Platz.

Der Staatsanwalt knipst die Schreibtischlampe aus Messing an, ein kostbarer Lampenschirm aus dem neunzehnten Jahrhundert, würde ich sagen, vielleicht auch eine Imitation, ich weiß nicht, damit kenne ich mich nicht aus. Der Lichtstrahl dringt gerade bis zu unseren Händen, die wir beide auf die Tischplatte gelegt haben. Das Licht erhellt sein Gesicht von unten und verleiht einem Antlitz, das gelinde gesagt anonym wirkt, etwas Geisterhaftes.

Der Staatsanwalt verschränkt die Finger und beugt sich vor, eine unwillkürliche Geste, die an ein Verhör gemahnt.

»Also, *direttore*, was verschafft uns die Ehre Ihres Besuchs?«

Uns. Das Pluralpronomen bringt mich innerlich zum Lachen, ich habe Gualtiero besucht, meinen Freund, und bestimmt nicht ihn, den Oberstaatsanwalt. Doch dieser Mann betrachtet sich offensichtlich als ganz eins mit seinen Untergebenen.

»Ich wollte nur mal bei Gualtiero vorbeischauen, nichts Besonderes. Ich komme vom Begräbnis Rondines.«

»Ein schreckliches Unglück. Wie ich höre, waren auch Sie vorgestern am Unfallort.«

»Ja, ich habe gesehen, wie der Wagen von der Brücke gestürzt ist.«

»Oh, das tut mir Leid. Das sind Erfahrungen, die einen womöglich nie mehr loslassen, finden Sie nicht?«

Ich hülle mich in Schweigen.

»Wie ich höre, haben Sie eine eigene Theorie zum Hergang des Unfalls. Sie scheinen davon überzeugt, dass Guglielmo Rondine, der arme Junge, sich gewissermaßen umgebracht hat.«

»Genau. Er hat sich gewissermaßen umgebracht, so sehe ich das.«

»*Optime* ... dann wurde ich also korrekt informiert. Nun weiß ich natürlich nicht, was Sie zu dieser Schlussfolgerung veranlasst hat ...«

»Ich darf Sie daran erinnern, dass ich ebenfalls auf der Brücke war.«

»… und dennoch, ohne dass ich Sie in geringster Weise beeinflussen will, das wäre ja noch schöner, möchte ich Ihnen lediglich vor Augen führen, was Ihre Ansicht bei einem alten Menschen wie Augusto Rondine ausrichten kann, einem geschätzten und verehrten Bürger, der so viel für Bergamo getan hat.«

»Worauf wollen Sie hinaus?«

»Aaah, ich sehe, Sie machen sich bereits Gedanken. Nehmen wir nur einmal an, lediglich für einen Moment, nicht wahr, als Arbeitshypothese, nehmen wir also an, dass Ihre Version den *fumus* einer Berechtigung habe, was auch immer die Protokolle von Kommandant Guidolini behaupten, wobei auch diese, na ja … also, gehen wir einmal von der Hypothese aus, Guglielmo Rondine habe eine Art bizarres *autodafé* veranstaltet und sich mit seinem Auto von der Brücke gestürzt. Wenn es Ihnen tatsächlich gelänge, zu zeigen, dass die Dinge sich so zugetragen haben, was hätten Sie dann erreicht? Nur, dass Sie einen armen alten Vater mit Schuldgefühlen überhäuft hätten. *Cui prodest?*«

Nun legt der Staatsanwalt die Fingerspitzen präzise aufeinander. Das Gewirr aus ungeordneten Fingergliedern, das etwas Sündhaftes heraufbeschwört, muss ihn gestört haben. Er beugt die unruhigen Finger und sagt dann plötzlich in kälterem Ton zu mir:

»Außerdem, mit Schuldgefühlen, da kennen Sie sich ja aus, nicht wahr?«

Aha, er weiß Bescheid.

Er weiß alles über mich, über meine Geschichte, über das, was ich verbergen wollte, vor jedem, vor allem aber vor meinem eigenen Bewusstsein.

Bislang hat er sich darauf beschränkt, im Ring auf und ab zu tänzeln und den einen oder anderen harmlosen Hieb auszuteilen. Dann hat er eine Lücke in meiner Deckung erspäht und mich im Gesicht getroffen, und zwar kräftig.

Der Staatsanwalt weiß alles über meine kleine Giulia. Vielleicht kennt er sogar den Grund, weshalb *Alice im Wunderland* sie so sehr faszinierte: Weil Giulia, genau wie Alice, ein Kind war, das übermäßig wuchs. An einem Aufblitzen in seinen Augen erkenne ich, dass der Richter alles über die Reise in die Türkei weiß, jene Reise, die ich niemals hätte unternehmen dürfen und die mich für immer von meiner Tochter getrennt hat.

Endlich senkt der Staatsanwalt den Blick. Ich habe einen hochroten Kopf, meine Zunge ist trocken, ich öffne den Mund, bringe aber kein Wort heraus. Der Richter lächelt wohlwollend.

»Geben Sie einem Mann mit viel Erfahrung Recht. Und wissen Sie, was einen die Erfahrung lehrt? Die Klugheit des *pater familias.*«

Ist auch das eine höhnische Anspielung?

»Sie sind ein tüchtiger und talentierter Journalist, doch manchmal genügt ein kleiner Irrtum, und schon verliert man alles, was man hat. Wie heißt das Sprichwort? Ach, ja: Manchmal sieht man den Wald vor lauter Bäumen nicht. Sie haben doch noch gute Augen, nicht wahr, also lassen Sie sich nicht blenden. Folgen Sie meinem Rat: Lassen Sie es sein. Ich weiß nicht, was Sie zu dieser unsinnigen Recherche treibt, aber was für ein Motiv es auch sein mag, es kann nicht so wichtig sein. *De minimis non curat praetor.*«

Ich stehe auf. Der Staatsanwalt hält mich nicht zurück. Im Hinausgehen höre ich, wie er mir noch nachruft:

»*Direttore*, lassen Sie es sein, es ist besser so.«

Ich steige ins Auto ein, fühle mich nackt, schutzlos. Ich bin in diese Stadt gekommen, um den Erinnerungen zu entfliehen, und jetzt sind sie mir sogar vorausgeeilt.

Ich trete die Kupplung, um den Motor anzulassen, als das

Handy in meiner Tasche klingelt. Ich ziehe es heraus, lese die Nummer auf dem Display: Es ist Vincenzo.

»Manlio? Bist du in der Redaktion?«

»Ich bin auf dem Weg dorthin. Was gibt's?«

»Hier war es weniger dramatisch, als ich dachte. Es wurde nur ein einziger Skifahrer verschüttet, und den haben sie rechtzeitig gefunden. Ich fahre jetzt zurück, aber es dauert mindestens eine Stunde.«

Skifahrer? Gefunden? Ich bin noch ganz verwirrt, begreife nicht gleich, wovon Vincenzo spricht.

»Entschuldige ... ja, ich höre dich ... Wo bist du?«

»Die Lawine, hast du das schon wieder vergessen? Ich bin hier, beim San-Marco-Pass. Hallo ... hallo?«

Es fällt mir wie Schuppen von den Augen. Ich bewege das Bein, und der Zettel, den ich eingesteckt hatte, knistert in der Hosentasche.

San Marco Pass. 24 4 45

Der San-Marco-Pass, natürlich. Und das andere ist ein Datum.

Schauen Sie nur!
Jetzt haben Sie ihn ja doch gefunden

Die Straße wird immer enger und steiler. Über das Tal schieben sich Wolken, und an der hundertsten Spitzkehre verschwindet das Auto darin. Es wirkt wie Nebel, nur dass es regnet. Ich fahre noch weiter hinauf, und der Regen verwandelt sich in Schnee, ein großflockiger, nasser Schnee, der noch nicht auf dem Asphalt liegen bleibt. Ich habe keine Schneeketten, und selbst wenn ich welche hätte, wüsste ich nicht, wie man sie aufzieht.

Nur mühsam komme ich voran, ich sehe nichts oder fast nichts, die Straße ist wenig befahren, eigentlich vollkommen leer. Lediglich ein paar Jeeps der Bergwacht, offensichtlich in Alarmbereitschaft wegen der niedergegangenen Lawine. Ich fahre um eine weitere Kurve und bremse vor einer Schneeverwehung ab. Dann steige ich aus – nicht, ohne vorher vergeblich eine Mütze in dem mit alten Zeitungen voll gestopften Wagen gesucht zu haben.

Ich tappe durch den Nebel und das Schneegestöber und ahne, dass ich hier nicht weiterkomme; weiter oben wurde nicht geräumt. Nun stehe ich ganz allein im Schneesturm, neben dem Auto, mit dem ich vielleicht nicht einmal wenden kann. Wer mir den Zettel hinterlassen hat, ist ein Spaßvogel, oder ein Idiot – vielleicht auch beides. Ich frage mich, wie ich so dumm sein konnte, wegen eines anonymen Briefchens hier heraufzufahren.

Ich steige wieder ein und will gerade den Rückwärtsgang einlegen, als ein Windstoß die Scheibe frei wischt. In ein paar Hundert Metern Entfernung entdecke ich den Umriss eines Gebäudes. Rechts zweigt eine kleine Straße ab, nur gut zehn Meter von hier. Dort biege ich ein.

Ich stelle den Wagen neben einem Auto mit Skiern auf dem Dach ab und gehe auf das Gebäude zu, das sich jetzt, aus der Nähe, als Skihütte entpuppt. Zum Glück hat sie geöffnet.

Drinnen empfängt mich eine schöne feuchte Wärme, die mich in gute Laune versetzt. Der Wirt hinter der Theke hebt nur ein wenig den Kopf, der einzige Gruß, zu dem er sich imstande sieht. Ich bemerke, dass er mit kaum verhohlener Verachtung auf mein städtisches Outfit – ich trage dummerweise meinen Lodenmantel – und vor allem auf meine teuren englischen Schuhe herabblickt.

»Guten Tag, wie geht's?«

Er lässt sich nicht einmal zu einem Grunzen herab. Mit gesenktem Kopf spült er weiter Gläser.

»Nicht gerade das richtige Wetter für einen Spaziergang. Aber unten sah es besser aus.«

Mein Vorstoß mit lauter Banalitäten erzielt nicht den gewünschten Effekt. Erst als ich einen Punsch bestelle, scheint der Mann genötigt, meine Anwesenheit wahrzunehmen. Er erhitzt das Getränk mit der Düse der Espressomaschine und serviert es mir in einem Glas mit Metallgriff. Ich trinke einen Schluck und muss wegen der aufsteigenden Alkoholdämpfe husten.

»Meine Güte, ganz schön heiß!«

Nichts: Unerschütterlich widmet sich der Mann wieder seinen Gläsern. Gleich platzt mir endgültig der Kragen.

»Sagen Sie, bestimmt kennen Sie sich in der Gegend hier aus. Wissen Sie, ob hier am 24. April 1945 irgendetwas Besonderes passiert ist?«

Der Wirt blickt auf.

»Ich arbeite erst seit vergangenem Jahr hier.«

»Aber Sie werden doch sicherlich die Geschichten gehört haben, die man sich hier so erzählt? Vom Krieg.«

Er schüttelt den Kopf und spült weiter.

»Hier hat es wahrscheinlich Partisanen gegeben.«

»Weiß nicht. Hab nie was gehört.«

Schweigend trinke ich den Rest Punsch. Verlorene Liebesmüh. Ich schaue auf die Uhr: fast zwei. Vielleicht sollte ich lieber in die Stadt zurückfahren.

»Wie viel schulde ich Ihnen?«, und in dem Augenblick geht die Tür auf.

Zwei junge Männer treten ein, und mit ihnen dringt eine Wolke aus Schnee, Geplauder, Fröhlichkeit und Lachen herein. Sie haben Skikleidung an und tragen noch ihre Stiefel.

Sie bestellen zwei Bier, werfen mir einen Blick zu, grüßen. Ich nutze die Gelegenheit.

»Wie war's?«

»Schrecklich. Wir sind siebenhundert Meter hoch, doch dann sah man nichts mehr. So dass man beinahe nicht mehr zurückfand.«

»Skifahrer?«

»Skiwanderer. Mit Schneeschuhen, mit Seehundfell, wissen Sie. Aber heute ist es ein wenig zu gefährlich. Es ist ja tatsächlich eine Lawine heruntergekommen, wir haben das Geräusch gehört.«

»Seid ihr von hier?«

»Aus Piazza Brembana.«

»Habt ihr mal irgendwas gehört, was hier in der Gegend passiert ist, am 24. April 1945?«

Endlich neugierig geworden, hebt der Wirt den Kopf.

Einer der beiden, der Dunkelhaarige, Größere, reibt sich die Stirn.

»Ich glaub, mein Vater hat da mal was erzählt. Es hat eine Schlacht gegeben, so was in der Art ... genau hier am Pass.«

»Aber ja doch!«, fällt der andere ein. »Der Grenzstein! Der, bei dem man mit den Skiern verdammt aufpassen muss!«

»Stimmt, genau. Ganz in der Nähe ist ein Grenzstein. Es steht irgendwas über den Krieg drauf, und auch ein Datum, ich glaube, genau dieses. Auf der Straße, die nach unten führt, und wenn es zu viel Schnee hat, muss man ganz schön aufpassen.«

»Ist das weit?«

»Etwa einen Kilometer, denke ich. Genau dort, wo unsere Spuren beim Herunterkommen kreuzen.«

»Gut. Wie viel bin ich schuldig?«

Der Wirt schaut mich perplex an. Der Dunkelhaarige neigt sich zu mir.

»Sie wollen doch wohl nicht jetzt dorthin gehen? Und noch dazu in dem Aufzug. Bei dem Schnee kann man nicht einmal zu Fuß gehen. Kommen Sie lieber an einem anderen Tag wieder.«

»Würde ich ja gern. Aber es eilt ein wenig.«

»Das finden Sie nie, bei diesem Scheißwetter. Und außerdem brauchen Sie Schneeschuhe.«

»Vielleicht haben Sie ja welche«, wende ich mich an den Wirt.

»Ja, ich hab welche«, brummt der. »Aber heute ist wirklich nicht der richtige Tag.«

»Ich bin ja schon groß. Also, geben Sie mir welche?«

Der Wirt zaudert. Ich öffne meine Geldbörse, halte ihm drei Banknoten hin.

»Das dürfte reichen. Holen Sie sie doch bitte.«

Eine Viertelstunde später bin ich draußen im Schneesturm. Wenige Schritte im frischen Schnee genügen, und meine Füße sind patschnass. Aber es macht Spaß, mit diesen Dingern herumzustapfen. Ein großartiges Freiheitsgefühl. Ich drücke mir die Mütze – auch die habe ich bekommen, als Geschenk – tief ins Gesicht und mache mich auf die Suche nach dem Grenzstein. Die beiden Männer haben mich zu der Stelle begleitet, wo ihre Spuren beginnen, und mich zur Vorsicht ermahnt. Ich habe Ihnen mit einer Geste gedankt, während der Nebel sie bereits verschluckte. Wie Amundsen muss ich ausgesehen haben.

Doch ihren Spuren zu folgen erweist sich schwieriger als gedacht. Der Schnee fällt immer dichter und bedeckt die Abdrücke im Boden. Je weiter ich voranschreite, desto blasser werden die Spuren. Ohne es zu merken, gehe ich schneller und bin bald außer Atem. Ich setze meinen Weg fort, doch da ist auf einmal jeglicher Hinweis verschwunden, oder vermischt sich vielmehr mit anderen Riefen, mit natürlichen Senken und Furchen. Unschlüssig bleibe ich stehen. Eine Windbö, und der Blick lichtet sich. Ich sehe die Spuren wieder, weiter vorn, und stürze darauf zu. Ein paar Meter kann ich sie noch verfolgen, dann hüllt mich erneut der Nebel ein. Nach ein paar Minuten bin ich ganz in eine grellweiße luftige Watteschicht eingepackt, weiß nicht mehr, ob ich nach oben oder nach unten gehe, nach rechts oder nach links. Ich habe völlig die Orientierung verloren, sogar meine Füße kann ich nicht mehr unterscheiden, die trotz der Schneeschuhe immer tiefer einsinken. Blind taste ich mich voran, oder eigentlich eher verzweifelt. Den Grenzstein unter diesen Bedinungen zu finden ist unmöglich. Ich blicke mich um und begreife, dass ich nicht einmal den Rückweg finden werde. Meine eigenen Spuren hat bereits der Schnee zugedeckt, der Wind verweht. Blitzartig wird mir klar, dass ich es nicht schaffen werde, dass man mich in ein paar Tagen finden wird, verdurstet, in eine Schlucht gestürzt. Wie viele Spalten werde ich wohl im Lokalteil beanspruchen?

Ich versuche, die Angst zu kontrollieren. Ich bin am Ende, meine Füße sind klatschnass, die Beine schmerzen. Wer weiß, wie lange ich noch weitergehen kann? Die Alternative ist, sich fallen zu lassen und zu sterben.

Plötzlich, inmitten des völligen Nichts, das mich umgibt, glaube ich ein neues Geräusch zu vernehmen. Ich halte inne, um zu lauschen. Ja, da ist etwas, ich bin mir sicher. Es ist, als ob … ich recke den Kopf in den Schnee und den Wind, um die Schallwellen besser wahrnehmen zu können. Ja: Ich höre Schritte. Gedämpft von den heftig fallenden Flocken, den gefrorenen Tropfen, die mich durchnässen. Jemand folgt mir.

Ich beschleunige meine Schritte, so gut es eben geht, von Angst gepackt. Dann bleibe ich auf einmal stehen, weil ich nicht mehr weiß, wohin. Und in diesem Augenblick schweigender Unbeweglichkeit höre ich sie deutlicher, die Schritte. Und da ist noch etwas anderes.

Ein Atemgeräusch.

Ich halte den Atem an, um sicherzugehen, dass es nicht mein eigener ist. Ich lausche dem Blut, das in meinen Ohren rauscht, und dann, nur wenig lauter, vernehme ich ein unterdrücktes Keuchen.

Ich versuche, ruhig zu bleiben, straffe den Körper, gestatte mir ein Lächeln der Selbstironie. Und gerade in dem Augenblick, als ich überzeugt bin, Opfer einer vielleicht durch die Kälte verursachten Halluzination geworden zu sein, spüre ich eine schneller werdende Bewegung hinter mir. Doch ich kann mich nicht mehr rechtzeitig umdrehen, und so versetzt mir irgendwer oder irgendwas einen heftigen Stoß in den Rücken. Ich verliere das Gleichgewicht und beginne zu rollen – ich stand also an einem Abhang. Mein Fall wird durch nichts gebremst, beschleunigt sich sogar noch. Vor meinen Augen wirbeln immer schneller Nebel und Schnee vorbei, Nebel und Schnee. Ich breite die Arme aus, doch das reicht nicht, ich suche Halt. Nichts. Auf einmal begreife ich, dass ich stürze: Ich war am Rand einer Böschung, und jetzt falle ich willenlos hinab, spüre nichts mehr, sehe nichts mehr. Ich komme mir vor, als wäre ich in die Trommel einer Waschmaschine geraten, und als die Schleuder die höchste Umdrehung erreicht hat, bleibe ich plötzlich liegen, weshalb, weiß ich selbst nicht. Mein eines Bein schmerzt, und ich kann mich nicht mehr bewegen.

Wieder Stille. Nur mein Atem.

Ich wische mir übers Gesicht. Öffne die Augen, sehe nichts außer milchigem Nebel.

Ich stütze mich auf den Ellbogen, drehe den Kopf, hebe ein Bein.

Autsch.

Ich muss mir etwas gebrochen haben, ein schreckliches Pulsieren. Nur mit Mühe kann ich mich aufsetzen, taste die Beine ab, es ist das Linke, das mir wehtut. Bei dem Sturz habe ich die Schneeschuhe verloren: Jetzt ist der Rückweg noch schwieriger, falls ich überhaupt wieder hochkomme.

Ich suche in der Jackentasche nach dem Handy, ziehe es heraus. Ich bin gerettet, schießt es mir durch den Kopf. Ich schalte es ein, ein Blick aufs Display: Und da muss ich erkennen, dass ich keinen Empfang habe.

Ich stütze mich mit den Händen im Schnee auf, um eine bessere Position zu finden. Und dann sehe ich ihn endlich.

Den Grenzstein.

Bei meinem Sturz bin ich auf ihn gekullert. Er hat mich aufgehalten und mir vielleicht das Leben gerettet.

Mit dem Ärmel wische ich den Stein sauber, suche nach einer Inschrift, finde aber nichts. Ich schleppe mich auf die andere Seite, und da ist sie ja.

»Zum ewigen Gedenken an unseren Helden, Kommandant Vento, der einen Schritt von der Freiheit entfernt ums Leben kam, nachdem er mit seinen tapferen Gefährten eine Kolonne Faschisten in die Flucht geschlagen hat. San-Marco-Pass, 24. IV. 1945.«

Ich lese es und muss innerlich lachen. Hier liege ich im Schnee, im Begriff zu verdursten, und entziffere die Inschrift eines Steins, um den sich wer weiß wie lange kein Mensch mehr gekümmert hat. Sollte dies das Geheimnis sein, dem ich auf der Spur war, so glaube ich nicht, dass es sich gelohnt hat.

Erneut nehme ich ein Geräusch wahr, das näher kommt.

Aus dem Nebel tauchen, Skier an den Füßen, die beiden jungen Männer aus der Skihütte auf. Besorgt beugen sie sich über mich. Einer betastet mein Bein und meint überzeugt: »Nichts Schlimmes. Wir hatten Ihnen ja gesagt, es ist gefährlich. Da war uns nicht wohl bei dem Gedanken, Sie allein losziehen zu lassen.«

Der andere, es ist der Dunkelhaarige, betrachtet neugierig den Grenzstein. Dann schaut er mich lächelnd an und sagt: »Schauen Sie nur! Jetzt haben Sie ihn ja doch gefunden.«

Ich brauche immer eine zweite Chance

Zu Hause klingelt das Telefon ununterbrochen. Ich beachte es nicht. In der Redaktion wissen Sie nicht, was aus mir geworden ist, sie basteln unentschlossen an der Zeitung herum. Vor kurzem habe ich im Krankenhaus von San Giovanni Bianco meinen Knöchel untersuchen lassen. Nur eine Verrenkung, lautete die Diagnose.

Ich krame in den Kartons, die ich seit meinem Umzug noch nicht ausgepackt habe. Seit einem Jahr lebe ich in einem Lager und komme mit ganz wenigen Sachen aus. Das meiste liegt noch in den Kartons: Und was ich bislang noch nicht gesucht habe, scheine ich eben auch nicht zu brauchen. Diese Kartons sind mein früheres Leben, das ich fest mit Klebeband versiegelt habe. Ich wage nicht, sie zu öffnen, aus Furcht vor dem, was ans Licht kommen könnte.

Das eine aber brauche ich jetzt wirklich. Ich muss ein paar der Schachteln aufschlitzen, denn das, was ich draufgeschrieben habe – »Erinnerungen« –, ist nur ziemlich vage. Endlich, nachdem ich im Innern wie ein Chirurg in einem offenen Unterleib umhertaste, stoße ich auf das hölzerne Etui. Ich nehme es heraus und stelle es auf den Boden. Mit einer gewissen Bangigkeit hebe ich den Deckel an. Gefunden.

Meine Pistole.

Ich komme mir vor, als hätte ich die Büchse der Pandora geöffnet: Erneut bedrängen mich die Erinnerungen. Die

Waffe hat mir ein mazedonischer Schieber verkauft, vor ein paar Jahren. Ich hatte ihn während einer, nein: *der* Reportage kennen gelernt, die mir einen wichtigen Preis einbrachte. Ich wollte mich unter blinde Passagiere schmuggeln, die aus Osteuropa in den Westen zu flüchten versuchten. In einem albanischen Hafen hatte ich Dimitrios kennen gelernt, und er schien mir der richtige Mann zu sein. Doch er hatte meine Verkleidung durchschaut, er hatte gemerkt, dass meine Verzweiflung nicht echt war. Vielleicht würde er seine Meinung ändern, könnte er mich jetzt sehen. Er nahm mir den versuchten Betrug nicht übel, und wir freundeten uns an. Einige Tage lang besuchte ich ihn immer wieder, was uns beiden etwas brachte. Dank seiner Hilfe war es mir gelungen, mich auf einem Kahn mit dem Ziel Brindisi einzuschiffen, und er hatte schnell ein paar Mäuse verdient.

In der Nacht, in der es losgehen sollte, sagte er kurz vorm Verabschieden zu mir:

»Manlio, nimm das hier.«

Er hielt mir ein Stoffbündel hin. In den Lumpen war eine Pistole eingewickelt.

»Ein Geschenk. Von einem Freund. Du wirst sie vielleicht brauchen.«

Bevor er ging, erzählte er mir noch die Geschichte dieser Waffe.

Die Pistole hatte einem Mann aus seinem Dorf gehört, einem unauffälligen Familienvater. Er wohnte in einem kleinen Ort in den Bergen. Eines Tages war einer seiner Söhne an Diphterie erkrankt, und es war ihm nicht gelungen, rechtzeitig einen Arzt zu holen. Der Sohn war gestorben, und er, verrückt vor Scham über seine Hilflosigkeit, hatte seine Frau und die anderen vier Söhne umgebracht. Dann war er geflohen. Als die Polizei ihn aufstöberte, erschoss er sich mit genau dieser Waffe. Die Geschichte gefiel mir, und daher behielt ich die Pistole immer und betrachtete sie als eine Art

Glücksbringer, vielleicht auch als einen Schlüssel zu einer Fluchttür in Notsituationen.

Dimitrios' Befürchtungen bewahrheiteten sich nicht, die Pistole brauchte ich nicht. Seit ich mich mit Terrorismus beschäftige und ein paarmal im Briefkasten einen Brief mit einem Projektil fand, besitze ich einen Waffenschein. Ein mit mir befreundeter Polizeichef half mir bei der Beschaffung. Eigentlich mag ich keine Revolver, ich habe auch nie einen benutzt.

Jetzt aber liegen die Dinge anders. Mir gefällt die Atmosphäre nicht, die in der Stadt herrscht. Ich stecke die Pistole in die Tasche meines Lodenmantels und mache mich auf den Weg.

Der einzige Waffenhändler, den ich kenne, befindet sich in der Nähe der Piazza Pontida. Der Laden wirkt eher wie ein Bekleidungsgeschäft. Abgesehen von ein paar Gewehren, die zur Dekoration in den Ecken liegen, sind Mehrzweckwesten, Jagdtaschen und Wanderschuhe in den Schaufenstern ausgestellt.

Der Händler ist ein liebenswürdiger Typ mit einem großen, sehr schmucken Schnurrbart. Neugierig betrachtet er die Waffe, mit unverhohlenem professionellem Interesse.

»Ein äußerst rarer Revolver«, bemerkt er. »Eine Rast und Gasser, Kaliber acht. Die haben Sie schon eine Weile nicht mehr benutzt, stimmt's?«

»Noch nie. Vielleicht könnten Sie sie mal begutachten.«

»Aber gern. Ich werde sie zerlegen und reinigen. Wenn Sie in einer Stunde wieder vorbeischauen, kann ich Ihnen Auskunft geben.«

Sobald ich das Telefon wieder einschalte, beginnt es zu klingeln. Es ist Seguaci, der mir mit vorwurfsvollem Unterton die Nachrichten des Tages vorträgt und wissen will, womit er aufmachen soll, mit der Lawine vom San-Marco-Pass oder mit einer Erklärung des Bürgermeisters.

»Mir egal, entscheide du, ich habe zu tun«, sage ich und

hänge ein. Dieser Mann versteht es wirklich, mir auf die Nerven zu gehen: Er hat tatsächlich Zweifel, ob die Erklärung eines Bürgermeisters nicht doch wichtiger sein könnte als eine Lawine!

Außerdem meldet sich Vincenzo und bietet mir seine Hilfe an. Er erzählt mir, dass in der Redaktion alle in heller Aufregung sind und sich über mich lustig machen – ich werde nur noch der unverantwortliche Chefredakteur genannt.

»Netter Scherz.«

Doch Vincenzo lacht nicht, er fügt hinzu, es kursierten seltsame Gerüchte, angeblich sei der Herausgeber unzufrieden und habe den Aufsichtsrat zusammengetrommelt.

»Sicher geht es um meine Gehaltserhöhung.«

Als ich wieder den Laden des Waffenhändlers betrete, empfängt er mich mit ausgebreiteten Armen.

»Der Revolver ist nicht schlecht. Ein altes Modell, das auf dem Balkan einmal sehr im Schwange war. Auch bei uns gab es etliche, während des letzten Kriegs. Die hatten wir den Österreichern abgenommen, 1918. Kurios, statt sechs Kugeln wie sonst sind acht drin. Kann in manchen Situationen von Vorteil sein.«

»Das wusste ich nicht.«

»Allerdings sind nicht die passenden Patronen drin. Es sind Leon Beaux.«

»Ja und?«

»Abgesehen davon, dass sie alt sind, waren sie auch im Neuzustand nie etwas Besonderes. Heute kann es jedoch sein, dass eine von zwei Kugeln danebengeht. Wenn Sie wollen, kann ich Ihnen neue besorgen.«

Ich nehme die Pistole und stecke sie ein.

»Nein danke, nicht nötig. Gegebenenfalls rufe ich Sie an.«

Ich verlasse den Laden mit dem Revolver, der schwer in meiner Manteltasche liegt. Ich mag sie, diese unvollkommene Pistole. Jetzt scheint sie mir die geeignete Waffe zu sein. Ich brauche immer eine zweite Chance.

Bergamo schlägt mir eine weitere Tür vor der Nase zu

Der Tag ist noch nicht zu Ende. Von zu Hause aus, es wird gegen acht Uhr sein, rufe ich Vincenzo in der Redaktion an. Ich erkläre ihm, was ich brauche.

»Du, hier sind alle ziemlich wütend. Warum gehst du nicht ans Telefon?«

»Ich warte darauf, dass Seguacis Perücke Feuer fängt. Ruf mich doch vom Handy aus an, dann sehe ich, dass du es bist.«

Zeit, den Fernseher einzuschalten und einen bunten Flickenteppich aus fünf, sechs Programmen zu knüpfen, dann ruft Vincenzo auch schon zurück.

»Wir haben Glück, ein paar Ärzte aus dem Krankenhaus haben mir geholfen. Der Arzt, den du suchst, war ein gewisser Spreafico.«

»Und ist tot«, sage ich und weiß nicht, ob ich ein Fragezeichen ans Satzende setzen soll. Mittlerweile kommen sie mir wie ein unabwendbares Schicksal vor, jene ständigen Hindernisse, die sich mir bei meinen Ermittlungen in den Weg stellen, besser gesagt bei meinen Recherchen, die man auch als Ermittlungen bezeichnen könnte.

»Von wegen! Er ist irgendwohin nach Afrika gegangen, mit *Médecins Sans Frontières*. Mehr kann ich dir auch nicht sagen.«

»Genügt schon. Den Rest finde dann ich heraus.«

Ein Journalist hat für gewöhnlich unzählige Kontakte in

den verschiedensten Kreisen. Er braucht nur ein loses Ende aufzunehmen und daran zu ziehen. Irgendetwas erwischt er immer.

Vor einiger Zeit wurde ich für eine Serie herzzerreißender Berichte nach Afrika geschickt, Fotos von unterernährten Kindern, die Wüste, die immer näher rückt, die Überbleibsel des Kolonialismus, die miesen kleinen Diktatoren und das ganze Reservoir vorgefertigter Informationen, aus dem sich ein guter Journalist, ohne mit der Wimper zu zucken, bedient. Dinge, die unsere Leser moralisch erpressen, nachdem diese gerade ihren Rinderschmorbraten verspeist haben. Artikel über acht Spalten, mit denen die Sonntagsbeilage gefüllt wird. Beiträge, die wenig gelesen und dafür viel zitiert werden – hast du den schönen Bericht von Fiorentini gesehen –, die einen aber vor allem Preise gewinnen lassen. Für mich waren es in der Praxis drei Wochen bezahlter Urlaub, den ich zum größten Teil in einem Luxushotel in Nairobi verbrachte. Und damals lernte ich eben einen französischen Arzt von *Médecins Sans Frontières* kennen, der zwischen Afrika und Paris pendelte. Irgendwo muss ich seine Nummer haben, tatsächlich, hier ist sie.

Er antwortet beim dritten Klingeln und weiß sofort, wer ich bin – ich habe ihn wohl in irgendeinem dieser Artikel zitiert.

»*Mon ami*«, hebt er an, und wir ergehen uns zehn Minuten in Höflichkeitsfloskeln. Ich erkläre ihm, weshalb ich anrufe, und er verspricht, sich für mich ins Zeug zu legen.

»*Je te rappelle tout de suite.*«

Er hält Wort, wenngleich ich in diesen zehn Minuten gleich drei Anrufe aus der Redaktion abblocken muss. Ich muss grinsen, wenn ich daran denke, wie Seguaci unter seiner kohlrabenschwarzen Perücke schwitzen wird. Endlich ruft mich mein französischer Freund zurück. Er teilt mir mit, dass Spreafico noch für sie arbeite, in der Nähe von Brazzaville oder wie zum Teufel das jetzt heißt. Er gibt mir die

Nummer einer Missionsstation, wo der Arzt sich ab und zu einfindet. Aber, warnt er mich, es werde nicht einfach sein, an ihn heranzukommen.

Am Telefon, nach einer Reihe elektronischer Knistergeräusche, meldet sich eine Frauenstimme, die aus einem Kochtopf zu kommen scheint, den man in einem verschlossenen Schrank in einem gepanzerten Raum abgestellt hat. Ich beginne zu brüllen, da ich den unwiderstehlichen Wunsch habe, mich irgendwie meiner allzu fernen Gesprächspartnerin zu nähern.

»*Monsieur Spreaficoh, s'il vous plaît!*«, kreische ich und betone den Namen extra auf dem »o«.

Doch die Person nuschelt irgendetwas Unverständliches, es ist nicht nur die Entfernung, sondern auch die holperige Aussprache, die alles entsetzlich schwierig macht. Ich halte den Atem an und versuche, das Gestammel zu deuten, das von Afrika her zu mir dringt. Endlich gelingt es mir, einige gebetsmühlenartig wiederholte Worte zu verstehen.

»*Rappelez-vous entre quelques minutes.*«

Ich danke überschwänglich, wie ein Emigrant in der Fremde, der sich bei einem Polizisten dafür bedankt, dass er ihm den Weg gezeigt hat. Ich lege wieder auf, überzeugt davon, dass ich keine Verbindung mehr bekommen oder zumindest Spreafico nicht antreffen werde. Doch heute ist Überraschungstag, egal, ob gut, ob schlecht, und als ich die Nummer erneut wähle, antwortet mir eine tiefe, heisere Männerstimme.

»Monsieur Spreafico?«

»Wer spricht da?«

»Ah, Sie sind es selbst, da habe ich ja Glück! Ich heiße Manlio Fiorentini und bin Journalist ...«

Ich erkläre ihm, wie ich zu seiner Nummer gekommen bin, in der Hoffnung, die Erwähnung meines Pariser Freundes möge ihn zum Sprechen bringen. Und dann muss ich ihm natürlich die Nachricht vom Tod Guglielmo Rondines mitteilen: Das ist schließlich Aufgabe von uns Journalisten, nicht? Spreafico vernimmt die Botschaft ohne irgendwelche Reaktionen – zumindest ohne Reaktionen, die sich übers Telefon vermitteln ließen.

Ich rede noch ein paar Minuten weiter, nur von dem Knistern in der Leitung unterbrochen, und als ich schweige, ist das Schweigen am anderen Ende so tief, dass ich überzeugt bin, die Verbindung müsse unterbrochen worden sein.

»Verstehe«, sagt mein Gesprächspartner genau in dem Moment.

»Sie waren lange Zeit der Hausarzt der Familie Rondine, wenn ich nicht irre …«

»Von 1970 bis 1995. Im März jenes Jahres kam ich dann hierher nach Afrika.«

Wieso das, möchte ich fragen, halte meine Neugier aber zurück.

»Schauen Sie, beim Begräbnis ist mir aufgefallen, dass Guglielmo von alten Narben gezeichnet war. Können Sie mir dazu etwas sagen?«

Schweigen. Schweigen und Knistern.

»Doktor Spreafico? Sind Sie noch da?«

»Wissen Sie, was man hierzulande sagt? Du kannst noch so früh am Morgen aufstehen, deine Sorgen sind immer schon eine Stunde vor dir wach.«

»Wie darf ich das interpretieren?«

»Interpretieren Sie das, wie Sie wollen. Nun aber auf Wiederhören. Auch wenn Sie es nicht glauben mögen, ich halte meine Zeit für kostbarer als die Ihre.«

»Warten Sie doch! Ich hatte solche Mühe, Sie ausfindig zu machen, schenken Sie mir doch noch ein paar Minuten! Verstehen Sie, es ist nämlich so, dass ich Guglielmo habe sterben sehen. Ich war direkt hinter ihm auf der Autobahn, ich weiß, was passiert ist …«

Nichts, nichts außer Schweigen.

»… und ich kann Ihnen versichern, dass es sich nicht um

einen Unfall gehandelt hat, wie man uns hier glauben machen will. Guglielmo Rondine hat Selbstmord begangen. Dessen bin ich sicher.«

»Woher wollen Sie das wissen?«

»Ich war hinter ihm. Er hat nicht gebremst. Stattdessen hat er das Steuer zur Seite gerissen und hat sich von einer Brücke gestürzt.«

Schweigen.

»Sie haben ihn ziemlich gut gekannt, nicht wahr? Glauben Sie, dass er zu etwas Derartigem fähig war?«

Schweigen.

»Doktor Spreafico?«

»Ich ... hören Sie, ich lebe nun schon seit ein paar Jahren nicht mehr in Bergamo. Ich habe nicht vor, dorthin zurückzukehren. Ich will nicht mehr daran denken. Was vorbei ist, ist vorbei. Geben Sie mir trotzdem Ihre E-Mail-Adresse. Wenn ich Zeit habe, schreibe ich Ihnen vielleicht. Auf Wiederhören.«

Bergamo schlägt mir eine weitere Tür vor der Nase zu.

Vierter Tag

Mittwoch, 22. April

Ich weiß nur, dass es sich um einen Mann gehandelt hat

Der Stadtbaurat erklärt sich ohne große Umschweife bereit, mich zu empfangen. Er heißt Umberto Warburg, entstammt einer adeligen Familie. Ich habe ihn einige Male bei offiziellen Anlässen gesehen – zuletzt auf dem Friedhof, bei der Beerdigung –, habe mich aber noch nie mit ihm unterhalten. Vielleicht ist er einer der wenigen, die mir bei der Rekonstruktion der Geschichte Guglielmos helfen können. Zumindest er, der sich offen gegen den Boss der Stadt gestellt hat, wird nicht so verschwiegen sein.

Wie alle, die wirklich etwas zu sagen haben, wohnt auch Warburg auf den Colli, den Hügeln um Bergamo. Wie eine Krone umgeben sie die *città alta*, die Oberstadt. Ein herrlicher Kranz aus sanften Erhebungen, der wundersamerweise der Bauwut widerstanden hat: Darauf halten die Bergamasker sich etwas zugute. Wälder und Wildbache verleihen den Colli etwas Fremdartiges, als sei man in der Toskana oder in Umbrien, jedoch ganz gewiss nicht in der Lombardei. In der Oberstadt zu wohnen ist zwar sehr chic, aber auch sehr beschwerlich, es gibt kaum Parkplätze, und die Häuser sind zwar alt, aber auch unkomfortabel. Hier dagegen verstecken sich im Grün der Vegetation großartige Villen oder renovierte Landsitze mit allem Komfort inklusive Schwimmbad und Reitstall.

Warburg wohnt in Fontana, einem winzigen Ortsteil, der

die Ebene zum Brembo hin beherrscht. Seine Villa weicht vom Standard ab, der Eingang schmückt sich sogar mit einem Tympanon und zwei Säulen. Dies ist kein Landhaus, ahnt man, sondern ein Erbpalast.

Ich parke mit zwei Rädern auf einer Wiese. Ringsum ist ein dichter Wald und eine kleine Lichtung. Die Vögel zwitschern nach Herzenslust, und es ist wirklich schwer, sich vorzustellen, dass die Stadt nur zehn Minuten von hier entfernt ist und Mailand eine halbe Stunde. Ich bin nur wenige Schritte gegangen, als ich ein Geräusch in meinem Rücken vernehme, wie ein schnelles Rascheln, das aus dem Wald kommt. Ich schaue gerade noch rechtzeitig über meine Schulter, um die von einem Hund aufgewirbelte Staubwolke sehen zu können, der sich wohl in dem Wäldchen versteckt haben muss. Er sieht nicht besonders vertrauenerweckend aus und hat die Lefzen hochgezogen, von denen weißlicher Speichel trieft. Er ist ziemlich massig, und mit wenigen Sprüngen hat er die Distanz überwunden, die uns trennt.

Alles geschieht in wenigen Sekunden, und trotzdem kann ich mir alles genauestens einprägen: die Schnauze, das Maul, den durch die Luft peitschenden Schwanz. Ich rühre mich nicht, als wäre ich verzaubert. Mit einem letzten Satz landet das Tier in ein paar Metern Entfernung. Es hat die Vorderpfoten vorgestreckt, senkt die Schnauze und schaut mich mit seinen bösen Augen von unten an, bellt und schnaubt dazu. Ich ahne, dass es gleich angreifen wird, ein dumpfes Knurren ertönt in seiner Bauchgegend.

Und da drehe ich mich um und renne los. Ich weiß, das sollte ich nicht tun, wie oft habe ich schon gehört, dass Tiere unsere Angst wahrnehmen, doch ich kann mich nicht beherrschen. Ich höre, wie seine Krallen über den Asphalt scharren, und frage mich, wo mich der Köter wohl beißen und ob es sehr wehtun wird. Der komische Aspekt des Ganzen entgeht mir dennoch nicht, Leiter der Lokalzeitung von streunendem Mischling in den Hintern gebissen, das möchte ich sehen, was Seguaci aus dieser Nachricht macht. Vielleicht übergeht er sie einfach: in der besten Tradition des »Lügenblattes«.

Beim Rennen bemerke ich, dass mich eine Ausbuchtung in meinem Mantel behindert. Die Pistole, natürlich! Ich krame in der Tasche, packe die Waffe und halte sie fest umklammert. Vielleicht ein wenig übertrieben, das arme Tier, aber ich habe eben auch keine Lust, verletzt in einer Blutlache auf dem Asphalt zu liegen. Gerade als ich mich umdrehe und auf die Bestie ziele, wer weiß, ob sie überhaupt funktioniert, höre ich eine Stimme befehlen:

»Stecken Sie sie ein!«

Es ist Warburg, der in blauer Samthose und einem ebenfalls blauen, weiten Pullover aus der Villa aufgetaucht ist. Er wirkt wie ein englischer Graf im Landhauslook, ähnelt Michel Piccoli ein wenig. Mit langen Schritten kommt er auf mich zu.

»Bleiben Sie stehen, ich mach das schon.«

Er geht auf den Hund zu, der, überrascht von Warburgs Erscheinen, mitten auf der Straße stehen geblieben ist, unschlüssig, wie er nun verfahren soll, oder vielleicht, wen er zuerst beißen soll. Warburg pflanzt sich vor ihm auf. Er brüllt etwas, das ich nicht verstehe, wahrscheinlich Befehle auf Deutsch. Er macht auch ein paar Gesten, und das scheint seinen Zweck zu erfüllen. Der Hund kuscht und fletscht die Zähne, aber auf andere Art. Und tatsächlich, er weicht zurück, Schritt für Schritt. Ein paar Sekunden lässt er Warburg nicht aus den Augen, dann vollführt er eine Pirouette und verschwindet mit zwei Sprüngen im Wald.

»Darauf verstehen Sie sich aber.«

»Ich züchte Hunde. Meine Leidenschaft.«

In der Tat tummelt sich im Garten, durch den man zum Haus gelangt, ein Rudel Vierbeiner, die ihren Herrn mit wohlerzogenem, unterwürfigem Gewinsel begrüßen.

Ich folge Warburg ins Innere der Villa. Ohne ein Wort, mit den abrupten, sparsamen Gesten der Bergamasker führt er mich in einen Saal, der von einem großen Kamin beherrscht wird. An den Wänden hängen Jagdtrophäen, vor allem Fasane, und eine kleine Gewehrsammlung.

»Kennen Sie sich wenigstens damit aus?«, fragt er und deutet auf meinen Manteltasche, in die ich wieder die Pistole gesteckt habe.

»Eigentlich nicht, um ehrlich zu sein.«

»Sie sollten lieber ein wenig üben. Könnte von Nutzen sein.«

Wir setzen uns auf zwei rote Ledersessel bei dem erloschenen Kamin. Jetzt, wo ich ihn in größerer Ruhe beobachten kann, bemerke ich, dass Warburg einen großen Ring mit Wappen trägt. Mir fällt wieder ein, was Vincenzo erzählt hat. Es handelt sich um den Nachfahren einer schweizerischen Familie, die vor drei Jahrhunderten hierher ausgewandert ist. Bereits seit dem siebzehnten Jahrhundert hatte die Republik Venedig in dieser Gegend die Seidenproduktion gefördert, und viele Schweizer Handelsleute hatten in die Spinnereien Bergamos investiert und von den billigen Arbeitskräften profitiert. Einige waren im Land geblieben, und so hatte sich eine kleine, aber mächtige Kolonie gebildet.

Warburgs Gesicht verrät in einigen Zügen noch seine Herkunft. Sein Ausdruck deutet auf eine stolze Herablassung hin, die alles und alle einschließt, auch mich. Es wundert mich nicht, dass Augusto Rondines Macht diesen Mann völlig kalt lässt. Auf ihn muss er wie ein einfacher Emporkömmling wirken, vulgär und ungehobelt, kaum fähig, Messer und Gabel *comme il faut* zu benutzen. Auch wenn Rondine zehnmal reicher ist, blickt Warburg dank seiner Ahnen auf ihn herab. Während Rondines Urgroßvater auf dem Kartoffelacker schuftete, wurde der von Warburg am Hofe von Franz Joseph empfangen.

»Also, worüber wollten Sie mit sprechen?«

»Über Guglielmo, über das Neubaugebiet.«

»Ihre Zeitung hat sich nicht sehr ausführlich damit beschäftigt, nicht wahr? Vielmehr: Ihr habt euch nur damit beschäftigt, um das Projekt in den Himmel zu heben.«

»Es hat sich etwas geändert. Jetzt interessiert es mich persönlich.«

»Das ist auch die einzige Art, auf die man sich dafür interessieren kann. Ich glaube nicht, dass Ihnen der alte Rondine gestatten wird, auch nur eine Zeile über das zu schreiben, was ich Ihnen sage.«

»Ich will nicht darüber schreiben. Ich will begreifen, wer Guglielmo Rondine war, weshalb er sich umgebracht hat.«

Er zieht eine Augenbraue in die Höhe.

»Umgebracht?«

»Ich habe den Unfall mitbekommen, ich war auf der Autobahn. Guglielmo hat es absichtlich getan, er hat sich von der Brücke gestürzt.«

»Wirklich? Ich hätte es nicht für möglich gehalten, dass diese Familie einen Hang zur Selbstzerstörung entwickeln würde. Augusto jedenfalls nicht. Über seinen Sohn weiß ich nur wenig. Er hat das Neubauprojekt auf die Beine gestellt und sich dabei in kurzer Zeit nicht nur immenses Kapital, sondern auch großen politischen Rückhalt zu verschaffen gewusst.«

»Apropos Geld. Woher stammte eigentlich das der Bank?«

Warburg lächelt verächtlich.

»Wer soll das wissen? Ich weiß nur, dass Augusto vor dem Krieg ein armer Schlucker war, der immer nur in Lumpen herumlief. Dann war da die Geschichte von den Partisanen ...«

»Was für eine Geschichte?«

»Gerede. Gerüchte. Vermutungen. Nichts, was eine nähere Auseinandersetzung lohnte. Doch nicht das ist von Bedeutung. Was wirklich wichtig ist, ist das Wohl der Stadt.«

Warburg setzt mir die Bedeutung von Guglielmos Projekt

auseinander. Millionen Quadratmeter, jenseits der Bahnstrecke, in einer Gegend, die zum großen Teil landwirtschaftlich genutzt wurde. Guglielmos Plan sieht eine Verlängerung Bergamos vor, eine Art nach Mailand ausgestreckten Tentakel. In den einzelnen Entwicklungsphasen wird tatsächlich daran gedacht, einen Anschluss zur U-Bahn herzustellen, die heute bis Gessate reicht. Im Endstadium verwandelt »Bergamo II« sich dann in eine Art Satellitenstadt Mailands. Eine halbe Stunde U-Bahn-Fahrt bis zur Piazza San Babila, und eine weitere halbe für den Rückweg, ganz nach dem Vorbild so vieler amerikanischer oder japanischer Metropolen.

Der Plan sei durchaus sinnvoll, wie der Stadtbaurat, wenn auch nur ungern, zugibt. Bereits heute ist Bergamo nolens volens eine Satellitenstadt Mailands, zehntausend, vielleicht auch mehr Menschen pendeln jeden Tag zwischen den beiden Städten. Und die fünfzig Kilometer, die das, was einstmals zwei unterschiedliche Orte waren, voneinander trennen, sind längst zu einer ununterbrochenen Kette von Einfamilienhäusern, Lagerhallen, Mietshäusern und Einkaufszentren geworden. »Bergamo II« würde lediglich den unvermeidlichen Abschluss eines ökonomischen Zyklus sanktionieren.

Doch Warburg interessiert sich nicht für ökonomische Zyklen und vor allem nicht für Unausweichliches. Mit der weltfremden Sturheit eines Don Quijote hat er sich in den Kopf gesetzt, das zu verhindern, was er für eine Tragödie hält. Warburg liebt Bergamo. Obschon er selbst von schweizerischer Herkunft ist: Dies ist seine Heimat. Und mit ebenjenem hartnäckigen Stolz, den ich bereits an seinen Mitbürgern beobachten konnte, wehrt er sich mit allen Kräften gegen das, was er für eine Kapitulation hält. Wie ich schon sagte, sind die Stadtmauern das beste Symbol für diese Stadt: Im fünfzehnten Jahrhundert waren sie der letzte Vorposten der Republik Venedig gegen das Vordringen Mailands und der Sforza. Es lässt sich nicht bezwingen, dieses störrische, harte, vielleicht auch dumpfe Bergvolk. Rondine ist anders, Rondine hat zu früh und zu rasch die Ekstase des Geldes kennen gelernt. Die Millionen haben den Stolz seiner Rasse getilgt, wie ein Deodorant einen üblen Geruch tilgt. Warburg aber ist entschlossen, Widerstand zu leisten. Wahrscheinlich war es tatsächlich seine hartnäckige Ablehnung dieses Projekts, die ihm bei den letzten Wahlen einen großen Erfolg beschert hat. Der Bürgermeister konnte nicht umhin, ihn in den Stadtrat aufzunehmen und ihm tatsächlich das Bauressort anzuvertrauen. Endlich einmal mussten die Rondines klein beigeben. Doch sie haben nicht kapituliert. Sie setzten ihre Machenschaften auf vielen Ebenen fort, offen und versteckt. Mit einer Lobby in Rom und in Mailand, aber auch mit dem Versprechen, die Stadt werde von einem immensen Zufluss von Geldern profitieren.

»Aber es handelt sich nicht allein darum. Es gibt noch eine wichtigere Frage. Wer hat das Sagen, die Bürger oder ...«

»... die *Banca di Provincia*?«

»Sehen Sie, dies hier ist eine der am stärksten industrialisierten Regionen Italiens, und dennoch bewahrt sie die Eigenheiten einer kleinen Stadt, fast möchte ich sagen, eines großen Dorfes. Hier kennt jeder jeden, und früher oder später braucht jeder jeden einmal. In den vergangenen Dekaden war die *Banca di Provincia* eine Art Bolzen, um den herum alle rotierten, die etwas zu sagen hatten. Mit Ausnahme von mir: Einigen Firmen bin ich nie entgegengekommen. Die *Banca* hat sich als unerlässliches ökonomisches Instrument erwiesen. Jetzt aber ist sie zu etwas anderem geworden. Sie ist kein Instrument mehr, sie soll in ein Machtzentrum verwandelt werden. Nicht die anderen sind es, die die Bank benutzen, sondern die Bank benutzt sie. Und das kann ich nicht gutheißen.«

»Und Guglielmo, ist er der Urheber dieses Projekts?«

»O nein. Mag er auch ein noch so faszinierender junger

Mann gewesen sein – und das war er –, er hätte niemals ein derartiges Konzept zustande gebracht. Sie können in der Stadt fragen, wen Sie wollen, und achten Sie auf das, was sie Ihnen sagen oder vielmehr nicht sagen. Aber denken Sie an meine Worte: Guglielmo war immer ein Spielball in den Klauen des Vaters. Ein tüchtiger Junge mit vielen Gaben außer der einen: dem eigenen Willen. Wenn Sie den Drahtzieher suchen – der ist noch unter uns.«

»Glauben Sie, er könnte sich deswegen umgebracht haben?«

»Nein, das glaube ich nicht. Er war ... wie soll ich das ausdrücken? ... nicht genügend moralisch gefestigt. Wenn Sie mit Ihrer Hypothese Recht hätten, wäre es ein Akt der Auflehnung gegen den Vater gewesen. Glauben Sie mir: Guglielmo hat nie gegen Augusto gemeutert. Wenn er wirklich Selbstmord begangen hat, wie Sie vermuten, muss der Grund dafür ein anderer sein.«

»Nur noch eines. Haben Sie im Zusammenhang mit Guglielmo je von einer Alice gehört?«

»Alice? Ich glaube nicht. Wie ich schon sagte, ich ...«

Warburg unterbricht sich plötzlich. Das Geräusch eines Motors, der ausgeschaltet wird, erregt seine Aufmerksamkeit.

»Verzeihen Sie.«

Er tritt ans Fenster, stellt sich auf die Zehenspitzen, um über die Hecke schauen zu können. Bei diesem stolzen, beherrschten Mann ist es eine Geste, die große Nervosität verrät. Er dreht sich um und sagt unvermittelt:

»Ich muss Sie bitten zu gehen. Sicherlich werden wir Gelegenheit haben, dieses Gespräch hier zu vertiefen.«

Er bringt mich zum Tor, drängt mich beinahe. Während er das Gitter schließt, flüstert er mir noch nach: »Seien Sie auf der Hut!«

Ich glaube nicht, dass er den streunenden Hund damit meint. Und dann begreife ich auf einmal. Ich drehe mich um und sage:

»Der Zettel. San-Marco-Pass. Den haben Sie mir ans Auto gesteckt, stimmt's?«

»Nicht jetzt, bitte. Auch darüber werden wir uns irgendwann unterhalten.«

Ich gehe über die Straße und bemerke zehn Meter hinter meinem Auto einen dunkelblauen Fiat 127. Das also war es, was Warburgs Aufmerksamkeit gefangen hat. Ich versuche, ins Innere zu blicken, doch die Sonnenblende ist heruntergeklappt.

Ich steige ein, lasse den Wagen an, lege den ersten Gang ein und fahre los, den Blick fest auf den Rückspiegel geheftet. Nachdem ich etwa fünfzig Meter zurückgelegt habe, öffnet sich plötzlich die Tür des Fiat, jemand steigt aus, überquert die Straße und verschwindet in Warburgs Villa. Die Person war zu schnell, und ich bin zu weit weg, um das Gesicht zu erkennen. Ich weiß nur, dass es sich um einen Mann gehandelt hat.

Wie ein Paläontologe, der einen Haufen Knochen vor sich hat und nicht weiß, wie sie zusammenpassen

In der Redaktion empfängt Seguaci mich mit einem Lächeln.

»Probleme?«

»Hier ziemlich viele, würde ich sagen.«

Leicht erbittert schlage ich die Zeitung auf und streiche die Fehler an, die sich während meiner Abwesenheit angesammelt haben. Überschriften, die nichts mit dem Thema zu tun haben, eine bizarre Wahl der Nachrichten und Aufmacher, zwei falsch geschriebene Namen in einem Kurzbericht, ein Text, der plötzlich abbricht (der Artikel endet mit den Worten: »der Termin der Beerdigung ist auf kommenden«).

»Es war nicht leicht. Ihr habt euch ins Zeug gelegt«, folgere ich. Mein Wutausbruch hat in Anwesenheit der Ressortleiter stattgefunden, die jetzt den Glanz ihrer Schuhspitzen kontrollieren. Seguaci hat zunächst versucht, eine Gegenposition einzunehmen und sich zu rechtfertigen, dann aber rasch begriffen, dass meine Beobachtungen ein anderes Ziel hatten. Die Botschaft, die ich loswerden wollte und die sie wohl auch verstanden haben, lautete: Vergesst nicht, der Chef bin immer noch ich, auch wenn ich momentan vielleicht die eine oder andere Klippe umschiffen muss. Der Subtext, wie ein Literaturkritiker das nennen würde.

Seguaci lässt den Tadel ohne aufzumucken über sich ergehen.

»Bist du jetzt fertig?«

»Ich habe mich auf die größten Klöpse beschränkt. Es gäbe noch weitere.«

»Du hast Recht. Außerdem ist uns eine Nachricht durch die Lappen gegangen. Wir haben versäumt, über das Hinscheiden des leitenden Chefredakteurs einer Zeitung zu berichten. Weißt du etwas darüber?«

Das Eis schmilzt. Die anderen heben den Kopf. Sie ahnen, dass dies eine Abrechnung ist. Seguaci hätte mich nicht in der Öffentlichkeit herausgefordert, wenn er sich seiner Sache nicht sicher wäre. Ist da etwas, von dem ich nichts weiß?

»Das reicht jetzt, denke ich«, sage ich abschließend und ziehe mich wieder in den Schützengraben zurück. »Also, mal sehen, was wir heute haben.«

Die Konferenz verläuft wie immer. Einer nach dem anderen fassen die Ressortchefs vom Lokalteil, vom Regionalen, vom Kultur- und vom Sportteil zusammen, was sich in unserem kleinen verschlafenen Städtchen Bedeutendes zugetragen hat. Eine Ausstellungseröffnung, ein paar schwere Verkehrsunfälle, die Aufführung einer Laienbühne und der Mittelstürmer, der wegen einer Wadenzerrung am kommenden Sonntag ausfallen wird, unerhört. Nur mit Mühe gelingt es mir, in diesem Strudel weltbewegender Ereignisse die Oberhand zu behalten. Als endlich die Themen gewichtet und entsprechend auf die zweiunddreißig Seiten verteilt sind, verziehen sich die Ressortchefs schweigend. Sobald sie draußen sind, greife ich zum Hörer und rufe Vincenzo an.

»Hast du was in Erfahrung bringen können?«

»Ich habe meinen Bruder gefragt. Einer von Guglielmos engsten Freunden zu Schulzeiten war ein gewisser Arnoldi. Jetzt ist er Zahnarzt.«

»Gut. Gib mir bitte die Adresse.«

»Um diese Uhrzeit triffst du ihn bestimmt in seiner Praxis an der Briantea an. Hör mal, gerade ist mir Seguaci über den Weg gelaufen. Er schien kurz vorm Platzen.«

»Na, dann pass gut auf. Kurze Zündschnur.«

Entgegen jeglicher Erwartung ist der Zahnarzt mehr als willig, über Guglielmo Auskunft zu geben. Anfangs glaubte ich, ich hätte bei ihm eine nostalgische Saite zum Klingen gebracht. Doch bereits nach wenigen Minuten unserer telefonischen Konversation wird mir der wahre Grund für diese unerwartete Höflichkeit klar. Er hat in Amerika studiert, sagt er sofort, als Erklärung für seinen seltsamen Akzent, und dort scheint man ihm die Zurückhaltung seiner Vorfahren gründlich ausgetrieben zu haben.

Er wollte mich unbedingt in der Oberstadt, im Sarpi-Gymnasium treffen, wo er Guglielmo kennen gelernt hat. Ich bin zu früh am Treffpunkt, ein paar Minuten vor eins, und schlendere durch das alte Gebäude. Direkt davor liegt ein seltsam unregelmäßiger kleiner gepflasterter Platz. Von der Brüstung aus kann man an einem klaren Tag wie heute einen herrlichen Blick über die Unterstadt genießen, außerdem über die ganze Ebene mit den hie und da verstreuten kleinen Fabriken und den beständig rauchenden Schloten. Ob es einem gefällt oder nicht, wir sind nun einmal in der Lombardei, die schweigend vor sich hin produziert.

Ich bewege mich vorsichtig, der Fuß tut noch weh, und das hier ist bestimmt kein idealer Untergrund. Neben dem Sarpi-Gymnasium liegt ein weiterer, winziger Platz mit einem alten Adelspalais, monumental und wunderschön.

»Nicht übel, was?«, sagt eine Stimme hinter mir.

Ich drehe mich um und erblicke ein Gesicht, das ich kenne. Der Mann streckt mir die Hand hin.

»Sie sind der leitende Chefredakteur der Zeitung. Ich habe Sie schon ein paarmal auf Fotos gesehen.«

»Auch ich habe Sie schon gesehen, Doktor Arnoldi. In einem Super-8-Film.«

Er schaut mich überrascht an, aber nicht allzu sehr. Dasselbe Gesicht, ein bisschen älter, das ich vor zwei Tagen zu Hause bei mir gesehen habe, an die Wand meines Zuhauses projiziert. Vor mir steht der Junge, der Guglielmo am Arm fasste, und zu ihm sagte: »Komm, Giacomo, weg hier.«

»Dann haben Sie also Guglielmos Kurzfilm gesehen.«

»Nur einen Ausschnitt.«

»Und wo haben Sie den her?«

»Er war in seinem Wagen. Als sich der Unfall ereignete.«

Arnoldis Gesicht verdüstert sich.

»Was für eine Tragödie.«

»Guglielmos Geschichte hat mich neugierig gemacht. Deshalb wollte ich Sie gern treffen. Ich weiß nicht, ich möchte gern darüber schreiben. Er ist eine faszinierende Gestalt.«

»Mehr als das, glauben Sie mir. Das finden alle, die ihn kennen gelernt haben. Ich hoffe, ich kann Ihnen dabei helfen.«

Und dann beginnt er zu erzählen, während er mich, einer unergründlichen Route folgend, durch die weniger belebten Straßen der Oberstadt führt.

Guglielmo und Arnoldi begegnen sich in der ersten Klasse des Sarpi-Gymnasiums. Bis dahin hat Arnoldi eine Grundschule in der Provinz besucht, seine Elten wohnen in Lovere, am Iseosee. Sie setzen große Hoffnungen auf ihren Sohn und beschließen daher, ihn auf eine Schule in der Stadt zu geben, auf jene bedeutende Schule, die schon so viele berühmte Geister hervorgebracht hat.

Die beiden lernen sich auf dem Fußballplatz kennen, und es ist Liebe auf den ersten Blick. Das heißt: Der junge Arnoldi verliebt sich in Guglielmo, wie es der Hälfte aller Leute geht, die ihm begegnen. Guglielmo ist Klassenbester. Oft, bei kniffligen Griechischübersetzungen oder Rechenaufgaben, hält der Lehrer einen Augenblick vor der Tafel inne und wendet sich dann an seinen brillantesten Schüler: »Rondine, was würden *Sie* tun?« Guglielmo entzieht sich den hinterlistigen Fragespielchen nicht. Überlegen nimmt er die Kreide entgegen, die der Lehrer ihm reicht, und skizziert mit raschen Strichen den Ausweg aus der verzwickten Lage. Die Kameraden betrachten Guglielmo nicht als den klassischen Streber, sondern vielmehr als den Primus, der sie vor den Vermessenheiten der Lehrer schützt. Und die Lehrer nehmen ihm dies keineswegs krumm: Sie wissen, dass sie es mit einem außerordentlichen Talent zu tun haben, und dies tröstet sie und spornt sie in gewisser Weise an.

Guglielmo ist nicht nur in Griechisch oder Mathematik gut. Beim Fußball ist er unbestritten der Champion. Arnoldi ist Verteidiger, Guglielmo Mittelstürmer. Einmal schafft es der künftige Zahnarzt sogar, eine seiner Vorlagen zum Tor zu verwandeln – so etwas hat es noch nie gegeben. Guglielmo wird zum großen Bruder, hübscher und talentierter als Arnoldi, der allmählich von ihm abhängig wird.

Da ist er nicht der Einzige. Die Hälfte der Schüler am Sarpi-Gymnasium, einschließlich der Mädchen, schwärmen für ihn. Sie wählen ihn zum Schulsprecher, in den letzten Jahren der Studentenbewegung. Rückblickend muss man lächeln, wenn man bedenkt, dass der Sohn des reichsten Mannes der Stadt für die Gleichberechtigung der sozialen Klassen kämpft: Doch Guglielmos Charisma ist so stark, dass niemand Einwände erhebt.

Guglielmo ist schön, intelligent, auf seine Weise großzügig. Bescheiden ist er allerdings nicht. Typen wie er brauchen einen kleinen Hofstaat, der sie überall begleitet. Er schart ein Häuflein aus Anbeterinnen und mehr oder weniger brillanten Gleichaltrigen um sich, darunter auch Arnoldi. Die Clique macht die Stadt unsicher, mit der dreisten Überheblichkeit derjenigen, die glauben, die Welt liege ihnen zu Füßen. Mal bewerfen König Guglielmos Höflinge die im Pelzmantel zur Premiere im Teatro Donizetti schreitenden Bürger mit Eiern, mal mischen sie sich unter das Publikum, wenn der übliche Halbidiot einen Vortrag hält, und stellen provozierende Fragen, oder sie inszenieren einfach harmlose Streiche – wie damals, als sie mitten in der Nacht dem Jesuskind in der auf dem Sentierone aufgestellten Krippe einen riesigen Phallus verpassten.

Den Jugendlichen um Guglielmo gefällt es also, zu provozieren, zu rebellieren, zu terrorisieren – in einer Stadt wie Bergamo ist das nicht schwer. Nicht alle bringen ihnen Sympathie entgegen: Doch die unterschwellige, unsichtbare Autorität des Vaters beschützt sie. Augusto ist das Lebensgefühl seines Sohnes fremd, aber er toleriert es. Zumindest, solange Guglielmo nicht übertreibt. Eines Tages planen Guglielmo und einige andere, darunter Arnoldi, einen Autobus in ihre Gewalt zu bringen. An der Endhaltestelle lassen die Schaffner in der Pause zwischen den Fahrten die Busse mit offenen Türen stehen. Die Vorgehensweise ist antiquiert: ein Inbusschlüssel, der leicht durch einen Stift ersetzt werden kann. Die Bande studiert den Plan, misst die Wartezeiten an der Endhaltestelle ab, bereitet jedes Detail vor. Die Verschwörer verabreden sich für den Folgetag, während der Mittagspause, wenn die Aufmerksamkeit gering ist. Als die Clique sich jedoch zum endgültigen Anschlag versammelt, breitet Guglielmo die Arme aus.

»Es wird nichts stattfinden«, teilt er ihnen mit. Die anderen sind sprachlos, auch wenn sie sich nicht trauen, eine Erklärung zu verlangen. Ein paar Tage später erfährt Arnoldi, dass Augusto hinter den Plan gekommen ist: Guglielmo hat mit jemandem darüber gesprochen, der wiederum den Vater benachrichtigt hat. Augusto ist eingeschritten und hat seinem Sohn das Vorhaben verboten. Guglielmo kann sich gegen jeden auflehnen – mit Ausnahme seines Vaters. Augusto ist der Einzige, der ihn bändigen kann. Arnoldi ist ihm nur ein paarmal begegnet, doch dies genügte, um ihm begreiflich zu machen, dass die beiden ein engeres Band eint, als man vermuten möchte.

»Sie beschreiben Guglielmo da als einen intellektuellen Spieler«, bemerke ich. Doch Arnoldi lacht nur.

»Ein Intellektueller? Guglielmo war alles, nur kein Intellektueller. Für ihn handelte es sich nur um ein Spiel.«

Noch vor seinem achtzehnten Geburtstag, erzählt mir der Zahnarzt, entdeckt Guglielmo seine Leidenschaft für Autos. Auch fürs Fahren zeigte er ein ausgeprägtes Talent. Jeden Abend lädt er einen Freund ein, oft ist es Arnoldi, und nun beginnen die Ausflüge in die gesamte Provinz, von einem Lokal zum nächsten, von einem Fest zum andern.

Guglielmo ist ein Mensch, der nichts mehr hasst als Langeweile, und während des Fahrens macht er gern ein Spielchen – was der Zahnarzt da sagt, erschreckt mich, erinnert es mich doch an meine eigenen Ablenkungsmanöver auf der Straße. Zum Beispiel lässt Guglielmo sich von dem hinter ihm Sitzenden die Augen zuhalten. Momentan erblindet, folgt er den Instruktionen seiner Freunde. »Weiter geradeaus … fahr schneller … bremsen … etwas weiter rechts, mehr nach links …«

Auch liebt er wahnwitzige Kunststücke. Nachts ist sein Lieblingsspiel, mit irrsinniger Geschwindigkeit durch das Eingangstor des Suardi-Parks zu fahren. Die für Fußgänger bestimmte Öffnung ist nur wenige Zentimeter breiter als der Wagen, doch er schafft es trotzdem, ohne die Karosserie zu beschädigen, und benutzt dabei nur die Handbremse.

Ich werde blass. Der Zahnarzt bemerkt es.

»Was haben Sie? Fühlen Sie sich nicht gut?«

Ich kann ihm nicht sagen, dass das Manöver, das er mir gerade beschrieben hat, genau dasjenige ist, durch das Guglielmo sich umgebracht hat.

»Hat Guglielmo je mit dem Gedanken an Selbstmord gespielt?«

»Nein, was dachten Sie denn? Das waren doch alles nur die Tricks und Spielchen eines großen Kindes. Ich glaube nicht, dass Guglielmo je daran gedacht hat. Das passte absolut nicht zu ihm. Wenn Sie ihn gekannt hätten, wüssten Sie, weshalb ich das sage.«

»Und was ist mit Mädchen?«

Dem Zahnarzt zufolge war Guglielmo an dem Thema nicht übermäßig interessiert. Er ist ein Spaßvogel, der die Kameradschaft unter Männern dem Getue zwischen Verliebten vorzieht. Zumindest bis er, im letzten Jahr auf dem Gymnasium, Beatrice kennen lernt. Sie ist wunderschön, grüne Augen und blondes Haar. Der jüngste Spross einer Künstlerfamilie. Ihr Großvater war einer der berühmtesten Drehbuchautoren des italienischen Kinos, ihre Mutter eine überaus kultivierte, auf mitteleuropäische Literatur spezialisierte Übersetzerin, ihre Schwester schreibt Romane, die sich zwar nicht gut verkaufen, von der Kritik aber durchweg mit Lobeshymnen bedacht werden.

In dem Haus in Vigna Clara in Rom atmet Beatrice von klein auf den Staub von Büchern ein, der ihr in die Lunge, ins Blut, ins Hirn dringt. Wer sie nicht gekannt hat, sagt Arnoldi, kann sich nur schwer eine derart faszinierende Frau vorstellen. So schön, intelligent, gebildet und klug – und dennoch bescheiden und ungezwungen. Mit jener Selbstsicherheit, jener naiven und doch tiefen Neugier, die niemals Ergebnis einer aus Büchern erworbenen Erziehung, sondern nur von Menschenkenntnis sein kann. Als Kind hat Beatrice mit den größten Regisseuren und Literaten Italiens gespielt, sie saß auf ihren Knien, belauschte ihre Gespräche, sog ihren Stil auf, ihre Persönlichkeit und ihren Scharfsinn. Es ist dies eine Erziehung, die an keiner Schule gelehrt wird.

Als die Familie zerbricht – der Vater zieht mit einer jungen Schauspielerin zusammen, und die Mutter wird chronisch depressiv –, landet Beatrice bei einer entfernten Tante in Bergamo, die für sie zu sorgen verspricht. Sie meldet sich auf dem Sarpi-Gymnasium an. Sogar Guglielmo ordnet sich ihr auf gewisse Weise unter. Wie verwelkte Blütenblätter fallen die Allüren eines liebenswerten Prahlers von ihm ab. Beatrice verkörpert all das, was er nicht ist und niemals sein wird, dem Geld, der Macht und der Schönheit zum Trotz.

Es dauert nur wenige Wochen, und schon sind sie zusammen. Sie werden zum meistbeneideten Paar der Stadt. Und genau zu jener Zeit entdeckt Guglielmo seine Liebe zum Film, die Beatrice teilt oder vielleicht sogar geweckt hat. Sie schreiben sich beim Filmforum ein und besuchen einige Kurse zum Thema Regie und Drehbuch. Aber Guglielmo ist nicht der Typ des passiven Studenten: Was er gelernt hat, will er auch in die Praxis umsetzen. Zusammen mit Beatrice plant er einen Kurzfilm von wenigen Minuten, den er vielleicht sogar bei einem Festival vorstellen will.

Arnoldi hat sich nie besonders für Film interessiert und auch nie daran gedacht, ihn zu seinem Hobby zu machen. Doch Guglielmos Leidenschaft steckt auch ihn an, und noch etliche andere. Für seinen Freund wäre Arnoldi zu allem Möglichen bereit. Er willigt ein, in dem Film eine Nebenrolle zu spielen und sich um viele technische Dinge zu kümmern. Er ist es, der den Film zum Entwickeln bringt. Den fertigen Film trägt er eilends zu Guglielmo, der sich zu Hause einschließt und sich ihn in einem eigens eingerichteten Projektionsraum anschaut. Alle Filmrollen behält er bei sich.

Der Film scheint für Guglielmo das Wichtigste auf der Welt geworden zu sein, er interessiert sich für nichts mehr, weder für Fußball noch für die Schule und am allerwenigsten für die Jugendstreiche, die nun ganz plötzlich ein Ende haben. Rondine junior scheint endlich seine Bestimmung gefunden zu haben.

Arnoldi kann sich nicht an viele Einzelheiten des Films erinnern, auch weil Guglielmo, wie ein echter Profi, die Szenen nicht chronologisch dreht, sondern der Notwendigkeit der *location* folgend. Niemand außer Guglielmo und Beatrice hat das gesamte Drehbuch gesehen. Nicht einmal der Titel ist bekannt: Als er danach gefragt wird, erwidert Guglielmo geheimnisvoll, er habe sich noch nicht entschieden.

Es scheint ein herrliches Abenteuer, das in ein glorreiches Finale münden wird. Doch der Traum zerplatzt. Eines Nachmittags erscheint Arnoldi zur gewohnten Uhrzeit auf dem Set. Auch die anderen treffen ein, alle außer Guglielmo und Beatrice. Die Truppe wartet lange, bis Arnoldi beschließt, zu Hause bei den Rondines anzurufen. Er erfährt, dass Guglielmo ganz plötzlich nach Amerika gereist ist. Arnoldi ruft Beatrice an. Das Mädchen erklärt beunruhigt, es wolle lieber auf Guglielmos Rückkehr warten. Die Gruppe geht auseinander in der Hoffnung, dass einer der beiden so bald wie möglich wieder auftauchen wird. Es kommt anders. Nach ein paar Wochen gibt ausgerechnet Arnoldi, mit blutendem Herzen, die Leihausrüstung zurück: Er hat nun begriffen, dass die Reise seines Freundes länger als vorgesehen dauern wird. Ohne ihn verliert das ganze Projekt seinen Reiz. Arnoldi, der die Hoffnung nicht aufgibt, behält die letzte Filmrolle, die abgedreht wurde. Er weiß nicht, was er damit anfangen soll. Vielleicht kommt Guglielmo eines Tages zurück, vielleicht auch nicht. Sicherheitshalber stellt er die Filmrolle, in einer runden Blechdose, ins Regal, so dass er sie immer sehen kann. Sie erinnert ihn an vergangene Zeiten. Der Freundeskreis um Guglielmo ist seines Zentrums beraubt und verläuft sich. Jeder lernt wieder für die Schule. Die leuchtende Sonne, der Mittelpunkt der Gruppe ist erloschen.

»Und Beatrice? Wissen Sie, wo ich sie finden kann?«

»Ich habe sie nie mehr gesehen. Sie ist vor sehr langer Zeit weggezogen. Soweit ich weiß, ist sie Schauspielerin.«

»Hat Guglielmo sich denn gar nicht mehr gemeldet?«

Trotz allem ist Arnoldi unfähig, dem Freund, der ihn ohne eine Erklärung verlassen hat, böse zu sein. Irgendwie gesteht er ihm das Recht zu, sich wie ein launischer Despot zu verhalten. Er nährt die heimliche Hoffnung, sein Freund werde sich früher oder später schon bei ihm melden. Eine Hoffnung, die nicht einmal dann stirbt, als Guglielmo schon seit ein paar Wochen wieder in Bergamo ist und ihn immer noch nicht angerufen hat. Dann erzählt ihm jemand, Guglielmo habe einen schlimmen Unfall gehabt, er habe sich eine schwere Nervenkrankheit zugezogen, die sich zum Glück jetzt allmählich bessert. Er wird im Istituto di Carità behandelt, dem der Priester Don Filasti vorsteht und in dem außer ihm Behinderte untergebracht sind. Als er endlich, nach langer Zeit, nach Hause darf, erhält er den Kontakt zum Istituto aufrecht, an das ihn nun ein Gefühl der Dankbarkeit bindet.

»Guglielmo? Im Ernst?«

»Natürlich, fragen Sie, wen Sie wollen. Vielleicht wäre es ja nützlich, wenn Sie als Nächstes mit Don Filasti sprächen.«

Erneut bin ich gezwungen, das Bild, das ich mir von Guglielmo Rondine gemacht habe, zu verändern.

»Dann sind Sie ihm also nie wieder begegnet?«

Arnoldi zögert.

»Es tut mir Leid, ich habe Ihnen alles gesagt, was ich weiß. Falls mir noch etwas einfällt, rufe ich Sie an. Ich hoffe, dass Sie tatsächlich etwas über Guglielmo schreiben, denn er verdient es nicht, in Vergessenheit zu geraten.«

Ich bejahe und sichere ihm zu, das zu tun. Würde ich allerdings wirklich einen Artikel über Guglielmo schreiben, wüsste ich gar nicht, wo ich anfangen sollte. Ich bin verwirrt, wie ein Paläontologe, der einen Haufen Knochen vor sich hat und nicht weiß, wie sie zusammenpassen.

Der Fall ist erledigt

Ich kehre in die Redaktion zurück. Mein erneutes Auftauchen dort, zum zweiten Mal an diesem Tag, ruft nicht gerade Begeisterung hervor. Gesenkte Blicke und kurz gehaltene Gespräche. Nachdem die nachmittägliche Konferenz ordnungsgemäß über die Runden gebracht ist, bestelle ich Vincenzo in mein Büro.

»Seltsame Stimmung da draußen. Seguaci strahlt heute geradezu, findest du nicht?«, fragt er mich.

»Er wird wohl einen Laufburschen erschlagen und in die Rotationspresse geworfen haben. Hör mal, ich möchte ein bisschen was über die *Banca di Provincia* rausbringen. Haben wir eine Verbindung zum Cerved?«

»Wir sind doch nicht beim *Corriere*. Aber wir können zur Handelskammer gehen. Ich kenne jemanden, der dort arbeitet.«

Das Archiv ist in einem der faschistischen Gebäude an der Piazza della Libertà untergebracht. Vincenzo und ich umrunden die lange, überfüllte Theke und steigen ins Untergeschoss hinab. Vor uns tut sich ein Gewölbe voller Metallschränke auf, aus denen Tausende zerfledderter Aktenmappen hervorlugen. In einer Nische, die als Büro dient, macht sich ein junger Mann mit langen Haaren und Ohrring an einem Computer zu schaffen. Als er uns sieht, steht er auf und umarmt Vincenzo. Mein Begleiter erklärt ihm, was wir suchen, der andere verzieht überrascht das Gesicht.

»Das ist eine ziemlich alte Geschichte. Mal sehen, ob ich was finde.«

Er taucht in das Labyrinth des Archivs ein und verschwindet. Vincenzo lächelt mir zu.

»Keine Angst.«

Nach etwa zehn Minuten kommt der Typ wieder. Unterm Arm trägt er ein enormes Aktenbündel. Er legt es auf dem Tisch ab. Eine Staubwolke fliegt auf.

»Es müsste hier drin sein«, sagt er und hebt den Deckel mit der Aufschrift »Banca di Provincia« an.

Das erste Dokument ist genau das, wonach wir suchen: die Gründungsakte. Sie wurde im Oktober 1945 mit der Maschine getippt, die Buchstaben der Durchschrift mit Kohlepapier haben weiche Umrisse.

Im Jahr 1945 – eintausendneunzehnhundertfünfundvierzig – am 19. – neunzehnten – Oktober

[...]

haben sich bei mir, dott. Giuseppe Legrenzi, Sohn des Giacomo, Notar

[...]

persönlich folgende Herrschaften eingefunden:

sig. Augusto RONDINE, Sohn des Ferdinand selig, geboren in Mezzoldo, wohnhaft in Zogno;

sig. Gabriele, gen. Lele, RATTAZZI, Sohn des Antonio selig, geboren und wohnhaft in Bergamo;

sig. Iginio BELLOLI, Buchhalter, Sohn des Piero selig, geboren und wohnhaft in Seriate;

sig. Cesare RIMOLDI, Sohn des Cesare selig, geboren in Rovetta, wohnhaft in Bergamo;

sig. Egidio NERASTI, Sohn des Giovanni Battista selig, geboren in Romano di Lombardia, wohnhaft in Bergamo;

Obige Herrschaften, deren persönliche Identität [...]

»Was sind das für Leute?«, frage ich Vincenzo.

»Rattazzi, Belloli und Rimoldi sind tot. Rimoldi starb vergangenes Jahr, die anderen vorher. Nerasti lebt noch, er muss ungefähr in Rondines Alter sein, ist aber in schlechter gesundheitlicher Verfassung. Alle haben sie ein ziemlich unauffälliges Leben geführt. Und waren dennoch die wichtigsten Personen der Stadt. Praktisch kontrolliert die *Banca di Provincia* nämlich jegliche wirtschaftliche Aktivität.«

»Woher hatten sie das Geld, um die Bank zu gründen?«

»Keine Ahnung. Das liegt zu weit zurück. Da müsstest du jemanden aus ihrer Gene...«

Vincenzo unterbricht sich ganz plötzlich.

»Sieh mal«, sagt er und deutet mit dem Zeigefinger auf die erste Seite des Dokuments. Ich folge seinem Fingernagel, der nun von einem Namen zum nächsten springt.

Augusto – Lele – Iginio – Cesare – Egidio.

ALICE.

Vincenzo blickt mich erschrocken an.

»Was hat das zu bedeuten?«

»Ich weiß es nicht. Immerhin haben wir jetzt den Anfang des Knäuels gefunden. Im Sterben versuchte Guglielmo, meine Aufmerksamkeit auf die *Banca di Provincia* zu lenken. Er wollte mir etwas mitteilen, was 1945 geschehen ist.«

Wir verlassen die Handelskammer. Die Piazza della Libertà erstrahlt im Sonnenlicht. Vincenzo ist beunruhigt.

»Wir müssen auf der Hut sein. Es wird nicht leicht sein, etwas herauszufinden. Wenn es denn tatsächlich etwas herauszufinden gibt.«

Beim Palazzo della Giustizia biegen wir um die Ecke und stoßen mit jemandem zusammen, der es ziemlich eilig hat. Ich will mich gerade entschuldigen, als ich ihn erkenne.

Guidolini, der Kommandant der Verkehrspolizei.

Er lächelt mich an, als würde er einen alten Freund wiedersehen.

»Kann ich Sie kurz sprechen?«, fragt er mich.

Vincenzo begreift und tritt ein paar Schritte beiseite.

»Soeben habe ich das Protokoll über den Tod Rondines erhalten«, sagt Guidolini. »Ich kann mich doch auf ihre Diskretion verlassen? Ich habe nämlich noch nicht mit dem Richter gesprochen.«

»Nur zu, ich werde keine Zeile darüber schreiben. Und selbst wenn ich es täte, würde die Rotationsmaschine noch rechtzeitig angehalten werden.«

Guidolini blickt mich neugierig an, beschließt dann aber, die Bemerkung zu übergehen.

»Hier habe ich das abschließende Protokoll des Gutachters, der als Erster den Wagen gesehen hat«, sagt er und klopft mit den Fingern auf die Aktenmappe, die er in der anderen Hand hält. »Das Geheimnis ist endgültig gelüftet, glaube ich.«

»Und das heißt?«

»Die Bremsen des Wagens waren kaputt. Im Bremskreislauf war keine Bremsflüssigkeit mehr. Es handelte sich also wirklich um einen Unfall.«

»Rondine hat nicht gebremst, das haben ich Ihnen doch gesagt.«

»Genau. Er hat vielleicht gemerkt, dass etwas nicht stimmte, und versuchte sich zu retten, indem er die Leitplanke ansteuerte, um den Wagen so zum Stehen zu bringen. Der Fall ist erledigt.«

Vielleicht wollte Guglielmo mich zu diesem Bild hinführen

Es wäre schön, sich der verlockenden Stimmigkeit der offiziellen Erklärungen hinzugeben. Doch genau das – typische Berufskrankheit – gelingt mir nicht. Ich bin überzeugt, dass Guglielmo Rondine sich umgebracht hat und dass die Erklärung in jenem »Alice« liegt, auf das ich gestoßen bin.

Die Bibliothek der Oberstadt ist in einem Palast an der Piazza Vecchia untergebracht. Der Lesesaal hat getäfelte Wände, die einen einschüchtern. Der ideale Ort für einen englischen Krimi. An den Tischen versuchen Dutzende von Schülern, deren Unterricht gerade geendet hat, sich in dieser feierlichen Atmosphäre auf die Bücher zu konzentrieren. Im Unterschied zu modernen Sälen, wo die Jugendlichen sich in Gruppen zusammensetzen und oft auch laut schwatzen, wird hier instinktiv nur geflüstert. Auch ich wende mich in unterwürfigem Tonfall an den Bibliothekar im Erdgeschoss.

»Guten Tag, ich suche etwas über die *Resistenza* in Bergamo und Umgebung. Etwas über Kommandant Vento, um genau zu sein.«

Der Angestellte, ein korpulenter Mensch, der in einem engen schwarzen Hemd steckt, schaut mich mit dem Widerwillen des Eingeweihten gegenüber dem Laien an.

»Kommandant Vento? Versuchen Sie es mal da drin.«

Er deutet auf einen kolossalen Karteikasten. Dutzende von

hölzernen Schubladen bedecken die Wand. Viele Karten sind handschriftlich angelegt, wahrscheinlich mit der Feder, in einer antiquierten Kalligraphie.

Unter »Vento« finde ich nichts. »Kommandant« bringt mehr Ergebnisse, von denen sich jedoch keines auf das bezieht, was ich suche. Der Begriff »Resistenza« ist so umfangreich, dass ich mich in dem bibliografischen Labyrinth verliere.

Ich gehe wieder zu dem Angestellten hinüber, der mich kaum eines Blickes würdigt.

»Ich habe nichts Eindeutiges gefunden. Kennen Sie keinen Text, der mir die Suche erleichtern würde?«

»Vielleicht sollten Sie es besser in der Unterstadt versuchen, beim Institut zur Geschichte der Befreiungsbewegung. Dort finden Sie bestimmt etwas.«

In der Via Gombito ist viel los. Die Frühlingssonne hat Schüler, Müßiggänger und ein paar Touristen hervorgelockt. Ich mische mich unter die Menge und gehe zur *Piazza Mercato delle Scarpe* hinunter, zur Haltestelle der Drahtseilbahn. Wie die *Mura Venete* ist auch die Seilbahn ein Symbol für die Seele der Bergamasker. Ein Verkehrsmittel, das den kürzesten Weg nimmt, so steil dieser auch sein mag: Die Einwohner dieser Stadt gehen direkt aufs Ziel zu, egal wie groß die Schwierigkeiten sind. Die umständliche Vorsicht der Mailänder ist hier ebenso unbekannt wie die flexiblen Kompromisse der Römer, von den barocken Formalismen der Sizilianer ganz zu schweigen.

Der Waggon der Drahtseilbahn schaukelt auf den Gleisen entlang, von dem Stahlseil gebremst. Er taucht in eine Art Stollen ein, der die Stadtmauern teilt, fährt lautlos unter der *Porta San Giacomo* hindurch. Abgelegene Gärten scheinen bruchstückhaft auf, perspektivisch verkürzte Patriziervillen, Adelspaläste aus kühnen Winkeln, außerdem schmale Wege und vor allem Treppen. Unendliche Treppen, die das Skelett der Oberstadt bilden und sie durch zehntausend verborgener, abwärts stürzender Stufen mit der Unterstadt verbinden.

Der Waggon ist halb leer: ein paar Touristen, einige Schüler vom Sarpi-Gymnasium auf dem Nachhauseweg. Wenige Minuten, und die Fahrt ist zu Ende. Man muss nur an der unteren Haltestelle aussteigen, und das Wunder ist vollbracht, wir sind wieder im einundzwanzigsten Jahrhundert, mitten im Verkehrslärm und dem Gestank der Autoabgase.

Das Institut zur Geschichte der Freiheitsbewegung befindet sich in der Via Tasso, neben der anderen Gemeindebücherei, der Biblioteca Caversazzi. Die Angestellten schlängeln sich an Stapeln aus Dokumenten und Büchern vorbei. Eine Frau kommt auf mich zu und fragt, ob sie mir helfen könne.

»Ich suche etwas über Kommandant Vento.«

Meine Bitte lässt sie erstarren, wie jemand, der auf ein Klingeln hin die Tür öffnet und sich statt des erwarteten Geliebten einem bewaffneten Dieb gegenübersieht.

»Über Kommandant Vento?«, plappert sie mir nach, um Zeit zu gewinnen.

»Wenn ich nicht irre, ist er am San-Marco-Pass umgekommen, kurz nach dem 25. April 1945.«

Die präzise Angabe verwirrt sie vollständig. Dass jemand derart genau Bescheid weiß, hat sie nicht erwartet.

»Warten Sie, ich sehe mal nach, ob ich etwas finde.«

Sie zieht sich in das Büro nebenan zurück, das durch eine Glasscheibe abgetrennt ist. Ein paar Minuten tuschelt sie mit einem Kollegen, ohne dass ich sie hören könnte. Dann kehrt sie mit einem riesigen Buch zurück.

»Hier müsste etwas drinstehen.«

Sie legt den schweren Band auf eine mit Plastik überzogene Eisentheke. Die Seiten des Buchs sind vergilbt, es stammt aus den fünfziger Jahren. Es ist ein gigantisches Kompendium der bergamaskischen Widerstandsbewegung. Ein ausführliches Inhaltsverzeichnis gibt es nicht, daher muss ich Seite für Seite vorgehen. Ich sehe gleich unter der Zeitspanne nach, die für mich von Belang ist, verliere mich aber in einem Tornado aus Daten, Ereignissen, Namen. Ich blättere noch ein paar Seiten weiter und finde endlich, was ich suche.

»Unter den Gruppierungen, die in den Bergen des Brembana-Tals in der Gegend um Mezzoldo operieren, sticht ab November 44 diejenige von Girolamo Locatelli – Deckname Kommandant Vento – hervor. Die Brigade ist äußerst geschickt beim Abfangen von Nachschub, der aus anderen Provinzen, vor allem aus der Valtellina, kommt und für die faschistischen Republikaner bestimmt ist. Die Brigade führt auch einige äußerst erfolgreiche Manöver in der Talsohle durch. Unglücklicherweise wird Kommandant Vento ausgerechnet am Vorabend der Befreiung bei einer misslungenen Straßenblockade getötet.«

Sonst nichts. Ich blättere weiter, doch weder Kommandant Vento noch seine Brigade werden nochmals erwähnt.

»Haben Sie nicht vielleicht etwas Spezifischeres zum Thema?«, frage ich die Archivarin, die in der Zwischenzeit ihre Arbeit wieder aufgenommen hat.

Die Frau hebt nur kurz den Blick von einem monumentalen Register.

»Nein, leider nicht. Es ist viel Material ausgeliehen wegen einer Ausstellung im Museum für bergamaskische Geschichte.«

»Schön, vielen Dank«, sage ich und gebe ihr den Band zurück. Die Wände sind mit Büchern tapeziert, vom Boden bis zur Decke. Es sind bestimmt Hunderte von Bänden, alle zum Thema *Resistenza.*

Ich überfliege die Titel. Zwischen den Schulterblättern spüre ich den Blick der Archivarin, die jede meiner Bewegungen verfolgt. Am Ende der ersten Reihe angekommen, nehme ich mir die nächste vor. Ich habe keine Eile. Endlich, in der vierten Regalreihe, die ich inspiziere, stoße ich auf etwas Verheißungsvolles. *Letzte Tage im Brembana-Tal* heißt das Buch mit dem vergilbten Einband.

»Darf ich?«, frage ich die Archivarin mit einer leisen Ironie, die ihr vielleicht entgeht. Ich nehme den Band heraus und setze mich.

Es ist eine Kollektion verschiedener Schriften, Dokumente und Erinnerungsberichte. Eine zusammengestückelte Sammlung ohne roten Faden, außer demjenigen, dass das hier versammelte Material die letzten Tage des Kampfes behandelt. Es sind Memoranden der Brigadenführer, Polizeiprotokolle, Berichte über die Beschlagnahmung von Waffen, außerdem Briefe, Notizen, offizielle Kommuniqués. Und Fotos. Die Fotos sind das Interessanteste. Sie bilden einen eigenen Fototeil, auf dickeres, glänzendes Papier gedruckt. Junge Männer in schweren, verschmutzten Kleidern sind darauf zu sehen, die triumphierend ihre Waffen emporrecken, sich gegen einen Lastwagen lehnen, einander glücklich um den Hals fallen oder auch den Fuß auf einen gerade getöteten Feind stellen. Es sind auch Bilder von Volksmassen darunter, die entweder jubeln oder bestürzt vor einem Schild mit deutscher Aufschrift stehen.

Diese sepiafarbenen Fotos vermögen es, eine verlorene Welt wieder zum Leben zu erwecken. Sie bezaubern mich, ich betrachte sie eingehend. Dann blättere ich um. Und erstarre.

Es ist eine grobkörnige Schwarzweißfotografie. Eine Gruppe ärmlich gekleideter junger Männer ist darauf zu sehen, mit unförmigen Hosen und ausgetretenen Bergstiefeln, die ein Gewehr schultern oder eine Pistole am Gürtel tragen. Sie lächeln ins Objektiv, wie nur jemand lächeln kann, der soeben eine lange, gefährliche Unternehmung hinter sich gebracht hat. Ein wenig abseits steht auch ein junger Priester mit kantigen Gesichtszügen. Man erkennt es an dem weißen, steifen Kragen, der unter dem Pullover hervorsieht, und an dem großen Kreuz, das um seinen Hals baumelt. Als Einziger trägt er keine Waffe.

Die Bildunterschrift listet ihre Namen auf. Neben Don Tarcisio Filasti, dem Priester, steht Girolamo Locatelli, Kommandant Vento. Ich mustere eingehend das dickliche, entschlossene Gesicht mit dem nicht allzu gewitzten Gesichtsausdruck. Doch es sind vor allem die anderen Namen, bei denen ich Gänsehaut bekomme. Still lese ich erneut ihre Namen. Augusto Rondine (ich erkenne seinen finsteren, wenngleich durch sein jugendliches Alter gemilderten Gesichtsausdruck), Lele Rattazzi, Iginio Belloli, Cesare Rimoldi und Egidio Nerasti.

Es sind dieselben Leute wie bei der *Banca di Provincia*, wie bei »Alice«.

Ich schaue über meine Schulter. Die kurzsichtige Archivarin hinter mir hat ihre Brille aufgesetzt und füllt mühsam das Leihregister aus. Sie sieht nicht zu mir herüber. Ich atme tief ein und stoße dann einen klangvollen Huster aus. Im selben Augenblick reiße ich mit einer knappen Geste die Seite heraus. Die Archivarin hebt den Kopf, zu spät. Das Geräusch des Hustens hat das des Herausreißens übertönt. Als die Angestellte sich wieder über das Register beugt, stecke ich das Foto in die Jackentasche.

Kaum draußen, kann ich der Versuchung nicht widerstehen und ziehe es heraus. Ich studiere die Physiognomie der Gesichter, als könnten sie mir etwas verraten.

Vielleicht wollte Guglielmo mich im Sterben zu diesem Bild hinführen.

Die Suche nach Alice wird noch lang und schwierig werden

Zu Hause kontrolliere ich meine elektronische Post, mehr aus Gewohnheit denn aus Neugierde. Neben den zig Werbemails, den vorgeblich interessanten Einladungen der PR-Agenturen, neben enthusiastischen oder zornigen Leserbriefen, lädt Outlook eine Mail mit dem Absender »Nôtre Dame de la Guérison« herunter. Es ist die einzige Mail, deren Inhalt ich nicht erraten kann. Ich öffne sie. Sie stammt von Spreafico, der mir aus seiner entlegenen zentralafrikanischen Missionsstation schreibt. Sie ist ellenlang, an die 56 kb: Mein Telefonanruf muss einen langwierigen unbewussten Prozess ausgelöst haben, der schließlich zur Explosion dieser unterdrückten Beichte geführt hat. Manchmal muss man nur den Hahn finden, und schon schießt das Wasser heraus.

Spreafico wendet sich nicht direkt an mich, der Brief enthält keine Anrede. Der Arzt beschränkt sich darauf, die Geschichte zu erzählen, als würde er eine Erzählung schreiben, oder vielmehr einen Tagebuchbericht. Vielleicht handelt es sich ja tatsächlich um ein Tagebuch, das er bereits geschrieben hatte und nun lediglich als E-Mail versandt hat. Ein für sich selbst verfasstes Tagebuch, das unerwarteterweise einen Leser gefunden hat. In seiner kargen Syntax berichtet der Arzt die ganze Geschichte, oder zumindest den Teil, der ihm bekannt ist.

Spreafico wurde durch Zufall zum Hausarzt der Familie

Rondine. Augusto, Guglielmos Vater, muss wegen eines einfachen Eingriffs stationär behandelt werden. Nach einigen Stunden kommt es jedoch zu Komplikationen. Während der Nacht gelingt es dem Pflegepersonal der ach so berühmten Klinik zu Füßen der Altstadt nicht, einen Arzt aufzutreiben, der nach ihm sehen könnte. Augusto greift zum Telefon und will gerade einen der Professoren, die ihn behandeln, aus dem Bett klingeln – so ist er nun einmal –, als ihn ein Blutpfropf bewusstlos werden lässt. Nun geraten die Krankenpfleger vollends aus dem Häuschen und wissen sich keinen besseren Rat, als den berühmten Patienten ins Städtische Krankenhaus zu bringen, das zum Glück nicht weit ist.

Als Augusto Rondine dort in der Notaufnahme ankommt, schwebt er in Lebensgefahr. Der anhaltende Sauerstoffmangel könnte zu irreparablen Hirnschäden führen. Der einzige verfügbare Arzt ist just Spreafico. Der junge Doktor begreift sofort die Schwere von Rondines Zustand, fasst sich ein Herz und beschließt augenblicklich zu handeln. Er intubiert ihn, erkennt, was los ist, und ergreift die entsprechenden Maßnahmen. Erst als er sichergehen kann, dass das Schlimmste überstanden ist, darf der Patient zurück aufs Zimmer.

Am nächsten Tag kommt Augusto wieder zu sich und öffnet die Augen in einer anderen Umgebung, als er sie seiner Erinnerung nach geschlossen hat. Mit noch zittriger Hand tastet er nach der Klingel, findet sie und klammert sich daran, bis endlich ein Krankenpfleger erscheint. Mit rauer Stimme, bedingt durch die gestrige Intubation, fordert er eine Erklärung, und der Pfleger erzählt ihm erschrocken, was sich in der Nacht zuvor zugetragen hat.

»Soll ich Ihre Familie benachrichtigen?«, fragt der arme Tropf schließlich, als er bemerkt, dass im Eifer des Gefechts niemand daran gedacht hat, die Familienangehörigen zu verständigen.

»Ich möchte Doktor Spreafico sprechen.«

Doch der hat seine Schicht beendet, ist zu Hause und schläft. Der ungeduldige Rondine muss bis zum Nachmittag warten, um seinen Retter sehen zu können. Die Begegnung ist nicht sonderlich liebenswürdig, das wäre nicht Rondines Stil – und auch nicht der von Spreafico.

»Ich möchte, dass Sie mich auch in Zukunft behandeln«, verkündet der Commendatore ohne Umschweife.

»Solange Sie hier in Behandlung sind, wird das sicher der Fall sein.«

»Auch danach. Ich möchte, dass Sie mein Hausarzt werden.«

»Aber ich arbeite hier, bin im Krankenhaus angestellt.«

»Wir werden versuchen, Sie loszueisen.«

Und so kommt es. Innerhalb weniger Monate verlässt Spreafico die Abteilung, eröffnet eine Privatpraxis, deren erster und bislang einziger Patient nun Rondine wird. Das ist in einer Stadt wie Bergamo eine kostbare Referenz: Doktoren und Friseure werden nach denselben Kriterien ausgewählt. Binnen kurzem wird Spreafico zum Modearzt, in seinem Terminkalender sammeln sich die angesehensten Namen.

In Wahrheit nimmt die Familie Rondine seine Hilfe gar nicht so oft in Anspruch. Augusto, der damals fünfzig Jahre alt ist, erfreut sich einer ausgezeichneten Gesundheit und verachtet insgeheim Mediziner und die Medizin. Was Guglielmo betrifft, so ist er ein Junge, bei dem sich früh erweist, dass er die Konstitution des Vaters geerbt hat und dazu ein kühnes Temperament, das ihn Schmerzen und Krankheiten herunterspielen lässt. Wer ihn hingegen gebraucht hätte, wäre die Mutter. Doch als Spreafico bei den Rondines Hausarzt wird, ist die Mutter bereits seit ein paar Jahren tot. Woran sie gestorben ist, hat er nie erfahren und auch nie erfragt.

Augusto Rondine bestellt Spreafico zu periodischen Checkups zu sich, die nichts Bewegendes enthüllen, ausgenommen einige Signale für zu hohe Cholesterinwerte, die auf Augustos Ernährungsweise zurückzuführen sind – seine einzige bekannte Schwäche. Doch Augustos Wesensart gestattet ihm nicht, sich Spreaficos Diätvorschriften zu unterziehen – und vielleicht hat er ja gar nicht so Unrecht, denn er bleibt achtzig Jahre lang in Form. Was Guglielmo angeht, so sind die seltenen Arztbesuche ausschließlich auf Sportverletzungen zurückzuführen. Guglielmo spielt ausgezeichnet Fußball, die Trainer des Vereins (der übrigens dem Vater gehört) drängen ihn, den Sport zum Beruf zu machen – sicherlich ein wenig, um ihm zu schmeicheln, aber auch weil der Junge wirklich Talent hat. Guglielmo hat jedoch kein Interesse daran, wenngleich Fußball sein Lieblingssport ist. Er ist die Nummer zehn, und man braucht nur ein Spiel mitzuerleben, um zu begreifen, dass er der Dreh- und Angelpunkt der gesamten Mannschaft ist. Nicht nur wegen seiner Position, sondern auch wegen der Energie, dem Enthusiasmus, dem Schwung, mit denen er die anderen ansteckt. Auf dem Feld ist er großzügig, immer denkt er an die anderen, nie muss er in Einzelmanövern beweisen, was in ihm steckt, obwohl seine Technik ihm dies durchaus erlaubt.

Nur wenn er sich also beim Spiel verletzt hat, sucht Guglielmo die Praxis Spreaficos auf, der ihm dann höchstens ein paar Tage der Ruhe zu verschreiben imstande ist oder eine Salbe fürs Knie. Doch diese Begegnungen sind eine Gelegenheit, um zu plaudern, Guglielmo redet gern mit dem Arzt, er sieht einen größeren Bruder in ihm. Bis zu diesem Moment ist Guglielmo ein überschwänglicher Junge, Sportliebhaber, ausgezeichneter Schüler, immer heiter und zu Scherzen aufgelegt. Bis … bis er eines Tages seine erste und vielleicht einzige Freundin kennen lernt.

Es ist eine aufrichtige Liebe, die er für Beatrice empfindet, wie er selbst dem Arzt gesteht. Sie haben sich am Sarpi-Gymnasium in der Oberstadt kennen gelernt. Sie kommt aus Rom, ihre Eltern haben sich ziemlich plötzlich scheiden lassen. Da sie ihr die stürmischen Zeiten zu Hause ersparen wollten, ließen sie sie hierher bringen. Guglielmo und Beatrice verlieben sich Hals über Kopf. Augusto ist nicht besonders glücklich über diese Verbindung; er hat seit geraumer Zeit anderes für den Sohn geplant.

Jedenfalls ist dies die Zeit, in der Guglielmo und Beatrice Mitglieder des Filmforums werden und mit der Planung eines Kurzfilms beginnen, mit dem sie vielleicht an einem Festival teilnehmen wollen. Das Kino ist die wahre Leidenschaft von Rondine junior, und Beatrice ist mindestens so begeistert wie er. Gemeinsam verfassen sie ein Szenario und das Drehbuch und beginnen zusammen mit den anderen die ersten Szenen zu drehen. All dies erfährt Spreafico vom Vater, denn die Leidenschaft für den Film hat bei Guglielmo die für den Fußball ersetzt, und nun greift er noch seltener auf die Hilfe des Arztes zurück. Genau damals ist Augusto immer wieder längere Zeit abwesend. Er reist nach Amerika, um einen wichtigen Vertrag mit einigen New Yorker Kreditbanken zu schließen.

Eines Morgens klingelt bei Spreafico das Telefon: Guglielmo ist am Apparat. Er berichtet dem Arzt, dass er während des gestrigen Drehs über eine Requisite gestolpert und unglücklich mit dem Fuß aufgekommen sei. Über Nacht sei der Fuß angeschwollen. Spreafico schlägt ihm vor, gleich vorbeizukommen, doch Guglielmo kann nicht, er hat eine Verabredung. Er werde abends vorbeischauen, sagt er und verabschiedet sich.

Um sieben Uhr ist Spreafico in der Praxis, der letzte Patient ist gegangen, Guglielmo aber hat sich noch nicht blicken lassen. Der Arzt schickt die Sprechstundenhilfe nach Hause und wartet darauf, dass Rondine sich meldet. Es wird halb acht, acht, halb neun. Um neun beschließt er, in der Villa der Rondines anzurufen. Einer der Dienstboten, den er gut kennt, nimmt ab. Als er sich bei ihm erkundigt, wo Guglielmo sei, reagiert er ganz erstaunt.

»Wissen Sie das nicht? Herr Guglielmo ist verreist.«

»Wann?«

»Heute Nachmittag, gleich nach dem Mittagessen. Er ist dem Commendatore nach Amerika nachgereist. Er scheint sich nicht gut zu fühlen.«

Tags darauf erfährt Spreafico von der Sekretärin, dass es sich bei Augusto Rondines Unwohlsein in Wirklichkeit um einen lebensbedrohlichen Herzanfall handelte. Die amerikanischen Ärzte hätten ihn jedoch gerettet. Der Doktor versucht, sich mit jemandem in New York in Verbindung zu setzen, hat aber keinen Erfolg. Spreafico bemüht sich allerdings auch nicht allzu sehr: Er geht davon aus, dass Vater und Sohn, sobald Augusto wieder genesen ist, aus Amerika zurückkehren und sich bei ihm melden werden.

Er irrt sich. Woche um Woche wird die Rückkunft der beiden verschoben. Monate vergehen, und die Reise nimmt immer mehr den Charakter eines endgültigen Umzugs an. Nach einigen Monaten gelingt es Spreafico, mit Augusto zu telefonieren, der eine seltsam entfernte, distanzierte Stimme hat: nicht seinen üblichen barschen Tonfall.

»Morgen fliege ich zurück«, verkündet Augusto, »aber Guglielmo wird noch geraume Zeit bleiben.«

Tatsächlich wird jahrelang niemand in Bergamo Guglielmo zu Gesicht bekommen, auch Spreafico nicht, der ihn mittlerweile als vollgültigen Amerikaner ansieht. Der Junge besucht eine wichtige Business School, teilt der Vater ihm mit, und wird erst zurückkommen, wenn er fähig ist, die Geschäfte in die Hand zu nehmen.

Mit der Zeit lockern sich die Bande zwischen Spreafico und der Familie Rondine immer mehr. Ab und zu kommt es noch zu einem Kontrollbesuch beim Vater, doch die Begegnungen werden immer seltener, immer kühler.

Bis Spreafico eines Abends, und nun machen wir einen Sprung ins Jahr 1990, zu Hause einen Anruf erhält. Einer seiner Patienten, ein betagter Notar, hat einen Asthmaanfall erlitten. Rasch zieht der Doktor sich an, greift nach der Tasche und steigt ins Auto. Es ist Winter, eisige Schneeflocken wirbeln durch die Luft.

Spreafico biegt auf eine Umgehungsstraße ein, um zur Villa des Patienten zu gelangen, als er plötzlich zwei Scheinwerferpaare auf sich zukommen sieht. Zeit zum Ausweichen bleibt keine mehr, nicht einmal zum Bremsen: Spreafico sitzt wie versteinert am Steuer, und alles, wozu er in der Lage ist, ist, die Augen bei dem Aufprall zu schließen.

Vielmehr: Bei dem *vermeintlichen* Aufprall. Im letzten Moment nämlich, wer weiß, wie, gelingt es den Fahrern auszuweichen. Spreafico reißt die Augen zu spät wieder auf. Sein Auto fährt über die Bordsteinkante, überquert einen Gehsteig und gleitet eine Böschung hinab, auf einen betonierten Kanal zu. Zum Glück gelingt es ihm gerade noch rechtzeitig zu bremsen, direkt vor dem Graben. Vor Schreck ist Spreafico außerstande, sich zu bewegen. Er bleibt reglos sitzen, zitternd, während die Scheinwerfer das wenige Meter unter ihm dahinfließende Wasser beleuchten. Dann reißt jemand von außen die Tür auf und steckt den Kopf herein.

Guglielmo Rondine.

Anfangs erkennt Spreafico ihn nicht einmal, vor Schreck, aber auch, weil in all den Jahren aus dem Jungen ein richtiger Mann geworden ist. Aber er hat noch immer dieses warmherzige Lächeln – zumindest kommt es ihm so vor.

»Wie geht's, *dottore*?«, fragt Guglielmo, als wäre das mit Alice erst gestern gewesen.

Spreafico schreibt genau das: »das mit Alice«, ohne nähere Erläuterungen. Immer wieder lese ich den Satz und versuche, einen Sinn darin zu erkennen, vielleicht auch nur eine Hypothese. Mit einem Seufzer fahre ich schließlich mit der Lektüre der langen E-Mail fort.

Guglielmo hilft dem Doktor aus dem Wagen. Dann setzt er sich ans Steuer und führt ein riskantes Wendemanöver durch, so dass der Wagen wieder richtig auf der Fahrbahn steht.

»Nichts passiert, nur die Felgen sind ein wenig verbeult«, sagt er zu ihm, nachdem er geparkt hat.

Spreafico hat sich mittlerweile wieder gefangen und betrachtet die Person, die er einmal für seinen Freund gehalten hat, etwas genauer.

»Was ist geschehen?«, fragt er ihn.

»Wir haben ein kleines Wettrennen veranstaltet. Tut mir Leid. Kommen Sie, ich bringe Sie nach Hause.«

»Nicht nötig, es geht schon.«

So dringend der Notar ihn auch erwartet, Spreafico kann der Versuchung nicht widerstehen und fragt Guglielmo, was er in all den Jahren in Amerika so getrieben habe. Hat er vielleicht neben der Business School auch einen Kurs in Regie, Schauspiel oder kreativem Schreiben besucht?

»Nein, überhaupt nicht«, erwidert Guglielmo, beinahe überrascht. »Das waren Dummheiten von früher. Kindereien. Jetzt hat der Ernst des Lebens begonnen.«

Spreafico ist erstaunt, nein: enttäuscht. Der Gedanke, dass Guglielmo seine Träume begraben hat, schmerzt ihn.

»Entschuldige, aber ich muss jetzt zu einem Patienten«, sagt der Arzt.

»Ich rufe Sie morgen an, einverstanden? Dann plaudern wir ein bisschen.«

Doch Guglielmo ruft am nächsten Tag nicht an, und auch am nächsten oder am übernächsten nicht. Er ist nicht mehr der aufrichtige, unschuldige Junge von früher. Nach und nach schnappt Spreafico ein paar Informationsbröckchen auf: Guglielmo ist bereits seit ein paar Wochen wieder zurück. Dass er sich nicht bei ihm gemeldet hat, verbittert ihn.

Eines Tages trifft er ihn erneut, im Haus seines Vaters. Auf den ersten Blick hat sich nichts geändert. Er hat dieselbe Energie, den selben Enthusiasmus wie früher, doch es ist, als würde er einen durch eine Milchglasscheibe anblicken, die seine Gedanken abschirmt. Wieder verspricht der nun zum

Mann gewordene Junge, ihn anzurufen – und tut es dann doch nicht.

Stattdessen ruft ihn – einige Wochen darauf – der Vater an.

»Komm auf der Stelle«, sagt er zu ihm. »Guglielmo braucht dich.«

In der Villa auf den Hügeln angekommen, bemerkt Spreafico, dass sich die Atmosphäre verändert hat. Das Verhältnis zwischen Vater und Sohn ist nicht mehr so, wie er es in Erinnerung hat. Guglielmo und Augusto waren nie Freunde, Gefährten oder Komplizen. Im Hause Rondine herrschte eine Art militärische und doch kameradschaftliche Disziplin. Nun aber meint man, eine feindliche Stimmung greifen zu können. Der Vater bewohnt das Erdgeschoss, während Guglielmo das Obergeschoss in Beschlag genommen hat. Beide Wohnungen wurden räumlich getrennt und mit eigenen Zugängen und Treppen ausgestattet, und Spreafico sieht in diesen architektonischen Veränderungen sofort ein Symbol für den tiefen Graben zwischen Vater und Sohn.

Augusto begrüßt Spreafico. Er ist ungewöhnlich erregt.

»Rasch, komm herein«, sagt oder vielmehr befiehlt er dem Arzt und erklärt ihm, dass Guglielmo einen Motorradunfall hatte – er interessiert sich nicht mehr nur für Autos, sondern auch für Motorräder. Er ist gestürzt, hat sich nichts gebrochen, dafür aber ziemlich schwer verletzt, als er gegen die Leitplanke geprallt ist.

»Ist er nicht ins Krankenhaus gegangen?«, fragt Spreafico. Doch an Augustos Gesichtsausdruck erkennt er, dass Guglielmo nicht nur nicht hingegangen ist, sondern auch keine Absicht hat, es noch zu tun.

»Geh nach oben«, drängt Augusto. »Vielleicht hört er auf dich.«

Spreafico geht die Treppe hinauf und steht plötzlich vor einem Gitter, das den Zugang zum ersten Stock verwehrt. Außerdem gibt es eine Klingel und eine Gegensprechanlage – reichlich bizarr im Innern eines Hauses. Der Arzt klingelt,

Guglielmos Stimme antwortet ihm. Freundlich wie immer bedauert er, ihn nicht empfangen zu können.

»Vielleicht telefonieren wir später noch einmal.«

Spreafico greift auf das letzte Fünkchen Autorität zurück, das ihm noch geblieben ist. Endlich öffnet Guglielmo.

In den ersten Stock hinaufzusteigen ist, als beträte man ein anderes Universum. Die Räume sind ein einziges heilloses Durcheinander aus Kleiderhaufen, Kissen, Laken, Decken, Zeitungen, Büchern, Schnaps- und Parfümflaschen, schmutzigen Gläsern und Tellern, Essensresten – alles auf dem Boden verteilt. Ein widerlicher Geruch wabert durch die Räume.

»Kommen Sie, *dottore*, ich bin hier hinten«, fordert ihn die Stimme Guglielmos auf. Bedächtig öffnet Spreafico die letzte Tür am Ende des Ganges und erstarrt bei dem Anblick, der sich ihm bietet.

Guglielmo liegt auf dem Bett, er ist nackt. Vom Hals ausgehend, zieht sich eine klaffende Wunde über den linken Arm. Das Blut hat die Laken getränkt. Der ganze Körper ist angeschwollen. Auch das Gesicht weist Schnittwunden auf.

»Ich bin nur vom Motorrad gefallen. Nichts Schlimmes.«

Spreafico will näher treten, um ihn zu untersuchen, doch Guglielmo verwehrt es ihm mit einer raschen Geste, bei der er vor Schmerz das Gesicht verzieht.

»Nein, *dottore* … danke für Ihre Fürsorge, aber schauen Sie … Ich vertraue den Ärzten nicht mehr … Ich habe nichts gegen Sie, das wäre ja noch schöner … aber ich möchte lieber allein zurechtkommen.«

Spreafico lässt sich nicht beirren: Wenn er nicht ins Krankenhaus wolle, müsse er sich eben von ihm behandeln lassen, hier bei sich. Doch Guglielmo ist unerschütterlich: Niemand darf sich ihm nähern.

»In Amerika habe ich eine Menge Dinge gelernt, so auch, mich selbst zu heilen. Vielen Dank für alles, Doktor.«

Spreafico geht die Treppe hinunter, und als er Augusto

sieht, kann er nur hilflos die Arme ausbreiten. Er geht, unschlüssig, was ein guter Arzt in einem derartigen Fall hätte tun müssen, und absolut im Zweifel, ob er die richtige Entscheidung getroffen hat.

Bald wird ihm klar, dass seine Entscheidung völllig falsch war. Eine Woche später ruft Augusto erneut bei ihm an. Diesmal hat seine Stimme jegliche Herablassung verloren, es ist die Stimme eines äußerst besorgten Vaters.

»Komm bitte auf der Stelle her.«

Spreafico, im Grunde geschmeichelt, stürzt zur Villa Rondine. Nie hätte er sich eine derartige Szene ausmalen können. Guglielmo liegt reglos halb nackt im Bett, die Wunden eitern, er kann nicht einmal sprechen, die zusammengepressten Kiefer verleihen ihm das Aussehen eines frühchristlichen Märtyrers.

»Was ist passiert?«, fragt Spreafico, doch keiner kann ihm Antwort geben. Der Arzt sieht sich im Badezimmer in Guglielmos Wohnung um, wühlt in den Medikamenten, die in einem Schränkchen gehortet werden. Er findet eine Spritze und begreift, was geschehen ist. Gleich nach seinem Besuch hat Guglielmo sich eine Injektion gegen Tetanus verabreicht, genau wie es die Prophylaxe vorsieht. Einige Tage später hat er die Wiederholungsimpfung durchgeführt. Doch der Abstand, dies wird dem Arzt nun bewusst, war zu kurz.

»Er muss ins Krankenhaus gebracht werden. Sofort.«

Die Untersuchungen dort bestätigen Spreaficos schlimmsten Verdacht. Die in zu kurzem Abstand durchgeführten Tetanusimpfungen haben eine seltene Krankheit namens Guillain-Barré hervorgerufen. Es handelt sich um eine fortschreitende Zersetzung der Nervenhüllen, eine so genannte Demyelination, die nur mit intensiven, nicht immer wirksamen und in jedem Fall langwierigen Kuren bekämpft werden kann.

Guglielmo verlässt das Krankenhaus im Rollstuhl. Dennoch hat er jenen Ausdruck unverschämter Selbstsicherheit keineswegs abgelegt. Er wirkt beinahe zufrieden, findet Spreafico, während er ihn nach Hause begleitet, als hätte er endlich ein wichtiges Ziel erreicht.

Nun beginnt der lange Leidensweg der Nachbehandlung, die in fast unmerklichen Fortschritten vonstatten geht. Guglielmo wird in Don Filastis *Istituto di Carità* eingeliefert, wo ihm die bestmögliche Pflege zuteil wird. Drei Jahre lang vernachlässigt Spreafico die eigene Klientel beinahe völlig und widmet sich fast ausschließlich Guglielmo. Das Schlimmste ist vorüber. Guglielmo, dreiunddreißig Jahre, hat dennoch eine vielversprechende Zukunft vor sich. Sein Vater möchte sich allmählich aus dem Geschäft zurückziehen und ihm das Kommando über den Betrieb übergeben. Guglielmo ist noch immer ein gut aussehender Mann, groß, stattlich – und vor allem reich. Er hat die Welt in der Hand.

Und dennoch, sobald er wieder sein eigener Herr ist, kehrt Guglielmo zu dem Leben zurück, das er hinter sich gelassen hat: fragwürdige Freundschaften, nächtliche Partys, Alkohol. Der erste Stock der Villa Rondine bleibt bis in die frühen Morgenstunden erleuchtet. Auf dem Vorplatz fahren ständig imposante Autos vor, aus denen oft völlig überdrehte junge Männer und Frauen aussteigen. Sogar die Polizei kommt ein paarmal vorbei, doch das Prestige und der Einfluss Augusto Rondines genügen, damit die Beamten sich diskret entfernen. Rondine senior toleriert das exzessive Gebaren Guglielmos. Nach einigen anfänglichen Versuchen, sich zu widersetzen, sieht er ein, dass er nichts unternehmen kann gegen den Wunsch seines Sohnes, sich selbst zu zerstören. Er beißt die Zähne zusammen und schweigt, vertraut oder hofft vielleicht auch nur auf einen Sinneswandel.

Sobald er wieder gesund ist, wendet Guglielmo sich von Spreafico ab. Er gestattet ihm nicht, ihn zu untersuchen, und geht nach einigen Anrufen auch nicht mehr ans Telefon. Augusto dagegen begrüßt erleichtert die Trennung von der einzigen Person, die in peinliche Familiengeheimnisse eingeweiht ist.

Wieder einmal verliert der Arzt sie aus den Augen. Er versucht seine Praxis wieder in Schwung zu bringen, doch vergeblich – er weiß es aus Erfahrung. Das liegt ein wenig an der greifbaren Feindseligkeit der Bergamasker – es geht das Gerücht um, Rondine habe Spreafico vor die Tür gesetzt: Niemand weiß oder könnte sich vorstellen, weshalb, doch das genügt bereits, um Spreafico zum unerwünschten Paria abzustempeln. Vor allem aber fühlt sich der Arzt entwurzelt. Er ist unverheiratet, hat keine besonders engen Freunde, und seine Eltern sind tot. Plötzlich wird ihm klar, dass er im Schatten der Rondines gelebt hat, ein Hund, der auf die Krumen wartet, die ihm der Herr zuwirft, wenn es ihm beliebt.

Spreafico schleppt sich in dieser leidenschaftslosen Vorhölle von Tag zu Tag, als eines Nachts das Telefon klingelt. So schwer es ihm auch fällt, es zuzugeben: Er freut sich über Guglielmos Anruf. Ein Guglielmo, wie er ihn noch nie erlebt hat: aufgeregt, angespannt, von Furcht erfüllt.

»*Dottore*, ich bitte Sie. Kommen Sie umgehend.«

Der Reflex des Gehorsams ist stärker als er: Spreafico stürzt aus dem Bett und kommt wenige Minuten später keuchend in der Villa Rondine an. Er weiß nicht, dass es das letzte Mal sein wird. Das Erdgeschoss, wo Augusto wohnt, ist dunkel und still. Im ersten Stock brennt Licht, und vor dem Haus steht lediglich Guglielmos Aston Martin. Einen Moment lang hofft Spreafico, Guglielmo sei wieder zu Verstand gekommen und habe beschlossen, mit seinem ungeordneten Leben aufzuhören. Doch als er die Wohnung betritt, begreift er, dass die Wahrheit woanders liegt.

In dem ungemachten Bett, zwischen lauter Flaschen und Silberpapier, liegt ein nacktes Mädchen. Sie ist blond. Und scheint tot zu sein.

Auf der Erde kauernd, starrt Guglielmo sie aus weit aufgerissenen Augen an.

Spreafico stürzt auf das Mädchen zu, tastet nach dem Puls. Er fühlt ihn ganz, ganz schwach: Doch das Herz schlägt noch.

»Was ist passiert?«

Stockend erzählt Guglielmo ihm, dass das Mädchen eine neue Bekanntschaft war. Sie wollte alles ausprobieren, erst harte Getränke, dann einen seltsamen Cocktail aus ein paar Sachen, die Guglielmo bei einem Dealer gekauft hatte. Kurz nachdem sie sich das Zeug gespritzt hatte, fiel sie in Ohnmacht.

Eine Überdosis, die Diagnose fällt nicht schwer.

»Wir müssen sie ins Krankenhaus bringen«, sagt Spreafico.

Doch Guglielmo klammert sich an seinen Arm, und der Arzt spürt, welche Kraft noch immer in dem athletischen Körper steckt.

»Nein, das geht nicht. *Dottore*, bitte kümmern *Sie* sich um sie!«

Spreafico weiß, dass er das nicht sollte. Es besteht die Gefahr, dass das Mädchen nicht durchkommt, sie sollte umgehend in die Intensivstation eingeliefert werden, wo alle entsprechenden Gerätschaften zur Verfügung stünden …

»Doktor Spreafico, ich flehe Sie an …«

Guglielmo hat beinah Tränen in den Augen. Erst jetzt, Jahre danach, kann Spreafico sich eingestehen, dass es das durch diese Tränen heraufbeschworene Gefühl der Allmacht war, das ihn ins Verderben gestürzt hat. Rondine junior, der verwöhnte Spross einer mächtigen Familie, bettelt ihn auf Knien an! Nicht Wollust, Neid oder Zorn sind die schlimmsten Feinde des Menschen. Was ihn ins Verderben stürzt, ist immer nur der Stolz.

»Na gut«, willigt Spreafico ein. Er öffnet seinen Koffer und beginnt sich an dem leblosen Körper zu schaffen zu machen. Einige Stunden darauf, es dämmert bereits, beginnt das Mädchen zu husten, übergibt sich und reißt seine wunderbaren grünen Augen auf.

»Sie hat's geschafft«, kann er Guglielmo verkünden.

Spreafico verlässt die Villa unter den schleimigen Dankesbezeugungen Guglielmos, der ihm weiß Gott was verspricht – Spreafico hört es gar nicht. Erschöpft, vor allem aber angeekelt von sich selbst, fährt er weg.

Diese Nacht war jedoch nicht unnütz. Spreafico hat begriffen, zur Marionette in den Händen der Rondines geworden zu sein, erst des Vaters, dann des Sohnes. Er ist beinahe fünfzig, und sein Leben kommt ihm wie eine Dose mit Puder vor: scheinbar kompakt, und doch genügt ein Lufthauch, und alles zerfällt zu Staub.

Während er die Spitzkehren der Landstraße durch die im Morgenrot schimmernden Hügel entlangfährt, bläst Spreafico über die Puderdose seines Leben. Das feine Pulver verfliegt und hinterlässt blanke Leere. Und da begreift er, dass ihn die zufällige Begegnung mit Augusto vor so vielen Jahren ruiniert hat. Die Rondines haben ihn zugrunde gerichtet.

»Im Flugzeug nach Abidjan, gleich nach meiner überstürzten Abreise aus Paris, wurde mir auf einmal etwas klar: Ich musste mich von Bergamo entfernen, um weitermachen zu können. Vom Fenster aus konnte ich die Erde da unten sehen. Und plötzlich fiel es mir wie Schuppen von den Augen. Es war, als würde ich eine Landkarte der Seele lesen. Während ich flog, begriff ich, was mich an Guglielmo fasziniert hatte. Auch er hatte, wie ich selbst, seine Ideale verraten. Ich könnte nicht sagen, weshalb oder wann. Was in Amerika geschehen ist, weiß ich nicht, und es interessiert mich auch nicht. Eine Sache wurde mir jedoch ganz deutlich bewusst: Es gelang ihm ebenso wenig wie mir, sich selbst zu verzeihen.«

Hier endet Spreaficos E-Mail, ohne Gruß oder weitere Erklärung. Ich lese sie noch ein paarmal, um mir diesen anderen, neuen Guglielmo einzuverleiben, um die Holzpuppe noch ein wenig mit dem Schnitzmesser zu bearbeiten und ihr endlich eine, wenn auch nur einigermaßen ähnliche, Physiognomie zu verleihen, doch ich rutsche immer wieder ab, bringe ihr Schmisse und Kerben bei, die sie doch nur zu einem Monster werden lassen.

Mit der Maus klicke ich auf »Antworten«.

»Lieber Doktor Spreafico«, schreibe ich, »ich danke Ihnen herzlich für Ihren langen Brief, der mir aus mehreren Gründen viel gegeben hat. Nur eine letzte Frage hätte ich noch: Wer ist Alice, auf die sie kurz anspielen?«

Drei- oder viermal kontrolliere ich die Mail, um sicherzugehen, dass ich mich klar und deutlich ausgedrückt habe. Dann schicke ich sie ab. Die E-Mail pulsiert kurz auf dem Bildschirm, dann verschwindet sie. Ich stelle mir vor, wie sie in eine Art unendliche Röhre schlüpft und nach wenigen Sekunden – plopp – direkt auf Spreaficos Tisch plumpst, in Afrika. Dennoch spüre ich, dass es nicht so einfach sein wird, die Wahrheit herauszufinden. Ich bin mir sicher, weshalb, weiß ich selbst nicht, aber ich weiß es einfach: Die Suche nach Alice wird noch lang und schwierig werden.

Warum?

Ich schalte den Computer aus und mache mich auf den Weg. Von der Via Tasso aus ist die Autobahn nicht weit. Zehn Minuten später schwimme ich schon im Strom der Autos, Lastwagen und Busse mit, die auf Mailand zusteuern. Im Grunde war Rondines Idee gar nicht so abwegig. Diese Autobahn ist viel zu stark befahren. Wenn tatsächlich eine U-Bahn Mailand und Bergamo verbände, würden sicherlich viele Leute aufs Auto verzichten.

Ich komme zur Brücke über die Adda. Heute habe ich es nicht so eilig wie vor zwei Tagen, ich lasse mich zu keinen gefährlichen Wendemanövern verleiten. Stattdessen fahre ich bis zur Mautstelle bei Trezzo und wende dort. Wie üblich parke ich in der Haltebucht und klettere dann nach unten. Jetzt, da ich mehr Zeit habe, stelle ich fest, dass man gar nicht über den Gitterzaun klettern muss. Wenn man ein paar Hundert Meter daran entlanggeht, stößt man schließlich auf ein breites Loch. Ich schlüpfe hindurch und folge einem Trampelpfad. Dieser mündet auf einen ziemlich breiten Feldweg, der zum Fluss hinabführt. So idyllisch, wie ich dachte, ist es hier gar nicht. Seitlich stehen einige heftig schaukelnde Autos. Liebe am Nachmittag, vielleicht auch gegen Bezahlung, hier am Ufer des Flusses.

Unter geringeren Mühen als neulich abends gelange ich ans Flussufer. Der Feldweg läuft hier in eine kleine verlassene Mulde aus. Ich gehe an der Böschung entlang, auf einem nicht gut befestigten Pfad. Ich bahne mir meinen Weg, indem ich die Zweige der Bäume und der Sträucher zur Seite schiebe. Endlich komme ich zu der Stelle, an der Rondines Aston Martin zerschellt ist. Leider unterbricht ein rauschender Bach, der sich in die Adda ergießt, hier den Weg. Beim Überschreiten gerate ich mit einem Schuh ins Wasser – es sind dieselben, die ich auch bei meinem Ausflug in den Schnee getragen habe.

Und dann stehe ich endlich vor dem Felsblock, der Guglielmo Rondines kurzem, unglücklichem Leben ein Ende gesetzt hat. Die Polizei hat alles fortgeschafft, hat auch den Motor aus dem Wasser gezogen und das Rad vom Baum geholt. Jedes Metallteil wurde aufgeklaubt. Nur Hunderte von winzigen Glassplittern, die jetzt in der Sonne glitzern, sind liegen geblieben. Ich knie nieder, um den Felsblock genauer zu untersuchen. In den vergangenen vier Tagen hat es nicht geregnet, und der Stein weist noch die Spuren der Flüssigkeiten aus dem Auto auf. Ein großer schwarzgrauer Fleck bedeckt ihn beinahe zur Gänze. Das Getriebeöl. Daneben, auf einem kleineren, kaum hervorstehenden Stein, bemerke ich einen Fleck in einer anderen Farbe. Er ist durchsichtig, beinahe bläulich. Ich strecke die Hand aus, berühre die Oberfläche. Dann reibe ich Daumen und Zeigefinger gegeneinander, um die Konsistenz zu überprüfen. Weniger dickflüssig als das Öl, aber ebenso klebrig. Ich halte die Finger unter die Nase und schnuppere daran.

Bremsflüssigkeit.

Der Kommandant der Verkehrspolizei hat mich erneut belogen. Warum?

Dank einer großzügigen Schenkung der *Banca di Provincia*

Das *Istituto di Carità* erhebt sich auf dem unteren Sporn der Oberstadt. Den massigen und düsteren Bau kann man von jeder Straße Bergamos aus sehen, von Ober- und Unterstadt gleichermaßen. Es ist eine ständige Mahnung, der Finger Gottes, der gegen die Bergamasker gerichtet ist, die dessen eigentlich gar nicht bedürfen.

Ich klingle am Eingang des Gebäudes. Es erfolgt keine Antwort durch die Gegensprechanlage, doch das Gittertor öffnet sich nach wenigen Sekunden. Also steige ich wieder in den Wagen und fahre langsam auf den großzügigen Vorplatz zu. Ich habe nur wenige Meter zurückgelegt, als etwas Hartes mit einem dumpfen Geräusch auf die Windschutzscheibe prallt. Erschrocken trete ich heftig aufs Bremspedal und stoße beinahe mit dem Kopf gegen die Scheibe. Als ich die Augen wieder aufmache, stelle ich fest, dass sie noch ganz ist. Ich reiße die Tür auf und strecke den einen Fuß heraus.

Eine Gruppe Priester im Talar beobachtet mich aus etwa fünfzig Metern Entfernung, sie schauen betreten drein. Einer von ihnen, der Jüngste, kommt auf mich zugelaufen.

»Entschuldigen Sie …«, sagt er und deutet auf etwas hinter mir.

Ich drehe mich um. Ein Fußball rollt gerade gegen das Geländer, mit dem die Terrasse abschließt.

»Bitte nochmals um Entschuldigung … wir haben Sie

nicht gesehen«, wiederholt der kleine Priester, während er an mir vorbeiläuft. Er hebt den Ball auf, berührt ihn so vorsichtig, als habe er die Reliquie eines Heiligen in Händen. Mit einer schwungvollen Geste wirft er ihn dann in die Luft und schießt ihn weg. Der Ball fliegt in einem niedrigen Bogen an mir vorbei und trifft genau vor den anderen Priestern auf. Unter Jubelgeschrei und mit flatternden Soutanen findet das Spiel seine Fortsetzung.

Ich parke so weit wie möglich entfernt und betrete den Hausflur des Gebäudes, der so dunkel, kühl und friedlich ist, wie es eigentlich nur der Wartesaal zum Paradies sein kann.

»Sie wünschen?«, fragt eine kleine alte Frau, die direkt am Eingang hinter einer Theke sitzt. Sie trägt einen Häkelschal aus weißer Wolle und an den Füßen grobe braune Pantoffeln mit einem Reißverschluss vorne dran. Es fällt schwer, in ihr Petrus an der Himmelspforte sehen zu wollen.

»Ich möchte gern zu Don Filasti, wenn das möglich ist. Ich bin Manlio Fiorentini von der *Gazzetta di Bergamo*.«

Meine amtliche Stellung scheint die Zweifel der Alten zu zerstreuen, die sich auf der Stelle zu telefonieren anschickt. Dann legt sie wieder auf.

»Gehen Sie nach oben in den ersten Stock. Sie werden erwartet.«

Don Filastis Büro ist nur auf den ersten Blick bescheiden. Es ist klein, mit einem Metallschreibtisch und zwei gewöhnlichen Stühlen und einem großen Regal voll christlicher Bücher ausgestattet. Doch vom Fenster aus genießt man einen atemberaubenden Ausblick; die Ebene dort unten erstreckt sich wie ein glitzernder Teppich. Sein hochgewachsener, sehniger Körperbau hat Don Filasti gut altern lassen. Ohne Mühe erkenne ich in ihm den jungen Priester auf dem Foto in meiner Tasche wieder.

Ich setze mich, und bevor ich irgendetwas sagen kann, lächelt Don Filasti.

»Ich wusste, dass Sie kommen würden. Ich könnte sagen, dass die Wege der Vorsehung unergründlich sind und dass selbst jemand wie Sie früher oder später hierher kommen musste. Doch so banal möchte ich nicht sein.«

»Jemand wie ich?«

»Ich kenne Sie, *direttore*. Ich lese Sie seit vielen Jahren. Sie sind ein kluger Kopf, aber gestatten Sie mir anzumerken, dass man bei Ihnen, in Ihren Schriften, keine ausgeprägt christliche Anwandlung verspürt. Wie auch immer, was führt Sie zu mir?«

»Ich ...«, fange ich an, kann den Satz aber nicht beenden.

»Sie sind hergekommen, um mit mir über Guglielmo zu sprechen«, sagt der Priester, und ich sehe ein, dass die Angewohnheit, die Gedanken der anderen zu interpretieren, unvermeidlich ist bei jemandem, der sein ganzes Leben damit zugebracht hat, die Seele seines Nächsten zu erforschen, um sie anhand der jeweiligen Taten und Versäumnisse zu beurteilen.

»Guglielmo bezaubert – bezauberte, verzeihen Sie – jedermann, der ihn näher kennen lernte. Ich möchte nicht überheblich erscheinen, aber er war eine Art ... Jesus. Lachen Sie nicht. Ein Mensch, der sich voll und ganz anderen hingab. Der sie erleuchtete. Es überrascht mich nicht, dass er auch Sie bezaubert hat, der Sie ihm doch nie begegnet sind. Was kann ich für Sie tun?«

»Ich weiß, dass er hier bei Ihnen eingeliefert wurde, gleich nach ...«

»Nach dem Motorradunfall, ganz recht. Ein Wettrennen, wie mir hinterbracht wurde, ziemlich zügellos. Auf der Autobahn zwischen Mailand und Genua. Doktor Spreafico hat ihn ein paar Wochen lang behandelt. Sobald es möglich war, kam er auf Augustos Wunsch hierher. Wir sind alte Freunde, und er wusste, dass sein Sohn hier am besten aufgehoben wäre. Guglielmo brauchte nicht nur körperlichen, sondern vor allem seelischen Beistand.«

Don Filasti unterbricht sich, betrachtet einen Stich an der Wand hinter mir. Vielleicht erwartet er, dass ich eine Frage stelle, doch das lasse ich schön bleiben. Und tatsächlich spricht er gleich wieder mit seiner sanften Stimme weiter.

Als Guglielmo ins *Istituto di Carità* gebracht wird, vegetiert er nur noch vor sich hin. Er kann kaum die Hand heben, und sein Körper wird von beständigem Zittern geschüttelt. Er bekommt ein Doppelzimmer. Tag und Nacht betreut ihn eine Krankenschwester. Doktor Spreafico verbringt den ganzen Tag im *Istituto* und überwacht die Physiotherapie, doch Guglielmo kooperiert nicht. Es scheint ihm überhaupt nichts daran zu liegen, gesund zu werden, er liegt einfach nur da und schert sich nicht um die Vorschriften des Arztes. Er droht gelähmt zu bleiben.

Augusto lässt sich so wenig wie möglich blicken: Zu dieser Zeit haben die Spannungen zwischen Vater und Sohn einen neuen Höhepunkt erreicht. Er hält jedoch Kontakt zu Don Filasti, fleht ihn an, seinen Sohn zu heilen. Der Priester beschließt einzugreifen. Er geht hinunter zu Guglielmos Zimmer und setzt ihn, unterstützt von der Schwester, in einen Rollstuhl.

Langsam schiebt Don Filasti ihn durch die Gänge. Im *Istituto di Carità* hat der Ausschuss der Menschheit ein Heim gefunden. Von ihren Eltern im Stich gelassene Schwerstbehinderte, Verstümmelte, autistische Kinder, Schwachsinnige. Ein grausiges Panoptikum hat Don Filasti in all den Jahren da um sich versammelt.

Er fährt Guglielmo in all diese Räume, bleibt vor jedem Bett stehen – ohne etwas zu sagen. Guglielmo sagt auch nichts, diese Lawine menschlicher Tragödien hat ihn zum Verstummen gebracht. Er zeigt keinerlei Reaktion, doch nach jenem Tag beschließt er, mit dem Arzt und den Physiotherapeuten zu kooperieren. Don Filasti hat seinen ersten Sieg errungen.

Der zweite erfolgt ganz unerwartet ein paar Wochen darauf. Wie jeden Tag geht der Priester hinunter in Guglielmos Zimmer, um zu sehen, welche Fortschritte er gemacht hat, und zum ersten Mal findet er ihn im Bett sitzend vor, ein Kissen hinterm Rücken. Im Zimmer ist eine weitere Person. Ivan, ein achtzehnjähriger Behinderter, der seit seiner Geburt hier lebt. Im Vergleich zu den anderen ist Ivan kein besonders schwerer Fall. Er kann sich nur mit wenigen Worten verständlich machen, sorgt aber für sich selbst. Don Filasti hat das Gefühl, zwei Freunde überrascht zu haben.

Auch Ivan ist dem Zauber des jungen Rondine verfallen. Er lacht und spielt mit diesem jungen Mann, der so viel von allem hat. Und der doch nur mit ihm zu einer kindlichen Freude findet, die er vielleicht nie kennen gelernt hat.

Seit jenem Tag sind Ivan und Guglielmo unzertrennlich. Ivan pflegt ihn mit einer Liebe und einer Intelligenz, die man bei ihm nicht vermutet hätte. Guglielmo stellt für ihn einen großen Bruder dar, vielleicht den ersten Menschen, dem er sich wirklich nahe fühlen kann. Seinen ersten Verwandten.

Rondine junior dankt es ihm mit seiner Zuneigung und seinen Fortschritten. Binnen eines Monats kann Guglielmo wieder aufstehen, unterstützt von dem behinderten Wildfang, der ihn mit beinahe unverständlichen Grunzlauten anfeuert.

Ivan wird der einzige Mittler zwischen Guglielmo und der übrigen Welt. Rondine nimmt seine Medizin nur, wenn er sie ihm bringt, isst nur, wenn Ivan neben ihm sitzt, unterwirft sich der mörderischen Krankengymnastik und schläft schließlich nur noch dann, wenn der Behinderte bei ihm ist. Dank Ivan wird Guglielmo ein zweites Mal geboren. Er muss sich nicht ständig rechtfertigen, muss keine Erwartungen erfüllen und kann auch keine Hoffnungen enttäuschen. Endlich, vielleicht zum ersten Mal in seinem Leben oder zumindest, seit er aus Amerika zurück ist, kann Guglielmo ganz er selbst sein.

Probleme gibt es erst, als es Guglielmo allmählich immer besser geht. Nach circa drei Jahren kommt er allein zurecht.

Er braucht noch Krücken, doch nicht mehr lange, wie Doktor Spreafico versichert. Sein Aufenthalt im *Istituto* hat nun keinen Sinn mehr, auch wenn Don Filasti ihn nicht darauf hinweisen möchte. Doch Guglielmo ist sensibel genug, um es selbst zu merken.

Eines Nachmittags wird er im Büro des Geistlichen vorstellig – ebenjenem, in dem ich gerade sitze. Ohne Umschweife eröffnet er dem Priester seinen Plan. Er bittet ihn, am *Istituto* bleiben zu dürfen. Hier habe er Ruhe, Trost und Freunde gefunden. Nirgendwo sonst werde er so glücklich sein wie hier. Natürlich habe er kein Recht darauf, ein Bett zu belegen, das einem tatsächlich Erkrankten vorbehalten ist. Daher mache er ihm einen Vorschlag. Don Filasti möge ihn als Pfleger hier behalten. Nur zu gern würde er die Insassen betreuen.

Don Filasti bleibt der Mund offen stehen – ich hätte ihn zu gern damals gesehen. Alles hätte er sich vorstellen können, nur das nicht. Der Sohn des reichsten Mannes der Stadt, der Behinderte und geistig Minderbemittelte pflegt. Allzu deutlich sind die Anklänge an das Evangelium, Don Filasti hört sie sehr wohl. Doch wir sind nicht in Galiläa, und nicht einmal in Assisi. Hier sind wir in Bergamo, und derartige Pläne – selbst so großmütige wie dieser hier – werden gar nicht gern gesehen. Don Filasti weiß nur zu gut, was schon bald passieren wird. Augusto wird den Gedanken nicht ertragen können, dass sein einziger Spross den körperlich und geistig Armen die Füße wäscht. Er hat ein wirtschaftliches Imperium erschaffen und wird nicht tatenlos dabei zusehen, wie es sich auflöst.

Don Filasti ist in einer Zwickmühle. Als Geistlicher müsste er sich über einen derartigen Vorschlag von Herzen freuen, er müsste in die Kapelle laufen und in einem fort die Glocken läuten. Doch die Freundschaft zu Augusto ist stärker als die Berufung.

Er redet um den heißen Brei herum, fragt Guglielmo, ob er

wirklich überzeugt sei, versucht, es ihm auszureden. Doch Guglielmo ist nicht der Typ Mensch, der sich entmutigen lässt. Hinkend verlässt er den Raum, nachdem er Don Filasti gebeten hat, ihm im Personalflügel ein Zimmer einzurichten.

Das Erste, was Don Filasti tut, ist natürlich, Augusto anzurufen und ihm Guglielmos Entschluss mitzuteilen. Er tut es, wie er mir jetzt erläutert, »aus christlicher Barmherzigkeit«, ein Ausdruck, der mich neugierig macht, da ich ihn nie verstanden habe.

Augusto erfährt vom Entschluss Guglielmos, bevor dieser noch selbst mit ihm darüber sprechen kann. Vor allem aber, bevor sich bei Guglielmo dieser Entschluss festigen kann.

Eine halbe Stunde darauf taucht Augusto im Istituto auf. Er ist außer sich vor Zorn. Er will mit seinem Sohn sprechen, doch Guglielmo will ihn nicht sehen.

»Sagen Sie meinem Vater, er soll wieder gehen«, fordert er Don Filasti auf. In einer Ecke ahnt Ivan, dass sich das Klima gewandelt hat, ohne zu begreifen, was los ist.

Doch Augusto Rondine lässt sich von niemandem aufhalten. Er schiebt den Priester beiseite und betritt das Zimmer seines Sohnes. Er versteht nicht, was ein Behinderter hier drin verloren hat, und wirft ihn einfach hinaus. Dann schließt er die Tür hinter sich.

Drei Stunden lang reden Vater und Sohn unter vier Augen miteinander. Als sie wieder herauskommen, sind sie angespannt, verkrampft, gehemmt. Augusto geht. Am folgenden Tag fährt ein großer schwarzer Mercedes auf den Vorplatz. Der Fahrer steigt aus und raucht an den Wagen gelehnt eine Zigarette.

In seinem Zimmer hat Guglielmo wenige Dinge in eine Plastiktüte gepackt. Er verabschiedet sich von Don Filasti, den Krankenschwestern, den Nonnen, den anderen Patienten. Zuletzt streichelt er Ivan, der dies nicht begreift. Er steigt in den Mercedes ein und verschwindet.

Allerdings nicht für immer. Guglielmo hat nicht vor, die Verbindung zum *Istituto* abreißen zu lassen, und bittet darum, ab und an aushelfen zu dürfen, als Freiwilliger. Fast jede Woche kommt Rondine junior für ein paar Stunden vorbei, auf der Suche nach einer definitiv entschwundenen Heiterkeit. Ivan begrüßt ihn überschwänglich, jedes Mal in dem Glauben, Guglielmo sei für immer zurückgekehrt.

»Und das hat er die ganze Zeit gemacht? Bis wann?«

»Bis vor etwa zwei Wochen.«

Ich bin sprachlos. Wieder ein anderer Guglielmo, anders als der, den ich mir vorgestellt habe.

»Und was können Sie mir über Beatrice, seine Freundin, erzählen?«

Don Filasti wendet den Blick ab, nimmt sich einen Moment Zeit, bevor er antwortet.

»Ein großartiges Mädchen. Aber ... sie waren nicht füreinander geschaffen. Das Leben hatte Guglielmo zu viel Verantwortung auferlegt, Sie wissen, was ich meine.«

»Vielleicht war ja der Vater ...«

»Gegen ihre Verbindung? Kann sein. Aber, glauben Sie mir, die Beziehung zwischen Augusto und Guglielmo ging viel, viel tiefer, als man sich vorstellen kann. Sie respektierten einander, das war es.«

»Sie beide sich auch, nehme ich an. Sie waren ja beide Mitglieder einer Partisanenbrigade.«

Diesmal fällt Don Filasti mir nicht ins Wort. Er bleibt ein paar Sekunden lang still.

»Vor vielen Jahren. Wir waren jung. Droben, im Brembana-Tal ... Harte Zeiten. Ihre Generation kann sich das gar nicht vorstellen ...«

»Und doch fing Augusto eben zu jener Zeit mit dem Aufbau seines Vermögens an. Gleich nach Kriegsende gründete er ...«

»Die *Banca di Provincia*? Sie dürfen dem Geschwätz der

Neider nicht vertrauen. Augusto arbeitete wie ein Maulesel für das, was er heute besitzt.«

»Und was fällt Ihnen zu Alice ein?«

Don Filastis Erstaunen scheint mir aufrichtig zu sein.

»Alice?«

»Erinnert Sie das an jemanden? Oder an etwas?«

»Nein, ich glaube nicht ...«

»Ich habe etwas entdeckt. Das Akronym aus den Namen der Gründer der *Banca di Provincia* ergibt nämlich Alice. Seltsam, nicht?«

»Das sind alte Geschichten. Niemand mag sich mehr darum kümmern.«

Ich stehe auf. Der Priester macht keine Anstalten, mir noch Weiteres mitzuteilen.

»Warten Sie«, sagt er dann. »Warum stellen Sie lauter Fragen? Einer allein wusste alle Antworten, und den haben sie ans Kreuz geschlagen.«

»Ich begnüge mich mit weit weniger, Pater. Ich möchte lediglich herausfinden, weshalb Guglielmo sich umgebracht hat.«

»...?«

»Ich war auf der Autobahn, als es passierte. Egal, was die Leute behaupten, Guglielmo wollte sich umbringen. Hatte er in der Vergangenheit schon einmal Anstalten dazu gemacht?«

»Guglielmo musste sich von seinem Vater frei machen. Doch auf Distanz zu Augusto zu gehen, das ist schwierig.«

Ich bin bereits an der Tür, als Don Filasti mir mit schriller Stimme nachruft:

»Die Toten wollen in Frieden gelassen werden.«

Ich drehe mich um.

»Die Toten vielleicht, Pater. Aber die Lebenden lassen uns manchmal nicht gehen.«

Unten auf dem Vorplatz sind die Priester verschwunden. Ihren Ball haben sie in einer Ecke zurückgelassen. Ich will gerade ins Auto einsteigen, als ich einen Gedenkstein unten an der Mauer entdecke. Die Inschrift erinnert an die Grundsteinlegung im April 1946. Der letzte Satz endet: »… dank einer großzügigen Spende der *Banca di Provincia.*«

Dieselbe Person, die ich in Warburgs Villa gehen sah

Ich stehe an der *Porta Sant'Agostino* und warte auf Grün. Das Handy klingelt. Ich schaue aufs Display, zum Glück ist es nicht die Redaktion.

»Doktor Fiorentini?«

»Ja, bitte?«

»Hier Warburg, ich grüße Sie. Ich müsste mich mit Ihnen treffen, es ist ziemlich dringend. In der Zwischenzeit hat sich einiges ereignet, das Sie vielleicht wissen sollten.«

»Ich komme gleich zu Ihnen. Sind Sie im Gemeindeamt?«

»Kommen Sie nicht hierher. Das würde zu sehr auffallen. Einstweilen ist es besser, wenn niemand etwas von unserem Vorhaben erfährt – wenn es nicht schon zu spät ist. Treffen wir uns heute Abend, gegen zehn, auf dem Bahnhofsvorplatz.«

»In Ordnung, um zehn.«

»Ach, noch etwas. Bringen Sie die Pistole mit. Es könnte besser sein.«

Ein ungewöhnlicher Ort für eine Verabredung. Nachts wird der Bahnhof, nebst dem kleinen Park drum herum, zum Jagdgelände für Drogenabhängige, Dealer, Prostituierte und Transvestiten. Die große Müllhalde, auf der die Stadt alles ablädt, was ihr nicht passt und was sie dennoch braucht. Vielleicht fürchtet der Stadtbaurat dieses Ambiente weniger als andere Gefahren.

Zu Hause kann ich noch duschen und etwas essen. Ich kontrolliere meine E-Mails. Keine Nachricht von Spreafico. Gerade als ich das Haus verlassen will, klingelt das Telefon. Es ist der Zahnarzt.

»Guten Abend, Doktor Fiorentini, hier ist Arnoldi. Ich hatte ja gesagt, dass ich Sie anrufen würde, falls mir noch etwas einfällt …«

»Danke. Allerdings bin ich gerade am Gehen. Vielleicht …«

»Nur eine Minute, es gibt nicht viel zu erzählen. Bei unserem Treffen habe ich Ihnen ein Detail verschwiegen, es war mir unangenehm. Aber jetzt …«

»Ich höre.«

»Guglielmo hat sich vor wenigen Tagen bei mir gemeldet. Vergangenen Sonntag.«

»Das ist doch der Tag …«

»An dem er gestorben ist, genau. Er rief mich vom Auto aus an, abends. Wir hatten zwanzig Jahre lang nichts mehr voneinander gehört, und trotzdem war es so, als hätten wir uns tags zuvor zuletzt gesehen. Es war nicht das übliche peinliche Telefongespräch zwischen zwei ehemaligen Freunden. Er fragte mich nicht, wie es mir gehe, und erzählte auch nicht, was er in all den Jahren gemacht hatte, oder erkundigte sich nach meinem Leben. Nein, er sagte einfach nur hallo. Und dann: Hast du die Rolle abgeholt?«

»Von Ihrem gemeinsamen Film?«

»Genau. Er fragte: Hast du die Rolle abgeholt, als würden wir uns gleich wieder auf dem Set treffen. Es hatte sich nichts verändert.«

»Und Sie?«

»Ich antwortete, dass ich die Rolle abgeholt hätte. Zwanzig Jahre habe sie auf dem Regal gestanden. Er wolle den Film sehen, sagte er. Gegen elf sei er wieder in Bergamo. Ob er wohl vorbeikommen könne. Gern, sagte ich, kein Problem. Ich würde mich freuen, ihn wiederzusehen.«

»Und …?«

»Nichts und. Also dann, bis später, hat er gesagt. Als ich merkte, dass es immer später wurde, begann ich mir Sorgen zu machen. Er war doch immer so pünktlich. Doch ich dachte, ihm sei vielleicht etwas dazwischengekommen oder er habe es sich anders überlegt. Bei ihm weiß … wusste man nie. Tags darauf habe ich erfahren, dass er tot war. Ich rief seinen Vater an. Der wollte nicht mit mir sprechen. Ich richtete jemandem, wahrscheinlich einem Bediensteten, das aus, worum Guglielmo mich am Vorabend gebeten hatte, und fragte, was ich nun tun solle. Sofort kam ein Fahrer vorbei und holte die Filmrolle ab.«

»Und man bat Sie, Stillschweigen zu bewahren, stimmt's?«

Schweigen.

»Stimmt's?«

»Sagen wir's so … ja, der Commendatore gab mir zu verstehen, dass ihm an meiner Diskretion gelegen sei. Jetzt aber ist vieles anders.«

»Haben Sie Guglielmo denn nicht gefragt, weshalb er nach zwanzig Jahren die alte Filmrolle wiederhaben wollte? Was war geschehen?«

»Sie verstehen das nicht. Guglielmo war anders. Ihm konnte man keine Fragen stellen. Wenn er einem etwas sagen wollte, schön, aber alles andere ließ man am besten bleiben. Ich hoffte, er würde mir bei unserem Treffen etwas dazu erzählen. Auf jeden Fall hätte ich ihn nie danach gefragt. Der Film gehörte ja ihm. Mir genügten all die Momente der Heiterkeit, die er mir geschenkt hat. Ohne ihn wäre mein Leben ärmer und langweiliger.«

»Hören Sie, ich habe mit Doktor Spreafico gesprochen und …«

»Dem dürfen Sie nicht vertrauen. Achten Sie nicht auf das, was er sagt. Ich konnte diesen Mann noch nie leiden. Lassen Sie sich nicht von seinem Albert-Schweitzer-Gehabe blenden. In Bergamo wollte niemand mehr etwas mit ihm zu tun haben, und so musste er gehen. Ich weiß nicht, was er Ihnen erzählt hat, doch das ist die Wahrheit. Er hatte sich zu viel zuschulden kommen lassen.«

Leicht verfrüht biege ich auf den Bahnhofsvorplatz ein. In der Parkanlage nehme ich die heimlichen Bewegungen illegaler Transaktionen wahr. Ich höre das Kreischen der Bremsen eines Zuges, und kurz darauf kommt die Nachhut der Tagespendler aus dem Gebäude. Müde von der Arbeit und der Fahrt schleppen sie sich zum letzten Autobus hinüber. Einige werden von den in der Umgebung geparkten Autos abgeholt. Die Türen öffnen sich, um sie zu verschlingen. Jemand anders löst eine Kette von einem Fahrrad und radelt in der Stille der Nacht über den *Viale Papa Giovanni* davon. Nach wenigen Minuten liegt der Platz verlassen da. Ein Drogensüchtiger betritt den Bahnhof, ich sehe, wie er die Telefonzellen abklappert, auf der Suche nach einer vergessenen Münze. Der Fahrkartenschalter ist geschlossen. Bergamo lässt die Läden herunter.

Viertel nach zehn. Ich schalte das Radio ein, versuche, mich in dem babelischen Durcheinander zurechtzufinden und ein aufbauendes Musikstück zu finden. Endlich stoße ich auf ein Brahms-Konzert.

Halb elf.

Viertel vor elf.

Warburg macht auf mich nicht den Eindruck, als wäre er ein notorischer Zuspätkommer. Im Gegenteil. Verschwendung ist der schlimmste Feind des Bergamasken, und Zeitverschwendung ist das Allerschlimmste.

Es ist beinahe Punkt elf, als ich durch die geschlossenen Scheiben ein dumpfes Geräusch höre, einen metallischen Klang.

Und dann einen Schrei.

Ich renne in den Bahnhof, quer hindurch und hinaus zum Gleis eins. Niemand. Schwaches Neonlicht erhellt die Umgebung. Ich bilde mir ein, eine Bewegung wahrgenommen zu haben, wie ein Schatten, rechts von mir, und laufe darauf zu. Neben dem Bahnhofsgebäude enden ein paar Abstellgleise. Auf einem steht eine Lok, dahinter ein Güterwagen.

Mit angehaltenem Atem gehe ich vorsichtig darauf zu. Ich will nicht wissen, was da passiert ist, und taste mich trotzdem voran.

Ein Schritt, und noch einer. Dann bleibe ich stehen.

Ein schreckliches bluttriefendes Bündel klebt an den Puffern, zwischen Lok und Wagen zerquetscht. Etwas, das ein Paar Beine sein könnte, liegt schlaff am Boden.

Mir stockt der Atem, ich kann mich nicht von diesem entsetzlichen Anblick lösen.

Etwas glitzert plötzlich im Lichtschein, an der entstellten Silhouette des leblosen Körpers. Ich wage nicht, näher heranzutreten, und recke nur den Hals noch ein paar Zentimeter.

Dann erkenne ich ihn.

Es ist der Siegelring. Warburgs Siegelring.

Wenige Minuten darauf sind die Polizisten da. Sie schieben mich ohne große Umstände beiseite. Ein Beamter stellt eine Fotozelle auf, die Tageslicht auf die Szenerie wirft. Weitere Beamte durchsuchen die Umgebung, schießen Fotos.

Kommissar Cavalieri trifft ein, ich bin ihm schon bei einigen offiziellen Anlässen begegnet. Er ist klein: Um eindrucksvoller zu wirken, trägt er einen üppigen Schnurrbart à la Maupassant. Seine Schuhe haben Absätze, seine Manieren sind brüsk.

Er sieht sich um, wechselt ein paar Worte mit einem Untergebenen und kommt dann auf mich zu.

»Folgen Sie mir«, fordert er mich auf und bringt mich ins Büro der Bahnhofspolizei. In groben Zügen erzähle ich ihm, was ich weiß – was ja nicht viel ist. Natürlich verschweige ich die Verabredung mit Warburg, und das Motiv für meine Anwesenheit auf dem Bahnhof, zu dieser Uhrzeit, deute ich nur sehr vage an. Hoffentlich veranlasst ihn diese Unklarheit zu trüben Schlussfolgerungen und führt ihn so auf die falsche Spur.

»Kamen Sie wegen der Prostituierten her?«, fragt er ohne Umschweife, aber auch ohne Bosheit. Es ist nur eine Frage, um die Fakten festzustellen. Ganz eindeutig schockiert es ihn keineswegs, wenn man die Dienste einer Prostituierten in Anspruch nimmt.

»Ich wollte nur sehen, was hier so los ist.«

Dann erzähle ich ihm von dem Schrei und wie ich Warburg entdeckte.

Cavalieri lässt mich die Geschichte drei-, viermal wiederholen und stellt mir einige Fragen, ganz eindeutig, damit ich mich in Widersprüche verstricke.

»Fürs Erste reicht das. Aber morgen müssen Sie auf die Wache kommen und das Protokoll unterschreiben.«

Ich drehe mich um und gehe auf die Tür des kleinen Büros zu. Cavalieri ruft mich zurück.

»Fiorentini … und was ist mit der Pistole?«

Er tritt auf mich zu. Mit erfahrenem Griff zieht er die Gasser aus meinem Lodenmantel. Er betrachtet sie eingehend, voller Bewunderung.

»Eine ziemlich seltene Waffe.«

Er zieht die Trommel heraus, bringt sie ein wenig zum Rotieren. Dann verriegelt er sie wieder. Er reicht mir den Revolver.

»Sie haben einen Waffenschein, nehme ich an.«

»Alles vorschriftsgemäß. Wollen Sie ihn sehen?«

»Behalten Sie sie einstweilen. Aber seien Sie vorsichtig. Eine Waffe bei sich zu tragen, ohne zu wissen, wie man sie benutzt, kann sehr gefährlich werden. Lassen Sie sie besser zu Hause.«

Wir gehen gemeinsam hinaus. Um die Leiche schwärmen Polizisten. Ein Leichenwagen steht auf dem Bahnhofsvorplatz. Die Angestellten der Bestattungsfirma halten sich abseits und rauchen an die Mauer gelehnt. Neben ihnen, auf dem Boden, ein Fichtenholzsarg.

Auf der Bahnsteigkante von Gleis eins, die Füße auf den Schotter gestützt, kauert ein kleiner untersetzter Mann, der ein Unterhemd unter einem blauen Overall trägt. Sein Blick ist leer.

Ein Neuankömmling im Regenmantel inspiziert die Szenerie. Er dreht sich um, und im grellen Licht der Fotozelle erkenne ich ihn. Gualtiero.

Er kommt auf mich zu.

»Schöne Bescherung«, sagt er und hakt sich unter. »Wie war's mit Cavalieri?«

»Nichts Besonderes. Ich habe ihm erzählt, was ich weiß. Ziemlich wenig. Ich hörte einen Schrei und sah das hier.«

»Aber du warst nicht zufällig hier, stimmt's? Hattest eine Verabredung.«

»Darf man vielleicht noch Berufsgeheimnisse haben?«

Gualtiero hat eigentlich Sinn für schlagfertige Bemerkungen. Heute Abend aber ist er nervös.

»Lass die Witze. Schau, mir ist es egal, weshalb du dich hier mit Warburg treffen wolltest. Er war ein Dreckskerl. Ein Intrigant. Ein mieses Subjekt. Ich sag dir nur eines: Pass auf. Cavalieri ist ein äußerst zwielichtiger Bursche.«

»Wisst ihr schon, was passiert ist?«

»Ein Unfall«, erklärt er. »Warburg rannte, wahrscheinlich ist er gestolpert und wurde von dem Zug zerquetscht.«

»Er rannte, weshalb denn?«

»Der Lokführer da«, und dabei deutet er auf den Mann im blauen Overall, »ist sofort nach dem Unfall weggerannt. Er stand unter Schock. Wir haben ihn zu Hause aufgespürt. Es brauchte nicht viel Überredungskunst, um ihn zum Reden zu bringen. Er sagt, beim Rangieren habe er einen Hund bellen hören, hier in der Nähe. Er achtete nicht weiter darauf, entlang der Gleise gibt es etliche streunende Hunde. Bei dem Dunkel hier konnte er zwar nichts erkennen. Wahrscheinlich aber lief Warburg vor einem Hund davon, der ihn beißen wollte. Siehst du?« Er deutet auf ein kleines Gittertor. »Er lief auf diesen Nebenausgang zu. Offenbar ist er in Panik geraten und kopflos über die Gleise gerannt.«

Ich weiß, dass das nicht stimmen kann. Warburg liebte Hunde. Er kannte sie. Niemals wäre er davongerannt.

Dann gehe ich. Mitten in dem Gewimmel treffe ich auf Pugnaletto. Er muss die Nachricht über Polizeifunk gehört haben. Er grüßt mich, möchte gern wissen, was ich hier mache, wagt aber nicht zu fragen. Ich lasse ihn stehen.

Während ich den Schlüssel ins Schloss stecke, bemerke ich auf der anderen Seite des Brunnens, der sich in der Mitte des Platzes erhebt, einen dunkelblauen Fiat 127. Mit einem Rütteln setzt sich der Wagen in Bewegung. Der Fahrer schaltet die Scheinwerfer ein und fährt weg, biegt nach rechts in Richtung Busbahnhof ab. Ich konnte sein Gesicht nicht sehen. Aber eines weiß ich genau: Es ist dasselbe Auto. Und dieselbe Person, die ich heute Morgen in Warburgs Villa gehen sah.

Meine Kündigung steht bevor

Es ist halb ein Uhr nachts, noch ist Zeit, um den Aufmacher auf der Titelseite zu ändern. Seguaci ist natürlich noch in der Redaktion – er ist der für den Nachtdienst eingeteilte verantwortliche Redakteur –, außerdem Vincenzo, der wie üblich mit den Fußballtabellen zugange ist. Auch die Ressortleiter vom Lokalen und vom Regionalen sind dageblieben, sonst nur noch wenige andere Redakteure. Pugnaletto ist wegen letzter Details noch am Bahnhof.

Ich gehe von einem Büro zum nächsten und rufe: »Konferenz!«

Ich lockere meinen Krawattenknoten. Es wirkt ein wenig wie *Extrablatt*, aber ich liebe diesen Film, er ist einer der wenigen, in denen das Metier des Journalisten wahrheitsgetreu wiedergegeben wird, außerdem ist es eine der wenigen Gelegenheiten, bei denen ich auch in der Provinz einmal die Möglichkeit habe, große weite Welt zu spielen.

Als ich ihm »Konferenz!« zurufe, verzieht Seguaci kaum eine Miene, um mir dann ein angedeutetes ironisches Lächeln zu schenken. Einer kommt mit einem Notizbuch, ein anderer mit einem einfachen Blatt.

»Wer es noch nicht wissen sollte: Warburg ist tot. Pugnaletto ist vor Ort und sammelt Material. Wie spät ist es?«

Vincenzo schaut auf die Uhr.

»Viertel vor eins.«

»Gut. Wir haben zwanzig, maximal dreißig Minuten. Also, Pugnaletto schreibt die Meldung, ganz neutral und schlicht, wie es bei ihm üblich ist.«

Sollte jemandem die Ironie aufgefallen sein, so verbirgt er es vortrefflich.

»Dann hätten wir meinen Artikel. Ich war dort.«

Dem Lokalredakteur gefriert die Miene, als wäre sein innerer Antrieb stehen geblieben.

»Ich habe nicht viel gesehen, bin aber trotzdem der Hauptzeuge. Ich werde einen leidenschaftlichen Artikel schreiben, mit einem Titel wie ›Im Schatten des Todes‹ oder so etwas in der Art. Du, Vincenzo, musst mir den Hintergrundbericht schreiben.«

»Ich? Ich bin doch für Sport zuständig.«

»Erstens ist niemand sonst fähig, ihn zu schreiben. Zweitens kennst du alle in der Stadt. Also, ich will einen schönen langen Artikel, auch über drei Seiten, wenn du es schaffst. Du sollst berichten, wer Warburg war, von wo er kam, was er machte, die Auseinandersetzungen, die er führte. Ein groß angelegtes Porträt vor dem Hintergrund der Stadt. Die politischen Kämpfe. Die Entscheidung zu kandidieren. Der Stadtrat. Eben alles. Es soll auch ein Kasten rein, von mir aus gerne ausführlich, in dem genau erklärt wird, was ›Bergamo II‹ ist. Wer würde das übernehmen?«

Alle senken den Blick.

»Derjenige, der Palazzo Frizzoni übernimmt, wie heißt er denn noch, und wo ist er überhaupt?«

»Hat frei.«

»Du, Vincenzo?«

»Also, mit Politik kenn ich mich wirklich nicht aus. Vielleicht jemand anders, wie wär's denn mit Pugnaletto?«

»Nein, nicht Pugnaletto. Der ist schon mit dem Lokalen beschäftigt, und außerdem ist er langsam. Lassen wir das erst mal. Dann brauchen wir natürlich noch einen Artikel, in dem wir an den Tod Rondines erinnern. Die beiden politischen

Gegner, im Abstand weniger Tage und unter mysteriösen Umständen gestorben. Seltsam, nicht wahr? Also, wer schreibt mir was Kleines über Rondine?«

Alle schauen zur Seite, um meinem Blick nicht zu begegnen. Blankes Entsetzen liegt in der Luft.

»Also?«

Schweigen.

»Okay, dann schreibe ich es eben selbst. Gebt mir mal das Layout der Titelseite.«

Seguaci reicht mir den Entwurf aus der Druckerei, auf dem er mit Kugelschreiber einige gravierende Fehler markiert hat.

»Das schmeißen wir alles raus. Wir machen mit acht Spalten auf. Als Aufmacher der Bericht über den Tod Warburgs, mit einem schönen Foto. Dann Vincenzos Artikel mit einer fetten Schlagzeile und dem Kasten, und darunter der kleine Bericht über Rondine. Den Rest als Fuß unten auf der Seite. Ach ja, in einem Rahmen bringen wir dann noch den Anfang des Leitartikels. Den schreibe ich.«

Seguaci schaut mich ungläubig an.

»Du willst einen Leitartikel schreiben?«

»Ich halte das für die passende Gelegenheit. Es passiert etwas in der Stadt. Und wir berichten über die Hintergründe.«

Seguaci erhebt sich.

»Ich gehe runter in die Druckerei und sage Bescheid, dass wir vielleicht ein wenig länger brauchen.«

»Gut. Und ruf Pugnaletto an. Sag ihm, er soll herkommen, egal, ob er fertig ist oder nicht. Vielleicht kann er Einzelheiten am Telefon herausfinden, während er schreibt.«

Stumm starren sie mich an. Ich habe ja nicht erwartet, dass sie gleich vor Freude Carioca tanzen, aber ein bisschen mehr Begeisterung könnten sie schon zeigen!

»Was ist denn, was habt ihr denn?«

Der Ressortleiter des Lokalteils macht einen Erklärungsversuch.

»Ich weiß nicht, Manlio. Das ist eine heikle Sache. Warburg, ›Bergamo II‹, sogar Rondine wird wieder hervorgeholt ... Vielleicht sollten wir uns das noch mal überlegen. Eigentlich können wir ja auch bis morgen warten, dann sehen wir möglicherweise klarer.«

Das also ist der ungebremste Enthusiasmus unserer Journalisten. Immer möchten sie lieber bis morgen warten. Gerade will ich etwas erwidern, als das Telefon klingelt.

»Das wird Pugnaletto sein«, sage ich und hebe ab.

Es ist nicht Pugnaletto.

Eine nasale Stimme, die ich mittlerweile hasse. Silvestro Zenoni, der Verleger.

»Guten Abend, *direttore*. Ich habe von dem Unglück erfahren. Schrecklich.«

»Gerade haben wir darüber gesprochen.«

»Ich nehme an, Sie wollen die morgige Ausgabe entsprechend umgestalten. Schön, schön, so viel Begeisterung ist ja durchaus lobenswert ...«

»Wenn Sie nichts dagegen haben, dann ...«

»Leider sind die Druckkosten in letzter Zeit unglaublich gestiegen, das wissen Sie ja. Wenn wir jetzt die Titelseite neu schreiben, geht ein Heidengeld für Überstunden und Verteiler drauf. Und wofür? Für eine Nachricht, die wir ebenso gut erst morgen veröffentlichen könnten. Haben Sie mich verstanden, *my fellow*?«

»Morgen ist es zu spät. Warburg ist tot, aber vielleicht wäre es besser, wenn wir erwähnten, dass er umgebracht wurde ...«

»Umgebracht? Und woher wollen Sie das wissen?«

»Ich bin Journalist.«

»Schauen Sie, Fiorentini, bei allem Respekt für Ihre Karriere, aber ich glaube, dass hier in der Provinz die Dinge ein wenig anders gewertet werden, als Sie es gewohnt sind. Also, lassen Sie die Titelseite so, wie sie ist. Morgen überlegen wir dann in Ruhe, wie wir diese Nachricht formulieren.«

»*Wir?*«

»Alle zusammen. So, wie es am besten ist. Sie werden sehen, wir finden da eine Lösung. Ach, noch eins: Ich möchte mit Ihnen essen gehen, morgen um eins. Im *Arlecchino*, haben Sie verstanden? Gute Nacht.«

Der Verleger hat aufgelegt. Ich halte den Hörer noch in der Hand. Meine Kündigung steht bevor.

Fünfter Tag

Donnerstag, 23. April

Und dann lasse ich alles hinter mir

Das *Arlecchino* (ein weiteres, wenn auch völlig unpassendes Symbol Bergamos: Der Bergamasker ist nichts weniger als der verspielte, zu Streichen aufgelegte, unzuverlässige Schelm aus der *Commedia dell'arte*) ist ein kleines Restaurant, das sich zu Füßen der Seilbahn duckt, die von der Oberstadt nach San Vigilio führt, zum höchsten Punkt Bergamos. Man kann dort sehr schön draußen sitzen, doch heute kommt das nicht in Frage: Wolken türmen sich am Himmel, und es ist kalt. Wir setzen uns an einen Tisch am Fenster zur Straße, mit Blick auf die *Porta Sant'Alessandro*. Das Lokal ist halb leer.

Zenoni trägt einen hellen Regenmantel. Auf seinen Wangen sprießen schwarze Bartstoppeln: Er ist einer jener Männer, die sich zweimal am Tag rasieren müssten, um nicht wie ein Penner, Mafioso oder Zigeuner zu wirken. Seine durchaus edle, aber leicht zerknitterte Kleidung verleiht ihm ein nachlässiges Aussehen. Er ist einer der wichtigsten – und reichsten – Männer der Stadt, und dennoch habe ich jedes Mal, wenn ich ihn sehe, das Gefühl, er brauche eine Dusche, ein sauberes Hemd und ein wenig Ruhe.

Er schüttelt mir hastig die Hand, ich habe kaum Zeit, sein »Guten Tag« zu erwidern, da sitzt er auch schon und hat die Speisekarte aufgeklappt. In Sekundenschnelle sucht er sich etwas aus, ohne die Gerichte im Einzelnen zu studieren, und klappt die Karte wieder zu.

»Was nehmen Sie?«

Während ich die Speisekarte überfliege, zitiert Zenoni mit einer Geste den Kellner herbei. Doch auf einmal klingelt sein Handy, und er zieht es aus der Tasche, während er mit der flachen Hand den armen Kerl auf Abstand hält. Unschlüssig bleibt der Kellner auf halbem Weg stehen. Er kann nicht weitergehen, weil ihm diese herrische Geste Einhalt gebietet, will aber auch nicht den Rückzug antreten, um sogleich reagieren zu können, wenn der Gast es wünscht.

Zenoni fertigt den Gesprächspartner mit einsilbigen Sätzen ab. Sobald er auf die Taste drückt, um das Gespräch zu beenden, eilt der Kellner beflissen herbei.

Vor unserer ersten Begegnung stellte ich mir Zenoni als Gesundheitsapostel vor, der nur Salat und Joghurt isst. Ich sollte mich täuschen. Salat und Joghurt passen vielleicht zu einem aufstrebenden Manager, einem der seine Karriere noch vor sich hat. Zenoni ist schon oben angekommen, vor langer Zeit. Und jetzt kann, fast möchte ich sagen: muss er sich all das leisten, was er sich in der Vergangenheit versagt hat.

»Spaghetti mit Hummer, Scampi vom Grill und eine Flasche weißen Cialla«, bestellt er. Ein flüchtiger Blick auf die Karte bestätigt meine Vermutung: Er hat die teuersten Gerichte ausgewählt. Das macht er nicht absichtlich, um so seine soziale Überlegenheit zu demonstrieren. Bei unseren Treffen wurde mir allmählich klar, dass es sich um einen konditionierten Reflex handelt. Zenoni bestellt die teuersten Gerichte, um die Bestätigung zu haben, dass er sich eben stets das Beste leisten kann.

Der Kellner nimmt die Bestellung auf, und während er davoneilt, schickt Zenoni ihm noch eine Empfehlung hinterher:

»Möglichst rasch, wenn ich bitten darf.«

Dann wendet er sich an mich.

»Nun, *direttore*, wie gefällt es Ihnen denn so in Bergamo?«

Es muss ihn große Mühe kosten, nicht gleich zum Kern

des Problems vorzustoßen. Doch bestimmt hat er während eines Masterstudiengangs an der Bocconi oder vielleicht sogar in Amerika gelernt, wie man Gespräche bei Geschäftsessen führt. Ein Viertel für den Anstand, zwei Viertel für die Substanz und ein Viertel für den Ausklang.

Wir reden über Banales, bis der erste Gang serviert wird.

»Die Zeitung folgt einem optimalen *trend*«, sagt er, während er ausprobiert, wie er am besten an das Innere unter dem Panzer herankommt. Dass er überall Soße verspritzt, stört ihn nicht. »Die jüngsten Marketingumfragen haben ergeben, dass es uns gelungen ist, mehr Leser an uns zu binden als je zuvor. Freilich, da wir keine direkten *competitors* haben, handelte es sich um eine im Grunde ziemlich einfache Operation. Doch brillante Bilanzen genügen uns nicht mehr. Jetzt wollen wir an neue *missions* denken. Verstehen Sie?«

Ich beobachte ihn, während er einen Zinken in die Zange einführt und mit erfahrenem Griff, mit einem Ruck, das Fleisch im Ganzen herauszieht. Es kommt mir vor, als sei die Szene als eine vollkommene Metapher unserer Beziehung zu deuten.

»Wir haben Großes vor. Das Wichtigste: ein Wochenmagazin. Schluss mit den Sudelblättern der üblichen linken Heuler, die ständig den Bürgermeister und den Stadtrat anklagen. Ein schönes, sauberes Produkt, 80-Gramm-Papier, damit schlagen wir sie aus dem Feld, von der Werbung ganz zu schweigen. Der Trick ist folgender: maximale Synergie bei der Konzession. Wir verkaufen zwei Produkte statt eines einzigen. Verstehen Sie?«

Ich kenne ihn zu lange, als dass ich auf die Fangfrage hereinfiele. Schweigend esse ich weiter.

»Zwei Medien also, doch in Wirklichkeit müsste ich sagen: drei. Denn eine andere Initiative, die wir auf Lager haben – halten Sie sich fest –, ist das Radio. Später vielleicht auch einmal das Fernsehen. Und natürlich das Internet. Denn die

Journalisten dafür, die haben wir ja, nicht? Die Werbung ebenfalls. Alles, was wir brauchen, ist ein Terminal. Dann müssen wir uns um eine Frequenz kümmern, aber da sind wir bereits dran. Kurz und gut, wir arbeiten an einer Strategie für ein vollkommen neues *Media Planning*. Wir werden eine kritische Masse erreichen, die dafür sorgt, dass die Investitionen exponentiell vervielfacht wieder eingefahren werden. Verstehen Sie?«

Ich widerstehe der Versuchung zu antworten, lege die Gabel hin und frage:

»Ehrlich gesagt, nein. Was habe ich damit zu tun?«

»Verstehen Sie denn nicht? All diese Projekte hängen von Ihrer Mitwirkung ab. Sie, *direttore*, werden vier, nein, fünf Medien zur Verfügung haben, um eine beispiellose Kommunikationsstrategie auf den Weg zu bringen.«

»Ich weiß nicht, ob ich mich um alles gleichzeitig kümmern kann. Die Zeitung lässt mir ja heute schon ...«

»Sie haben mich nicht verstanden. Lassen Sie doch mal die Zeitung. Die wird ja nur eines der vier oder vielleicht sogar das fünfte Standbein sein. Außerdem brauchen Sie sich ja nicht direkt um das Layout, die Seiteneinteilung, um Details dieser Art zu kümmern. Sie haben interessante Talente herangezogen, haben ein Beispiel gegeben. Bestimmt wird sich jemand finden, der bei der Zeitung das Ruder übernimmt. Sie behalten jedoch die Oberaufsicht. Wir bieten Ihnen praktisch den Posten eines Herausgebers an, verstehen Sie?«

Ja, ich habe verstanden. Sie sind zu allem bereit, um mich kaltzustellen. Mich stante pede rauszuwerfen würde zu viel Aufsehen erregen. Das brächte eine schlechte Presse. Und vor der schlechten Presse, da fürchten sich die Bergamasker am allermeisten.

»Was sagen Sie dazu, ist doch ein hübscher Plan, nicht? Und dabei haben wir noch gar nicht über Ihr Gehalt geredet!«

»Ist egal.«

»Ich weiß, Sie nehmen die Sache ernst. Und trotzdem. Wir haben das mit dem Aufsichtsrat besprochen und sind übereingekommen, dass für einen derartigen Posten eine Summe von ...«. Er unterbricht sich, holt einen Füllfederhalter aus der Brusttasche und schreibt eine Zahl auf einen Zettel. Den schiebt er dann zu mir herüber. »Netto, natürlich. Außerdem einen Dienstwagen, versteht sich. Nicht den kleinen, den ich jetzt fahre, etwas Größeres, Repräsentativeres. Einen Jaguar zum Beispiel, wie finden Sie das? Mir haben die immer gefallen. Ein paar Porbleme mit der Elektronik, aber ein ganz anderes Fahrgefühl. Na schön, das entscheiden Sie. Das mit dem Haus ist auch kein Thema. Verstehen Sie?«

»Es ist egal, wirklich.«

»Man hat mir ja gesagt, dass Sie nicht am Geld hängen, doch das, muss ich Ihnen sagen, ist in meinen Augen ein Fehler. Jedenfalls haben wir uns einen Vertrag von vier Jahren vorgestellt. Vielleicht auch eine kleine *stock option*, falls das Kapital erhöht wird. Verstehen Sie?«

»Wie ich schon sagte, es ist e...«

»Verdammt!«

Zenoni blickt auf das Revers seines Jacketts hinab und bemerkt den deutlich sichtbaren Fleck, der sich auf dem Stoff ausbreitet. Er steht auf, indem er gleichzeitig mit den Kniekehlen den Stuhl nach hinten schiebt.

»Warten Sie. Ich bringe das rasch in Ordnung.«

Sobald er in der Toilette verschwunden ist, stehe ich auf und gehe zum Tresen. Ich lege dem Kellner meine Kreditkarte hin.

»Leider muss ich gehen. Stellen Sie einen Blankoscheck aus, und tragen Sie dann den Betrag ein, wenn der Herr fertig ist.«

Ich verlasse das Lokal, gehe nach rechts und stehe nun auf der anderen Seite der Glasscheibe, vor dem Tischchen, an dem ich vor einer Minute noch gesessen habe. Zenoni kommt aus der Toilette. Er bemerkt meinen leeren Platz und bleibt stehen. Er schaut auf, und als er mich auf der Straße stehen sieht, macht er ein unfreiwillig komisches Gesicht. Ich kann mir ein Lächeln nicht verkneifen. Ich deute einen Gruß mit der Hand an. Und dann lasse ich alles hinter mir: ihn, die Zeitung, sein Leben, das meine.

Ich bin wieder frei

Am Nachmittag mache ich einen Sprung in die Redaktion. Der Pförtner blickt mich scheel an – oder vielleicht werde ich allmählich paranoid. Als ich die Treppe hinaufgehen will, ruft er mich zurück.

»Wo wollen Sie denn hin? Ich habe die Anweisung, Sie nicht nach oben zu lassen.«

»Na, vielleicht darf ich dann ja nach unten.«

Verwirrt starrt er mich an. Ironie ist nicht gerade seine Stärke. Aber es hat keinen Sinn, ihn anzuschnauzen.

»Dann holen Sie bitte jemanden. Ich muss nur meine Sachen zusammenpacken.«

Der Pförtner zieht sich wieder in seine verglaste Loge zurück und drückt ungeschickt auf die Tasten des Telefons.

»In Ordnung, Sie können rauf«, gestattet er mir schließlich.

Seguaci hat sich bereits in meinem Büro eingerichtet.

»Ach, hallo«, grüßt er mich, ohne verlegen zu wirken. »Wenn du Kartons brauchst, wende dich an den Hausmeister.«

»Schon geschehen, danke.«

Als äußerste Geste der Höflichkeit erhebt Seguaci sich von dem Stuhl – *meinem* Stuhl –, damit ich an die Schubladen herankomme. Ich packe alles wahllos zusammen.

Je länger ich es tue, desto klarer wird mir, dass ich eigentlich nichts brauche: Notizen, Fotokopien, Layoutvorlagen, Kalender, Zeitungsausschnitte, Zeitschriften. Und da nehme ich den halb vollen Karton und leere den Inhalt in den Papierkorb. Zum Teufel auch.

Seguaci ist in einer Ecke stehen geblieben und sieht mir schweigend zu.

Ich nehme den Rahmen vom Schreibtisch. Öffne ihn, ziehe das Foto von meiner Tochter heraus und stecke es ein.

»Das ist alles. Du kannst dich wieder setzen. Viel Glück.«

Seguaci tritt zur Seite, um mich vorbeizulassen. Als ich jedoch gerade hinausgehen will, hält er mich zurück. Er packt meinen Arm mit eisernem Griff. Er muss eine heroische Anstrengung unternommen haben, damit sein Zwergenkörper das, was ihm an Zentimetern fehlt, durch Kraft wettmacht.

Mit der anderen Hand schließt er die Tür, damit niemand uns sehen kann.

»Hast du vor, mir alle Knochen zu brechen? Vielleicht gewährt dir Zenoni ja eine Gehaltserhöhung.«

Zur Antwort bringt Seguaci sein Gesicht ganz nahe an meines – wahrscheinlich, indem er sich auf die Zehenspitzen stellt. Aus einer Entfernung von wenigen Zentimetern kann ich endlich einmal in Ruhe seine Perücke betrachten, sie ist so dicht und schwarz, wie echtes Haar es nie sein könnte.

»Du glaubtest, du könntest hierher kommen und uns zeigen, was Journalismus ist. Der große Korrespondent, der sich dazu herablässt, mitten unter uns Provinztrampeln zu arbeiten … aber von dieser Stadt hast du nichts kapiert, rein gar nichts.«

»Zum ersten Mal sind wir einer Meinung.«

»Bei der Zeitung hier, da läuft es anders. Wenn du über den Bürgermeister herziehst, oder über den Präfekten, einen Unternehmer – das ist nicht wie in Mailand oder Rom. Hier sprichst du nicht über eine abstrakte Person, über eine Einrichtung, ein Amt. Hier sprichst du über Personen, denen du auf der Straße begegnest, oder in der Espressobar. Du sprichst über deinen Nachbarn. Über den Typen, mit dem du Geschäfte machst. Über Leute, die du kennst. In der Provinz richtet dein wichtigtuerischer Journalismus nur Schaden an. Hier ist vor allem Vorsicht vonnöten.«

»Das Einzige, woran es dir nicht mangelt.«

»Du machst immer noch Witze, hast du es denn nicht endlich begriffen? Warum, glaubst du wohl, verdient unsere Zeitung Tausende mit den Bestattungsanzeigen? Diese Stadt hier ist nicht an der Zukunft interessiert, sondern nur an der Vergangenheit. Ich hatte es Zenoni gesagt, es war ein Fehler, dass er sich für dich entschieden hat. Sie wollten eine Verjüngungskur machen, sagte er. Ein wenig frischen Wind wollten sie. Sie waren sicher, dass dein Gehalt dich zum Stillhalten veranlassen würde.«

»Normalerweise schiebt man anderen die eigenen Fehler zu, nicht wahr?«

»Ohne Guglielmo und Warburg hat sich das Gleichgewicht verändert. Vorsicht: Es könnte alles Mögliche geschehen.«

»Mehr als ein Stadtbaurat, der vom Zug zerquetscht wird?«

Endlich lässt Seguaci mein Handgelenk los. Seine Wut ist ebenso schnell verflogen, wie sie gekommen ist. Erst jetzt begreife ich, dass er sich nicht unter Kontrolle hat. Seguaci ist ein gefährlicher Mensch.

»Du machst dir keine Vorstellungen. Such doch mal den Sohn von Egidio Nerasti auf. Den findest du in *Cenate Sotto*, beim Kilometer fünfzehn der Bundesstraße, genau an einer Kurve. Dann wird dir vielleicht einiges klar.«

Er klopft mir mit dem Handrücken auf die Schulter, es ist wohl freundschaftlich gemeint.

»Und jetzt geh nur. Geh wieder zu deinen großen Zeitungen. Wenn sie dich noch haben wollen, nach all dem, was du angerichtet hast.«

»Was soll das heißen?«

Vom Zorn ist er zum Spott übergegangen. Ein schiefes Lächeln spaltet sein Gesicht.

»Was denn, glaubst du, das ist ein Geheimnis? Es wissen alle in der Stadt. Du bist nur ein armer Irrer. Einer, der vor seinem Gewissen davonläuft.«

Ich möchte ihn schlagen, ihm seine erbärmliche Fresse polieren. Einen Augenblick sehe ich vor mir, wie seine schwarze Perücke durch den Raum segelt, eine beinah unwiderstehliche Versuchung. Ich kann mich gerade noch zurückhalten. Mit einem Ruck wende ich mich ab und gehe hinaus, laufe die Treppen hinunter. Als ich auf der letzten Stufe angekommen bin, schleudert Seguaci mir oben vom Treppenabsatz ein paar letzte Beleidigungen hinterher.

»Du Wurm! Du bist nur ein kleiner, winziger Wurm!«

Schaulustige sind herbeigeströmt. Ungläubig drücken sich die Redakteure ans Geländer. Ich stürme hinaus, remple im Vorbeigehen den Pförtner an, der sich nicht mehr rechtzeitig in Sicherheit bringen konnte. Dann bin ich endlich draußen. Ich atme tief durch, und plötzlich überkommt mich ein Gefühl der Leichtigkeit.

Es war mir gar nicht aufgefallen, doch während der ganzen Zeit, die ganze Zeit, in der ich hier arbeitete, habe ich den Atem angehalten, wie ein Polizist, der ein mit Leichen übersätes Zimmer durchqueren muss.

Jetzt bin ich auf der anderen Seite und kann endlich wieder atmen. Ich bin wieder frei.

Ich werde Giulia nicht noch einmal im Stich lassen

Dass die Kartons immer noch nicht ausgepackt sind, ist eine enorme Versuchung. Ich bräuchte nur ein paar Kleidungsstücke in einen Koffer werfen und könnte für immer abhauen, schon in einer halben Stunde.

Das Handy klingelt in der Jackentasche. Es nervt mich, und trotzdem taste ich danach. Meine Finger stoßen auf etwas Großes, Glattes, straff und biegsam zugleich. Ich nehme es heraus, betrachte es.

Das Foto von Giulia.

Ein Mädchen von acht Jahren, das beinahe doppelt so alt aussieht. Sechs Monate lang stand das Bild auf meinem Schreibtisch, an die fünfzigmal pro Tag werde ich es angeschaut haben, und dennoch habe ich das Gefühl, es erst jetzt richtig betrachten zu können.

Zu meinen Füßen tut sich ein Loch auf. Genau wie Carrolls Alice zu Beginn des Buches stürze ich in einen unendlichen Schacht, bis ich direkt vor meinen Erinnerungen lande. Vielleicht zum ersten Mal kann oder will ich ihnen nicht ausweichen.

Als wir feststellen, dass etwas nicht so läuft, wie wir uns das vorstellen, ist Giulia acht Monate alt. Auf ihrem Rücken ist ein dunkler, kaffeefarbener Fleck aufgetaucht. Es sieht aus, als hätte sie sich gestoßen, oder wie eine Verbrennung, und so interpretieren wie das auch. Wir führen eine skrupellose

Befragung im Familienkreis durch, mit dem Ergebnis, dass nur die Babysitterin es gewesen sein kann, die dann auch umstandslos vor die Tür gesetzt wird.

Es wäre eine kleine, rasch vergessene Episode geblieben, wenn nicht kurze Zeit darauf ein zweiter Fleck aufgetaucht wäre, direkt unterm Schlüsselbein. Uns kommen Zweifel, ob es sich tatsächlich um eine weitere – unwahrscheinliche – Nachlässigkeit handelt. Wir wünschen uns von ganzem Herzen, dass auch die neue Babysitterin eine Sadistin wäre, die Kinder foltert. Doch so ist es nicht.

Der erste Kinderarzt spricht von einem Angiom. Der zweite stimmt nur teilweise zu. Es beginnt eine Odyssee von Arzt zu Arzt, von einem Krankenhaus zum nächsten. Freunde warten mit Namen, Adressen, Therapien, Ratschlägen auf, und man bringt es nicht übers Herz, nein zu sagen: Schließlich könnte es ja jedes Mal die Lösung sein. Von Italien reisen wir nach Frankreich, England, in die Vereinigten Staaten. Eine Diagnose stellt die vorige in Frage, bis eines Tages, Giulia ist inzwischen zwei Jahre alt, und es ist klar, dass ihr etwas Schlimmes bevorsteht, ein Arzt einen Namen ausspricht.

McCune-Albright-Syndrom.

Wir informieren uns. Ich kaufe medizinische Fachbücher, verbringe Stunden in der Bibliothek. Die Symptome treffen genau zu. Es ist so eindeutig, dass es sich um das McCune-Albright-Syndrom handelt, dass man sich fragt, warum keiner von diesen Idioten vorher draufgekommen ist und sie einem so viel Zeit stehlen mussten. Nun ist man in einem Tunnel aus ständigem Groll gefangen. Gut, sagt man sich, jetzt, wo sicher ist, worum es sich handelt, wird es wohl leichter sein, eine Behandlungsmethode zu finden.

Es kommt anders.

Derselbe Arzt, der einzige, der in der Lage war, eine genaue Diagnose zu stellen, erklärt uns, dass das McCune-Albright-Syndrom eine seltene Krankheit ist. Selten: ein Adjektiv, das man normalerweise mit etwas Kostbarem assoziiert. Es klingt lächerlich, ein wenig so, als wollte man sagen: eine edle Krankheit. In gewisser Weise beruhigt es uns. Die Krankheit dauert nicht lange. Der Arzt erklärt, dass eine seltene Krankheit viel schlimmer ist als eine schwerwiegende. Denn an dieser Krankheit leiden ein paar Menschen in Italien und vielleicht ein paar Hundert auf der ganzen Welt. Es bedeutet, dass niemand sich so richtig damit abgeben will. Die Ärzte – auch sie sind nur Menschen – träumen davon, universelle Krankheiten wie Krebs oder Leukämie oder Zystische Fibrose zu bekämpfen. Was das McCune-Albright-Syndrom ist, wissen nur wenige. Es bringt einem keinen Ruhm, kein Geld, keine Anerkennung. Niemand ist bereit, in diesem Bereich zu forschen.

Trotzdem, sagt man sich, es muss eine Medizin geben, irgendetwas, ganz egal was, das hilft. Der gleiche Arzt erklärt uns, dass in diesem Fall die Medikamente »Waisen« genannt werden. Sie heißen so, weil sie weder Vater noch Mutter haben, weil so gut wie niemand bereit ist, sie herzustellen. Sie bringen keinen Profit. Allmählich beneidet man an Krebs oder Aids Erkrankte. In den Zeitungen stehen lauter Artikel über Krebs oder Aids, während es niemandem auch nur im Traum einfiele, über das McCune-Albright-Syndrom zu reden. Die Regierungen dieser Welt versuchen sich gegenseitig zu übertreffen und geben Milliarden Dollar aus, um Krebs und Aids zu bekämpfen, während keiner auch nur einen Cent für McCune-Albright ausgibt. Zum Glück, doch das ist auch schon der einzige Trost, sieht es so aus, als würde diese Krankheit nur in ganz wenigen Fällen zum Tod führen. »Äußerst selten«, lese ich, immer, immer wieder, fast jeden Tag, jede Stunde, »äußerst selten hat ein sehr ungünstiger Krankheitsverlauf zum Tod geführt.«

Irgendwie raufen wir uns also zusammen. Giovanna und ich treten unseren Leidensweg an, ein Leidensweg aus Medikamenten, in kleinen Laboratorien in Handarbeit hergestellt, aus Fernkonsultationen und quälenden Recherchen.

Irgendwie gelingt es Giulia, ein fast normales Leben zu führen. Die Krankheit sprenkelt ihre Haut mit schwammartigen Flecken, doch damit nicht genug. Sie beschleunigt das Knochenwachstum, deformiert dadurch die Knochen, lässt sie brüchig werden: Schon ein kleiner Stoß, den man kaum bemerkt, führt zum Knochenbruch. Giulia muss in Watte gepackt leben, und das im wahrsten Sinn des Wortes. Doch es geht noch weiter. Die Krankheit bewirkt eine frühzeitige Pubertät. Mit ihren acht Jahren ist Giulia so groß wie ihre Mutter, ihr Hände sind so lang wie meine, die Brüste perfekt ausgebildet, und Menstruationen hat sie bereits seit zwei Jahren. Sie aber, dickköpfig wie ihre Eltern, bietet jedem neuen Schlag die Stirn, macht tapfer weiter. Wir tun so, als würden wir ein normales Leben führen können, und vielleicht ist das der größte Fehler. Ich beginne wieder zu arbeiten, und wenn ich nicht gerade Sensationsreportagen schreibe oder Prominente interviewe, mache ich neue Medizincocktails ausfindig und brüte über medizinischen Fachbüchern. Hin und wieder hat Giulia einen kleinen Kollaps und wird dann ein paar Tage stationär behandelt. Jedes Mal, wenn sie wiederhergestellt ist, scheint sie einen kleinen Schubs bekommen zu haben, der ihr dabei hilft, allein zurechtzukommen, zumindest eine Zeit lang.

Ihre beste Freudin heißt Alice, *Alice im Wunderland*. Ein Buch, das ich ihr vorzulesen begann, als sie drei Jahre alt war. Seitdem hat sie es unzählige Male gelesen, immer wieder. Sie trägt es immer bei sich, wenn sie wieder einmal ins Krankenhaus muss – eine fröhliche, Mut machende Gesellschaft. In Giulias Augen wird Alice zu einer idealen Zwillingsschwester, zu einem Vorbild. Wie sie schießt auch Giulia maßlos in die Höhe, zu groß und klobig für ihre Umwelt. Und trotzdem verliert Alice nie den Mut. Amüsiert und belustigt stellt sie sich den schrecklichsten Abenteuern, immer ist sie allen gegenüber freundlich und zuvorkommend. Giulia versucht, wie sie zu sein, soweit ihr das möglich ist. Und wie Alice hofft, sie am Ende aus dem Traum zu erwachen. Sie überlebt dank der verzauberten kindlichen Unschuld, die wir, meine Frau und ich, nicht mehr empfinden können. Allenfalls können wir sie nachahmen.

Auf einmal, vor diesen Kartons, die die einzige Form von Ordnung in meinem Leben darstellen, begreife ich, dass ich Alice nicht mehr vertreiben kann. Ich kann mich nicht schon wieder entziehen. Das habe ich mein ganzes Leben lang gemacht. Ich habe keine blasse Ahnung, was Alice für Guglielmo bedeutet hat, aber ich weiß, was sie für mich bedeutet. Ich werde Giulia nicht noch einmal im Stich lassen.

Der Tag, an dem Guglielmo starb

Trotz des düsteren Wetters ist Cenate Sotto so, wie ich es in Erinnerung habe. Ein hübsches Dörfchen auf einem Hügel in der Nähe Bergamos. Ich kam ein paarmal hierher, im Schlepptau der Kollegen – darunter auch Seguaci, es ist zum Lachen –, um Pferdefleisch zu essen, die Spezialität der Gegend. Auch hier, wie im Hügelland der Colli, wähnt man sich nicht in der Lombardei, zu Füßen der Voralpen. Viele der Anhöhen sind mit Weinreben bepflanzt, die einen kräftigen, herben Wein hervorbringen – wenn er gut ausgebaut wird, schmeckt er recht angenehm, obwohl ich in der Regel einen delikateren Tropfen bevorzuge. Auch die Ernährung ist, wie alles andere, in Bergamo ganz aufs Wesentliche ausgerichtet. Die Gerichte haben eine calvinistische Geradlinigkeit bewahrt, die der Phantasie nur wenig Spielraum lässt. Das typische Menü besteht aus *Casonsei*, einer Art hausgemachter Ravioli aus dickem, fettem Teig, und *Polenta e osei*, Polenta mit Vögeln – die »osei« sind tatsächlich Vögelchen, die der Kenner im Ganzen verschlingt, wobei er die winzigen Schädelchen mit den Zähnen zermalmt.

Ich fahre langsam die Landstraße entlang, die sich in harmonischen Kurven zu Füßen der bewaldeten Hügel windet. Weiter oben, an den der Sonne zugewandten Hängen, schimmern die Drähte, die den Weinreben Halt geben. Ich zähle die Kilometersteine. Zwölf, dreizehn, vierzehn, fünfzehn, da ist es. Ich werde langsamer, und ein Auto rauscht an mir vorbei, nachdem es gehupt hat.

Vor mir liegt eine lange, breite Kurve. Nun fahre ich mit zwanzig Stundenkilometern. Kein Haus in Sicht. Rechts liegt ein mit Weinreben bestandenes Grundstück, links ein steil ansteigendes Waldstück.

Ich fahre mit derselben Geschwindigkeit weiter, in Erwartung der folgenden Kurve. Doch da kommt nur ein mehrere Hundert Meter langes Rechteck. Dann eine weitere Biegung – auch hier nichts als landwirtschaftlich genutzte Flächen –, bis ich zum Kilometer 16 komme. Ich fahre noch ein Stück weiter, um dann an der erstbesten Verbreiterung der Straße umzudrehen. Ein Lastwagen mit Anhänger stürzt auf mich zu. Der Fahrer drückt wild auf die Hupe und überholt mich dann; er wirbelt Blätter auf.

Dann wende ich. Kein Haus, nicht einmal in einiger Entfernung. Zehnmal fahre ich daran vorbei, ohne zu begreifen. Seguaci ist eigentlich kein Typ, der Witze macht, schon gar nicht in Anbetracht der Umstände unserer letzten Begegnung. Vielleicht wollte er aber mit seinem Lächeln andeuten, seinen Vorschlag nicht wörtlich zu nehmen?

Schließlich parke ich in einem kleinen Feldweg und steige aus. Der Asphalt auf der Straße ist noch feucht vom Regen heute Morgen. Ein alter Mann auf einem Fahrrad kommt näher. Er ist in einen abgetragenen Mantel gehüllt und tritt mit einem entschlossenen Gesichtsausdruck in die Pedale. Sein Fahrrad ist schwarz und hat eine Reifenbremse, ist also keines der neuen Modelle, neben denen Räder von früher lächerlich wirken. Bestimmt ist es schon dreißig oder vierzig Jahre alt, die Felgen sind verrostet.

Als der Mann etwa zehn Meter entfernt ist, hebe ich die Hand.

»Entschuldigen Sie«, sage ich, als er auf mich zufährt.

Etwas mühsam bremst der Mann. Wenige Zentimeter vor mir kommt er zum Stehen.

»Entschuldigen Sie. Wo finde ich denn Giosuè Nerasti? Es muss hier irgendwo in der Nähe sein.«

Der Alte antwortet nicht. Er weist lediglich mit dem Kopf auf einen Punkt zwischen den Weinreben.

»Ich meinte sein Haus. Das Haus«, wiederhole ich mit lauterer Stimme, da ich fürchte, der Alte sei schwerhörig. »Das Haus des Sohnes von Egidio Nerasti.«

Als einzige Antwort deutet der Alte mit noch größerer Bestimmtheit auf denselben Punkt. Dann schwingt er sich wieder auf den Sattel, radelt an mir vorbei und entschwindet.

Er wird mich nicht verstanden haben, sage ich mir und mache einen Schritt vom Schotterbett ins Gras hinein. Etwas Weißes leuchtet in etwa zehn Metern, genau in der Richtung, die mir der Alte angezeigt hat.

Ich überquere die regenfeuchte Wiese – wie immer in meinen Kampfschuhen. Als ich bei dem hellen Gegenstand angekommen bin, stelle ich fest, dass es sich um einen Grabstein handelt.

Hier ruht
Giosuè Nerasti
Er verlor sein Leben und jegliche Freude
an einem dunklen regnerischen Abend

23. April 2000

Es ist eine doppelte Überraschung.

Ich wusste nicht, dass Nerastis Sohn tot ist.

Und der 23. April ist genau heute.

Verblüfft bleibe ich vor dem Grabstein stehen. Jetzt weiß ich, was Seguacis Lächeln zu bedeuten hatte. Es war kein Rat, sondern eine Warnung. Auf eine undurchsichtige, heimtückische Art wollte er mich warnen oder mir vielleicht einfach nur Angst einjagen.

Es ist kein Zufall, dass er mich ausgerechnet heute hierher geschickt hat, obwohl es bei dieser Geschichte schwierig ist, zwischen Ursache und Wirkung zu unterscheiden. Seguaci scheint zu glauben, dass alles auf einen geheimen Willen zurückzuführen sei, dass die unsichtbaren Fäden am Ende alle in der Hand eines einzigen Mannes zusammenlaufen. Doch nach all den Überraschungen, die diese Stadt für mich bereitgehalten hat, bin ich mir da nicht so sicher. Den Tod Guglielmos hat niemand gewollt außer ihm selbst.

Immer wieder lese ich die Inschrift und versuche, mir einen Reim darauf zu machen. Es wird nicht erwähnt, wie Giosuè ums Leben gekommen ist. Bestimmt war es ein plötzlicher Tod, vielleicht ein Unfall oder ein Überfall. Vielleicht auch nur ein Infarkt – doch wegen eines Infarkts wird kein Grabstein am Straßenrand aufgestellt. Ich werde das Archiv des »Lügenblatts« konsultieren müssen, obwohl ich bezweifle, dass mein Vorgänger bereits eine ausführliche Lokalchronik geführt hat. Es wäre schon viel, wenn ich eine Todesanzeige fände, an denen Zenonis Zeitung ja so reich ist.

Ich betrachte noch immer den Grabstein, als genau in der Kurve ein kleines Coupé hält, ein japanischer Wagen, für mich sind sie alle gleich. Der Fahrer schaltet die Warnblinkanlage ein und steigt dann aus, ohne sich darum zu kümmern, dass das Auto an der gefährlichsten Stelle geparkt ist, und umrundet den Wagen.

Ich bemerke, dass es kein Fahrer ist, sondern eine Fahrerin. Eine große, schlanke Frau, mit langen blonden Haaren und einer großen Sonnenbrille. Sie trägt ein schwarzes Kostüm und plötzlich habe ich den Eindruck, sie schon einmal gesehen zu haben.

Vorsichtig steigt die Frau von dem Schotterbett herab, sie ist ein wenig unsicher. Sie geht auf mich zu, oder vielmehr auf den Grabstein. In der Hand hält sie einen Blumenstrauß.

Als sie nur noch fünf Meter von mir entfernt ist, erkenne ich sie endlich. Es ist dieselbe Frau, die bei Rondines Beerdigung so sehr geweint hat. Auch sie muss mich gesehen haben, doch sie verhält sich, als gäbe es mich gar nicht. Am Grabstein angekommen, zieht sie ein Taschentuch aus der Tasche und wischt den weißen Marmor damit ab. Dann legt sie den Strauß ab: Es gibt weder ein Glas noch eine Vase wie auf Friedhöfen. Die bunten Blumen heben sich von dem Grün des Grases ab.

Einige Minuten lang hält die Frau den Kopf gesenkt, ganz konzentriert auf ein Gebet oder vielleicht darauf, ihre Emotionen zurückzuhalten, oder ihre Erinnerungen. Ich beobachte sie aus ein paar Metern Entfernung und sehe, wie schön sie ist. Ich weiß auch, dass ihre Augen, wenn sie die Sonnenbrille abnähme, grün wären.

Die Frau wendet sich zum Gehen, ohne mich eines Blickes zu würdigen. Sie will wieder zurück zum Auto, mit seltsam steifem Gang.

»Warten Sie!«

Linkisch laufe ich ihr hinterher. Erst als ich auf ihrer Höhe angekommen bin, beschließt sie, sich umzudrehen.

»Warten Sie«, wiederhole ich, denn in Wahrheit weiß ich gar nicht, was ich ihr sagen will. Ich weiß nicht einmal, was ich hier mache, weshalb ich hergekommen bin, ich wollte nur etwas über einen gut aussehenden, reichen Mann herausfinden, der beschlossen hat, sich umzubringen, und bin auf das Grab eines anderen gestoßen, der vor einem Jahr gestorben ist.

Durch die dunklen Gläser hindurch nehme ich ihren Blick wahr. Und begreife, dass mir nur wenige Sekunden bleiben, bevor sie beschließen wird, den Kopf wieder abzuwenden und davonzufahren.

»Ich habe Sie auf dem Friedhof gesehen, bei Guglielmos Beerdigung«, sage ich, als wäre dies eine anständige Art, sich vorzustellen.

Und genau in dem Moment, mitten auf einer noch vom Regen feuchten Wiese, während wenige Meter von uns entfernt die Autos über die Landstraße zischen, genau in diesem Moment also passiert etwas.

Die Frau setzt die Brille ab. Sie tut es ganz langsam, als würde ein Vorhang den Blick auf eine Bühne freigeben.

Endlich kann ich ihre Augen betrachten. Groß, leuchtend und, wie ich es mir vorgestellt habe, von tiefem Grün. Es sind traurige Augen.

»Ich wollte Sie ganz kurz sprechen. Mein Name ist Manlio Fiorentini, Chefredakteur.«

»*Ex*chefredakteur, meinen Sie.«

Sie hat eine heisere, sehr sinnliche Stimme. Die Stimme einer Raucherin, oder einer Sängerin.

»Sie haben Recht. Der Exchefredakteur. Wie ich sehe, sind Sie gut informiert.«

Sie zuckt die Achseln, wie eine Person, die zum Ausdruck bringen will, dass sie dem, was auf der Welt so geschieht, keine Bedeutung beimisst, und sich selbst auch nicht.

Während ein Teil meines Gehirns nach einer intelligenten Bemerkung sucht, stellt der restliche Teil fest, dass die Selbstsicherheit meiner schönen Gesprächspartnerin nur vorgetäuscht ist. Sie hält die eine Hand mit der anderen fest, als wolle sie ein Zittern unter Kontrolle halten oder als fürchte sie sich davor, eine unfreiwillige Geste zu machen. Alle Augenblicke lässt sie die rechte Hand los, um mit der linken den Sitz ihrer Frisur zu überprüfen – was gar nicht nötig ist. Bevor sie wieder ihre Ausgangsposition einnimmt, streicht sie sich eine Strähne hinters Ohr. Ein kleines Ritual, um ihre Beklemmung zu überspielen. Diese Frau hat Angst, etwas preiszugeben.

»Kannten Sie Guglielmo?«, fragt sie mich.

»Nein. Aber ich habe viel von ihm gehört. Ich möchte über ihn schreiben.«

»Hat Augusto Sie damit beauftragt?«

»Ich konnte nicht einmal mit ihm sprechen. Guglielmo scheint ein überaus faszinierender Mensch gewesen zu sein.«

»Faszinierend, durchaus ...« – ich bemerke, dass ihre Augen für einen Moment ihr Leuchten einbüßen. Sie fasst sich sofort wieder.

»Warum sind Sie hergekommen? Kannten Sie Giosuè?«

»Nein, ihn kannte ich auch nicht. Darf ich fragen, wer ...«

»Wer ich bin?« Sie löst die Rechte aus dem Griff der Linken und reicht sie mir. »Elettra, angenehm ... Ich bin Giosuès Witwe.«

»Das tut mir Leid. Ein Unfall?«

»Vor einem Jahr, Sie haben es ja gesehen ... Genau hier, in der Kurve. Er fuhr zu schnell, mit seinem Porsche ... Er hat die Pfütze auf der Straße nicht gesehen ... Ist ins Schleudern geraten ... Sie haben ihn erst am nächsten Morgen gefunden ...«

»Ich wollte Sie etwas fragen ...«

Genau in dem Moment beginnt ihr Handy zu klingeln. Sie öffnet die Handtasche, ein schwarzes glänzendes Handtäschchen, und nimmt es heraus.

»Ach, du bist es ...«

Die einsilbig stockende Konversation dauert noch ein paar Sekunden. Als sie das Telefon wieder zuklappt, wirkt Elettra verwirrt.

»Ich muss jetzt gehen ... tut mir Leid ...«

»Warten Sie. Geben Sie mir doch eine Telefonnummer. Kann ich Sie anrufen?«

Doch sie klettert bereits wieder zur Straße hoch. Sie hebt einen Arm und schüttelt den Kopf, sagt aber nichts.

Ich bin mitten auf einer Wiese, weiß nicht, wohin ich gehen soll, was ich hier verloren habe. Ich senke den Blick und versuche, eine Entscheidung zu treffen, als ich zwischen den Grashalmen etwas Weißes, Rechteckiges entdecke. Es muss aus Elettras Tasche herausgefallen sein.

Ich bücke mich, hebe es auf.

Die Rechnung eines Restaurants.

»La Lampara – Bonassola (Sp)«.

Das allein ist es nicht. Was mich erstarren lässt, ist das Datum, das handschriftlich in die unterste Zeile eingetragen wurde.

Der 19. April. Der Tag, an dem Guglielmo starb.

Sie ist es, die mich sucht

Ich bin noch nie in Bonassola gewesen. Plötzlich sehe ich es vor mir, ich habe an einer unglaublich schmalen Spitzkehre angehalten, vor lauter Kurven ist mir ganz übel. Es ist ein winziges Örtchen, nur ein paar zusammengewürfelte Häuser, die da in einer sonnengetränkten Bucht liegen – die Wolken sind verschwunden, als ich über den Cisa-Pass fuhr. Ringsum nichts als Grün, das allerdings die Spuren eines Brandes trägt. Das Meer ist ruhig, träge Wellen schwappen gegen den Kiel einer vor der Reede liegenden Yacht.

Als ich aus dem Wagen steige, schlägt mir ein anderer Geruch entgegen. Es dauert ein paar Sekunden, bis ich begreife, was es ist: der Geruch nach sauberer Luft, vermischt mit dem Salz des Meeres. Es ist Donnerstag, nur selten saust ein Auto auf der Asphaltrutschbahn ins Tal hinab. Ich steige wieder in den Wagen, und nach wenigen steilen Haarnadelkurven bin ich auf Meereshöhe angelangt. Die Uferpromenade ist den Fußgängern vorbehalten. Ich parke unter der Eisenbahnbrücke.

Es herrscht eine entspannte Atmosphäre in diesem ligurischen Dörfchen, das seit hundert Jahren mehr oder weniger unverändert geblieben ist. Ein Laden mit grüner Markise zum Schutz des Obstes vor der Sonne, ein paar verschlafene Bars, eine wer weiß wie lang schon unbenutzbare Zapfsäule, der Liter Super kostet noch achthundert Lire. Eine

Gruppe rüstiger älterer Touristen in kompletter Wandermontur belebt die Szenerie: Bundhosen und Rucksäcke, sogar Wanderstöcke. Während sie auf der Suche nach Restaurants im Ort ausschwärmen, rufen sie sich auf Deutsch schnarrende Grüße zu. Eine der tausend Gruppen, die das felsige Gebiet dieses Küstenabschnitts erwandern, von hier bis zu den Cinque Terre, ein Stückchen Paradies, das von den Schrecknissen des zwanzigsten Jahrhunderts verschont blieb.

Es ist fast Sonnenuntergang, die Sonne versinkt hinter einem Hügel, auf dem eine große Villa thront, die gerade renoviert wird. Ich durchstreife die Fußgängerzone, gehe an den Strand hinunter. Auf den Kieseln ausgestreckt, genießt ein Sonnenanbeter die letzten Strahlen an diesem Strand, der gerade ebenso gut an der Côte d'Azur zu Zeiten Fitzgeralds liegen könnte. Ich kann dem Impuls nicht widerstehen und setze mich auf den Teppich aus winzigen Kieseln, lasse mich von dem Rhythmus der Brandung verzaubern. Ich kann mich nicht erinnern, seit wann ich keine Ferien mehr gemacht habe, mein früherer Herausgeber zahlte mir eine beträchtliche Summe zum Ausgleich für die Urlaubstage, die ich verfallen ließ. Ich weiß nicht, weshalb ich hergekommen bin, doch sollten meine ganzen wirren Nachforschungen nur dazu gedient haben, mich zu diesem heiteren Moment der Ruhe zu bringen, dann haben sie sich dennoch gelohnt.

Leider weigert sich mein Gehirn, den Leerlauf einzulegen. Ich blicke auf und sehe einen Schriftzug: *La lampara*. Ein Blick auf die Uhr: Es ist sieben. Ein bisschen früh fürs Abendessen, vor allem an der Riviera, aber in der Vorsaison stellen sie sich sicher nicht so an.

Ich überrasche die Kellner am Tisch beim Essen. Einer von ihnen, der einen nach komplizierten geometrischen Mustern gestutzten Bart trägt, kommt auf mich zu, um mir mitzuteilen, dass die Küche erst in einer halben Stunde öffnen wird.

Ich trete auf die Terrasse vor dem Lokal. Direkt gegenüber, hundert Meter vom Ufer entfernt, liegt die Yacht vor Anker, die ich schon von oben gesehen habe. Ich betrachte ihr Profil mit ebenso viel Interesse, wie ich an einem Terrarium mit Schlangen hätte. Für Schiffe habe ich mich nie begeistern können. Jedes Mal, wenn ich an Bord ging, befiel mich ein Gefühl der Langeweile: all das Wasser vor einem, alles gleich.

Doch meine entspannte Trägheit verfliegt auf der Stelle, als ein Windstoß das Boot seitlich erfasst und dieses eine leichte Drehung vollführt. Im letzten Aufflackern des Abendrots sehe ich auf der Seite einen Namen in großen grünen Buchstaben.

ALICE.

Gerade als ich glaubte, endlich den Anfang des Fadens gefunden zu haben, habe ich plötzlich ein zweites Ende in der Hand. Schwindelnd wird mir klar, dass die Lösungen sich bis ins Unendliche multiplizieren könnten, wie in einem Spiegelsaal.

Ich muss ein wenig spazieren gehen, um nachzudenken, oder vielleicht um mich daran zu hindern. Als ich vor dem Restaurant stehe, kommt der Kellner beinahe hinter mir hergerannt.

»Wenn Sie wollen, es ist so weit.«

Der Mann schenkt mir ein Lächeln.

»Ich habe dort für Sie gedeckt.«

Er deutet auf einen winzigen Tisch am Fenster, von dem man das großartige Panorama der Bucht genießen kann. Die Sonne ist mittlerweile untergegangen, und das Dunkel senkt sich wie der Flügel eines Raubvogels herab. Die Yacht bleibt unbeleuchtet.

Im Restaurant sind keine weiteren Gäste. Zwei Kellner machen sich im Hintergrund zu schaffen, während der meine respektvoll, aber mit einer gewissen Dringlichkeit wartet.

Es ist halb acht, ich habe keinen Hunger. Normalerweise esse ich spät, wenn die erste Auflage abgeschlossen ist, gegen halb elf, elf. Der Ritus des nächtlichen Mahls ist ganz wichtig. Als Journalist verbringt man zehn Stunden täglich mit Telefonieren, Konferenzen, fieberhaften Recherchen, ängstlichem Herzflimmern und nervösen Kopfschmerzen und freut sich auf die einzige Belohnung des Tages. Die Taste am Computer zu drücken, mit der die Seite an die Druckerei geschickt wird – und dann an einem Tisch im Restaurant Platz zu nehmen. Man muss sie gesehen haben, die erbärmlichen Runden aus erschöpften und geschwätzigen Lokalredakteuren, die bis spät in die Nacht um einen Tisch ihres Lieblingsrestaurants sitzen, immer in demselben. Sie essen und trinken bis zum Abwinken und erzählen sich derbe oder auch schlüpfrige Anekdoten, die alle schon tausendmal gehört haben. Ein düsteres Hinübergleiten in den nächsten Tag.

Ich wähle die typischen Köstlichkeiten der Küche La Spezias aus, althergebrachte, bescheidene und seltene Gerichte. Eine *mesciua*, eine Getreidesuppe, und *panigacci*, eine Art gekochten Fladen, der mit Pesto oder Öl und Käse gereicht wird.

»Und eine Flasche Cinque Terre, danke.«

Der Kellner bringt den Wein. Mit der Hand auf dem Rücken wartet er darauf, dass ich koste und meine Zustimmung gebe. Während er mir einschenkt, frage ich ihn:

»Ein schönes Schiff, nicht wahr?«

An der Art, wie er mir zulächelt, merke ich, dass ich da den Richtigen angesprochen habe. Was eigentlich nicht schwierig ist. Die meisten Leute erzählen gern das, was sie wissen. Oft muss man nur ihre zarte Schale knacken oder ihnen ein Alibi liefern. Das Metier des Journalisten besteht hauptsächlich daraus: die Leute zum Sprechen zu bringen. Je besser einem das gelingt, desto tüchtiger ist man. Es gibt viele Gründe, die einen Menschen dazu bewegen können, ein Geheimnis oder eine Nachricht weiterzugeben. Doch das Hauptmotiv ist immer dasselbe: Eitelkeit.

Der Kellner gehört der schwatzhaften Sorte an. Er macht es nicht nur im Hinblick auf ein Trinkgeld – das ich ihm natürlich geben werde. Und auch nicht aus Langeweile – wenngleich sie vielleicht mitschwingt. Während ich mein zweites Glas Wein trinke – gut, schön frisch –, fängt er an, von der Yacht und ihren Besitzern zu reden, weil er mir zeigen will, dass er nicht nur irgendein armer Tropf ist und dass er, obschon er eine undankbare und vermutlich schlecht bezahlte Arbeit verrichtet, sich mit Leuten von Rang anständig unterhalten kann.

»Die ist ein Vermögen wert. Sie liegt das ganze Jahr hier vor Anker. Sie kommen immer mit einem Tender rüber. Na ja, es ist so, als ob man eine Wohnung hätte. Die wissen, glaube ich, nicht einmal, wie man ein Segel hisst. Ab und zu fahren sie nach Levanto, oder nach La Spezia, um Wasser und Diesel zu tanken.«

Er hat mir bewiesen, dass er jedes Detail kennt. Der Fisch ist in der Reuse gelandet.

»Und wer sind die Glücklichen?«

»Oh, wissen Sie das nicht?«, fragt er mich, als handele es sich um eine unerhörte Wissenslücke. Bevor er antwortet, gestattet er sich noch ein langes Lächeln:

»Die Nerastis. Aus Bergamo, wissen Sie.«

Nerasti, Alice, Guglielmo. Der Kreis scheint sich zu schließen. Doch welcher Kreis? Und wer ist in der Mitte?

»Kommen sie oft zum Essen her?«

»Sie? Nur die Signora Elettra. Ihr Mann ist gestorben. Die Arme.« Doch er sagt es mit einem seltsamen Unterton.

»Und seitdem ist sie nicht mehr hergekommen?«

»Aber natürlich! Sie ist doch Stammkundin.«

»Allein?«

Der Kellner lächelt wieder, mit einem Gesichtsausdruck, den ich in all den Jahren zu deuten gelernt habe. Er bedeutet: Ich darf nichts sagen. Wenn Sie allerdings, unter Wahrung des Anstands, ein wenig nachhaken, lasse ich mich erweichen.

Der Mann will gerade nachgeben, als ein leises Klingeln aus der Küche dringt.

»Entschuldigen Sie, das Essen ist fertig.«

Der Kellner zwängt sich durch die Schwingtür und kommt mit einem dampfenden Teller zurück.

»Zwei kleine Fischvorspeisen. Ein Gruß aus der Küche.«

Er stellt mir das Gericht hin und richtet sich auf, bleibt aber stehen und signalisiert so seine Verfügbarkeit.

»Das riecht ja köstlich, danke. Was sagten Sie gerade über Signora Nerasti?«

»Also, hier im Ort wussten das alle.«

Mit boshafter Distanz berichtet er mir, dass die Signora Elettra, wie er sie nennt, oft zum Essen hierher kam, in Begleitung eines großen und kräftigen, sehr lebhaften und sympathischen jungen Mannes mit langen Narben.

»Guglielmo?«

»Ja, der Signor Guglielmo. Kennen Sie ihn?«

Die Sache, fügt der Kellner hinzu und senkt die Stimme zu einem Seufzen – was gar nicht nötig wäre, denn es ist eh niemand da, aber es ist sehr effektvoll und lässt die Vetraulichkeit umso bedeutsamer wirken –, die Sache habe lange vor dem tödlichen Unfall – er spricht das Wort übertrieben langsam aus – begonnen, um ganz ehrlich zu sein, den Signor Nerasti habe man hier nie zu Gesicht bekommen. Die Yacht ist das Ein und Alles der Signora Elena, die das Meer liebt. Er dagegen, so heißt es, hasste es. Für ihn habe es nur den Porsche und seine Pferde gegeben.

Im Frühjahr und im Sommer, oft aber auch im Winter seien die Signora Elettra und Guglielmo hierher zum Essen gekommen. Sie aßen, unterhielten sich, stritten oft miteinander. Hier im Ort kannten sie alle. Er, Guglielmo, konnte unglaublich wütend werden. Sie brach dann in Tränen aus, schrie, beleidigte ihn. Einmal packte sie eine Tasse, aus der ein verdutzter deutscher Tourist gerade Tee trank, und schleuderte sie ihm ins Gesicht. Immerzu gab das Paar Anlass zu Gerüchten und Klatsch.

»Das wissen alle. Ich verrate Ihnen da kein Geheimnis.«

»Wann haben Sie sie zum letzten Mal gesehen?«

»Vor fünf, sechs Tagen ungefähr. Am Sonntag, glaube ich. Ist es wahr, dass der Signor Guglielmo tot ist?«

»Ein Autounfall, in der Nähe von Bergamo. Hören Sie, haben Sie denn auch beim letzten Mal gestritten?«

»Sie kamen zusammen, im Tender. Den ganzen Tag über waren sie auf der Yacht und kamen nur zum Essen an Land. Als sie das Lokal betraten, strahlten sie, ganz wie zwei frisch Verliebte. Doch irgendwann, beim zweiten Gang, glaube ich – sie hatten Seebarsch in Salzkruste bestellt –, begannen sie zu streiten. Und zwar ganz schlimm. Sie beschimpfte ihn lauthals, fuchsteufelswild war sie. Aus Eifersucht, glaube ich; einen Haufen Sachen hat sie ihm da vorgeworfen. Er hörte es sich eine Weile lang stillschweigend an – so machte er es immer –, bis ihm schließlich der Kragen platzte. Er ließ sie einfach sitzen und ging. Sie weinte zwanzig Minuten lang, stellen Sie sich das vor, ich versuchte, sie zu trösten, doch sie hörte mich nicht einmal. So eine schöne Frau, das hätten Sie sehen müssen ... na ja, jedenfalls hat sie nach einer Weile die Rechnung verlangt und ist ebenfalls gegangen.«

Als ich das Restaurant verlasse, steht eine leere Weinflasche auf dem Tisch. Verzaubert blicke ich zum funkelnden Sternenhimmel empor. Ich denke an all das, was mir der Kellner erzählt hat. Wozu es dient, weiß ich nicht, doch es ist ein weiteres Teil, das sich in mein Puzzle einfügt. Berauscht vom Alkohol, der ja oft zu Geistesblitzen führt, begreife ich, dass ich warten muss. Die Lösung wird von allein kommen. Nicht ich bin es, der sie sucht: Vielmehr ist sie es, die *mich* sucht.

Gute Nacht, meine Herrschaften

Es ist bereits Nacht, ein wunderbarer Vollmond scheint am Himmel. Bei Aulla beschließe ich, die Autobahn zu verlassen und auf der Landstraße über den Cisa-Pass zu fahren, in Ruhe. Ich muss nachdenken, und das gelingt mir nur beim Fahren. Mir gefällt diese beinah menschenleere Straße, die sich durch Täler und Wälder schlängelt. Die Apenninen sind nicht wie die Alpen, die von Unmengen gieriger Touristen belagert werden. Hierher verirrt sich niemand, dies ist ein Teil Italiens, den man überquert, wo aber niemand anhält.

Um Mitternacht gelange ich auf den Kamm des Passes. Von den Kurven und dem Wein ist mir ganz schwindelig. Ich könnte ja mein Spielchen machen und die Scheinwerfer ausschalten, doch dazu habe ich jetzt keine Lust. Die Spielchen sind ein gutes Mittel gegen Langeweile, wenn man nichts Besseres zu tun hat. So muss es auch Guglielmo empfunden haben.

Mit Schwung fahre ich den Abhang hinab. Ich mag diese Straße, weil sie mich an ein Buch erinnert, *Saluti notturni dal passo della Cisa*, Nächtliche Grüße vom Cisa-Pass. Wenn die Espressobar aus der Erzählung offen hätte, würde ich dort anhalten, wie der Protagonist, und eine Postkarte von dort schicken. Dass ich an das Buch denken muss, ist vielleicht kein Zufall. Es ist eine Art Kriminalroman, der dem Leser aber etliche Lösungsmöglichkeiten bietet, die man sich je nach persönlicher Vorliebe und Intelligenzgrad aussuchen kann. In ebendieser Situation befinde ich mich jetzt. Ich befürchtete, nie herauszufinden, wer oder was Alice ist, und jetzt bin ich gleich auf zwei Erklärungen gestoßen, und es ist nicht gesagt, dass sich nicht früher oder später noch eine dritte oder gar vierte findet. Im Unterschied zu Piero Chiaras Buch interessiert mich jedoch nur die tatsächliche Lösung, und die werde ich bestimmt erkennen, wenn ich sie vor mir habe. Die einzige Alice, die mir erklären kann, weshalb Guglielmo Rondine sich umgebracht hat.

Ich biege um eine enge Kurve, und nun liegt eine lange, abschüssige Gerade vor mir. Der Lybra holpert über den rissigen Asphalt: Diese verlassenen Landstraßen werden nur noch stückchenweise repariert. Ich fahre mit achtzig, hundert Kilometern pro Stunde, im fünften Gang, bei minimaler Drehzahl. Wie im Flugzeug komme ich mir jetzt vor, denn der Motor gibt nur ein leises Surren von sich. Unten komme ich mit hundertzehn an. Vor mir sehe ich eine ziemlich breite Rechtskurve, und ich halte das Lenkrad gut fest und beginne abzubremsen.

Vielmehr *versuche* ich abzubremsen.

Denn das Pedal bietet nicht den geringsten Widerstand, lässt sich ganz locker durchtreten, als würde ich eine Sahnetorte zerdrücken. Ich versuche es immer wieder, während mir die Angst die Kehle zuschnürt. Schlaff hängt das Bremspedal herunter. Ich drücke es noch einmal herab. Alles vergebens.

Jetzt habe ich die Hälfte der Kurve hinter mir; dennoch versuche ich gegenzulenken, obwohl ich weiß, was passieren wird. Die Vorderräder des Wagens blockieren, ich spüre die Zentrifugalkraft, die von den Reifen aufsteigt und mich nach außen abdrängt. Das Auto versucht, sich zu widersetzen, und gibt dann auf einmal nach. Einen Moment lang dreht es sich um sich selbst, und während ich verschwommen mitbekomme, wie ich hin und her gewirbelt werde, ahne ich, was Guglielmo bei dem Sturz von der Brücke empfunden hat.

Dann sehe ich einen von den Scheinwerfern erleuchteten Baumstamm vor mir, der auf die Windschutzscheibe zugerollt kommt. Ich kann jede kleinste Einzelheit der Rinde erkennen, daraufhin höre ich einen Schlag, und das Licht verlöscht. Gute Nacht, meine Herrschaften.

Sechster Tag

Freitag, 24. April

Wo sind meine Kleider?

Das Erste, was ich beim Aufwachen erkenne, ist das Gesicht von Guidolini. Ich bin mir nicht ganz sicher, und wenn es wirklich so ist, wäre es mir lieber, es handelte sich um einen Traum. Ich schließe die Augen und schlafe wieder ein.

Als ich erneut aufwache, ist Guidolini leider immer noch da, ganz gerade sitzt er auf einem Stuhl und liest Zeitung. Er muss ein überaus feines Wahrnehmungsvermögen haben, denn ich brauche nur die Lider aufzureißen, und schon sieht er zu mir herüber. Rasch schließe ich sie wieder, doch es hilft nichts, man kann ihn nicht täuschen. Er kommt auf mich zu und berührt mich mit der Hand.

»Fiorentini … Fiorentini!«

Von selber wird er nicht gehen. Packen wir's also an.

Ich schlage erneut die Augen auf. Ein Kopfschmerz, der mir bislang leicht vorkam, wie das Sirren einer in einem Raum gefangenen Mücke, explodiert jetzt auf einmal. Auch unter diesen Bedingungen ist es nicht schwer, zu erraten, wo ich mich befinde. In einem Krankenzimmer, in einem Eisenbett, das kilometerweit vom Boden entfernt ist.

»Wie geht es Ihnen? Wie fühlen Sie sich?«

Wie gesagt, es ist die Fähigkeit der Detailbeobachtung, die aus einem Journalisten einen guten Journalisten macht. Das Erste, was mir auffällt, ist Guidolinis Uniform, tadellos wie immer. Ich bemerke, dass es eine andere als diejenige ist, die er bei unserer Begegnung auf dem Friedhof trug. Ein klein wenig dunkler, aus leichterem Material, von hervorragendem Schnitt. Das sehe ich daran, wie der Stoff fließt, wenn er sich bewegt, an den Falten am Ellbogen.

»Ist das Tasmanian?«, kann ich nicht umhin, ihn zu fragen. Ich möchte die Hand ausstrecken und darüber streichen, schaffe es aber nicht.

Guidolini blickt auf seinen Ärmel herab, denn darauf habe ich meinen Blick gerichtet.

»Was ...«

»Das Jackett. Das ist doch Tasmanian, oder?«

»Ja, ich glaube schon.«

Lügner. Er weiß genau, dass es Tasmanian ist. Ich könnte schwören, dass er selbst zum Schneider gegangen ist, um den Stoff auszuwählen, und wenn ich ihn fragte und er mir antworten wollte, wüsste er ganz genau, in welcher Wollspinnerei rund um Biella der Stoff gewebt wurde.

»Besuchen Sie alle Opfer von Verkehrsunfällen? Sehr gewissenhaft von Ihnen.«

»Aber nein, was reden Sie denn da. Ich bin nach Parma gekommen, sobald ich erfahren hatte ...«

»Nach Parma?«

»Ein Motorradfahrer, der den Cisa-Pass herunterkam, sah kurz nach eins Ihren zertrümmerten Wagen. Er hat dann die Polizei verständigt.«

»Ich werde ihm einen neuen Helm schicken. Helfen Sie mir mal auf?«

Der Kommandant stützt mich, so dass ich mich aufsetzen kann, ein Kissen im Rücken. Ich stelle fest, dass ich einen Krankenhauskittel anhabe. In der Armbeuge ist das Loch von einem Einstich zu sehen und ein blauer Fleck.

Ich mache einen raschen Check-up meines gesamten Körpers, indem ich hintereinander sämtliche Glieder bewege und die Eingeweide abtaste. Alles in Ordnung, scheint mir.

»Was sagen die Ärzte?«

»Schädeltrauma. Sie haben eine Computertomographie gemacht, Ergebnis negativ. Sie bleiben aber in Beobachtung.«

»Wunderbar. Dann kann ich ja jetzt gehen. Wo sind meine Kleider?«

Guidolini entfernt sich von dem Bett. Er wirft sich in Positur.

»*Direttore*, ich habe leider schlechte Nachrichten für Sie.«

»Sie haben doch nie gute Nachrichten. Und wenn, dann behalten Sie sie lieber für sich.«

»Man hat eine Blutprobe bei Ihnen gemacht. Und einen deutlich erhöhten Alkoholpegel festgestellt.«

»Nun hören Sie schon auf. Ein Gläschen Cinque Terre.«

Er nimmt eine Aktenmappe von dem Tischchen in der Ecke.

»Leider ist da auch noch das hier. Daraus geht hervor, dass Sie vor drei Tagen einen Skiunfall hatten.«

»Ski halte ich für übertrieben. Ich war mit Schneeschuhen unterwegs.«

»Sie haben eine Untersuchung im Krankenhaus von Gazzaniga machen lassen, wo man eine Luxation des Knöchels bei Ihnen festgestellt hat.«

»Ist das ein schlimmes Vergehen?«

»Nein, wenn Sie nicht gefahren wären. Dass Sie sich unter diesen Bedingungen ans Steuer gesetzt haben, war eine grobe Fahrlässigkeit! Ich bin gezwungen …«

Hier unterbricht er sich, um Luft zu holen. Beim Weiterreden hat er einen offiziellen Tonfall angenommen.

»… Ihnen den Führerschein abzunehmen.«

»Ach so. Ich dachte schon, Sie wollten mir vorschlagen, mich mit dem Staatsanwalt zum Abendessen zu treffen.«

»Apropos: Dem Staatsanwalt war sehr daran gelegen, Ihnen auch den Waffenschein und die Pistole abzunehmen.«

»Wogegen Sie erbitterten Widerstand geleistet haben, nehme ich an.«

»Sparen Sie sich Ihre Scherze. Wir haben uns lange darüber unterhalten, doch am Ende ist es mir gelungen, ihn zu überzeugen, dass er einstweilen davon absieht. Lassen Sie mich nicht bereuen, dass ich mich für Sie eingesetzt habe! Seien Sie vorsichtig.«

»Hören Sie, Ihre Litaneien können Sie sich sparen. Sie haben mich schon wieder angelogen.«

»Was sagen Sie da? Ich …«

»Sie haben mich angelogen. Ich habe unterhalb der Brücke nachgesehen. In Rondines Wagen war sehr wohl Bremsflüssigkeit. Man konnte nämlich einen großen Fleck sehen, zumindest bevor es regnete. Ihr Bericht ist falsch.«

»Wie kommen Sie denn darauf! Ich …«

Er unterbricht sich, als wäre in seinem Gehirn plötzlich eine Verbindung zustande gekommen. Das nutze ich aus.

»Außerdem bin ich nicht zufällig gegen einen Baum geprallt! Ich hatte getrunken, das stimmt, und mein Knöchel tat ein wenig weh. Doch auch unter perfekten Bedingungen hätte ich nichts ändern können. Jemand hatte die Bremsen manipuliert!«

Guidolini sagt nichts, als ich mich ausgetobt habe. Er beschränkt sich darauf, mich mit einem etwas blödsinnigen Gesichtsausdruck anzustarren.

»Was ist, habe ich Sie aus der Fassung gebracht?«

»Nein, es ist nur … wissen Sie, der Bericht über den Unfall Rondines, den habe natürlich nicht ich selbst geschrieben. Ich habe meine Beamten damit beauftragt. Einen bestimmten Beamten. Er hat einen makellosen Lebenslauf, und trotzdem sind seltsame Gerüchte über ihn im Umlauf. Ich wollte ihnen nie Glauben schenken, aber jetzt …«

Er steht auf, streicht sich das Jackett glatt und vergewissert sich, dass es nicht zerknittert ist.

»Ich bitte Sie, keine übereilten Schlüsse zu ziehen. Sie haben mein vollstes Vertrauen. Nach unserem Gespräch habe ich Artifoni beschatten lassen. Leider konnten wir nichts Interessantes herausfinden. Um den Wahrheitsgehalt seiner

Version zu überprüfen, habe ich auch ein Gutachten über sein Auto angefordert.«

Eine Alarmsirene beginnt in meinem Kopf aufzuheulen.

»Was für ein Auto fährt er?«

»Hm ... Einen alten Fiat 127, glaube ich.«

Mein Gesicht scheint einen bedeutsamen Ausdruck anzunehmen, denn Guidolini spricht plötzlich nicht weiter.

»Was ist denn, was habe ich denn gesagt?«

»Das Auto, der Fiat 127. Was für eine Farbe hat es?«

»Dunkelblau, wenn ich nicht irre. Warum?«

»Hören Sie. Neulich, als ich Warburgs Haus verließ ...«

»Sie waren zu Hause bei Warburg?«

»Ich habe es Ihnen nicht gesagt, es war nicht wichtig. Warburg hat mir nichts erzählt, was Sie nicht schon wüssten. Also, ich sah, wie ein Mann aus einem dunkelblauen Fiat 127 ausstieg und auf Warburgs Haus zuging.«

»Das hat nichts zu bedeuten. Das ...«

»Warten Sie. Und am selben Abend, als Warburg getötet wurde, stand dasselbe Auto auf dem Bahnhofsvorplatz. Ist das auch wieder nur Zufall?«

Schweigend überlegt Guidolini. Meine Enthüllung hat ihn ganz durcheinander gebracht.

»Im Augenblick kann ich Artifoni nicht weiter beschatten lassen. Es gibt keine Indizien für andere Untersuchungen. Der Staatsanwalt ...«

»Lassen Sie den Staatsanwalt aus dem Spiel. Zumindest für ein paar Tage. Schauen wir mal, was passiert.«

»In Ordnung. Ich werde warten. Damit lade ich mir eine große Verantwortung auf, Sie verstehen. Und bitte, unternehmen Sie nichts in der Zwischenzeit.«

Sobald Guidolini draußen ist, betätige ich die Klingel am Kopfende des Bettes. Nach ein paar Minuten lugt der Kopf eines Krankenpflegers herein.

»Ich möchte gehen. Wo sind meine Kleider?«

Erneut sinke ich in den Schlaf

Ich bezahle den Taxifahrer, der mich von Parma nach Bergamo gebracht hat. Mich tröstet der Gedanke an die Abfindung, die ich bei Zenoni für meine überstürzte Kündigung herausschlagen werde. Doch selbst wenn ihn die Abfindung einiges kosten wird, so ist es für ihn doch nur ein Tropfen im Ozean seiner blühenden Bilanzen. Ein paar Todesanzeigen, und dann werde ich sicherlich endgültig für ihn gestorben sein.

Im Briefkasten steckt die Zeitung von gestern, die letzte, die vor meiner Kündigung gebracht wurde. Ich stecke sie in die Tasche, ohne einen Blick darauf zu werfen.

Ich betrete meine Wohnung und frage mich, wie lange ich wohl noch darin werde wohnen können. Es würde mich nicht wundern, wenn man eines Tages das Schloss ausgewechselt hätte.

In der Diele ziehe ich den Lodenmantel aus und habe auf einmal ein komisches Gefühl. Ich halte den Atem an, genau wie am San-Marco-Pass. Was ich da höre, ist nur ein zartes, leichtes, beinahe unhörbares Klirren. Das Klirren eines Glases.

Ich ziehe die Gasser aus der Manteltasche und halte sie gezückt. Was sagte der Waffenhändler? Eine von zwei Patronen könnte daneben zielen. Während ich aufs Wohnzimmer zugehe, frage ich mich, ob es wirklich eine gute Idee war, sich auf dieses Schießeisen zu verlassen. Nun bleibt mir keine andere Wahl. Ich verharre einen Augenblick auf der Schwelle, umklammere den Kolben fester, berühre den Abzug mit dem Zeigefinger. Mit einem Ruck wende ich mich dann nach rechts. In einem Sessel zeichnet sich eine schlanke Gestalt ab. Nicht gerade der Körperbau, den man bei einem gefährlichen Killer erwarten würde.

»Wenn du mich erschießen willst, warte wenigstens, bis ich meinen Brandy ausgetrunken habe. Ich möchte dir das Sofa nicht schmutzig machen.«

Elettra schaut mich an, ohne zu lächeln. Sie hat eine lange Bluse, Leggings und flache Schuhe an. Obwohl sie eindeutig die harte Frau spielen will, ist nicht zu übersehen, dass sie gerade geweint hat. Sie setzt das Glas auf einem Tischchen ab und reibt die Hände gegeneinander, wie ich es schon bei ihr gesehen habe.

Ich lasse den Revolver sinken und gehe auf sie zu.

»Ciao«, begrüße ich sie und wechsele, ohne es zu merken, zum Du über. »Wie bist du hereingekommen?«

»Du hast einen sehr netten Hauswart ... Ah, ich wollte dir mitteilen, dass du gerade Besuch von deiner Cousine hast ...«

»Soweit ich weiß, lebt die irgendwo in Australien. Es freut mich immer, sie zu sehen.«

Ich setze mich ihr gegenüber. Elettra sagt nichts und ich auch nicht. Sie streicht sich lediglich eine Haarsträhne hinters Ohr. Ich kann ihr nicht einmal etwas zu trinken anbieten, da sie sich ja schon selbst bedient hat. Und so schaue ich sie einfach an, während sie an ihrem Brandy nippt. Es ist zwei Uhr nachmittags, ich habe nichts gegessen, und trotzdem weiß ich mir keinen anderen Rat, als mir auch etwas einzuschenken. Vielleicht ist danach ja alles etwas einfacher.

Meine Fähigkeit zu flirten ist schon ein wenig eingerostet. Sie muss den Anfang machen.

»Warum warst du dort, obwohl du Giosuè gar nicht kanntest?«

»Ein Typ von der Zeitung hat mich drauf gebracht.«

»Seguaci?«

»Kennst du ihn?«

Sie verdreht die Augen.

»Dieser Kerl ist überall ... Guglielmos Vater, Augusto, hält große Stücke auf ihn. Ich habe nie verstanden, weshalb.«

»Er war es, der mir sagte, ich solle mich in Cenate umsehen. Ich weiß nicht, weshalb. Oder vielleicht doch. Er wollte mir Angst einjagen.«

»Giosuè ist bei einem Autounfall ums Leben gekommen, wie so viele.«

»Aber es kommt eher selten vor, dass ausgerechnet in dem Moment seine Frau mit ihrem Geliebten am Meer weilt.«

Mit einem Ruck steht Elettra auf. Sie überlegt nicht einmal, wo sie das Glas abstellen könnte, sondern wirft es einfach zur Seite. Das Glas zerbricht, der Brandy läuft über den Fußboden, und schon steht sie über mir und will zu einer Ohrfeige ausholen.

Dann überlegt sie es sich. Sie lässt plötzlich den Kopf sinken und küsst mich.

Es ist das erste Mal, seit meine Frau nicht mehr da ist, dass eine Frau mich küsst. Ich hatte ganz vergessen, wie schön das ist. Elettra hat keine Zeit für Zärtlichkeiten. Sie steckt mir die Zunge in den Mund, erkundet ihn. Sie hält mich an den Haaren gepackt und zieht mir den Kopf nach hinten. Es tut weh, doch ich wehre mich nicht. Ich bin neugierig und erregt; welche der beiden Empfindungen stärker ist, weiß ich nicht.

Plötzlich löst Elettra sich von mir. Ich will aufstehen, damit wir wenigstens Auge in Auge kämpfen können. Doch mit einer brüsken Geste stößt sie mich zurück in den Sessel. Sie zieht ihre Bluse aus, bietet mir ihre perfekt geformten Brüste dar. Dann kniet sie vor mir nieder, schaut mich von unten her mit einem seltsamen Ausdruck an – in dem sich erotische Wildheit, Verschlagenheit und, wie mir scheint, auch Hass mischen –, zieht mir das Hemd aus der Hose und beginnt es aufzuknöpfen. Dann streichelt sie mir die Brust, langsam, mit kreisförmigen Bewegungen. Bislang beteilige ich mich nur passiv an dem Geschehen.

Sie öffnet meine Hose, so als würde sie ein Geschenk aufmachen. Dann senkt sie den Kopf über meinen Schoß. Ich strecke die Hand aus, um sie zurückzuhalten.

»So nicht.«

Erstaunt hält sie inne und blickt mich an.

»Zieh dich auch aus.«

Elettra schüttelt den Kopf. Sie bedeckt ihr Gesicht mit den Händen.

»Ich kann nicht. Ich will nicht!«

Sie kauert sich auf das Sofa, umschlingt ihre Knie. Die herabhängenden Haare verdecken ihr Gesicht. Der Zauber ist verflogen.

Ich schlinge ebenfalls die Arme um sie, drücke sie an mich, küsse sie auf den Hals.

»Warum?«

Sie schüttelt den Kopf, schiebt mich von sich. Als ich nicht nachgebe, entwindet sie sich und klettert vom Sofa herunter.

Ihr Gesichtsausdruck wirkt jetzt wirklich wütend. Mit gespreizten Beinen stellt sie sich in einem Meter Entfernung vor mich hin, die Hände in die Seiten gestützt.

»Ihr müsst immer alles haben, stimmt's? Ihr wollt immer *besitzen*.«

Das sagt sie, als wäre es etwas Ekliges.

»Willst du mich ausziehen? Schön, fang an.«

Sie breitet die Arme aus, zum Zeichen der Kapitulation.

»Na los!«

Verunsichert stehe ich auf; die Erregung ist dahin.

Ich fummle an ihrem Gürtel herum, ziehe die Hose bis zu den Knien herunter. Es kommt mir vor, als würde ich sie vergewaltigen. Doch das auszusprechen käme mir als Allerletztes in den Sinn.

Etwas lähmt mir das Hirn und den Körper.

Elettra hat ein künstliches Bein.

»Macht dich das an?«

Sie stürzt sich auf mich, traktiert mich mit Fausthieben. Sie weint, schreit, schlägt mich und sackt dann zusammen. Ich halte sie fest, versuche, ihren Zorn zu bändigen.

Plötzlich wird sie ganz starr, ihre Kräfte schwinden. Sie lässt sich in meine Arme fallen. Ich bette sie aufs Sofa, kann aber nicht umhin, dieses helle, fleischfarbene und seltsam glänzende Bein anzuschauen. Ich weiß, das sollte ich nicht tun, doch es geht nicht anders. Ich bin fasziniert und angeekelt, fühle mich angezogen und abgestoßen zugleich.

Elettra hat die Augen geschlossen, die Hose ist ihr auf die Knöchel herabgerutscht. Ich ziehe sie ihr aus, und den Slip ebenfalls.

»Ich will dich«, flüstere ich ihr ins Ohr. Sie antwortet nicht, und so beginne ich sie zu streicheln, aber irgendwie ungelenk, man merkt ganz deutlich, dass ich gehemmt bin, dass ich nicht weiß, wie ich mich verhalten soll, ich kann nicht einfach weitermachen, aber zum Aufhören ist es zu spät. Ich komme mir so blöd vor, wie zu Schulzeiten, als ich, die Abwesenheit der Eltern ausnutzend, ganz gehemmt mit Mädchen rummachte.

»Warte«, sagt Elettra und weicht ein wenig zur Seite. Sie hantiert mit dem Bein herum, o Gott, ich weiß nicht mehr, was ich tun, wo ich hinschauen soll. Ich ekle mich vor mir selbst, doch in dem Moment möchte ich nur eins: das Weite suchen.

»Ich nehme es ab. Sonst tut es weh.«

Ich weiß, dass ich es nicht tun sollte – nicht wegen Elettra, sondern meinetwegen –, und dennoch kann ich mich nicht zurückhalten, niemand könnte es. Ich schaue ihr zu, während sie die Prothese abschnallt und den Stumpf enthüllt. Es ist weniger schlimm, als ich dachte, zum Glück ist es nicht das erste Mal, dass ich so etwas sehe, auf meinen vielen Reisen um den Globus habe ich so manchen Krieg miterlebt.

Nachdem sie das Bein auf den Boden gelegt hat, macht Elettra es sich wieder auf dem Sofa bequem. Ich schließe die Augen, lege mich auf sie, und dann schlafen wir endlich miteinander.

Als ich aufwache, sehe ich Elettras Gesicht über mir. Sie stützt sich auf den Ellbogen, die Haare fallen aufs Kissen herab. Sie lächelt mich an. Wir sind im Bett, die Laken haben wir sittsam bis über die Brust gezogen.

Plötzlich fällt mir etwas ein, das ich sie vorhin hatte fragen wollen, was aber in dem Augenblick nicht möglich gewesen war.

»Elettra, du … ich meine, vorhin …«

Mit dem Zeigefinger zeichnet sie unsichtbare Kringel auf mein Gesicht. Dann senkt sie den Kopf, küsst mich sanft auf die Lippen. Sie lächelt wieder.

»Ob ich irgendwelche Verhütungsmittel nehme? Mach dir keine Sorgen, Guglielmo war ganz besessen von dem Thema …«

»Weshalb bist du hergekommen?«

»Hätte ich das nicht tun sollen?«

»Antworte.«

»Ich weiß nicht … Als ich dich auf der Wiese sah, hatte ich Mitleid mit dir … Du warst allein und wusstest nicht einmal, wo du gelandet warst … Ich spürte den Wunsch, dir zu helfen.«

»Sonst nichts?«

»In Bergamo kommt dir eigentlich niemand entgegen … Ich bin die Einzige. Das solltest du ausnutzen …«

»Darf ich dich alles fragen, was ich will?«

Sie küsst mich nochmals. Dann sagt sie:

»Schieß los.«

»Erklär mir das mit dir und Guglielmo.«

»Er ist es, für den du dich im Grunde interessierst, stimmt's? Na schön, ich erzähl dir alles von Anfang an.«

Auf ihre vorsichtige Art, wie ein Eichhörnchen, das einen Satz macht und sich dann umsieht, unschlüssig, in welche Richtung es weitergeht, fängt Elettra zu erzählen an.

Guglielmo und sie waren sich bereits mehrmals begegnet, bevor ihre Beziehung begann. Sie hatte Giosuè geheiratet, den Sohn Egidios, des Mitbegründers der *Banca di Provincia*. Giosuè ist der andere Erbe des riesigen Vermögens. Nur er und Guglielmo sind übrig geblieben. Rimoldis Tochter ist vor ein paar Jahren gestorben, an einer seltsamen Krankheit, die nicht einmal in Amerika behandelt werden konnte. Rimoldi selbst ist gestorben, wie auch die beiden anderen Geschäftspartner, Belloli und Rattazzi, beide kinderlos.

Die Hauptaktionäre leiten die Bank mittels einer GmbH. In der Gründungsurkunde – die ich bei der Handelskammer ja gelesen hatte – ist festgelegt, dass der Anteil desjenigen, der bei seinem Tod keine direkten Erben hinterlässt, unter den noch lebenden Geschäftspartnern aufgeteilt wird, damit die Kontrolle nicht aus der Hand gegeben werden muss. Eventuelle sekundäre Erben werden ausbezahlt. Als Giosuè Elettra heiratet, sieht es so aus, als würde die Banca zur Hälfte zwischen ihm und Guglielmo aufgeteilt werden.

Das Verhältnis zwischen den beiden Nachkommen ist nicht das beste, wie schon bei ihren Vätern. Anfangs, 1945, sind die fünf Gründer Freunde fürs Leben, zu jedem Opfer bereit. Doch als die Geschäfte zu blühen beginnen, entzweien sie sich; die von der Mehrheit getroffenen Entscheidungen folgen einer Geometrie wechselnder Machtverhältnisse. Der geheime Pakt erhöht die Spannungen noch. Die alten Kampfgefährten sagen sich von der früheren Solidarität los und ergreifen Partei für ihre eigenen Kinder. Jeder hofft, dass die Bank eines Tages vielleicht an einen Einzigen übergehen wird. Als Rattazzi und Belloli klar wird, dass sie keine Kinder haben können, kämpfen sie gemeinsam gegen die anderen und versuchen, jede Entscheidung zu blockieren. Doch die Bankgeschäfte werden rasch abgewickelt, die Dreierallianz gibt den Ausschlag. Mit dem Tod der Tochter Rimoldis kehrt sich die Situation um. Rondine und Nerasti sind nun in der Minderheit. Sie sind gezwungen zu verhandeln, Kompromisse zu schließen, den einen oder den anderen zu kaufen, je nach Sachlage. Während dieser Zeit gehen die Bankgeschäfte nur schleppend, nichts als die Trägheit erhält sie aufrecht. Dann jedoch, fünf Jahre ist es jetzt her, sterben Rattazzi und Belloli beinahe gleichzeitig – an Krankheit oder Altersschwäche, wie Elettra versichert. Die Allianz zwischen Nerasti und Rondine festigt sich erneut, und gemeinsam verhelfen sie der Banca wieder zum alten Glanz. Rimoldi bleibt isoliert, und alles, was er während der Aufsichtsratssitzungen tun kann, ist, wütende Protestreden zu schwingen.

Elettra hat Giosuè vor acht Jahren geheiratet. Hautnah hat sie die heftigen, aber heimlichen Auseinandersetzungen miterlebt, die zur Zerstörung der Familien geführt haben. Guglielmo ist sie verschiedentlich begegnet, doch dies ist kein Ambiente, das Vertraulichkeiten fördern würde. Guglielmo wird ihr jeweils als unfähig, unentschlossen, waghalsig, unverantwortlich oder auch verrückt geschildert. Der Motorradunfall bestätigt diese Urteile nur.

Die schicksalhafte Begegnung erfolgt 1995, bei der großen Feier zum fünfzigjährigen Bestehen der Bank. Ein märchenhafter Empfang in einem Schloss über der Adda, bei dem alles, was in Bergamo Rang und Namen hat, zugegen ist. Es herrscht eine Atmosphäre allgemeiner Begeisterung, obschon die noch lebenden Gründungsmitglieder einander in Wirklichkeit zutiefst hassen. Dort also, in dem herrlichen Park des Schlosses, begegnet Elettra Guglielmo. Er kann nur mit Mühe gehen, an Krücken. Das Bild löscht auf einen Schlag alle Gerüchte aus. Sie empfindet nichts als ein enormes Mitgefühl für Guglielmo.

»So wie es dir auch ging«, sagt Elettra und küsst mich erneut auf den Mund.

»Er mit den Krücken und du mit der Beinprothese«, sage ich wagemutig, »wirklich ein schönes Paar.«

Elettra freut sich über die Bemerkung, denn dadurch entkrampft sich die Situation.

»Damals hatte ich aber noch beide Beine!«

Während das Fest weitergeht, wandeln Guglielmo und Elettra durch den Schlossgarten. Worüber sie gesprochen haben, weiß Elettra nicht mehr – vermutlich über Banales –, doch sie entdecken eine ungewöhnliche Sensibilität am jeweils anderen, die sie fasziniert. Erst als Giosuè mit lauter Stimme nach Elettra ruft, unterbrechen sie ihre Gespräche.

»Ich muss gehen«, sagt sie zu ihm. Doch er hält sie am Arm zurück, auch auf die Gefahr hin, dadurch aus der Balance zu geraten und hinzufallen, und sagt ihr, dass er sie wiedersehen will. Sie lächelt, ohne sich auf ein Ja oder ein Nein festzulegen.

Wenige Tage später hören sie erneut voneinander. Guglielmo ist ganz anders, als er ihr beschrieben wurde. Sie sieht das Bild eines verletzlichen, schwachen, sensiblen und beinahe zerbrechlichen Mannes vor sich.

»Guglielmo?«, werfe ich ungläubig ein.

»Niemand weiß, wie er wirklich war …«

Sie verabreden sich für abends. Nicht eine Sekunde lang, schwört Elettra, habe sie daran gedacht, ihren Mann zu betrügen. Sie ist lediglich fasziniert von diesem aus dem Nichts aufgetauchten rätselhaften Mann, von dem sie schon so viel gehört hat und der ihr so unterschiedlich geschildert wurde. Ich kann das verstehen: Dieser Zauber hat auch mich ergriffen und dazu gebracht, diese Nachforschungen anzustellen.

Elettra ist nicht auf den Kopf gefallen und rechnet damit, sich der Avancen Guglielmos erwehren zu müssen. Sie stellt sich vor, dass er sie zum Essen einladen und dann versuchen wird, sie zu sich nach Hause zu bringen. Der Gedanke an das amouröse Geplänkel belustigt sie, dennoch ist sie wild entschlossen, nicht nachzugeben. Als sie jedoch ins Auto einsteigt, biegt Guglielmo (der in der Zwischenzeit, Krücken hin oder her, wieder zu fahren begonnen hat – doch ihm hätte Guidolini den Führerschein ganz bestimmt nicht abgenommen!) auf die Autobahn ein. Mit zweihundert Sachen brausen sie in Richtung Mailand.

»Wohin fahren wir?«, fragt sie. Doch Guglielmo wirft ihr nur ein geheimnisvolles Lächeln zu. Erst als sie parken, begreift Elettra, dass er sie zu einem Konzert mitgenommen hat: von David Bowie. Sie mischen sich unter die Jugendlichen, Elettra ist ganz benommen und überrascht über diesen unerwarteten Sprung in die Vergangenheit. Nach dem Konzert gehen sie noch eine Pizza essen, um dann nach Bergamo zurückzufahren. Als sie aussteigt, ist sie eine verliebte Frau.

»Guglielmo war ein faszinierender Mensch«, sagt sie jetzt zu mir, »denn er verstand es immer, einen zu überraschen ... er war sehr schön ... und auch sehr intelligent ...doch all seine Gaben verblassen neben dieser einen: Guglielmo becircte alle Frauen, weil er so unberechenbar war. Man wusste nie, was er gleich anstellen würde, wie er sich verhalten würde ... Es war unmöglich, sich mit ihm zu langweilen.«

Ein anderes Mal bringt er sie nach Venedig. Als sie ankommen, ist es bereits Nacht. Per Telefon klingelt er jemanden aus dem Bett und lässt sich die Villa Guggenheim aufschließen. Sie besichtigen sie allein, Hand in Hand, kommentieren die Bilder, lachen gemeinsam.

Sie fangen ein Verhältnis an. Das Wort klingt gar nicht so hässlich aus Elettras Mund. Giosuè bemerkt es zunächst nicht, so sehr spannen ihn die Geschäfte ein. Als er es jedoch erfährt, gerät er außer sich. Nicht so sehr aus Eifersucht – Giosuè ist nicht eifersüchtig auf Personen, nur auf Dinge – als vielmehr wegen der Demütigung durch den Rivalen. Er musste sich bereits mit der Überlegenheit Guglielmos in den Angelegenheiten der *Banca di Provincia* abfinden, wo Rondine sich als der Brillantere, Wagemutigere, Dynamischere erwiesen hat. Guglielmos Beziehung zu Elettra empfindet er als Niederlage: In seinem Weltbild ist kein Platz für Gefühle, nur für Macht. Er erzählt alles seinem Vater, der sich an Augusto wendet, überzeugt davon, der alte Kampfgefährte werde Guglielmo den Kopf waschen. Doch als Augusto sich die Klagen angehört hat, sagt er lediglich: »Wenn dein Sohn nicht in der Lage ist, seine Frau im Zaum zu halten, umso schlimmer für ihn.« Giosuè weiß nicht, wie er reagieren soll: Er will Elettra nicht aus dem Haus jagen, der Skandal wäre unerträglich in einer Stadt, die den Respekt zur Religion erklärt hat. Er verschanzt sich hinter einer nach außen tadellosen Ehe und wartet darauf, dass die Ereignisse eine für ihn glückliche Wendung nehmen.

Das Verhältnis zwischen Augusto und Guglielmo ist bereits gespannt, und der Vater hat nicht die Absicht, es endgültig zu zerstören – wegen einer Schwärmerei, die seiner Überzeugung nach bald vorbei sein wird: eine von Guglielmos vielen Launen.

Zur großen Überraschung aller hält die Beziehung. Obwohl, wie Elettra mir gesteht, die Dinge sich ganz allmählich ändern. Guglielmo ist nicht mehr der zärtliche Gefährte von einst. Im Lauf der Zeit wandelt er sich zu einem reizbaren, gelangweilten Liebhaber, der ihr Verhältnis durch immer freizügigere Erfahrungen zu beleben versucht. Es fängt mit gemeinsamen Besuchen in einer zwielichtigen Sauna bei Lugano an, wo sich donnerstags Paare zum Partnertausch treffen.

»Komm, wir schauen uns das einfach mal an. Nur so, aus Neugier«, sagt Guglielmo zu ihr, und sie glaubt ihm. Im Grunde, redet sie sich selbst ein, ist das nur einer der vielen Aspekte der Unberechenbarkeit ihres Freundes. Doch die Sache ufert aus, die Besuche werden immer häufiger, und dann folgen die Privatclubs, die Treffen auf den Parkplätzen der Motels, die Orgien zu dritt, zu viert, zu fünft, die Pornovideos. Und schließlich machen Prostituierte mit, Escort-Girls, wie er sie nennt. Die schönsten Europas, zum Teil extra für ihn aus der Tschechoslowakei und aus Ungarn eingeflogen.

Es ist immer nur ein kleines Schrittchen mehr, und da ist es schwer, nein zu sagen. Zum Schluss findet Elettra sich in einem Abgrund wieder, aus dem sie nicht mehr von selbst herausfindet – vielleicht will sie es auch gar nicht. Während dieser Monate freizügiger Verabredungen ist ihr jedoch etwas aufgefallen. Die Mädchen, die Guglielmo engagiert, sind alle blond und haben alle grüne Augen. Wie sie übrigens.

»Es war, als suchte er etwas oder jemanden. Eine Begierde erfüllte ihn, von der er sich verzehren lassen wollte.«

»Hieß eines von diesen Mädchen Alice?«

»Nicht dass ich wüsste ... Ich glaube nicht ...«

Manchmal, ganz selten, wird Guglielmo wieder zu dem, der er früher war, zu dem zärtlichen Partner, in den sie sich verliebt hat. Vor allem dann, wenn sie zusammen ans Meer fahren, auf Elettras Yacht, die in Bonassola vor Anker liegt. Auf diesem Boot scheint Guglielmo endlich Frieden zu finden.

»Die Yacht heißt *Alice*. Weshalb?«

Elettra blickt mich überrascht an. Sie möchte fragen, woher ich das weiß, lässt es aber bleiben. Sie erzählt mir, dass sie sie gemeinsam gekauft haben. Beide lieben das Meer leidenschaftlich, und Elettra bittet ihren Ehemann, ihr ein größeres Boot zu kaufen. Giosuè kann ihr den Wunsch nicht abschlagen, vielleicht glaubt er, sie durch einen Scheck zu sich zurückholen zu können. Elettra und Guglielmo begutachten Dutzende von Booten, bis er ihr eines Tages im Hafen von Genua eine Zwanzigmeteryacht zeigt.

»Nehmen wir diese hier«, sagt er zu ihr. Das Boot ist wunderschön, auch Elettra ist ganz begeistert. Die Yacht heißt Alice, und Guglielmo besteht darauf, dass der Name beibehalten wird. Elettra hat nichts dagegen: Außerdem soll eine Namensänderung doch angeblich Unglück bringen.

Und so wird *Alice* zu ihrem Refugium, zur einzigen Oase der Ruhe in einem Leben voller Stürme. Ausgerechnet auf der Straße nach Bonassola ereilt sie aber das Unglück. Es ist ein regnerischer Abend, Guglielmo ist widerspenstiger denn je. Er fährt wie ein Wilder, verliert die Kontrolle. Anstatt sich in die Kurve zu legen, saust der Wagen weiter geradeaus und schießt durch die einzige Lücke in der Leitplanke, die nur wenige Spannen breit ist.

»Dieselbe Situation. Absolut identisch«, stelle ich fest.

Elettra nickt, zum Zeichen, dass sie verstanden hat, worauf ich anspiele. Mein Verdacht, dass der Unfall auf der Autobahn ein Selbstmord war, scheint auch ihr nicht fremd. Jedenfalls, so erzählt sie weiter, holpert der Wagen einige Hundert Meter die felsige Küste direkt über dem Meer entlang. Wie durch ein Wunder kommt er an einem Baum zum Stehen. Als sie im Krankenhaus wieder aufwacht, hat Elena nur noch ein Bein.

Das Unglück markiert eine Wende in ihrer Beziehung, oder vielmehr in ihren Beziehungen. Guglielmo fühlt sich schuldig. Voller Liebe und Reue lässt er das schwindelnde Wechselspiel der Frauen sein, um sich nur noch ihr zu widmen. Giosuè sieht dagegen ein Zeichen göttlicher Gerechtigkeit darin. Und Elettra hat nun bekommen, was sie ersehnte. Im Grunde ist ein Bein doch ein akzeptabler Preis für eine endlich aufrichtige Liebe.

»Ich kann nicht sagen, ob er es absichtlich getan hat … aber Guglielmo schien all das zerstören zu wollen, was Gutes um ihn war … und in ihm.«

»Wann habt ihr euch zum letzten Mal gesehen?«, frage ich, obwohl ich die Antwort schon kenne. Die Rechnung vom Restaurant *La Lampara* steckt noch immer in meiner Tasche.

»Am Tag, an dem er gestorben ist. Am Morgen waren wir noch in Bonassola.«

Elettra und Guglielmo erwachen auf der Yacht, und wie immer, wenn sie an Bord sind, wirkt er entspannt. Zum Mittagessen fahren sie mit dem Tender an Land, legen an der Mole an und gehen in ihrem Stammlokal essen. Es ist ein rundum herrlicher Tag, bis die zufällige Erwähnung einer Frau zu einer Eifersuchtsszene Elettras führt, die ihre jähzornige Anwandlung heute bitter bereut. Es kommt zu einem schrecklichen Streit, genau wie in der Vergangenheit, obwohl sie diese doch überwunden glaubte. Beleidigungen, gegenseitige Beschuldigungen, Vorwürfe und Bosheiten: Sie ersparen sich nichts. Wenn Elettra heute jedoch wiederholen sollte, was sie sich damals an den Kopf warfen, so könnte sie es nicht. Dummheiten zwischen zwei beleidigten Liebenden. Jedenfalls greift Elettra nach ihrer Handtasche, steht auf und geht, während Guglielmo wie versteinert am Tisch sitzen bleibt.

»Du warst diejenige, die gegangen ist?«, frage ich sie überrascht.

»Hätte ich das nicht tun sollen? Kommt dir das so seltsam vor?«

Ich verheimliche ihr, was mir der Kellner gesagt hat, und lasse sie weitererzählen.

Aufgewühlt, wie sie ist, geht Elettra die Hauptstraße von Bonassola entlang. Im Grunde hofft sie, vielleicht ohne es sich einzugestehen, dass Guglielmo nach ihr sucht, sie um Entschuldigung bittet, ihr vorschlägt, sie sollten sich wieder vertragen. Doch Guglielmo kommt nicht. Elettra biegt in die obere Promenade überm Meer ein, die einmal für eine mittlerweile aufgegebene Eisenbahnlinie in den Fels geschlagen wurde. Während sie dort oben ist, entdeckt sie ihn endlich. Guglielmo läuft hinter einer Frau mit zwei Kindern an der Hand her. Elettra weiß nicht, wer das ist, die Frau ist weit weg und nur von hinten zu sehen. Nur die Haarfarbe ist zu erkennen: blond, so wie ihre eigene. Was sie da erblickt, verletzt sie: Wer ist diese Unbekannte? Und warum verfolgt Guglielmo sie, anstatt an sie zu denken? Unter Tränen geht sie hinab in den Ort, eilt zum Bahnhof und besteigt den erstbesten Zug, ohne zu wissen, wohin er fährt, ohne zu ahnen, dass sie Guglielmo das nächste Mal auf der Bahre liegend sehen wird.

»Und das ist so ziemlich alles ... alles, was ich dir zu erzählen habe ... Ich kann mir das nicht verzeihen ... Wäre ich nicht einfach auf und davon gefahren, wäre Guglielmo vielleicht noch ...«

»Früher oder später wäre es dann trotzdem so gekommen. Guglielmo hatte es darauf angelegt zu sterben. Ich weiß nicht, vielleicht hat sein Vater Schuld.«

»Es stimmt, Augusto und Guglielmo konnten sich nicht mehr ausstehen ... Und trotzdem war das Band zwischen ihnen sehr stark ... so stark, dass es nie zerrissen ist.«

»Weil die Mutter so früh gestorben ist, nehme ich an.«

»Die Mutter?«

»Ich dachte, die Mutter sei gestorben, als Guglielmo noch ganz klein war?«

Elettra starrt mich an.

»Das ist die offizielle Version. In Wahrheit ist es ganz anders: Guglielmos Mutter ist nicht gestorben, sie lebt in Argentinien, glaube ich, mit einem Pferdezüchter. Sie ist einfach abgehauen, als Guglielmo drei oder vier war. Ist mit einem anderen durchgebrannt ... Eine ganz banale Geschichte, wie so viele ... Augusto hat ihr das nie verziehen. Vielleicht hat er sich selbst nie verziehen, für ihn war es ein Affront. Der einzige Mensch, der den Mut hatte, ihn zurückzuweisen, verstehst du ... Deshalb hing Guglielmo so sehr an ihm ... Augusto war der Vater, der bei ihm geblieben war, der Elternteil, der ihn nie im Stich gelassen, ihn aufgezogen hat. Er fühlte sich ihm bis in alle Ewigkeit verpflichtet. Augusto war der Einzige, der Guglielmo bändigen konnte. Er hätte seinem Vater niemals etwas abgeschlagen ...«

»Hat er deshalb eingewilligt, urplötzlich nach Amerika zu ziehen?«

»Augusto missfiel das Leben, das Guglielmo führte. Er hielt es für besser, ihn von Bergamo fortzubringen, bevor er ihn für immer verlieren würde ...«

»Und Beatrice, seine Exfreundin? Was weißt du über sie?«

»Wenig. Guglielmo sprach nicht gern darüber ... das heißt, eigentlich überhaupt nicht. Ich glaube nicht, dass sie sich je wiederbegegnet sind.«

Ich schließe die Augen in dem vergeblichen Versuch, alle Informationen, die ich gesammelt habe und die doch nicht übereinstimmen, zu einem genauen Bild zusammenzufügen. Don Filasti, Elettra, Warburg und auch der Kellner: Wer von ihnen lügt? Vielleicht täusche ich mich, wenn ich glaube, die Einzelteile eines Lebens müssten auch in der Wirklichkeit immer perfekt zusammenpassen. Denn in der realen Welt ist niemals etwas ganz stimmig.

»Und dieser Name, Alice – hat er dir jemals gesagt, weshalb er ihn so betroffen machte?«

»Ich weiß nicht ... Ich habe ihn nie danach gefragt ...«

»Vielleicht hatte Alice mit der Bank zu tun?«

Elettra zuckt zusammen. Ich weiß nicht, ob sie überrascht ist von dem, was ich da sage, oder davon, dass ich die Wahrheit kenne. Ich lasse nicht locker.

»Die Geschichte mit der Bank ist nicht ganz sauber, stimmt's?«

»Nein ... ich ... wir ...«

Sie wendet das Gesicht ab. Verbirgt es im Kissen. Beginnt zu schluchzen.

Sie rührt mich unendlich. Plötzlich empfinde ich meine Hartnäckigkeit als grausam. Ich umarme sie.

»Entschuldige, bitte entschuldige ...«

Allmählich beruhigt Elettra sich. Ihr Körper, soeben noch starr, entspannt sich.

»Warum willst du immer alles über Guglielmo wissen? Wonach suchst du?«

Elettra liegt nun auf dem Rücken, den Arm hinterm Kopf ausgestreckt.

»Warum?«, fragt sie erneut.

Ich weiß nicht, ist es Schwäche oder das Bedürfnis, mich endlich jemandem anzuvertrauen, nach diesem einen Jahr, in dem ich permanent die Luft angehalten habe. Ich weiß nicht, sind es beide Dinge zusammen, oder ist da noch etwas anderes, doch am Ende zerbricht etwas in mir, und ich beginne zu erzählen: von mir, von meiner Frau, davon, wie meine Tochter gestorben ist, von Alice im Wunderland, von all dem, was vor einem Jahr passiert ist – also in etwa, seitdem Giosuè mit seinem Porsche tödlich verunglückt ist.

Als ich geendet habe, streichelt sie mich noch einmal und küsst mich dann sanft auf die Wange.

»Du Armer«, sagt sie nur, »armer Manlio ...«

Sie streichelt mich noch mal, wir küssen uns, ich drücke sie an mich, um die Wärme ihres Körpers an meinem zu spüren, und als wir so ineinander verschlungen daliegen, ist es unmöglich, meine Arme von ihren zu unterscheiden, meine Beine von ihrem.

»Du musst aufpassen ...«, flüstert sie mir ins Ohr. »In der Stadt steht einiges auf dem Spiel, und du läufst Gefahr, jemandem in die Quere zu kommen ...«

Sie wiederholt es zwei-, dreimal, dringlich.

»Vertraue keinem. Niemandem, hörst du? Keinem Einzigen ...«

Ihre Stimme ist so sanft, dass ich wieder in den Schlaf sinke.

Jetzt gibt es kein Zurück mehr

Als ich aufwache, ist Elettra verschwunden. Mittlerweile ist es Abend geworden. Nur mühsam öffne ich die Augen. Ich will nicht aufstehen, mir fehlt die Kraft für neue Auseinandersetzungen. Ich versuche, meine Gedanken zu sammeln – was für ein komischer Ausdruck. Die Gedanken sammeln: Als würde man Pilze vom Waldboden auflesen. Was die meinen betrifft, so scheinen sie sich ziemlich gut zu verstecken, denn ich finde nicht einmal eine Spur davon.

Endlich gebe ich mir einen Ruck und hieve mich aus dem Bett. Irgendetwas flattert zu Boden. Ein Zettel, auf dem Elettra ihre Telefonnummer notiert hat.

Im Wohnzimmer hebe ich die überall verstreuten Kleidungsstücke auf. Ich ziehe mein Hemd an. Die Gasser liegt noch auf dem kleinen Tischchen. Ich klappe die Trommel auf und überprüfe die Patronen. Alles in Ordnung. Ich stecke den Revolver in die Tasche des Lodenmantels, in der noch – das hatte ich ganz vergessen – die Zeitung von gestern steckt. Der Aufmacher ist dem Fußball gewidmet, in der nächsten Saison wird es einen neuen Trainer geben – Glückwunsch, ich werde nicht mehr dabei sein. Ebenfalls auf der Titelseite ein Verkehrsunfall mit zwei Toten sowie der wie immer brillante Bericht über die Aktivitäten eines wichtigen Industriebetriebs, der Sauerstoffflaschen produziert.

Um den Artikel zu Warburg zu finden, muss ich bis

zur dritten Seite des Lokalteils blättern. Vier gedrungene Spalten: »Der tragische Tod des Stadtrats Warburg«. Der Artikel ist von Pugnaletto, und im Unterschied zu dem eigentlichen Bericht ist die Schlagzeile geradezu skandalös. Pugnaletto ist das Kunststück gelungen, sechzig Zeilen zu verfassen, ohne auch nur ein einziges Mal die Umstände zu erwähnen, unter denen der Stadtbaurat zwischen den Puffern zermalmt wurde. Wenn er diese dunkle, schwammige Prosa liest, könnte der Leser auf den Gedanken kommen, Warburg sei ausgerutscht und überrollt worden oder habe sich sogar vor die Räder des Zuges geworfen. Was ich da gerade lese, ist sicherlich Pugnalettos Meisterstück, ein Vorbild für den Provinzjournalismus. Natürlich spielt Pugnaletto nicht auf Guglielmos Tod an, auch nicht auf ihre Auseinandersetzungen oder auf ›Bergamo II‹. Stattdessen erklingen Lobeshymnen auf »einen Mann, der der Stadt so viel gegeben hat«, »einen verdienstvollen Akademiker, der sich der Politik zuwandte, da er am besten die kollektiven Interessen zu verteidigen wusste, und dies unter wahrhaft bewundernswerter völliger Zurückstellung der eigenen Person.« Pugnaletto vergisst auch nicht, an »die edlen Ursprünge der Familie Warburg« zu erinnern, welcher, wie könnte es anders sein, »das tiefe Mitgefühl der gesamten Redaktion und des Verlegers« gilt. Amen. Pugnaletto hat seinen papiernen Grabstein gesetzt.

Ich blättere den Rest der Zeitung durch und bemerke überall Seguacis Handschrift. Einige einspaltige Berichte – etwa ein tödlicher Unfall auf einer Baustelle – sind aufschlussreicher als der Leitartikel. Im Impressum wurde mein Name durch den von Seguaci ersetzt. Damit ist mein Abgang nun endgültig besiegelt. Von heute, nein, von gestern an, wird sich jeder Bergamasker berechtigt fühlen, mich zu ignorieren: Ich gehöre nicht mehr zum Establishment.

Ich werfe die Zeitung in die Ecke. Bleibt mir nur noch die Fernbedienung.

Gerade haben die Nachrichten angefangen. Die Berührung mit der Welt da draußen wird mir gut tun. Doch bei der Ankündigung des dritten Berichts überläuft es mich eiskalt. »Italienischer Arzt in Afrika massakriert«, verliest die Stimme des Moderators.

Erst nachdem ich zwei Reportagen über Innenpolitik über mich habe ergehen lassen, bekomme ich die Bestätigung für das, was ich befürchtete. Ja, der getötete Arzt arbeitete für *Médecins Sans Frontières* und ja, er heißt Spreafico. Ein paar Guerillakrieger von weiß Gott welcher Splittergruppe haben das Krankenhaus, an dem er gearbeitet hat, überfallen. Mit Macheten haben sie alle Fremden niedergemetzelt. Spreaficos Leiche wurde in einem Brunnen gefunden, ohne Gliedmaßen. Wie sich das Unglück genau zutrug, konnten die lokalen Behörden wegen der zahllosen Schwierigkeiten noch nicht genau ermitteln. Die italienische Botschaft hat eine Protestnote verfasst.

Ich schalte den Fernseher aus. Weiß nicht mehr, was ich denken soll. Ausgegangen bin ich vom Tod Guglielmo Rondines, einem Selbstmord, und jetzt folgt Todesfall auf Todesfall. Erst Warburg, jetzt Spreafico. Und Giosuè Nerasti. Wer der Nächste sein wird, ist nicht schwer zu erraten.

In einem konditionierten Reflex stehe ich auf und greife nach der Gasser: Mag sie auch in schlechtem Zustand sein, ist sie doch eine Waffe.

Das Klingeln des Telefons holt mich zurück, als ich schon halb draußen bin.

Ich warte ein paar Sekunden, bevor ich rangehe. Ganz vorsichtig nehme ich den Hörer ab, als könne mein Killer durch die Telefondrähte schießen.

»Ciao, hab ich dich geweckt?«

Das Herz schlägt wieder langsamer. Es ist nur meine Frau. Meine Exfrau, meine ich.

»Ciao, Giovanna. Nein, nein, überhaupt nicht.«

»Geht's dir gut? Du wirkst ein bisschen durcheinander.«

»Die letzten Tage waren ziemlich hektisch. Sonst ist alles in Ordnung. Und bei dir?«

»Wie üblich. Ich wollte dir nur noch mal Bescheid sagen … wegen morgen. Du erinnerst dich doch, oder?«

»Morgen. Natürlich. Wie könnte ich das vergessen?«

»Fein. Dann bis morgen. Ciao.«

Ich lege den Hörer auf und weiß nicht mehr, was ich tun soll. Die Zeit ist abgelaufen. Die Vergangenheit, die mich verfolgte, hat mich endlich eingeholt. Jetzt gibt es kein Zurück mehr.

Siebter Tag

Samstag, 25. April

Ich weiß nicht, ob ich sie jemals verdienen werde

Seltsam, sich in genau derselben Kirche wieder einzufinden. Das letzte Mal bin ich vor einem Jahr hier gewesen, beim Begräbnis meiner Tochter. Ich kam direkt vom Flughafen, in einer lächerlichen russischen Pelzjacke, die auf das stumme Missfallen der Trauergemeinde stieß. Meine Frau wartete in der ersten Bankreihe. Sie sagte kein Wort. Ich setzte mich neben sie. Wie damals trägt sie auch heute ein dunkles Kostüm, es ist vermutlich ein anderes. Was mich angeht, so habe ich heute Morgen etwas schlichtes Schwarzes gewählt, vielleicht um meinen unmöglichen Aufzug wieder wettzumachen. Im Unterschied zu damals wartet Giovanna heute draußen auf mich. Als ich vor ihr stehe, geht sie auf Zehenspitzen und küsst mich auf die Wangen. Sie lächelt mir zu, das erste Mal seit einem Jahr.

Wir gehen gemeinsam hinein, wie ein Ehepaar – doch das sind wir mittlerweile nicht mehr. Der Priester ist neu, er kennt uns nicht. Obwohl dies unsere Pfarrgemeinde ist, oder vielmehr: war. Wer wird sind, leitet der Geistliche von der Tatsache ab, dass wir uns in die erste Bankreihe setzen – er nickt uns zu. Der Gottesdienst kann beginnen.

In der Kirche ist sonst niemand. Das heißt, niemand, der außer uns an diesem Gedenkgottesdienst teilnehmen möchte.

Die Litanei des Priesters versenkt mich in eine lähmende, sehr angenehme Hypnose. Genau dieses Gefühl hatte ich schon als Kind, als meine Mutter mich zur Messe schleifte. Es gelang mir nicht, dem Gottesdienst zu folgen. All diese geheimnisvollen Worte, diese unverständlichen Rituale – sie verwirrten mich. Doch irgendwie erfüllten sie mich mit einem tiefen Gefühl des Friedens und Wohlbefindens. In dieser einen Stunde war ich ganz ruhig und ausgeglichen. Vielleicht war dies meine Art von christlicher Spiritualität. Auch heute weiß ich nicht, ob Gott existiert oder nicht, es bereitet mir Mühe, in diesen Kategorien zu denken; wo ich schon nicht einmal weiß, ob Guglielmo Rondine Selbstmord begangen hat, wie könnte ich da über die Existenz Gottes Bescheid wissen. Mir genügt jedenfalls dieses Gefühl universeller Harmonie.

Die Kantilene des Priesters verebbt auf einmal. In der Kirche wird es ganz still. Alle setzen sich. Mit einer Sekunde Verspätung setze auch ich mich.

»Wir haben uns hier versammelt im Gedenken an unsere kleine Anselma …«

Ich schaue zu meiner Frau hinüber, die mir einen fragenden Blick zuwirft. Dann starren wir beide gleichzeitig den Priester an. Dieser begreift und fuchtelt wild mit einem kleinen Büchlein herum, das auf seinem Pult liegt.

»Verzeihung … mit unserer Giulia, wollte ich sagen, unserer kleinen Giulia …«

Giulia hat eine ihrer kleinen Krisen, als die Zeitungsredaktion, die dringend spektakuläre Berichte braucht, mich mit einer Reportage über die von großen westlichen Industrieunternehmen unterstützte Kinderarbeit beauftragt. Es ist eine jener Aufgaben, die für gewöhnlich einem höheren Zweck dienen: Niemals ist eine unvoreigenommene, rein humanitäre Überzeugung der Auslöser. Mein Verleger besitzt Aktienbeteiligungen an diversen Unternehmen, und ich finde es eigenartig, dass er seinen Geschäftspartnern am Zeug flicken will. Wie auch immer, ich packe meinen Koffer: Es ist die Art von Auftrag, die einem jeden Journalisten für alle Zeiten eine gesunde Portion widerstandslosen sozialen Engagements attestiert.

Giovanna ist nicht sehr erfreut und versucht vielmehr, mir die Sache auszureden. Es ist nicht der übliche Blitzauftrag, wahrscheinlich werde ich mich einige Tage, vielleicht sogar einige Wochen im Ausland aufhalten müssen. Giulias Krise scheint nicht besonders schlimm zu sein, es ist aber schwierig, in ihrem Fall Voraussagen zu treffen. Meine Tochter ahnt, in welchem Dilemma ich stecke, und erteilt mir die Absolution: »Geh nur, Papa. Ich werde auf dich warten.«

Ich drücke meiner Frau einen Kuss auf die Stirn und sage zu ihr:

»Mach dir keine Sorgen. Ich bin bald wieder zurück.«

Ich weiß, dass das nicht stimmt. Die erste Etappe ist die Türkei, wo ich mit Unterstützung des dortigen Korrespondenten die Machenschaften einer der Fabriken für Sommerkleidung aufzudecken versuche. Der Dolmetscher übersetzt mir, was die Kinder ihm erzählen, die nachts aus ihren Blechhütten in der Umgebung von Ankara kommen, und ich finde heraus, für wen die Bekleidung gefertigt wird. Zugleich begreife ich, weshalb ich hierher geschickt wurde. Die Fabrik arbeitet als Zulieferer für eine italienische Firma, deren Besitzer soeben, was für ein Zufall, den Tarifvertrag gekündigt hat, mit dem mein Verleger seine Gesellschaft kontrolliert.

Jedenfalls gibt es Material für meine Reportage: Zehnjährige müssen zehn Stunden pro Tag schuften, die Arbeitsbedingungen sind unmenschlich, die Ausdünstungen der Farben beißen die Kinder in den Augen, die lächerliche Bezahlung, die multinationalen Konzerne, die ihre Fangarme nach der Zweiten oder Dritten Welt ausstrecken, etcetera, etcetera. Ich verwandle mich in einen Kreuzritter, der sich für die geschundene Jugend stark macht, einen Tugendwächter, den Rächer armer geschundener Kinder. Ausgerechnet ich, der ich meine kranke Tochter in dreitausend

Kilometern Entfernung zurückgelassen habe. In all dem liegt eine feine Ironie.

Giovanna unterrichtet mich ständig über die Entwicklung von Giulias Krankheitsschub. Anders als ursprünglich angenommen, hat sich ihr Zustand verschlechtert. Kein Grund zur Beunruhigung, so war es bereits mehrmals, doch als ich ihre zittrige Stimme am Telefon höre, beschließe ich zurückzukehren, Reportage hin oder her.

Während ich meinen Koffer packe – mein ganzes Leben scheint nur noch aus Ein- oder Auspacken zu bestehen –, bekomme ich einen Anruf unseres Korrespondenten. Zufällig, im Gespräch mit weiteren Kindern in einer Fabrik, habe er etwas Neues – und noch viel Interessanteres – herausgefunden. Er würde es mir lieber nicht am Telefon erzählen. Ob wir uns wohl treffen könnten?

Verdammt. Diese Lokalreporter sind doch alle gleich: Wenn der Starjournalist kommt, verzehren sie sich alle danach, ihm einen Scoop zu präsentieren, weil sie hoffen, dass dann auch ihr Name unter dem seinen auf der Titelseite erscheint.

»In Ordnung«, sage ich zu ihm, »treffen wir uns in einer halben Stunde am Flughafen.«

Der Mann – westlich gekleidet, mit dem obligatorischen Schnurrbart – kommt atemlos angelaufen, als ich gerade beim Einchecken in der Schlange stehe. Er überredet mich, mit ihm in die Cafeteria zu gehen, wo er zu erzählen beginnt.

Eines der Kinder berichtete, dass einer seiner Brüder vor sechs Monaten von seltsamen aussehenden Männern angesprochen worden sei, es schienen Ausländer zu sein, aber keine Europäer. Sie kamen ein paarmal zu ihnen nach Hause, redeten lange mit dem Vater. Nach einer Woche war der Bruder auf einmal verschwunden. Als das Kind fragte, wo er denn geblieben sei, antwortete ihm der Vater, er sei auf eine Schule in Deutschland geschickt worden. Doch das war nicht möglich, denn dazu hätte das Geld niemals gereicht.

Ich schaue dem Mann ins Gesicht und begreife, dass er dasselbe denkt wie ich. Pädophilie. Hier handelt es sich nicht um den üblichen Artikel über die Ausbeutung durch multinationale Konzerne. Nein, hier haben wir es mit etwas Ungeheuerlichem zu tun. Von einem halben Scoop zu einem weltweiten Scoop. Ich sehe schon die Schlagzeile vor mir: »So entdeckte ich das pädophile Netzwerk – die Türkei als Basis für den Handel des Schreckens«.

Ich greife nach meinen Koffern und fahre zurück ins Hotel. Vom Taxi aus rufe ich meine Frau an und benachrichtige sie, dass ich gezwungen bin, meine Abreise zu verschieben und morgen ganz bestimmt zurückfliegen werde. Auch diesmal weiß ich, dass es nicht stimmt: Dies hier ist keine Sache, die man innerhalb eines Tages erledigen kann. Doch ich bringe es nicht fertig, ihr – oder vielleicht mir selbst – die Wahrheit zu sagen.

Die Angelegenheit ist noch komplizierter, als ich dachte. Der Vater des Kindes will uns nicht empfangen. Viele Geldscheine und der persönliche Einsatz des Konsuls sind vonnöten, bis wir endlich ein halbes Eingeständnis aus ihm herauspressen können. Schließlich bricht der Mann in Tränen aus und fleht uns an, ihm zu helfen, damit er seinen Sohn wiederbekommt. Wir versprechen ihm alles, was er will, und zum Ausgleich liefert er uns eine Reihe von Namen. Ausgehend von diesen Namen, entspinnt sich eine langwierige Recherche, die uns an einem gewissen Punkt zwingt, die Polizei einzuschalten. So vergehen ein paar Wochen, und jeden Abend, wenn ich meine Frau anrufe, sagt sie zu mir: »Komm zurück!« Und jedes Mal erwidere ich, ich käme morgen.

Inzwischen verschlechtert sich Giulias Zustand. Die Ärzte, die sich anfangs so zuversichtlich gaben, werden vorsichtiger. Es ist von einer »unvorhergesehenen Entwicklung« die

Rede, und Giulias Körper »spricht nicht auf die Behandlung an«. Sie befürchten Nierenversagen. Noch ein Tag, sage ich jeden Tag zu mir, und dann noch einer und noch einer und so fort. Die Reportage wächst, mit Sicherheit werden zwei, drei Folgen daraus, wahrscheinlich wird sie auch an ein paar Zeitungen im Ausland verkauft, vielleicht sogar nach Amerika ...

An einem Donnerstag bestellt mich der türkische Polizeichef zu sich. Es hat sich herausgestellt, dass das pädophile Netzwerk von Moskau ausgeht. In zwei, drei Stunden brechen sie auf. Ob ich sie begleiten will? Ich zögere keine Sekunde. Ich packe meine Koffer, rufe Giovanna an. Sie antwortet mir einsilbig, macht sich eindeutig Sorgen, will mir aber den Grund nicht nennen. »Ich rufe dich aus Russland an«, sage ich zu ihr. In Moskau überschlagen sich die Ereignisse. Die Türken kommen nicht mit den lokalen Behörden zurecht. Wir müssen vierzehn Stunden in einem Kommissariat warten und dürfen nicht einmal telefonieren. Zum Schluss schenken die Moskauer jedem von uns eine Jacke aus Kunstpelz und verladen uns auf Jeeps, ohne uns über das Ziel aufzuklären. Es beginnt eine lange Fahrt über Land, außerhalb Moskaus. Das Handy funktioniert nicht. Fünf Stunden bleibe ich im Gewahrsam der Russen, mitten in einer Steppe, in der jegliche Orientierung unmöglich ist. Wir gelangen zu einem Gehöft, einer Art verfallener Kolchose. Zu spät: Die Pädophilenbande hat rechtzeitig das Weite gesucht, Computer, Fotos und Terminkalender sind zurückgeblieben. Alles Material, das der Polizei nutzen wird. Bis Resultate zu haben sind, werden Monate vergehen.

Als ich endlich wieder ins Hotel zurückkehre, reicht der Portier mir einen Stapel Blätter. Lauter Nachrichten von meiner Frau, und alle lauten gleich: »Ruf umgehend an, sobald du ins Hotel zurückkommst.«

Ich stürze ans Telefon. Zu spät. Giovanna schluchzt nur noch, sie bringt kein Wort heraus. Als ich wieder auflege, habe ich das Gefühl, man hätte mir das Herz herausgerissen und mich ohne Vorankündigung ins Leben zurückgeworfen.

Nach der Beerdigung gehe ich noch einmal ins Krankenhaus, um Giulias Sachen abzuholen. Giovanna bringt es nicht fertig, das Zimmer zu betreten. Sie wartet draußen. Die Krankenschwester reicht mir eine Plastiktüte mit einem Pyjama, ein paar T-Shirts, einer Puppe. Auch sie ist betrübt. Giulia war so lange hier, dass sie allen ans Herz gewachsen war. Sie umarmt mich und küsst mich auf die Wangen. Sie fühlt mit mir, denn sie kennt die Wahrheit nicht.

Gerade als ich die Treppe hinuntergehen will, ruft mich das Mädchen mit dem Kittel zurück. So schnell die weißen Gesundheitsschuhe es zulassen, läuft sie über den Flur, eine Hand ausgestreckt.

»Das war auch noch dabei.«

Sie reicht mir ein Buch, und ich weiß bereits, welches. *Alice im Wunderland*. Ich bedanke mich bei ihr. Während ich die Stufen hinabsteige, schlage ich den Band auf, der die Originalzeichnungen des neunzehnten Jahrhunderts enthält. Ein Blatt flattert heraus und landet auf einer Stufe. Ich erkenne die unordentliche Handschrift. Es ist ein Brief. Für mich.

Lieber Papa,

zurzeit geht es mir nicht sehr gut. Das Einzige, was ich mache, wenn ich nicht schlafe, ist lesen. Und zwar Alice. *Das ist mein Lieblingsbuch. Heute ist mir übrigens etwas klar geworden. Du bist das Weiße Kaninchen, weißt du das? Immer hast du es eilig, immer schaust du auf die Uhr, immer bist du so beschäftigt, dass du niemals stehen bleiben kannst. Ich möchte dir einmal folgen und schauen, ob deine Termine wirklich so wichtig sind, wichtiger als eine Partie Cricket mit der Herzkönigin. Aber das wird mir wohl nie gelingen. Heute Morgen habe ich einen wunderschönen Satz in dem Buch gelesen, der mich sehr getröstet hat. Ich schreibe ihn für dich auf, obwohl du ihn sicher kennst …*

»Ja, aber«, dachte Alice schließlich, »dann werde ich wohl auch überhaupt nie älter als jetzt? Das ist ja auch ein Trost, in einer Weise – dann werde ich nie eine alte Frau – aber – immerzu neue Lektionen lernen müssen? Nein, das *gefiele mir auch nicht!«*

Verstehst du, Papa? Ich glaube, Alice hat Recht. Und ich hoffe, dass du, wenn ich dich auf der anderen Seite des Spiegels wiedersehe, nicht mehr so viel zu tun haben wirst.

Mach's gut, Papa
Giulia

Den Brief habe ich auswendig gelernt, und ich könnte ihn Wort für Wort wiedergeben, bis ins kleinste Detail. Ich werde ihn vermutlich nie vergessen.

Wer Guglielmos Alice war, weiß ich nicht, und weshalb er sie in der Stunde seines Todes erwähnt hat, ebenso wenig. Doch ich bin sicher, dass es eine Aufgabe ist, die Giulia mir von ihrem Wunderland aus gestellt hat.

Der Priester erhebt sich und läutet ein Glöckchen. Ich schrecke aus meiner Hypnose auf. Giovanna geht auf den Priester zu, um an der Kommunion teilzunehmen. Mit gefalteten Händen und gesenktem Blick kommt sie wieder zurück. Ein paar alte Frauen folgen ihrem Beispiel. In der Kirche wird es wieder still. Der Priester intoniert eine neue Liturgie, hebt die Hände zum Himmel empor und lächelt. Die Messe ist vorbei.

Draußen, im grellen Licht der Piazza, bleiben Giovanna und ich stehen, ohne recht zu wissen, wie wir auseinander gehen sollen.

Sie streichelt mir über die Wange, wie es wenige Stunden zuvor auch Elettra gemacht hat.

»Du hast dich genug gequält«, sagt sie zu mir. »Jetzt ist es Zeit, wieder zu leben anzufangen.«

Ich schaue ihr nach, während sie sich entfernt, und denke an die Absolution, die sie mir soeben erteilt hat. Ich weiß nicht, ob ich sie jemals verdienen werde.

Wer weiß, vielleicht habe ich endlich einen Verbündeten

Ich bin auf dem Weg zum Bahnhof in Lambrate. Das Handy klingelt. Es ist Guidolini. Auf seine förmliche Art teilt er mir mit, die Untersuchung zum Bericht von Guglielmos Tod abgeschlossen zu haben.

»Am Telefon kann ich Ihnen das nicht sagen, das verstehen Sie sicher. Aber ich habe eine Überraschung. Wann kommen Sie an?«

Er erwartet mich auf dem Bahnhofsvorplatz. Hier ganz in der Nähe, vor nur drei Tagen, wurde Warburg umgebracht. Guidolini lässt mich in seinen silbernen Alfa 156 einsteigen und biegt in den Viale Papa Giovanni ein.

»Ich bringe Sie nach Hause, wenn's Ihnen recht ist.«

Heute ist er in Zivil. Er trägt einen prächtigen dunkelblauen Anzug aus einem sehr leichten und fein gewebten Stoff. Englisches Schuhwerk. Seine Frisur sitzt tadellos. Im Sitzen spüre ich die Gasser im Rücken, hinten im Hosenbund, vom Jackett verdeckt. Für den Lodenmantel ist es zu warm.

»Das Protokoll hat ein Beamter verfasst, der vor ein paar Monaten aus Kalabrien gekommen ist. Ich kenne ihn nicht gut, aber er hat sich mit einem wirklich ausgezeichneten Lebenslauf vorgestellt. Daraufhin habe ich einen Kollegen dort unten angerufen und ihn gefragt, ob es da noch etwas gäbe, das ich wissen sollte und das in seiner Personalakte nicht erwähnt wurde. Zu viele gute Noten wirken immer verdächtig.«

Wir stehen an der Kreuzung mit der Via Tasca. Guidolini wartet ab, bis er nach links abbiegen kann, in Richtung Rondò dei Mille.

»Und weiter?«

»Sein ehemaliger Vorgesetzter hat mir die absolut vertrauliche Mitteilung gemacht, dass über diesen Beamten einige Gerüchte in Umlauf waren. Und zwar höchst peinliche. Ziemlich schwerwiegende Dinge. Leider gelang es niemals, Beweise gegen ihn zu sammeln. Daher hat man es vorgezogen, ihn zu versetzen.«

»Da hat man Ihnen ja ein hübsches Geschenk gemacht.«

»Glauben Sie nicht, ich hätte mich nicht dagegen gewehrt. Jedenfalls hat den Bericht über den Unfall ausgerechnet jener Beamte geschrieben. Vor diesem Hintergrund müssen wir so tun, als existiere dieser Bericht gar nicht. Sobald ich größere Klarheit habe, benachrichtige ich den Staatsanwalt.«

»Und Rondine? Der Vater, meine ich.«

Die Achsen des Alfa holpern über das alte Pflaster auf der Via Sant'Alessandro. Guidolini bleibt vor meinem Haus stehen. Er schaltet den Motor aus und schaut zu mir herüber.

»Ich kann nichts ausschließen. Jemand hat möglicherweise den Beamten und den Commendatore zusammengebracht. Wir müssen vorsichtig sein.«

Ich schicke mich an auszusteigen.

»Warten Sie. Da ist noch etwas.«

Aus der Innentasche seines Jacketts zieht er einen Umschlag. Darin ist mein Führerschein.

»Ich halte es unter den gegebenen Umständen für besser, wenn Sie die größtmögliche Bewegungsfreiheit genießen.«

»Und der Staatsanwalt?«

»Machen Sie sich keine Sorgen. Darum kümmere *ich* mich. Achten Sie nur darauf, kein Aufsehen zu erregen.«

Ich bleibe an der Eingangstür stehen, als Guidolini davonfährt, ebenso elegant und schneidig wie seine Kleidung. Wer weiß, vielleicht habe ich endlich einen Verbündeten.

Es lohnt sich zu leben. Immer.

Zu Hause weiß ich nicht, was ich tun soll. Es ist zwei Uhr, ich wandere von Zimmer zu Zimmer, wie ein Kommissar, der die Spuren eines Verbrechens sucht, nur dass es hier keinen Mord gegeben hat. Vielleicht beunruhigt mich der Duft von Elettras Parfum, das noch durch den Raum schwebt. Bislang habe ich mich zurückgehalten, doch jetzt – jetzt halte ich es nicht mehr aus. Ich nehme den Zettel, den sie mir hinterlassen hat, und wähle ihre Nummer.

Ein Klingeln. Ein zweites. Dann ein drittes. Ich lasse es insgesamt zwölfmal klingeln. Schließlich hänge ich wieder ein und wähle erneut. Es hebt niemand ab.

Ich lasse zehn Minuten verstreichen. In der Zwischenzeit sehe ich ein wenig fern, werfe einen Blick ins »Lügenblatt« von vorgestern, das ich in eine Ecke gefeuert habe, gehe auf die Toilette, schaue in den Kühlschrank, trinke ein Glas von dem mittlerweile schal gewordenen Wein. Dann wähle ich nochmals Elettras Nummer, ohne Erfolg. Ich rufe bei der Auskunft an und erfahre Elettras Adresse, zum Glück ist es keine Geheimnummer.

Ich stelle fest, dass Elettra in meiner Nähe wohnt, Zona Piscine. Das Auto, das bei dem Unfall völlig zerstört wurde, habe ich in Parma zu einem Schrotthändler bringen lassen. Also mache ich mich zu Fuß auf den Weg. Ich komme am Städtischen Krankenhaus vorbei. Ich lese die Straßenschilder, halte nach dem von Elettra Ausschau. Gleich darauf stoße ich auf die gesuchte Via Tedeschini. Eine kleine Privatstraße, die steil zur Oberstadt hin ansteigt und von einem Gittertor verbarrikadiert wird. Ich bleibe direkt davor stehen und warte. Wenige Minuten später kommt im Rückwärtsgang ein großer dunkler Geländewagen herunter. Am Steuer sitzt ein etwa zwanzigjähriger Typ mit Dreitagesbart.

Als der Wagen schneller wird und dabei eine schwarze Spur von Auspuffgasen zurücklässt, husche ich durch das automatische Gittertor, bevor dieses sich wieder schließt. Große Limousinen parken am Straßenrand. Inmitten von dichtem Grün liegen – um nicht zu sagen: ducken sich – Bungalows und einstöckige Villen. Es herrscht große Stille, die nur vom Zwitschern der Vögel unterbrochen wird.

Nummer fünf ist ein niedriges Gebäude mit Flachdach und einer Garage im Souterrain. An dem alten, braun gestrichenen Gittertor rankt sich eine Glyzinie empor. Die Zweige schlingen sich um sämtliche Gitterstäbe. Einige Verzweigungen sind so dick, dass sie das Metall verbogen haben, mit bloßer Pflanzenkraft.

Die Rollläden sind hochgezogen. Eine Balkontür, die auf einen großen Balkon hinausgeht, steht sogar offen. Es scheint ein bewohntes Haus zu sein, auch wenn kein Lebenszeichen zu bemerken ist.

Ich drücke auf den Klingelknopf. Erst zaghaft, dann beharrlich.

Eine leise Angst beginnt sich in meinem Magen auszubreiten. Erst gestern war Elena bei mir, haben wir uns unterhalten, miteinander geschlafen. Jetzt halte ich es für undenkbar, dass sie einfach so verschwunden ist. Sie hat mir nicht gesagt, dass sie vorhätte wegzufahren. Niemand verreist und lässt eine Tür offen stehen.

Ich steige auf eine der Querstreben, schwinge mich übers Gitter und springe dann ins Leere. Die Landung geht nicht folgenlos vonstatten: Der Knöchel, den ich mir am San-Marco-Pass verrenkt habe, reagiert mit heftigem Schmerz. Leise fluchend, hüpfe ich auf einem Bein umher. Ich stütze mich an einem Mäuerchen ab und blicke mich um. Niemand.

Mit einem weiteren kleinen Ruck hieve ich mich auf den Balkon hinauf. Vorsichtig schiebe ich die bereits geöffnete Fenstertür beiseite und trete ein. Zuvor streiche ich jedoch mit der rechten Hand über den Griff der Gasser in meinem Rücken.

Zuerst kann ich nichts erkennen. Das Haus wirkt dunkel auf mich, im Vergleich zu dem in Sonnenlicht gebadeten Äußeren. Allmählich gewöhnt sich das Auge an die Dunkelheit, und ich kann Details ausmachen. Ich befinde mich in einer Art Arbeitsraum, zwei moderne Schreibtische und ein grünes Metallregal stehen darin. Ich trete in den Flur hinaus, biege nach links. Am Ende des Ganges liegt ein großes Wohnzimmer mit einer verglasten Doppeltür. Ich gehe auf den Raum zu und erstarre zu Stein.

Auf dem Boden verstreut liegen die Sofakissen, sie wurden aufgeschlitzt. Die Türen der Glasvitrinen sind aufgerissen. Der Boden ist übersät mit Glas- und Porzellanscherben. Auch die Küche, auf der anderen Seite einer Schiebetür, wurde verwüstet. Blinde Zerstörungswut war hier am Werk.

Ich gehe wieder auf den Flur, öffne eine Tür und gelange in ein Schlafzimmer. In einer Ecke liegt ein wirrer Haufen aus Decken und Laken. Das Fenster steht sperrangelweit offen. Ich gehe um das Bett herum und bleibe wie angewurzelt stehen.

Auf dem Boden ist eine große Blutlache.

Erst jetzt bemerke ich den modrigen Geruch im Raum. Mir wird übel. Ich stürze aus dem Zimmer. Keuchend stütze ich mich im Flur mit der Hand an der Wand ab. Ich versuche zu denken, doch es geht nicht. Soll ich Guidolini anrufen, oder Gualtiero, oder lieber Vincenzo? In meiner Unsicherheit rufe ich schließlich überhaupt keinen an.

Ich hebe den Kopf. Aus dem letzten Zimmer, das ich noch

nicht betreten habe, dringt ein schwacher Lichtschein. Die Tür ist offen.

Es scheint ein kleines, ruhiger gelegenes Arbeitszimmer zu sein. Das Fenster geht auf den üppig grünenden Garten hinaus. Dieser Raum ist als einziger von der Zerstörung verschont geblieben.

Das Licht stammt von einem eingeschalteten Computerbildschirm. Der Cursor blinkt auf einer leeren Bildfläche. Vielleicht saß Elettra gerade am Computer, als sie hereinkamen. Sie hörte ein Geräusch und ging ins Schlafzimmer hinüber, wo … Was schrieb sie wohl? Vielleicht nur einen Brief, vielleicht enthüllte sie aber auch das Geheimnis, das hinter all dem hier liegt.

Ich greife zum Handy, wähle Vincenzos Nummer. Er geht sofort ran.

»Ciao, ich bin's.«

»Was treibst du denn so? Ich habe gehört, dass …«

»Lass mal, das erkläre ich dir später. Ich habe hier ein Problem. Ein ziemlich dringendes.«

Vincenzo sagt nichts mehr.

»Ich stehe gerade vor einem Computer. Möglicherweise findet sich hier eine wichtige Datei. Allerdings könnte sie gelöscht worden sein. Kann man das irgendwie herausfinden?«

»Wo bist du? Ich komm zu dir.«

»Das geht nicht. Ich muss mich beeilen.«

»Hast du ein paar Disketten bei dir?«

Ich blicke mich um. Auf dem Schreibtisch liegt eine kleine Schachtel. Ich mache sie auf. Voilà.

»Ja, hier sind ein paar.«

»Dann kopier einfach die Dateien. Achte nicht darauf, ob sie dir wichtig erscheinen oder nicht, kopier sie einfach, und dann sehen wir weiter.«

»In Ordnung, das wird eine Weile dauern. Können wir uns in, sagen wir mal, einer Stunde bei mir treffen?«

»Dann müsste ich mich heimlich aus dem Staub machen, doch das wird schon gehen. Ich werde schon jemanden finden, der mich deckt. Okay, in einer Stunde also.«

Ich setze mich an den Computer und will gerade die erste Taste herunterdrücken, als ich plötzlich innehalte. In der Küche durchwühle ich das Chaos auf dem Boden, bis ich fündig werde. Ich reiße ein wenig Klarsichtfolie ab und kehre ins Arbeitszimmer zurück. Dann klebe ich mir kleine Fetzen Zellophanfolie über die Fingerkuppen und beginne, alles, was ich finde, zu kopieren. Das dauert mehr als eine halbe Stunde. Ich weiß nicht, was hier geschehen ist, vielleicht will ich es auch gar nicht wissen. Doch wer immer es gewesen ist, er könnte jeden Augenblick zurückkommen. Mal ganz abgesehen von der Polizei.

Ich stecke die Disketten ein. Neben der Eingangstür entdecke ich eine Gegensprechanlage, ich drücke auf einen Knopf, höre, wie sich eine Tor öffnet. Nun muss ich wenigstens nicht noch einmal übers Gitter klettern.

Draußen, auf der kleinen Privatstraße, muss ich eine ganze Weile warten, bis jemand das Haupttor öffnet. Ich schlage meinen Mantelkragen hoch, und als der Wagen vorbeifährt, drehe ich mich zur anderen Seite. Auf einmal habe ich ein seltsames Gefühl. Ich drehe mich ganz plötzlich um, doch niemand folgt mir, oder zumindest kann ich niemanden sehen. Ich beschleunige meine Schritte.

Vincenzo sitzt bereits seit einer halben Stunde am Computer. Ich beschränke mich darauf, hinter ihm zu stehen, wie in Trance, ohne zu begreifen, was er da macht. Seine Finger flitzen über die Tastatur, in einer hektischen Abfolge öffnet sich ein Fenster nach dem anderen.

Schließlich schüttelt er den Kopf.

»Nichts. Da ist nichts.«

Er blickt über die Schulter zu mir auf.

»Nur Briefe, einige bedeutungslose E-Mails, Notizen zur

Haushaltsführung ... Mit Hilfe eines Norton habe ich herausgefunden, dass es eine Datei namens Tagebuch gab, doch die ist vollständig leer. Vor dem Löschen wurde der gesamte Text entfernt.«

»Kann man da denn gar nichts machen?«

»Na ja, vielleicht doch. Hast du Internetanschluss?«

Vincenzo macht sich erneut an der Tastatur zu schaffen. Er schaltet das Modem ein. Zehn Minuten lang fuhrwerkt er herum, ohne dass ich, kein Wunder, irgendetwas begreife. Ohne mit dem Tippen aufzuhören und ohne sich umzudrehen, erläutert er in knappen Sätzen sein Vorgehen.

»Ich lade gerade ein Programm ... einen Hex-Editor ...«

Er schließt die Verbindung, so viel verstehe sogar ich. Dann hämmert er wieder auf die Tasten ein.

»Wenn du eine Datei öffnest«, versucht er mir zu erklären, »kann es sein, dass sie nicht ganz genau den verfügbaren Speicherplatz einnimmt. Ab und zu kommt es vor, dass auf diesem Speicherplatz noch ein Fragment einer vorhergehenden Datei gespeichert wird. Und wenn du die neue Datei abspeicherst, speicherst du auch dieses Fragment mit ab. Nicht immer, aber es kommt vor. Mit einem normalen Editor kriegst du all das nicht zu sehen. Da braucht man einen speziellen Editor, eben den Hex-Editor. Und jetzt benutzen wir diesen Editor, um die Dateien zu öffnen. Mal sehen, ob etwas daran kleben geblieben ist.«

Ein Fenster folgt dem andern. Vincenzo arbeitet rasend schnell, unermüdlich. Ich dagegen bin ausgelaugt. Ich lasse ihn allein und gehe in die Küche hinüber, schenke mir ein Glas Wein ein. Er ist grässlich, aber ich habe keinen anderen.

Gerade, als ich den ersten Schluck trinke – beinahe mit angehaltenem Atem, damit ich den stechenden Geruch nicht so sehr bemerke –, ruft Vincenzo nach mir.

»Manlio, komm mal! Vielleicht habe ich etwas gefunden.«

Ich ziehe einen Stuhl heran und setze mich neben Vincenzo.

»Schau mal.« Mit dem Zeigefinger deutet er auf ein paar Sätze auf dem Bildschirm, wie es ein geduldiger Lehrer mit einem willigen, aber etwas minderbemittelten Schüler täte. Es ist ein Brief, der auf Englisch geschrieben wurde, eine an ein Londoner Geschäft gerichtete Bestellung – für Unterwäsche, glaube ich.

»Ja und?«

Vincenzo drückt mehrmals *PgDn*, und über den Bildschirm huschen seitenweise Ziffern und scheinbar sinnlose Symbole. Gegen Ende des Dokuments öffnet sich in dem dichten Zahlenwald jedoch plötzlich die Lichtung eines verständlichen Satzes:

»Jeden Tag seines Lebens muss Guglielmo sich mit der Vergangenheit seines Vaters auseinander setzen, mit jenem Gold, das den Faschisten gestohlen wurde, Segen und Fluch zugleich. Ich habe oft mit ihm darüber gesprochen, aber er hat nicht die Kraft zu«.

Mehr steht da nicht. Es ist ein Ausschnitt aus Elettras Tagebuch, das durch die Laune eines Gottes, des Schicksals oder wie auch immer man das bezeichnen will, in diese Datei gerutscht ist.

»Verstehst du, was das heißen soll?«, fragt Vincenzo.

»Vielleicht. Warte mal …«

Ich halte ihm das Foto hin, das ich aus dem Buch gerissen habe, im Institut zur Erforschung der Resistenza.

»Was ist das?«, fragt er, doch ich brauche gar nicht zu antworten.

Vincenzo steht der Mund offen, als er auf die Gesichter der alten Kameraden deutet.

»Das ist Rondine. Und da sind auch die anderen. Rattazzi, Belloli, Rimoldi, Nerasti. Die letzten zwei …«

»Sieh ihn dir genau an. Erkennst du ihn?«

»Na klar … das ist doch Don Filasti. Unglaublich. Die kannten sich also schon seit damals, gehörten zur selben Brigade. Wie hast du das gefunden?«

»Tut nichts zur Sache. Ist ja nur ein Foto.«

»Und der andere, wer ist das?«

»Kommandant Vento. Girolamo Locatelli. Der Anführer. Er starb in den Tagen der Befreiung. Niemand weiß, wie oder weshalb. Kannst du mir da helfen?«

Vincenzo breitet die Arme aus.

»Aber wie denn? Du hast doch alle Helden beisammen. Schau sie dir an. Belloli, Rattazzi und Rimoldi sind tot. Der Kommandant auch, das sagtest du ja soeben. Nerasti lebt in einer Villa in Genf. Seit sein Sohn gestorben ist, hat niemand mehr mit ihm sprechen dürfen. Es heißt, er leide an Altersdemenz und die Verwandten hielten ihn hinter Schloss und Riegel. Bleiben noch Augusto und Don Filasti.«

Ich schüttle den Kopf.

»Mit dem Priester habe ich bereits gesprochen. Er ist sehr freundlich, aber zwischen den Zeilen hat er mir zu verstehen gegeben, dass ich meine Nase nicht in diese Dinge stecken soll. Man soll die Toten in Ruhe lassen, hat er zu mir gesagt. Kann sein, dass er hinter all dem steckt.«

»Dann bleiben nicht viele andere Möglichkeiten. Du hast doch bereits alle Helden dieser Geschichte aufgesucht.«

Vincenzo hat Recht. Ich greife nach dem Foto und will es wieder einstecken, als mir plötzlich ein Satz durch den Kopf geistert, ebenso nervtötend wie die plärrende Sirene eines Krankenwagens. *Du hast doch die Helden alle beisammen.* Aber natürlich. *Du hast doch die Helden alle beisammen.*

Alle beisammen.

Ich nehme die alte Momentaufnahme wieder zur Hand und halte sie ihm vor die Nase.

»Wie viele Personen sind auf diesem Foto?«

»Was …?«

»Antworte mir. Wie viele Personen siehst du hier?«

»Das ist doch absurd. Ich …«

»Antworte mir. Wie viele Personen sind auf diesem Foto?«

»Na schön. Die fünf von der Bank, außerdem der Kommandant und Don Filasti. Sieben.«

»Du täuschst dich.«

»Wohl kaum.«

»Glaub mir, du täuschst dich. Überleg noch mal.«

Ich halte die zur Faust geballte Hand vors rechte Auge. Ich schließe das linke Auge, und währenddessen mache ich ein großes C mit Zeigefinger und Daumen, um dann den Zeigefinger einzuknicken.

Vincenzo starrt mich verblüfft an. Er hat es begriffen.

»Aber ja doch! Es sind acht Personen! Es war ja auch derjenige dabei, der das Foto geknipst hat!«

»Bravo. Und den suchst du mir jetzt.«

Wir haben Glück. Vergangenes Jahr wurde Vincenzo beauftragt, eine ganze Seite zum 25. April, dem Jahrestag der Befreiung, zu schreiben. Der alte Augusto mag ja ein Gauner sein, aber gewisse Dinge scheinen ihm offenbar immer noch am Herzen zu liegen. Im Verlauf einer langen Serie von Interviews mit Expartisanen hat Vincenzo auch mit einem Eigenbrötler gesprochen, der in Tresore wohnt. Einer jener Menschen, deren gesamtes Leben sich um eine fixe Idee dreht. In seinem Fall war es die *Resistenza*. Er hatte sich in den Kopf gesetzt, eine Enzyklopädie der Bergamasker *Resistenza* schreiben zu wollen. Eine detaillierte Sammlung von Namen, Daten, Episoden. Vincenzo zufolge arbeitete er seit mehr als zwanzig Jahren daran und war nun besessen von dem Gedanken, womöglich noch vor Vollendung des Werks zu sterben. In seinem Kopf, denke ich mir, stellt das Buch, das weiß Gott wann und von wem gedruckt werden wird, eine Art Anrecht auf Unsterblichkeit dar, oder zumindest die Gewissheit, nicht umsonst gelebt zu haben.

Als Vincenzo ihn zu Hause anruft – es ist bereits acht Uhr abends –, beschwert der Mann sich nicht, sondern freut sich sogar, dass jemand sich seiner erinnert. Vincenzo spricht ihn auf Kommandant Vento an. Er bringt den Satz kaum zu Ende, da erwidert der andere, er möge in zehn Minuten wieder anrufen, wenn er seine alten Aufzeichnungen und Dokumente durchsucht hat. Wir rufen ihn wieder an, und unser Hobbyhistoriker hat bereits gefunden, wonach wir suchen. Die Gruppe des Kommandanten Vento, aber natürlich. Aktiv im Brembana-Tal, von Anfang 1944 bis zur Befreiung. Der enge Kern der Gruppe bestand aus dem Kommandanten, das heißt aus Girolamo Locatelli, außerdem waren da Rondine, Rattazzi, Belloli, Rimoldi, Nerasti, Don Filasti, der als ihr Seelsoger fungierte, und ...«

Der Alte am anderen Ende der Leitung zögert.

»Wer noch?«, ermuntert ihn Vincenzo, der befürchtet, die Beute seiner Bemühungen als Lokalreporter könne ihm doch noch durch die Lappen gehen.

»Außerdem ... war da noch ein anderer ... der aber einen Unfall hatte, soweit ich weiß ...«

»Einen Unfall?«

»Also ... ich erinnere mich nicht mehr. Jedenfalls habe ich den Namen gefunden. Er heißt Roberto Papetti. Wollen Sie ihn interviewen?«

Wir teilen ihm mit, was wir vorhaben, und der Alte scheint ein wenig beleidigt, weil wir lieber den anderen als ihn selbst zu Wort kommen lassen wollen. Wir danken herzlich und legen auf.

Glücklicherweise steht Papetti im Telefonbuch. Er antwortet nach dem fünfzehnten Klingeln, als wir die Hoffnung schon beinahe aufgegeben hatten. Er hat eine raue, zittrige und unsichere Stimme. Ich stelle mich als Chefredakteur der »Gazzetta« vor, das wird er schon fressen. Er ist etwas überrascht, aber nicht allzu sehr. Als ich ihn frage, ob wir uns treffen könnten, erwidert er:

»Wann?«

»Am besten gleich, wenn Sie nichts dagegen haben.«

Schweigen.

»Es handelt sich um eine ziemlich dringende Angelegenheit.«

Wieder ein paar Sekunden der Ungewissheit. Dann:

»Sind Sie da sicher? Das Gehen fällt mir schwer …«

»Keine Sorge, ich komme zu Ihnen.«

»Na schön. Ich erwarte Sie. Ich wohne in der …«

»Die Adresse steht im Telefonbuch. In zehn Minuten bin ich bei Ihnen.«

Als ich auflege, blickt Vincenzo mich flehentlich an.

»Also gut«, sage ich zu ihm. »Komm mit. Das hast du dir verdient.«

Papetti wohnt in einer Arbeitersiedlung am äußersten Stadtrand, zwischen Borgo Palazzo und Rondò delle Valli. In der wenig befahrenen Straße parken Kleinwagen und die ein oder andere verrostete Limousine, einstmals prächtige Autos, die nun ihrem Ende entgegendämmern. Vincenzo parkt neben einem Simca. Wir gehen durch ein quietschendes Eisentor und steigen die Stufen aus Marmorimitation hoch. Ich muss an Elettra denken, es geht nicht anders, an jene Blutlache. Wenn ich hier bin, so auch ihretwegen. Jetzt habe ich einen Grund mehr, mich der Realität zu stellen.

Papetti wohnt im fünften Stock, es gibt keinen Aufzug. Wir klingeln. Etliche Sekunden vergehen, bevor die Tür sich öffnet. Ein alter Mann taucht auf, mit spärlichen, fettigen, nach hinten gekämmten Haaren. Er trägt eine Brille mit dicken Gläsern. Einer der Bügel wird von einem Klebeband gehalten. Er trägt einen mit unzähligen Flecken übersäten bordeauxfarbenen Pullover und eine dunkle, unförmige Hose, die beinahe bis zu den Kniekehlen durchhängt. Seine Füße stecken in ausgebeulten Pantoffeln. Das Auffälligste aber ist der stechende Uringeruch.

»Fiorentini …?«, sagt der Alte und hebt den Kopf ungefähr in meine Richtung.

»Guten Abend, entschuldigen Sie die Störung.«

Diese wenigen Worten genügen, und Papetti korrigiert seine Kopfhaltung, so dass er mich genau vor sich hat.

»Das hier ist ein junger Mitarbeiter, Vincenzo. Dürfen wir hereinkommen?«

Papetti weicht einen Schritt zurück, indem er die Hand an der Tür abstützt. Dann bleibt er stehen. Er streckt die andere Hand nach hinten aus, bis er die Wand berührt. Dann dreht er sich ganz um und lässt uns vorbei. Jetzt begreife ich: Er ist blind, oder beinahe.

Mit einiger Mühe führt er uns in ein kleines Wohnzimmer mit zwei alten, nur unzureichend von einer blauen Husse verhüllten Sesseln. An der Wand steht ein Tisch. Papetti zieht einen Stuhl heran und lässt sich darauf fallen.

»Setzen Sie sich doch.«

Vorsichtig nehme ich Platz, Vincenzo folgt meinem Beispiel. Ein widerlicher Geruch liegt in der Luft, wie es oft in den Wohnungen von alten Leuten der Fall ist. Eine Mischung aus Schweiß, Schmutz und Essen.

»Hat Augusto euch hergeschickt?«

Überrascht blicke ich ihn an. Papetti schweigt. Ein Gesichtsausdruck hat für ihn keine Bedeutung. Daher übersetze ich mein Erstaunen in Worte:

»Augusto ...?«

»Augusto Rondine. Ab und zu schickt er jemanden her. Mittlerweile hat er es satt, selbst herzukommen.«

»Nein, wir haben nichts mit Rondine zu tun. Ich bin Chefredakteur der ›Gazzetta‹, das habe ich Ihnen ja gesagt. Im Moment führe ich eine kleine Untersuchung durch. Und zwar in eigener Sache, sozusagen.«

»Sozusagen?«

Die winzigen Punkte hinter den Linsen verengen sich kurzzeitig, weil sie mich fokussieren.

»Ich habe mit angesehen, wie Guglielmo ums Leben gekommen ist.«

Papetti senkt den Kopf. Jetzt ist seine Nasenspitze auf meine Schuhe gerichtet.

»Ich fuhr direkt hinter ihm auf der Autobahn, als er über die Leitplanke schoss. Es war kein Unfall. Er hat sich absichtlich von der Brücke gestürzt. Ich möchte herausfinden, weshalb.«

Der Blinde hebt den Kopf, auch wenn es ihm nicht gelingt, ihn genau in meine Richtung zu drehen.

»Ich will gar nicht wissen, was der Grund für Ihre Untersuchung ist. Wenn Sie wollten, hätten Sie ihn mir schon mitgeteilt.«

»Wieso hat Augusto noch Kontakt zu Ihnen? Sind Sie noch immer befreundet?«

Papetti setzt ein verächtliches Lächeln auf.

»Nein ... Befreundet waren wir nie. Nicht einmal, als wir zusammen kämpften. Ich war nur mit dem Kommandanten befreundet. Und Giro hatte nur zu mir Vertrauen. Die Wahrheit liegt woanders. Augusto will mich kaufen.«

»Wie denn?«

»Kommt drauf an. Manchmal bietet er mir eine Wohnung an. Oder Geld. Oder Beistand. So kannst du nicht leben, sagte er immer, wenn er mich besuchen kam. Jetzt schickt er seine Anwälte vorbei.«

»Und Sie?«

»Ich lehne alles ab. Sage ihm, er soll sich zum Teufel scheren. Mit seinen Schweinereien will ich nichts zu tun haben.«

»Können Sie mir darüber etwas erzählen? Spielen Sie auf das an, was am 24. April 1945 passiert ist, am San-Marco-Pass?«

»Ich sehe schon, Sie sind gut informiert. Für einen Journalisten ziemlich ungewöhnlich. Sie haben Recht, genau darauf spiele ich an. Allerdings muss ich Sie enttäuschen, *direttore*. Ich weiß nichts. An jenem Tag war ich nicht dabei.«

»Sie gehörten doch zur Brigade.«

»Ich gehörte dazu. Bis März 1945. Dann hat mich ein

Scharfschütze am Kopf erwischt. Zum Glück habe ich nur mein Sehvermögen eingebüßt. Für mich ging der Krieg an jenem Tag zu Ende. Es gelang mir, in die Schweiz zu fliehen, wo ich behandelt wurde. Als ich wieder zurückkam, war alles vorbei.«

»Und da …«

»Augusto und seine Freunde – Nerasti, Rimoldi, Rattazzi und Konsorten – kauften die ganze Stadt, Stück für Stück. Niemand konnte der Versuchung des Geldes widerstehen. Alle wurden zu ihren Komplizen, begreifen Sie jetzt? Und dasselbe versucht Augusto auch bei mir. Er befürchtet nicht, dass ich irgendwelche Geheimnisse aufdecken könnte. Aber er hält den Gedanken nicht aus, dass ich vermeintlich blödsinnigen Idealen treu geblieben bin. In Bergamo kann sich niemand ein Urteil über ihn erlauben. Niemand außer mir.«

»Und deshalb schlagen Sie seine Angebote aus?«

Papetti lächelt, zum ersten Mal. Er erinnert mich an einen alten Uhu, dessen Augen ein letztes Mal energisch funkeln.

»Wollen Sie mir dieses Privileg wegnehmen? Es ist das Einzige, was mich noch am Leben erhält.«

»Was geschah an jenem Tag, am San-Marco-Pass?«

»Ich war nicht dabei, das habe ich Ihnen ja gesagt. Allerdings habe ich so Verschiedenes gehört, und durchaus nicht immer Erbauliches.«

»Zum Beispiel?«

»Es waren nur Gerüchte. Niemand hat etwas gesehen. Und ich schon überhaupt nicht …«

»Ich bin nicht hergekommen, weil ich einen Artikel schreiben will. Das hier ist ein vertrauliches Gespräch. Was geschah damals am San-Marco-Pass?«

»Man erzählt sich seltsame Dinge … Wussten Sie, dass Giro genau dort, am Pass, erschossen wurde?«

»Ich habe den Gedenkstein gesehen.«

»Ausgezeichnet. Doch was nicht auf dem Stein steht, ist, dass die Kugel ihn nicht von vorn, sondern von hinten getroffen hat. Zumindest haben das diejenigen erzählt, die seine Leiche gesehen haben, bevor er eilends in einem Wald begraben wurde. Seltsam, finden Sie nicht? Und es schien gar keine Kugel der Faschisten zu sein …«

»Und dann?«

»Es handelte sich um einen wichtigen Transport, das wussten alle. Ein Parteibonze aus Cremona, der entflohen war und nun über das Valtellina in die Schweiz zu entkommen versuchte. Die Straße nach Lecco war gefährlich geworden. Wahrscheinlich glaubten sie, niemand würde auf den San-Marco-Pass achten. Auf die *Via Priula*, die alte Salzstraße. Eine Art Abkürzung. Doch stattdessen …«

»Stattdessen?«

»Das habe ich Ihnen doch gesagt. Ich weiß es nicht. Niemand weiß es. Außer ihnen.«

»Warum haben Sie so lange geschwiegen?«

»Was hätte ich denn tun sollen, meine ehemaligen Kameraden in den Schmutz ziehen? Und wozu? Gewisse Dinge geraten am besten in Vergessenheit.«

»Uns haben Sie sie jedoch erzählt.«

»Das interessiert keinen mehr. Es sind alte Geschichten, die nur uns etwas angehen, rührselige Veteranen. Die Jungen begeistern sich für andere Dinge, und vielleicht ist das ein Glück. Ich glaube nicht einmal, dass es Sie etwas angeht. Sie sind ja nicht mehr Chefredakteur des ›Lügenblatts‹, vielleicht wollen Sie an Augusto Rache nehmen, wer weiß. Ihre Sache. Jedenfalls werden Sie nichts schreiben. Und in der Stadt gibt es sowieso noch eine ganze Menge Leute, die wissen, was ich Ihnen gerade erzählt habe. Ich habe Ihnen kein Geheimnis enthüllt.«

Der Tonfall des Alten ist auf einmal feindlich. Ich erhebe mich, Vincenzo ebenfalls.

»Ich danke Ihnen. Ich …«

»Danken Sie mir nicht. Es gibt nichts, wofür Sie mir danken könnten. Was ich Ihnen gesagt habe, wird Ihnen nichts nützen. Lassen Sie es sein. Augusto ist ein paar Nummern zu groß für Sie.«

»Das raten mir alle. Aber es gelingt mir nicht.«

Ich greife nach Papettis Arm, um ihm beim Aufstehen zu helfen. Ärgerlich stößt er meinen Arm beiseite.

»Ich komme schon allein zurecht.«

Mühsam begleitet er uns nach draußen. Als wir schon auf dem Treppenabsatz sind, höre ich, wie er mir nachruft. Ich drehe mich um.

»Haben Sie kein Mitleid mit mir. Es lohnt sich zu leben. Immer.«

Ohne noch etwas hinzuzufügen, schließt er die Tür. Während ich das Treppenhaus – in dem es ebenfalls müffelt – hinuntergehe, denke ich an Papettis erbärmlichen Zustand. Und doch ist er so stark. Sein Satz geistert mir noch immer durch den Kopf. Es lohnt sich zu leben. Immer.

Achter Tag

Sonntag, 26. April

Ist das wichtig?

Mein Anruf überrascht Guidolini nicht. Ich dachte, ich würde ihm ständig auf die Nerven gehen. Doch jetzt, während ich am Telefon mit ihm spreche, habe ich eher das Gefühl, dass er mir Schitt für Schritt folgt, wie ein Soldat, der sich in vorderster Linie an einen wagemutigeren Kameraden hält, um einerseits, im günstigsten Fall, am Ruhm teilhaben zu können, ihn aber andererseits als Schild zu benutzen, falls ein plötzlicher Rückzug geboten ist.

Ich habe eine turbulente Nacht hinter mir. Elettras Verschwinden und dann der Besuch bei Papetti haben mich aufgewühlt. Etwas in dem, was der Expartisan gesagt hat, muss eine Verbindung bei mir ausgelöst haben, denn am Morgen bin ich mit diesem Gedanken aufgewacht. Ohne richtig aufgestanden zu sein, rufe ich Guidolini an.

»Hören Sie, Guidolini, ich habe wichtige Dinge über unseren Freund, den Commendatore, herausgefunden.«

Guidolini redet nicht gern am Telefon.

»Das erzählen Sie mir, wenn wir uns sehen. Was brauchen Sie?«

»Es wäre vielleicht von Interesse, herauszufinden, wie Guglielmo den letzten Tag seines Lebens verbracht hat. Wenn ich mich recht erinnere, hing in dem Aston Martin ein Telepass. Warum lassen Sie den nicht überprüfen?«

»Ausgezeichnete Idee. Ich rufe Sie zurück.«

Ausgezeichnete Idee: Das Kompliment freut mich. Dann aber besinne ich mich. So genial ist der Gedanke ja auch wieder nicht. Denn bestimmt wurde die Magnetkarte bereits im Bericht der Verkehrspolizei rubriziert, wie es in ihrem Jargon heißt. Oder vielleicht doch nicht, in Anbetracht des Rufes, der dem zuständigen Beamten anhaftet. Vielleicht hat Augusto Rondine alle Spuren tilgen lassen, die zum Selbstmord seines Sohnes führen.

Keine halbe Stunde später ruft Guidolini zurück.

»Ich habe die Daten der Autobahngesellschaft überprüfen lassen. An seinem Todestag benutzte Rondine die Einfahrt bei Carrodano, in der Nähe von La Spezia. Um 17.30 Uhr. Die Ausfahrt des Aston Martin erfolgte in Mailand, an der Mautstelle Melegnano, und zwar um 19.25 Uhr. Um 22 Uhr benutzte er dann erneut die Einfahrt an der Barriera Est. Das ist das letzte Datum, das die Computer registriert haben.«

»Stimmt. Ich sah ihn um etwa halb elf von der Brücke stürzen.«

»Glauben Sie, das könnte wichtig sein?«

Ich weiß nicht, ob es wichtig ist. Interessant ist es allemal. Was glauben Sie, weshalb Guglielmo nach Mailand gefahren ist?«

Ich spüre Guidolinis Zögern, das zwischen dem Gehorsam gegenüber Augusto Rondine und Neugierde schwankt.

»Er hatte dort eine Wohnung. Eine Art Absteigequartier, nehme ich an.«

»Ah so ... Ist Ihnen die Adresse bekannt?«

Ein weiteres kleines Zögern. Dann kapituliert Guidolini.

»Viale Piave 143. Seien Sie so diskret wie möglich. Und ... seien Sie um Gottes willen vorsichtig!«

Seien Sie um Gottes willen vorsichtig. Auf eine subtile und undurchsichtige Art fühle ich mich von Guidolini ermutigt.

Ich spüre den Impuls, ihm von Elettra zu erzählen, und sei es nur, um mein Gewissen zu erleichtern, oder in der schwachen Hoffnung, er könne etwas in der Sache ausrichten. Doch seine Ermahnung zur Vorsicht spukt mir im Kopf herum, und da lege ich auf, bevor ich ein weiteres Mal einen Fehler begehe.

Ich ziehe mich an, gehe nach unten und frühstücke in der Bar. Ich werfe einen Blick in die Zeitung. Kein Wort über Elettra. Die Polizei hat noch nichts entdeckt, oder falls doch, so hat Seguaci Vorsorge getroffen. Hier in der Nähe ist eine Mietwagenfirma. Ich miete einen Punto und bin eine Stunde später in Mailand.

Viale Piave 143 ist die Adresse eines anonymen Wohngebäudes aus den vierziger Jahren. Am Klingelschild steht nichts von »Rondine«. Anstelle von Namensschildern finden sich häufig Zahlen. Ich drücke auf die Klingel des Pförtners.

Er antwortet nach wenigen Sekunden, mit einem feindlichen Grunzen.

»Guten Tag, ich bin Journalist. Können Sie mir bitte aufmachen?«

Ich habe bereits von der Faszination berichtet, die Nachrichten ausüben, und von dem Vergnügen, sie weiterzuerzählen. Auch diesmal sehe ich meine Theorie bestätigt. Die Eingangstür geht auf.

Er wohnt in einem Häuschen im Hinterhof, den die Sonne wahrscheinlich niemals erreicht, da er von den ihn umgebenden Wohnhäusern abgeschirmt ist. Der Pförtner erwartet mich an der Tür, eskortiert von einem Husky, der mich mit schräg gelegtem Kopf beobachtet. Der Mann ist an die fünfzig, hager und groß. Auch er schaut mich an, indem er den Kopf auf die Seite legt, genau wie der Hund. Wer weiß, wer das von wem abgeguckt hat. Der Pförtner mustert mich mit dem professionellem Blick desjenigen, der daran gewöhnt ist, im Bruchteil einer Sekunde Herkunft, Rang, Absichten und mögliche Gefährdung abzuschätzen.

»Was gibt's?«, fragt er ruppig.

Aber im Grunde ist er eben doch ein Pförtner, der sich jeden Tag nicht nur mit Müll und eventuellen Einbrechern abgeben muss, sondern auch, vielleicht sogar hauptsächlich, zwölf bis vierzehn völlig öde Stunden totschlagen muss. Seine Neugierde hat sich mit der Zeit entwickelt wie ein Organ, das ständig einer intensiven Belastung ausgesetzt ist. Ich bestehe die Prüfung, und er lässt mich eintreten, bietet mir einen Platz auf einem alten, mit völlig rissigem Kunstleder bezogenen Sofa an. Der Raum dient als Küche, Wohn- und Esszimmer zugleich. Der Hund legt sich auf den Boden. Er scheint zu schlafen, doch ab und zu macht er ein Auge auf, um meine Bewegungen zu überwachen.

Nun ist es nicht mehr schwierig, den Pförtner ins Netz meiner Schmeicheleien zu ziehen. Wie professionelle Nachrichtenhändler tauschen wir heimlich das Neueste aus. Ohne mit Details zu sparen, erzähle ich ihm von Guglielmos tödlichem nächtlichen Unfall. Gierig saugt der Pförtner die Nachrichten auf. Und dann ist auch er zufrieden und bereit, mir ein bisschen Klatsch mitzuteilen.

»Der Herr Doktor Guglielmo hat eine herrliche Wohnung im achten Stock, mit einer schönen Terrasse. Einmal pro Woche kommt eine Zugehfrau zum Saubermachen. Um alles Übrige kümmere ich mich.«

Den Tod Guglielmos hat er noch nicht verinnerlicht, er verwendet noch das Präsens.

»Ich sehe ihn nicht oft. Er kommt so etwa einmal pro Monat. Mit jungen Frauen, wenn Sie verstehen, was ich meine«, er kneift ein Auge zu, eine widerliche komplizenhafte Geste. Mein Schweigen deutet er als Aufforderung zum Weiterreden.

»Alle sehr hübsch, und mit Klasse. Es scheinen Ausländerinnen zu sein. Aus dem Osten, würde ich sagen«, fügt er mit Kennermiene hinzu. »Ab und zu schickt er mich los, um eine Flasche Champagner zu besorgen. Alles nur edle Marken. Er bleibt höchstens ein paar Stunden. Tina, die Zugehfrau, erzählt mir dann immer, was für einen Sauhaufen er zurücklässt …«

Er grinst befriedigt. Ich grinse ebenfalls.

»Einmal habe ich auch eine Filmschauspielerin gesehen. Ganz sicher bin ich zwar nicht. Aber sie sah genauso aus wie die. Wie heißt sie noch gleich … Na, ich komm jetzt nicht drauf. Jedenfalls ist der Herr Doktor Guglielmo ein echter Gentleman.«

Ich übersetze im Geiste: Er verteilt üppige Trinkgelder.

»Ja, das habe ich schon von vielen gehört. Sagen Sie, wann haben Sie ihn denn zum letzten Mal gesehen?«

Der Pförtner lächelt befriedigt, wie ein ehrgeiziger Schüler, der dem Lehrer schmeicheln will, von dem er gerade abfragt wird.

»Vergangenen Sonntag. Genau an dem Tag, als er umgekommen ist, stimmt's?«

»Am Sonntag arbeiten Sie doch gar nicht.«

»Abgesehen davon, dass ich mich trotzdem immer wieder mal umschaue – bei all den Albanern und Marokkanern da, da weiß man doch nie … Jedenfalls weiß ich das, weil ich mit Freddy raus bin …«

Als er seinen Namen hört, hebt der Hund den Kopf. Sein Herrchen streicht ihm freundschaftlich über den Kopf, worauf das Tier wieder einschläft.

»Schön, schön … also, ich bin mit Freddy Gassi gegangen. Aber der macht nicht auf den Bürgersteig, schließlich muss ich selber oft genug die Scheiße von den anderen wegmachen, und das ist ja alles andere als angenehm. Nein, hier vorn, wo die Straßenbahn vorbeifährt. Da ist ein bisschen Gras, das mag der Freddy.«

Diesmal macht der Hund lediglich ein Auge auf.

»Na ja, ich will also grad wieder rein, als ich unten den Doktor Guglielmo treffe. Was für eine Überraschung, sage ich zu ihm, Sie haben sich ja schon länger nicht mehr bei uns blicken lassen.«

»Und was hatten Sie für einen Eindruck von ihm?«

»Er hatte es eilig. Und war irgendwie aufgeregt. Nicht so wie sonst. Normalerweise ist er ja immer für ein Schwätzchen zu haben. Er macht auch gern ein paar Witze. Diesmal jedoch nicht. Er war allein. Komisch, nicht?«

Er hält inne, um zu überlegen, als wolle er das Bild in seiner Vorstellung scharf stellen.

»Sonst erinnern Sie sich an nichts?«

»Nein ... Er war nicht sehr lang oben, anderthalb Stunden, würde ich sagen. Als er wieder herunterkam, hat er mich gegrüßt und ist gleich verschwunden.«

»Sonst nichts?«

»Nein ... doch, warten Sie ... Er hatte das Auto vor einer Einfahrt stehen lassen, und da bereits ein Typ andauernd hupte, musste er sich ein wenig beeilen. Und als er die Schlüssel herauszogen hat, ist ihm etwas auf den Boden gefallen. Etwas Rundes, Glänzendes, das auf die Straße gerollt ist.«

»Und was war das?«

»Ich weiß nicht ... Etwas wie eine Dose. Etwa so groß« – er breitet die Hand aus. »Schien aus Blech zu sein und war wohl schon etwas älter, denn es waren überall Schmierer und Streifen drauf. Ich hab das Ding aufgehoben und es ihm gegeben. Aber reingeschaut hab ich natürlich nicht.«

Der Hund öffnet die Augen und beobachtet mich. Mit demselben Ausdruck schaut mich auch der Portier an.

»Ist das wichtig?«

Der Commendatore erwartet Sie

Etwas überrascht studiert der Mann vom Sicherheitspersonal meinen Presseausweis. Er schaut mich ein paar Sekunden lang an und mustert meine Physiognomie. Er erkennt mich nicht. Ich habe mich hier nur selten blicken lassen. Dann winkt er mich durch.

Das Stadion ist eine alte bröckelige Zementkonstruktion, die sich direkt in unmittelbarer Nähe des Stadtzentrums erhebt. Niemand hat einen Gedanken darauf verschwendet, hier Parkplätze einzurichten, und sonntags verwandelt sich die ganze Gegend in ein einziges Gewirr aus Karosserien. Ich habe einen Parkplatz in zweiter Reihe ergattert, beim Lazzaretto.

Die Ultras sind die Gefährlichsten, gewalttätig und nachtragend. Für sie hat ein Spiel dieselbe Bedeutung wie für die Azteken, die den Verlierern das Herz herausrissen. Auch für die Bergamasker geht es um Leben und Tod, darum, die eigene Überlegenheit gegenüber dem Rest der Welt zu behaupten.

Ich setze mich in eine der für Journalisten reservierte Logen oberhalb der letzten Reihe. Ich blicke mich um. Wenn ich mit Augusto reden will, und daran führt mittlerweile kein Weg mehr vorbei, dann kann ich ihn nur hier ansprechen. Er ist noch nicht eingetroffen.

Weiter unten, auf den Stufen, erspähe ich zwei volkstümliche Gestalten, die mir schon bei früheren Gelegenheiten aufgefallen sind. Er trägt einen hohen Hut, eine Art riesige Röhre, in den Mannschaftsfarben, schwarz und blau. Sie dagegen hat sich in ein ebenso grelles Tuch gehüllt, auf dem in großen Lettern der Schriftzug *bressà sunì*, prangt: Die Brescianer sind Schweine. Der Rassenhass der Bergamasker trifft nämlich die Südländer ebenso wie beispielsweise die Mailänder, Symbol für die großstädtische Schlaffheit. Was die Brescianer betrifft, so liegt die Erklärung wohl in einem lange zurückliegenden lombardischen Konkurrenzkampf. Nicht zufällig ist die einzige Mannschaft, mit der Bergamo eine Art brüderliche Freundschaft unterhält, Juventus Turin: Spröde und hochfahrend, hat sie vieles mit Bergamo gemeinsam.

Die gegnerische Mannschaft läuft ins Stadion ein, welches mit einem Mal verstummt. Ganz allmählich hallt in dem weiten Rund ein stetig wiederholter Laut wider, der immer mehr anschwillt. Die *tifosi* imitieren das Geräusch eines Zugs, indem sie rhythmisch mit den Füßen auf den Boden stampfen. Tu-tuh, tu-tuh, tu-tuh ... Die enormen, ohrenbetäubenden Vibrationen bringen das Stadion zum Erzittern. Erst nach einigen Minuten begreife ich die Pantomime. Die Fans ahmen nicht nur das Geräusch eines Zuges nach, sondern skandieren auch ein Wort: *terù*, sprich: *terrone*, verdammter Südländer.

terù terù terù terù terù terù terù terù terù terù terù terù terù terù terù terù terù terù terù terù terù terù terù terù terù

Unendliche Male wiederholt, ergibt dies genau den Klang eines vorbeifahrenden Zugs.

Das Spiel beginnt, und genau in dem Augenblick erscheint der große Alte. Er trägt einen grauen Mantel, der seine dickliche Silhouette noch verstärkt. Einige Geschäftspartner, ein paar Freunde sind bei ihm. Sobald er auftaucht, drängen sich alle vor, um ihm die Hand zu schütteln, ihren Respekt zu bezeugen, eine witzige Bemerkung zu machen. Er antwortet – wenn er antwortet – mit einem genervten Nicken. Eine ganze Reihe springt auf, um ihn vorbeizulassen. Müde schiebt er sich voran, dann lässt er sich auf einen Sitz auf der Ehrentribüne fallen, vor der ein niedriges Mäuerchen verläuft.

Das Spiel beginnt also, ich langweile mich schrecklich. Mehr Spaß als die Spieler auf dem Feld bereitet mir das Beobachten der Zuschauer. Die Fans feuern an, schreien entsetzt auf, jubeln, schimpfen, fluchen aus vollem Halse, stimmen die unterschiedlichsten Chöre an, entrollen Transparente, werfen mit Gegenständen.

Augusto Rondine bleibt unbeeindruckt. Lediglich bei einer verpassten Torchance scheint er einen Stich zu verspüren. Rondine, so bemerke ich, ist ein Mensch, der seinen Ärger erst einmal in sich hineinfrisst.

Ende der ersten Halbzeit. Die Leute auf der Tribüne stehen auf, recken sich, plaudern oder trinken einen Kaffee. Viele derjenigen, die bei Augusto saßen, entfernen sich, der Pascha bleibt jedoch auf seinem Platz. Das ist der richtige Augenblick.

Ohne dass er es bemerkt, setze ich mich neben ihn.

»Guten Tag, Commendatore.«

Langsam dreht er sich zur Seite, mustert mich. Er schweigt.

»Ich muss mit Ihnen sprechen. Ganz dringend. Es geht um Ihren Sohn.«

Nicht einmal der Hinweis auf Guglielmo ruft eine Reaktion hervor. Er betrachtet mich mit einer Art Verachtung.

»Ich war ebenfalls auf der Autobahnbrücke und habe alles mit angesehen. Dann bin ich hinunter zum Fluss gerannt. Commendatore, ich bin der Letzte, der Ihren Sohn gesehen hat …«

Ich kann den Satz nicht vollenden. Eine Hand packt mich am Kragen meines Lodenmantels, reißt mich vom Sitz hoch.

Ich kann gerade noch den Kopf umwenden. Mein Angreifer, ein junger Typ, ist zwanzig Zentimeter größer als ich, hat quadratische Schultern und riesige Hände.

Der Bodyguard schleift mich die Stufen hinab, während ich um mich trete und mich zu wehren versuche. Frecherweise halte ich mich an einer Rückenlehne fest, doch es genügt ein heftiger Ruck des Riesen, und schon werde ich weitergezerrt. Augusto würdigt mich nicht einmal eines Blickes, er hat den Kopf auf die andere Seite gedreht.

Der Gigant schleift mich noch ein paar Meter weiter. Dann lockert er den Griff.

»Hauen Sie ab. Der Commendatore möchte nicht gestört werden.«

Der Bodyguard stellt sich zwischen mich und Rondine für den Fall, dass ich einen erneuten Versuch wagen sollte. Das scheint mir nicht geboten.

»Schon gut, schon gut«, versichere ich und zupfe meinen Mantel wieder zurecht. »Ich geh ja schon.«

Ich stecke die Hand in die Tasche: Die Pistole ist noch da und verleiht mir ein beruhigendes Gefühl der Macht. Ich könnte sie zücken und dem Grobian unter die Nase halten. Doch ich unterdrücke diesen kindischen Reflex und verlasse das Stadion, während das Spiel weitergeht.

Ich warte auf dem Vorplatz. Vielleicht ergibt sich am Ausgang noch einmal eine Gelegenheit. In zehn Meter Entfernung sehe ich eine Bar in Fertigbauweise, die sich, wie ein Schild verkündet, launigerweise »Frühstück bei Tiffany« nennt.

Nach etwa zwanzig Minuten hallt ein Aufschrei durchs Stadion. Tor. Der Rest der Wartezeit verstreicht in dumpfem Brüten. Hier draußen herrscht eine unbewegliche Spannung. Von den Bergen her kommen dunkle Wolken, die sich vor die Sonne schieben.

Dann reißen die Angestellten die Tore auf: Das Spiel liegt in den letzten Zügen. Ich stelle mich vor dasjenige, aus dem, wie ich glaube, Rondine kommen müsste. Alles geschieht so schnell, dass ich Mühe habe zu folgen.

Aus dem Stadion quillt eine kleine Fangruppe, vermutlich aus Lecce – sie tragen rotgelbe Halstücher. Sie laufen den Viale Giulio Cesare entlang, scheinen beinahe zu fliehen. Direkt dahinter eine Horde wild gewordener Bergamasker. Binnen einer Sekunde befinde ich mich im Zentrum eines heillosen Getümmels. Verschiedene Gruppen fallen übereinander her, Leute am Boden treten um sich, Schatten versuchen fortzuhuschen. Ein Jugendlicher hält eine Stange in der Hand und beginnt die Windschutzscheiben der parkenden Autos zu zertrümmern, eine nach der anderen.

Dann fahren die Polizeiwagen vor und bedrängen die außer Rand und Band geratene Menschenmenge. Die Beamten des Überfallkommandos beugen sich aus dem Fenster und verpassen jedem, der in ihre Reichweite gerät, einen Hieb auf den Kopf. Sie feuern Tränengaspatronen ab. Die Szene wird in einen irrealen Nebel getaucht, in dem die Umrisse verschwinden.

Sich Rondine zu nähern ist unmöglich. Vorsichtig bahne ich mir meinen Weg zum Lazzaretto, vorbei an den sich prügelnden Horden.

Auf verschlungenen Pfaden gelingt es mir, mich von dem Zentrum des Geschehens zu entfernen. Schon glaube ich, es geschafft zu haben, als plötzlich ein Polizeiwagen vor mir gegen den Bordstein fährt und auf die Seite kippt. Für die Gewalttäter ist dies ein Signal zum Angriff. Zu Dutzenden laufen sie auf den umgekippten Jeep zu – das heißt auf mich – und schwenken Eisenstäbe, Ketten, Fahnenstangen.

Auch ich beginne zu laufen, soweit mir das möglich ist: Mein Knöchel tut noch immer weh. Während ich zu flüchten versuche, sehe ich, wie die Beamten des Überfallkommandos sich von innen gegen die Türen stemmen. Endlich gelingt es ihnen, sich zu befreien. Sie legen die Luftdruckgewehre an und feuern weitere Tränengaspatronen ab. Dichter, beißender Rauch umhüllt mich. Ich weiß nicht mehr, wohin ich laufe, huste und weine zugleich. Ich spüre einen Brechreiz.

Ich habe noch das Taschentuch in der Hand, als ich ein Geräusch, eine Art Pfiff, bemerke. Gleich darauf breitet sich ein heftiger Schmerz von der Schulter über den ganzen Körper aus. Ich gehe in die Knie, die Luft bleibt mir weg. Ich drehe mich um. Ein wild gewordener Mensch mit T-Shirt schwingt eine Eisenstange und lacht wie irre. Er brüllt etwas, das ich nicht verstehe.

Der Schmerz lähmt meinen rechten Arm. Aus dem Nebel tauchen weitere fünf, sechs Jugendliche auf. Sie umzingeln mich. Ihre Mienen verheißen wahrlich nichts Gutes. Derjenige mit der Stange beugt sich zu mir herab, schreit etwas im Dialekt. Ich kann die kehligen Silben voller Konsonanten nicht deuten und schüttle den Kopf.

Meine Orientierungslosigkeit verrät ihnen, dass ich ein Feind sein muss. Von den anderen angefeuert, hebt der Hüne die Stange und will erneut auf mich einschlagen. Da meine Rechte nicht zu gebrauchen ist, schiebe ich die Linke in die Manteltasche, mit einer lächerlichen, nutzlosen Bewegung. Die Gasser entgleitet mir. Ich spüre, wie sich etwas über mir regt, und als einzige Reaktion darauf schließe ich die Augen, in Erwartung des fatalen Schlages.

Doch der Hieb bleibt aus.

Ich mache die Augen wieder auf, mit angehaltenem Atem.

Im Nebel zeichnet sich eine kleine, untersetzte Gestalt ab, die von drei riesigen Silhouetten umgeben wird. Sie tritt in den Kreis der Jugendlichen, die zurückweichen, um ihr Platz zu machen. Ich spüre, wie sich um mich her die Gewaltbereitschaft auflöst, die gerade eben noch in der Luft knisterte. Der große Kerl lässt die Eisenstange sinken. Seine Arme baumeln zu beiden Seiten des Körpers herab.

Der beleibte Mann sagt etwas im Dialekt. Wenige Worte, hart und zornig. Sie genügen, damit die Typen mir einen letzten verächtlichen Blick zuwerfen und sich dann trollen. Alles, woran ich denken kann, ist, ob die Schulter gebrochen ist oder nicht.

Mein Retter ist Augusto Rondine, der in seinem grauen Mantel hochmütig und unerschütterlich wirkt und von drei Bodyguards umgeben ist. Einer von diesen streckt mir die Hand hin und hilft mir beim Aufstehen. Als er findet, dass ich mich wieder einigermaßen auf den Beinen halten kann, macht er einen Schritt zurück.

»Kommen Sie heute Abend«, sagt er. »Der Commendatore erwartet Sie.«

Es ist mir erneut entwischt

Es ist dunkel und regnet Bindfäden. Die wenigen Schritte von meinem Auto zur Villa Rondine genügen, und ich bin patschnass.

Bevor ich eintrete, stecke ich die Gasser hinten in den Hosenbund. Ein Bediensteter nimmt mir den Lodenmantel ab und führt mich in den Salon.

Augusto Rondine wartet im Stehen auf mich. Er blickt zum Fenster hinaus, hat mir den Rücken zugekehrt. Unter ihm breitet sich unscharf flimmernd die Milchstraße der Unterstadt aus. Rechts, an der längsten Wand, flackert ein Feuer in einem Kamin. Antike Gemälde. Sofas und Sessel in klassischem Stil. Ein riesiger russischer Teppich.

Rondine hat die Hände aufs Fenstersims gestützt. Sein Gesicht spiegelt sich in der Scheibe. Er wirkt zehn Jahre jünger, als er wirklich ist. Ein hartes Gesicht, stechende Augen und volle Wangen. Er spricht, ohne sich umzudrehen, als wolle er so schnell wie möglich etwas Lästiges hinter sich bringen.

»Also, Sie wollten mich unbedingt sprechen. Was gibt's?«

Ich habe nicht vor, das Spielchen mitzuspielen. Ich lasse mich in einem Sessel nieder, als richtete ich mich auf eine längere Plauderei ein. Ein heftiger Schmerz durchzuckt meine Schulter.

»Wie ich schon sagte, war auch ich am vergangenen Sonntag auf der Autobahn. Ich fuhr genau hinter dem Aston Martin und habe alles mitbekommen.«

»Da sind Sie nicht der Einzige, wie mir scheint«, antwortet er, das Gesicht noch immer zur Scheibe gewandt.

»Beziehen Sie sich auf Artifoni? Kommen Sie, Commendatore, ich bin doch nicht blöd. Artifoni hat überhaupt nichts gesehen. Er war gar nicht da. Artifoni ist doch von Ihnen geschmiert.«

»Glauben Sie, was Sie wollen. Es interessiert mich nicht.«

»Dann interessiert Sie vielleicht, was ich über Ihren Sohn zu sagen habe. Guglielmo hat Selbstmord begangen. Er ist absichtlich in die Lücke in der Leitplanke gefahren.«

»Woher wollen Sie das wissen?«

»Es besteht kein Zweifel. Guglielmo liebte riskante Spielchen mit dem Auto. Sein Lieblingsmanöver war genau das: plötzlich ausscheren und durch ein schmales Tor fahren. Wussten Sie das?«

Rondine stößt einen ungehaltenen Seufzer aus.

»Hören Sie, ich habe wenig Zeit. Sagen Sie mir, weshalb Sie gekommen sind.«

»Ich glaube, Guglielmo hat sich vor Scham umgebracht. Er wusste alles über Alice.«

Endlich ist es mir gelungen, ihn wachzurütteln. Augusto dreht langsam den Kopf herum und starrt mich an.

»Kommen Sie schon, Commendatore, ich weiß alles … Augusto, Lele, Iginio, Cesare, Egidio. Alice. Sie gehörten alle derselben Brigade an, im Brembana-Tal. Zusammen mit Don Filasti, Papetti und dem Kommandant Vento. Und jetzt sagen Sie mir bitte: Was ist an jenem 24. April 1945 am San-Marco-Pass geschehen?«

Rondine dreht sich wieder zum Fenster um, kehrt mir erneut den Rücken zu.

»Sagen Sie es mir.«

»Ein Parteibonze versuchte in Begleitung eines Offiziersburschen zu entkommen. Er wollte ins Valtellina und von dort aus in die Schweiz flüchten. Ihr habt ihm den Weg versperrt und wahrscheinlich ihn und seine Schergen erschossen. Doch damit nicht genug. Der Bonze hatte eine Menge Wertsachen bei sich. Vielleicht Gold, vielleicht Schmuck, ich weiß es nicht. Jedenfalls muss es sich um ein hübsches Sümmchen gehandelt haben, vielleicht waren es von den Juden beschlagnahmte Sachen oder öffentliche Gelder. Jedenfalls wart ihr da am San-Marco-Pass und hattet plötzlich diesen Batzen vor euch. Ihr wart unschlüssig, was ihr tun solltet. Der Kommandant hat keine Zweifel: Man muss das Geld dem Nationalen Befreiungskommando übergeben, sollen die sich darum kümmern. Doch irgendjemand ist damit nicht einverstanden, vielleicht Sie selbst, vielleicht Rattazzi oder Rimoldi. Eine Diskussion entspinnt sich. Noch einmal wird sich euch eine derartige Gelegenheit nicht bieten. Bald ist der Krieg zu Ende, und das normale bürgerliche Leben beginnt erneut. Das Abenteuer ist vorbei. Doch ihr habt keine Lust, wieder zur Hacke zu greifen oder als Maurer zu arbeiten. Schließlich habt ihr doch eure Haut für alle anderen riskiert. Was werdet ihr zum Dank dafür bekommen? Ihr seid nicht die Art von Menschen, die an eine Revolution glauben. Vielleicht habt ihr bereits begriffen, dass es euch keiner danken wird, die Opportunisten und Angepassten sind bereits am Werk. Und nun liegt all dieses Gold da vor euch … Ihr debattiert, ihr streitet euch. Vielleicht seid ihr auch handgreiflich geworden. Dann plötzlich ein Schuss. Der Kommandant fällt zu Boden, er ist am Rücken verletzt. Wer war es? Einer von euch fünfen. Jetzt gibt es kein Zurück mehr. Ihr erzählt, dass es bei einem Schusswechsel passiert ist, als ihr den flüchtigen Parteibonzen aufzuhalten versuchtet, wobei Girolamo unglücklicherweise getötet wurde. Das Gold versteckt ihr, vielleicht in einer Berghütte. Nach einer Weile holt ihr es euch dann. Die Bank zu gründen ist nicht schwierig, fünf verdienten Expartisanen hilft man nur zu gerne. Etwas von dem Geld wird auch für Don Filasti abgezwackt, für die

Gründung des *Istituto di Carità*. Auf diese Weise büßt ihr eure Schuld ab, und außerdem bringt ihr ihn so zum Schweigen. Die Geschäfte entwickeln sich prächtig, niemand hat große Lust, Fragen nach einer Vergangenheit zu stellen, die keinen mehr interessiert. Kurz und gut, es gelingt euch, euer ursprüngliches Vergehen auszumerzen. Bis eines Tages Ihr Sohn alles entdeckt ... Das hatten Sie nicht bedacht. Mit einem Mal begreift Guglielmo, dass sein Vater ein Dieb und Mörder ist. Ihr Sohn ist ein bizarrer Mensch, im Grunde aber ein tüchtiger Junge. Was er da entdeckt hat, entsetzt ihn. Doch damit nicht genug: Vor einem Jahr beauftragen Sie jemanden, vielleicht Artifoni, Giosuè Nerasti umzubringen. Sie wollen die ganze Bank besitzen, allein. Das ist für Guglielmo das Ende. Die Schuldgefühle werden übermächtig, er schlägt den Weg der Selbstzerstörung ein, unternimmt mehrere Selbstmordversuche. Bis es ihm – vor einer Woche – schließlich gelingt ...«

Ich halte den Atem an, in Erwartung eines Zornausbruchs. Vorsichtshalber schiebe ich eine Hand unters Jackett, bereit, die Gasser zu zücken.

Augustos Oberkörper hebt sich noch ein wenig, dann dreht Rondine senior sich mit einem Ruck um.

Er lacht.

Es ist ein aufrichtiges, freimütiges, ausgelassenes Lachen. Er lacht aus vollem Herzen, gleichsam unbändig. Hat sich nicht mehr unter Kontrolle. Lacht. Laut, bis ihm die Tränen kommen.

Dann kommt er auf mich zu. Er lässt sich aufs Sofa plumpsen, versinkt mit dem schwabbeligen Leib tief in den Kissen. Endlich verebbt das höhnische Gelächter. Mit dem Handrücken wischt er sich die Tränen ab. Er presst die Lippen aufeinander, stößt ein letztes Glucksen aus, das ihm im Hals stecken geblieben war.

»*Direttore ... direttore*.« Er reißt den Mund auf, um Luft zu holen. »Dafür, dass Sie ein berühmter Journalist sind, finde ich Sie unglaublich naiv. Ich habe Sie herbestellt, weil ich hoffte, Sie hätten mir etwas Wichtiges zu sagen ... Und ich hatte sie für scharfsinnig gehalten!«

Plötzlich verändert sich sein Gesichtsausdruck. Die gütige Miene macht einer kalten, unterdrückten Wut Platz.

»Sie kommen zu mir nach Hause, um mir die Leviten zu lesen! Sie wissen *nichts*. Nichts! Ihr Journalisten seid so maßlos dumm ... Guglielmo wusste immer, woher das Geld für die Bank stammte, so wie alle in der Stadt es wissen, zumindest diejenigen, die etwas zählen. Niemand hatte je etwas dagegen einzuwenden, es zogen ja alle am selben Strang. Sie ... Sie glauben, herkommen und mir eine Strafpredigt halten zu können, weil Sie in Mailand geboren sind, weil Sie in einer großen Stadt gelebt haben. Sie täuschen sich! Die Dinge haben sich nicht so zugetragen, wie Sie vermuten. Sie waren 1945 nicht dabei. Verkneifen Sie sich also ein Urteil. Wem hätten wir denn das Geld zurückgeben sollen? Es ist uns gelungen, das Böse zum Guten zu wenden, begreifen Sie nicht? Das Böse zum Guten ... Sie sind nur ein Dummkopf!«

»Vielleicht war auch Giosuè Nerasti nur ein Dummkopf. Oder wollen Sie behaupten, dass Guglielmo ihn umgebracht hat, vielleicht aus Eifersucht?«

»Giosuè ... ob Sie das glauben oder nicht, er ist mir gleichgültig. Aber es war tatsächlich ein Unfall. Unseren Kindern haben wir viel gegeben, doch wir haben ihnen nicht beigebracht, wie man lebt.«

»Ihr habt noch mehr getan, als nur das das Böse zum Guten zu wenden. Ihr habt auch den Bericht der Verkehrspolizei gefälscht. Ihr wolltet Guglielmos Selbstmord vertuschen.«

»Sie halten sich für unglaublich edel, stimmt's? Sie haben diese Stadt nie verstanden. Niemals. Sie sind überzeugt davon, dass Guglielmo sich umgebracht hat. Ich, sein Vater, bin da nicht so sicher. Doch selbst wenn es so wäre, warum sollte man es dann allen erzählen? Haben Sie noch nie etwas von Mitgefühl gehört?«

Er macht mich neugierig, dieser Mann, der sich hier als christlicher Tugendwächter aufspielt. Ich hatte damit gerechnet, einen arroganten alten Mann vor mir zu haben, stattdessen ist es ihm gelungen, mich, ganz wie sein Sohn, zu überraschen. In einem Punkt hat er Recht: Ich habe diese Stadt tatsächlich nie verstanden.

»Und dass Sie jemanden zu mir geschickt haben, um den Film zu stehlen – ist das auch aus Mitgefühl geschehen?«

»Stehlen ... Sie verstehen nicht einmal den Sinn Ihrer eigenen Worte. Stehlen ... Dieser Film stammte von meinem Sohn, Sie sind derjenige, der ihn geraubt hat! Natürlich wollte ich ihn wiederhaben, um jeden Preis. Es ist alles, was mir von ihm bleibt, verstehen Sie?«

Wir schweigen eine Weile. Die Holzscheite knacken im Kamin. Augusto ist tief in Gedanken versunken, ich kann beinahe hören, wie ihm die Gedanken durch den Kopf schwirren. »*Sota la sender, brasca*«, unter der Asche ist Glut – so beschreibt der bergamaskische Volksmund den eigenen Charakter. Augusto Rondine scheint dieser alten Beobachtung gerecht zu werden. Unter der äußeren Schale aus Unerschütterlichkeit steckt ein ungestümer, leidenschaftlicher, fast möchte ich sagen: impulsiver Mensch. Ich hatte ihn für einen eiskalten Mann ohne Skrupel gehalten, doch nun habe ich ein gefährliches Individuum entdeckt, aber auch einen liebevollen Vater. Journalisten halten sich wie bereits erwähnt an Klischees. Doch diesmal werden die Klischees auf der Stelle konterkariert.

»Bleiben noch Warburg und Spreafico«, sage ich. »Sie werden mir doch nicht erzählen wollen, dass auch dies nur Unfälle waren.«

Rondine prustet entrüstet. Er hat sich wieder unter Kontrolle, nun spricht er, als säße er in einem Aufsichtsrat.

»Warburg ... noch so ein Irrer wie Sie. Leider gibt es in dieser Stadt noch immer Leute, die sich nicht mit der Zukunft abfinden wollen und daher an eine Vergangenheit klammern, die es nicht mehr gibt. Jedenfalls war mein Sohn, falls Sie das interessiert, immer einer Meinung mit mir. Was Spreafico betrifft … Ich hoffe, Sie wollen mich nicht auch noch für die Missetaten einer Negerbande verantwortlich machen …«

Ich hatte geglaubt, diese Begegnung würde zur Lösung des Rätsels führen. Und nun bemerke ich, dass ich mich in einer Sackgasse befinde. Ich bin orientierungslos, weiß nicht mehr, was ich tun soll. Ich erhebe mich.

Rondine bleibt auf dem Sofa sitzen. Er macht eine wegwerfende Geste, als wolle er sagen: Was für eine Zeitverschwendung. Ich habe ihn enttäuscht. Auf eine perverse Art tut er mir Leid.

Als ich bereits an der Tür bin, ruft der Commendatore mich zurück.

»Warten Sie. Was hat es mit der Geschichte von Alice auf sich?«

»Das Akronym eurer Namen. Die Gründer der Bank.«

Rondine schüttelt den Kopf, wie ein scheues Pferd.

»Aber nein, nein … Alice, warum haben Sie mich danach gefragt?«

»Es ist das letzte Wort, das Guglielmo zu mir sagte, bevor er starb. Unten am Flußufer.«

Plötzlich legt der Alte sein Innerstes bloß. Etwas erhellt seinen Blick.

Doch es ist nur ein kurzer Moment. Die Lider senken sich wieder, löschen die Erscheinung aus, wie man eine obszöne Zeichnung von einer Tafel abwischt. Als er mich wieder anblickt, ist die graue Schiefertafel blank.

»Wissen Sie, wer Alice war?«, frage ich ihn.

»Nein … Habe ich nie gehört. Aber warten Sie … Was glauben Sie, weshalb Guglielmo sich umgebracht hat?«

Endlich haben ihn seine Schuldgefühle dazu gebracht, zuzugeben, dass es Selbstmord war. Wenn er noch hofft, in Frieden sterben zu können, bin ich vielleicht der Einzige, der ihm die Absolution erteilen kann.

»Guglielmo scheint das Gefühl gehabt zu haben, sich selbst verraten zu haben«, sage ich zu ihm. »Und diesen Gedanken konnte er nicht ertragen.«

Meine Worte haben eine unerwartete Wirkung. Die Züge des Alten werden undeutlich, wie ein Balkengerüst, das plötzlich nachgibt. Echter Schmerz zeichnet sich auf seinem verzerrten Gesicht ab. Womöglich beginnt er gleich zu weinen.

»Derselbe Fehler, den auch ich beging … Ich habe ihn gezwungen, ihn zu wiederholen …«

Ich gehe. Wir haben kein Recht, alte Menschen weinen zu sehen.

Im Käfig des Autos hypnotisiere ich mich mit den Regenfontänen, die sich über die Windschutzscheibe ergießen. Das, was ich auf der anderen Seite sehe, ist nicht viel deutlicher als das, was in meinem Kopf vorgeht. Mein Luftschloss aus Vermutungen ist eingestürzt. Ich habe Geheimnisse aufgedeckt, an denen mir nicht gelegen ist. Und das Einzige, hinter dem ich wirklich her bin, ist mir erneut entwischt.

Danach finde ich vielleicht meinen Frieden

Ich verbringe eine unruhige Nacht. Die Vergangenheit hat mich eingeholt, und die Zukunft kann ich nicht einmal erahnen, vielleicht gibt es keine.

In einem verwirrten, halb wachen Zustand sehe ich Augusto Rondine vor mir, Elettra, Warburg. Die Worte von Augustos Vater klingen mir noch im Ohr: »Derselbe Fehler, den auch ich beging … Derselbe Fehler, den auch ich beging …« Wie ein sich ewig drehendes Rad kehren meine Gedanken immer wieder dorthin zurück, zu Guglielmo, im Wagen zerschmettert, die Augen vor Schmerz und Angst weit aufgerissen. Ich habe keinen Zweifel: Für ihn war Alice das Wichtigste auf der Welt. Alice war alles. Kann es denn sein, dass niemand weiß, wer sie war?

Ich befinde mich in einer Kirche, zu Füßen des Altars steht ein Sarg. Neben mir ist meine Frau. Wir sind beide weiß gekleidet, von Kopf bis Fuß, als wären wir bei einer Hochzeit, einer Kommunion und nicht bei einem Begräbnis. Tatsächlich bin ich fröhlich, und auch sie hakt sich bei mir ein und lacht. Arm in Arm gehen wir auf den Sarg zu. Darin liegt unsere Tochter, deren Augen nicht geschlossen, sondern weit aufgerissen sind. Sie setzt sich auf und stößt schluchzend hervor: »Alice …«

Plötzlich geht hinter dem Altar eine Tür auf. Ein Priester tritt ein, in einen langen Talar gekleidet, der ihm bis zu den

Füßen reicht und von einer endlosen Knopfreihe geschlossen wird. Es ist Augusto Rondine. Er öffnet den Mund, um etwas zu sagen, wahrscheinlich einen Bannspruch oder eine Formel zur Teufelsaustreibung, als auf einmal die Glocken über uns zu läuten beginnen. Ich halte mir die Ohren zu, doch der Klang ist so laut, viel zu laut …

Ich reiße die Augen auf. Der Klang der Glocken verwandelt sich in den des Handys. Im Dunkeln leuchtet das Display auf. Ich strecke die Hand aus, der Apparat entgleitet mir und fällt auf den Boden. Ich taste danach, und als ich ihn endlich zu fassen bekomme, hört das Klingeln auf. Nachdem ich mühsam meine Augen scharf gestellt habe, versuche ich die Nummer zu entziffern. Doch da steht nur: unbekannter Teilnehmer. Ich fluche leise und versuche wieder einzuschlafen.

Doch daran ist nun nicht mehr zu denken. Die Zukunft droht. Meine kleine, dumme Untersuchung ist auf einmal zum Stillstand gekommen. Es ist, als hätte mich dieser Fall satt und ließe mich wie einen gestrandeten Fisch im Sand liegen. Wer Alice ist, werde ich nie erfahren.

Das Handy klingelt zum zweiten Mal. Diesmal bin ich bereit und drücke sofort auf die Taste.

»Hallo?«

Elektrisches Knacken, dann schaltet sich ein lästiges Echo ein, das meine eigene Stimme zurückwirft.

»Hallo … hallo … hallo … hallo …«

Ich halte den Atem an, um zu erkennen, ob da am anderen Ende der Leitung jemand ist. Ich bekomme nur elektronische Brummgeräusche zu hören. Ich warte noch ein wenig, bis die Verbindung unterbrochen wird.

Erneut mache ich die Augen zu, das Handy an die Brust gedrückt. Das Warten dauert nicht lang. Nach wenigen Sekunden klingelt es von neuem. Und diesmal höre ich eine Stimme.

»Ciao, Manlio.«

»Ciao, Elettra. Wo bist du?«

»Es ist besser, wenn du das nicht weißt.«

»Geht's dir gut? Was ist passiert?«

»Nichts, mach dir keine Sorgen ... Mir geht es blendend. Glaub nicht an das, was du gesehen hast. Es ist nichts passiert. Ehrlich.«

»Alles nur inszeniert?«

Sie antwortet nicht. Ich höre, wie sie atmet.

»In Ordnung. Es genügt mir, zu wissen, dass es dir gut geht, weiter nichts. Wann kommst du zurück?«

»Ich ... komme nicht zurück. Ich kehre nie mehr zurück. Jetzt bin ich weit weg ... Nach Bergamo kann ich nie wieder zurück, verstehst du? Das lassen sie nicht zu. Und ich kann mich noch glücklich schätzen ...«

»Aber ...«, und da stelle ich fest, dass ich nicht weiß, wie ich fortfahren soll.

»Hör zu, Manlio, ich habe nicht viel Zeit ... Sie haben mich allein gelassen, aber bald sind sie wieder da. Ich habe dich angerufen, weil ich dir etwas sagen wollte. Ich weiß, wie viel dir daran liegt, und genau deshalb tue ich es, auch wenn es gefährlich sein könnte. Such Virginia. Das war Guglielmos Lieblingsmädchen. Warte, ich geb dir ihre Nummer ...«

Ein rasches Diktat. Mit vom Schlaf trägen Fingern drücke ich auf die Tastatur.

»Ich muss jetzt wieder auflegen ...«

»Warte einen Moment! Warum?«

»Ich mochte dich. Du hast mich an Guglielmo erinnert. Aber versuch nicht, nach mir zu suchen, versprich mir das! Ich möchte nicht, dass dir etwas zustößt ... jetzt muss ich auflegen ... wirklich ...«

»Elettra ...«

»Ich muss Schluss machen.«

»Elettra ...«

»Vetraue niemandem! Denk daran ... niemandem.«

Das Gespräch bricht ab. Ich halte das Handy noch immer

ans Ohr, in der absurden Hoffnung, dass die Verbindung wieder auflebt.

Alice, wer war das? Ich habe das Gefühl, nahe an der Lösung dran zu sein. Danach finde ich vielleicht meinen Frieden.

Neunter Tag

Montag, 27. April

Gab es da etwas zu begreifen?

Am Telefon war Virginia ganz professionell. Ich sagte ihr nicht, weshalb ich sie sehen wollte, befürchtete, sie würde sonst womöglich wieder einhängen. Ich sagte ihr nur, »ein Freund« habe sie mir empfohlen, und das genügte bereits, dass sie den Katalog herunterleierte.

»Also, ich nehme hundertfünfzig pro Stunde, zweihundertfünfzig für zwei, fünfhundert pro Nacht. Alles inklusive. Wenn du willst, kann ich auch noch eine Freundin anrufen.«

Sie fügte hinzu, dass sie in Dalmine wohne, und beschrieb mir den Weg.

Während ich an der Ampel in die Straße einbiege, die ins Zentrum des Ortes führt, muss ich an meinen ersten Abend in Bergamo denken. Bei unserer Redaktionskonferenz wurde der Inhalt der Ausgabe des Folgetags besprochen. Die diversen Ressortleiter – Lokales, Regionales, Sport und Kultur – hatten ihre Berichte für die neue Ausgabe aufgelistet. Mir war unwohl geworden, in Anbetracht ihrer kümmerlichen Ideen. Alles, wozu ihre Fantasie reichte, waren irgendwelche Symposien, Konferenzen, Treffen des Rotary-Clubs – oder die Hoffnung auf einen Mord. Das Hauptproblem bestand darin, die Seiten zu füllen, jede Mücke wurde zum Elefanten aufgeblasen.

Außer seinen Nachrichten hatte der Chef vom Regionalen eine Gedenkmesse für die Opfer eines Bombardements in Dalmine während des Zweiten Weltkriegs zu bieten. Er hatte an einen Bericht über zwei Spalten gedacht. Als er mich den Kopf schütteln sah, wunderte er sich.

»Ist das zu viel?«

»Nein, es ist zu wenig. Das Geheimnis des Journalismus ist einfach: Jede Nachricht verweist auf eine weitere Nachricht. Morgen feiern wir eine Gedenkmesse für die Opfer. Schön. Nun, dann interviewen wir auch die Überlebenden, die Familienangehörigen, die das Bombardement erlebt haben und noch darüber berichten können. Wir könnten auch eine halbe Seite daraus machen, oder eine ganze, mal schauen, wie viel dabei herausspringt.«

Meine Worte wurden mit stummem Entsetzen aufgenommen. Wenn ich heute daran denke, wundert es mich nicht, dass ich von Zenoni gefeuert wurde, vielleicht habe ich mich sogar zu lange dagegen gewehrt. Wenn ich nun, ein Jahr später, nach Dalmine zurückkehre, so scheint sich ein Kreis zu schließen. Vom Bombardement der vierziger Jahre zu meinem eigenen. Ich lasse keine Überlebenden zurück.

Virginia wohnt in einem Mietshaus ein wenig außerhalb des Zentrums. Links ragen die gigantischen Hochöfen der »Dalmine« auf, die auch von der Autobahn aus zu sehen sind. Auf mein Klingeln hin antwortet eine heisere Stimme.

»Dritte Etage.«

Mit einem Klicken öffnet sich die Eingangstür.

Am Aufzug leuchtet das Besetztzeichen auf. Ich warte ein paar Minuten und nehme dann entnervt die Treppe. Eine Tür ist angelehnt. Ich klopfe sachte, stecke den Kopf hinein.

»Virginia?«

Gedämpft dringt ihre Stimme aus einem anderen Zimmer.

»Komm nur rein, ich bin gleich da.«

Ich betrete ein schmales Wohnzimmer mit einem weißen Ledersofa, einigen Regalen mit (falschen) Büchern und einer Vitrine mit Hochprozentigem. Unangenehme Gerüche bemerke ich keine, eher eine vollkommen aseptische Geruchlosigkeit, die ich als störend empfinde. Daher reiße ich das Fenster auf: um ein wenig Luft einzuatmen, die sicherlich verschmutzt, aber wenigstens nicht so künstlich ist. Ich schaue hinunter auf die Straße.

Gerade verlässt ein Mann das Haus. Auch aus dieser Entfernung, auch aus diesem schiefen Winkel, erkenne ich ihn.

Gualtiero.

Er bleibt vorm Eingang stehen, blickt nach rechts und links, als hätte er vergessen, wo er seinen Wagen abgestellt hat. Dann überquert er die Straße und steigt in einen Mercedes Kombi ein.

Seine Leidenschaft für Glücksspiele war mir ja bekannt, aber dass er auch eine Vorliebe für Prostituierte hat, wusste ich nicht – auch nicht von ihm selbst.

Ich grüble über diese Entdeckung nach, als ich von einer Stimme hinter mir aufgeschreckt werde.

»Ciao. Von wem hast du denn meine Nummer bekommen?«

Ich drehe mich um. Virginia hat einen weißen Bademantel aus Waffelpiqué an. Ihre Füße stecken in Riemchensandaletten, die Nägel sind orangefarben lackiert. Sie trägt ein seltsam verschlungenes Armband und einen identischen Ring, die beide an einem Goldkettchen hängen. Wer weiß, weshalb, aber ich muss an eine Spielerei der alten Ägypter denken.

Sie ist groß und schlank, soweit ich das unter dem Bademantel erkennen kann. Was mich jedoch am meisten beeindruckt, sind ihre Augen (grün) und Haare (blond). Es besteht eine gewisse Ähnlichkeit mit Elettra, und trotzdem ist Virginia anders. So als hätte Guglielmo versucht, sich seiner Idealvorstellung von einer Frau mittels verschiedener Entwicklungsstufen anzunähern.

»Guglielmo«, erwidere ich. »Guglielmo Rondine.«

Sie mustert mich mit einem unergründlichen Ausdruck.

»Du bist kein Freund von Guglielmo. Dich hab ich nie gesehen.«

»Das stimmt. Aber ich kenne ein paar seiner Freunde. Und auch Elettra.«

»Dann hat sie dich also hergeschickt.«

»Kann man so sagen. Mehr oder weniger.«

»Magst du gern Dreierspielchen?«

»Mir sind gerade Zahlen lieber. Aber ich bin nicht deswegen hergekommen.«

Ich ziehe fünf Scheine aus der Brieftasche und lege sie auf ein Tischchen. Virginia starrt kurz darauf. Dann streckt sie eine Hand aus und steckt sie in die Tasche des Bademantels.

»Ich bin hier, um mit dir zu reden. Ist dir das recht?«

»Du bist derjenige, der zahlt, also bestimmt du auch.«

Sie lässt sich auf das Sofa sinken. Ihre Beine sind lang und schlank, die Fesseln schmal, wunderschön. Sie schaut mich mit einem ironischen Lächeln an.

»Soll ich anfangen, oder willst du dir ein Thema aussuchen?«

»Guglielmo. Du kanntest ihn ziemlich gut, glaube ich.«

»Bist du Polizist, oder was?«

»Journalist. Im Augenblick arbeitslos.«

»Willst du einen Artikel über mich schreiben?«

»Wenn du berühmt bist. Ich möchte, dass du mir von Guglielmo erzählst.«

»Der ist doch jetzt tot. Was liegt dir da noch an ihm?«

»Ich finde, er ist ein interessanter Mensch.«

»Sein Vater hat ziemlich viel zu sagen. Ich möchte nicht, dass er böse auf mich wird.«

Ich ziehe noch zwei weitere Fünfziger aus der Brieftasche. Virginia steckt sie rasch ein.

»Na schön«, sagt sie. »Was willst du wissen?«

»Fang beim Anfang eurer Bekanntschaft an.«

Und während Virginia zu erzählen beginnt, kuschle ich mich an die Lehne des Sofas, das so weich und bequem ist, dass es mir jegliche Furcht nimmt. Diese beengte Wohnung hat sich bereits in mein kleines zeitweiliges irdisches Paradies verwandelt. Vielleicht ist es ja auch nur die Vorhölle.

Virginia kommt aus dem Osten, sie behauptet, aus Ungarn, doch vom Akzent her scheint sie eher aus Rumänien zu stammen. Sie ist keinem Hehlerring zum Opfer gefallen und ist auch keinem Verbrechersyndikat ins Netz geraten: alles Klischees, die wir Journalisten lieben und die uns die Aufgabe erleichtern, den Leuten Dinge zu erklären, die wir selbst nicht verstehen. Virginia hat Pädiatrie studiert, doch in Budapest – oder Bukarest – gibt es kaum Arbeitsmöglichkeiten für Kinderärzte. Eine ihrer Freundinnen ist bereits in den Westen gegangen und schickt begeisterte Briefe von dort. An dem Tag, an dem ihr Freund sich wegen einer anderen von ihr trennt, beschließt Virginia abzuhauen. Sie packt ihre besten Kleider in eine Reisetasche und besteigt einen Zug. Mit einem Touristenvisum kommt sie nach Italien: Fürs Erste macht sie sich keine Sorgen, wenn es abgelaufen ist, wird man sehen. Ohne größere Probleme macht sie ihre Freundin in Mailand ausfindig, die sie in einer winzigen Wohnung empfängt. Virginia dagegen kommt sich vor wie im Schlaraffenland. Der Kühlschrank zum Bersten voll und in jeder Ecke ein anderes Elektrogerät. Sobald es geht, will sich ihre Freundin ein Auto kaufen.

Virginia ist nicht dumm und keineswegs unbedarft. Die Briefe ihrer Freundin haben sie erahnen lassen, welchem Beruf diese nachgeht. Was sie damals nicht schockiert hat, findet sie jetzt noch viel weniger skandalös, da sie ja die Früchte dieser Arbeit so deutlich vor sich sieht. Mit Männern kennt sie sich schon ein wenig aus, und sie ist sicher, dass sie mit ihnen zu Rande kommen wird. Auch wenn es nicht den Anschein hat, wird sie diejenige sein, die sie ausnutzt.

Die Freundin führt sie in ihre Kreise ein. Am Anfang gibt es nicht viele Alternativen zur Straße. Gemeinsam stellen sie sich an die Ausfallstraßen der Stadt. Sie werden nicht von richtigen Zuhältern »beschützt«, sondern müssen nur den gefährlichsten Verbrechern des Viertels ein wenig Geld zuschieben und ab und zu auch dem Mobilen Einsatzkommando ein Bündel Banknoten zukommen lassen. Das Geschäft geht großartig, binnen einiger Monate kann Virginia sich eine Zweizimmerwohnung leisten. Mittlerweile kennt man sie im Viertel. Sie wird toleriert, weil sie keinen Anstoß erregt, weil sie gebildet und in gewisser Weise sogar zurückhaltend ist. Viele ihrer Kunden schätzen sie gerade deshalb.

Sich selbst überschätzt Virginia jedoch. Sie glaubt, jede Situation in der Hand zu haben. Doch dem ist nicht so. Acht Monate nach ihrer Ankunft fährt ein alter Alfa 1750 an den Straßenrand und bleibt direkt vor ihr stehen. Ihre Freundin wurde eben abgeschleppt, sie ist also allein auf der Straße. Es ist bereits drei Uhr nachts, eine schreckliche Uhrzeit: Nur noch Betrunkene sind zu dieser Stunde unterwegs. Die unzufriedenen Ehemänner, einsamen Angestellten und die Soldaten auf Freigang sind bereits seit geraumer Zeit im Bett.

Der Typ auf ihrer Seite kurbelt das Fenster herunter, sein Grinsen gefällt ihr nicht, die Augen sind zu dunkel und der Bart zu lang. So etwas passiert ihr nicht zum ersten Mal. Sie weiß, was sie zu tun hat, zumindest glaubt sie das. Sie beugt sich vor, die Handtasche vorm Schoß. Wenn sie nicht freundlich ist, werden sie böse, und nun muss sie sich eine plausible Ausrede einfallen lassen.

Was sie im Wageninneren sieht, erschreckt sie. Vier dickliche, verschwitzte Männer, denen die Polyesterhemden am Leib kleben. Sie lachen, haben getrunken oder vielleicht etwas eingeworfen. Es sind Albaner, und Albaner mag sie nicht. Derjenige am Fenster wendet sich in holprigem Italienisch an sie und hält ihr ein paar Geldscheine hin. Sie machen eine Party und möchten, dass sie mitkommt. Er verspricht ihr Geld, zu essen und zu trinken und auch ein wenig Dope. Ob ihr das recht ist?

Virginia hat Angst, vielleicht zum ersten Mal. Doch es gelingt ihr, den Schrecken zu verbergen, in sich einzuschließen. Sie erfindet eine Ausrede: Gleich kommt ihr Typ. In fünf Minuten wird er hier sein. Tut mir Leid, Jungs, ein andermal, wenn's euch recht ist.

Doch so lassen sich die vier nicht abspeisen. Sie haben keine Lust, eine Straßendirne anzubetteln. Der am Fenster macht die Tür auf und steigt aus. Seine Haltung hat sich verändert. Er lacht nicht mehr. Komm her, sagt er nur zu ihr. Komm her, oder du wirst es bereuen. Virginia weicht einen Schritt zurück, und das ist ein Fehler. Dieser angedeutete Rückzug genügt, und die ganze Furcht, die sie peinigt, wird deutlich. Der andere spürt es, packt sie am Handgelenk und versucht, sie ins Auto zu zerren. Virginia wehrt sich, schreit. Doch wer achtet auf die Schreie einer Prostituierten, um drei Uhr nachts?

Die Türen des alten Alfa werden aufgerissen. Die anderen drei steigen ebenfalls aus und kommen auf sie zu. Der Alkohol und die Drogen haben ihre niedrigsten Instinkte geweckt. Sie verprügeln sie. Virginia fällt hin. Sie treten auf sie ein. Lassen sie über den Gehsteig kugeln, als wäre sie eine Mülltonne.

Genau in dem Moment, als Virginia überzeugt ist, gleich sterben zu müssen, und gerade noch Zeit hat, wehmütig an Budapest – oder Bukarest – zu denken, genau in dem Moment hält ein großer Wagen hinter dem Alfa. Es ist ein Aston Martin, aber das findet Virginia natürlich erst später heraus. Einstweilen glaubt sie, weitere Freunde ihrer Peiniger seien angekommen, und hofft, das Ende werde nicht allzu schmerzhaft sein.

Aus dem Auto steigt ein Hüne, ein großer, kräftig gebauter junger Mann. Er hat ein schönes Hemd an und ein Paar eleganter Hosen. Ohne etwas zu sagen, ohne dass die Albaner ihn überhaupt bemerkten, verpasst er einem von ihnen einen Fausthieb hinters Ohr. Der Typ geht zu Boden. Mit einem schmierigen Grinsen drehen sich die übrigen drei um. Endlich haben sie das richtige Objekt gefunden, an dem sie ihre Wut auslassen können. Sie wenden sich von Virginia ab und gehen auf den Unbekannten los. Virginia hat beinahe das Bewusstsein verloren, sie kann die geschwollenen Augen nicht mehr aufmachen. Sie ahnt nur, dass da neben ihr ein blutiger Kampf stattfindet, immer wieder stöhnt jemand auf, ist das gedämpfte Geräusch von Faustschlägen zu hören. Sie fällt in Ohnmacht. Als sie wieder zu sich kommt, ist der Alfa nicht mehr da. Stattdessen steht da ein Polizeiwagen mit blinkendem Blaulicht. Eine große, kräftige Hand will sie streicheln. Instinktiv weicht sie zurück. Dann gelingt es ihr, das eine Augenlid anzuheben, und sie sieht ihren Retter, den jungen Mann, der nun aus einer Wunde im Gesicht blutet und dessen Hemd zerrissen ist.

»Mach dir keine Sorgen«, sagt er zu ihr. »Es ist alles vorbei.«

Alles nicht gerade, zumindest aber das Schlimmste. Virginia bleibt fünf Tage im Krankenhaus, und Guglielmo – so heißt er, wie sie mittlerweile herausgefunden hat – kümmert sich in dieser Zeit ständig um sie. Als sie endlich hinkend und mit einem Gesicht wie eine überreife Aubergine an seinem Arm das Krankenhaus verlässt, erzählt er ihr, wie er heißt, was er macht und weshalb er angehalten hat.

Von diesem Augenblick an entsteht zwischen ihr und Guglielmo etwas, das halb Freundschaft, halb Liebe ist. Noch nie hat jemand für sie etwas dergleichen getan: Dankbarkeit und Leidenschaft durchdringen sich gegenseitig. Guglielmo erzählt ihr von dem Unfall, von der zweimaligen Tetanusimpfung, den drei Jahren im Rollstuhl. Er weiß, was Leiden heißt. Er leiht ihr ein wenig Geld für den alltäglichen Bedarf, damit sie Zeit hat, sich wieder zu erholen. Als Virginia endlich gesund wird, fragt er sie, was sie nun vorhat. Er bietet ihr eine Stelle an, sie lehnt ab. Sie ist nicht aus Budapest hierher gekommen, um dann eine ganz normale Existenz zu führen. Sie will ein Leben im Luxus, und das wird sie bekommen. Guglielmo ist nicht zum Helden berufen und hat nicht einmal die Kraft, sich selbst zu retten, geschweige denn andere. Er stellt lediglich die Bedingung, dass Virginia nicht mehr auf die Straße zurückkehren soll. Er bringt sie aus Mailand fort, mietet ein Apartment in Dalmine für sie an, kauft ihr neue Kleider. Wie ein perverser Pygmalion macht er eine Edelnutte aus ihr. Er führt sie in die oberen Kreise Bergamos ein, engagiert sie oft für seine aufregenden nächtlichen Feste. Ab und zu schläft er mit ihr, aber nicht sehr oft; zumindest nicht so oft, wie sie es gern hätte.

Eines Abends bittet Guglielmo sie um einen Gefallen, und sie willigt nur zu gern ein. Er bringt sie in die Oberstadt, vor ein verschlossenes Gittertor, das sie gleich erkennt – Bergamo ist ihr mittlerweile zur zweiten Heimat geworden. Es ist das Tor zum *Istituto di Carità*. Guglielmo bittet sie, im Wagen zu warten. Wenige Minuten darauf kommt er wieder, einen Behinderten im Schlepptau, den er mit großer Zärtlichkeit behandelt. Er stellt ihn ihr vor: Ivan. Zu dritt fahren sie zu Virginia, wo Guglielmo sie bittet, mit Ivan zu schlafen. Danach sehnt sie sich zwar nicht gerade, aber sie kann ihrem Wohltäter keinen Wunsch abschlagen, und in gewisser Weise steigert dieses Opfer sogar ihren Wert, macht sie Guglielmo ähnlicher.

Abgesehen von dieser Episode geht das Leben seinen gewohnten, ruhigen Gang. Virginia wird zur begehrtesten Luxusdirne der gesamten Provinz; oft verbringt sie ein Wochenende in Montecarlo oder Paris. Manchmal werden ihre Dienste für eine ganze Woche gebucht. Bis eines Abends, auf einer von Guglielmos Partys bei ihm Hause, etwas aus dem Ruder läuft. Zu viel Koks oder zu viel Alkohol – oder zu viel von beidem. Virginia geht es schlecht, sie schreit, übergibt sich und fällt dann in Ohnmacht. Sie kann sich an nichts mehr erinnern. Was sich im Anschluss daran ereignet hat, weiß sie nur aus Guglielmos Erzählungen. Er hat einen alten Freund angerufen, einen äußerst tüchtigen Arzt, dem es gelungen ist, sie zu retten, ohne sie ins Krankenhaus zu bringen.

»Spreafico«, werfe ich ein.

»Doktor Spreafico, genau. Woher weißt du das?«

Ich sage ihr nicht, dass er tot ist, ich will ihr keine Angst machen.

»Ein Freund von mir.«

Virginia ist verwirrt, sie glaubt mir nicht oder zumindest nicht ganz.

»Erzähl mir von Elettra«, bitte ich sie.

»Von Elettra, aber ja. Ich war es ja, die sie mit Guglielmo bekannt gemacht hat.«

»Wie das?«

»Aber sicher. Wie hätten sie sich sonst kennen lernen sollen?«

Virginia erklärt mir, Elettra über ihren Mann Giosuè kennen gelernt zu haben. Auch dieses Paar vergnügte sich gern mal mit einer dritten Person. Als sie Elettra sah, blond und mit grünen Augen, dazu der geschmeidige Körper, konnte sie sich sofort vorstellen, dass sie Guglielmo gefallen würde. Im Widerstreit zwischen Eifersucht und Devotion obsiegte Letztere.

Ich denke an all das, was Elettra mir erzählt hat, und kann mich nicht entscheiden, wer hier lügt und wer die Wahrheit sagt, vielleicht keine der beiden, vielleicht beide zugleich. Dies ist eine komplizierte Geschichte.

»Auch nach dem Unfall?«, will ich wissen.

»Was für ein Unfall?«

»Elettras Unfall. Als Guglielmo von der Straße abgekommen ist und sie das Bein verloren hat.«

Virginia schüttelt den Kopf.

»Nein, sie ist ja selbst gefahren, zumindest hat Guglielmo es mir so erzählt. Er war nämlich betrunken und bat sie daher zu fahren, dann ist er eingeschlafen. Als er aufwachte, war bereits alles geschehen.«

Noch ein Puzzleteil, das nicht passen will. Alle haben Grund zu lügen.

»Wann hast du Guglielmo zum letzten Mal gesehen?«

»So ungefähr vor einem Monat. Er kam hier vorbei. Ich fragte ihn, ob er bleiben wolle, doch er hatte es eilig. Er gab mir einen Kuss, und danach habe ich ihn nie wieder gesehen ...«

»Aha ...«, ist alles, was ich herausbringe, um meiner Enttäuschung Ausdruck zu verleihen.

»Aber wir haben miteinander telefoniert.«

»Wann?«

»An dem Abend, an dem er umgekommen ist. Kurz vor dem Unfall, glaube ich. Er hat mich vom Auto aus angerufen.«

»Weshalb?«

»Er war gerade auf dem Rückweg nach Bergamo. »Ich muss etwas bei einem alten Freund von mir abholen«, sagte er. »Etwas, das ich zu Ende bringen möchte.«

»Hat er sich genau so ausgedrückt? Er möchte etwas ›zu Ende bringen‹?«

»Außerdem erzählte er, dass er an diesem Nachmittag jemanden getroffen hätte. Er war zusammen mit Elettra in Bonassola, aber sie war ihm auf die Nerven gegangen. Das passierte häufig, sie ist eben so, den ganzen Tag lang bemitleidet sie sich selbst, und außerdem ist sie ungeheuer eifersüchtig ... Na ja, jedenfalls hat er sie da im Restaurant sitzen lassen und hat einen Spaziergang gemacht, um sich abzureagieren. Und da hat er sie gesehen.«

»Wen?«

»Eine gewisse Beatrice.«

»Beatrice? Hat er nicht zufällig Alice gesagt?«

»Beatrice, nein, Beatrice. Ich bin doch nicht taub. Und zugedröhnt war ich auch nicht. Er rief vom Auto aus an, aber ich konnte alles bestens verstehen. Er sagte Beatrice.«

»Was hat er dir sonst noch erzählt?«

»Nichts. Dass er diese Beatrice getroffen hätte, eine alte Freundin, die er jahrelang nicht mehr gesehen hätte. Sonst hat er nichts gesagt, aber es war klar, dass ihn diese Begegnung ziemlich aus der Fassung gebracht hatte. Ich hatte ihn noch nie so aufgewühlt erlebt.«

Vor sich hin starrend, durchlebt sie erneut die Gefühle jenes Augenblicks. Dann schaut sie mich wieder an.

»Ich hätte nie geglaubt, dass er so ums Leben kommen würde.«

Also weiß oder ahnt auch sie es.

»Nie hätte ich das geglaubt«, wiederholt sie mit einem schuldhaften Unterton. Denn dies ist ihre Strafe, die der meinen so sehr ähnelt – sich für den Rest ihrer Tage zu fragen: Gab es da etwas zu begreifen, hätte sie etwas ändern können?

Ich habe allein angefangen, und ich werde es auch allein zu Ende bringen

Gerade will ich bei Dalmine auf die Autobahn fahren, als das Handy klingelt. Es ist Vincenzo. Er hat etwas Zweideutiges in der Stimme, das ich nicht recht deuten kann.

»Ich möchte mich gern mir dir treffen, wenn's geht.«

»Ich fahre gerade weg. Können wir es auf morgen verschieben?«

»Morgen ist es zu spät.«

»Gut, in der Bar des Teatro Donizetti, in einer Viertelstunde.«

Direkt vor dem Mauthäuschen lege ich den Rückwärtsgang ein und schneide einem Lastwagen mit Anhänger den Weg ab. Der Fahrer lässt die Hupe tröten. Mit hundert Sachen biege ich auf die Landstraße ein, überhole dabei noch einen Lastwagen. Gerade will ich mich einordnen, als ich im Augenwinkel eine Polizeikontrolle erspähe. Ich bremse, der Wagen blockiert, doch es ist bereits zu spät. Der Beamte hat schon die Kelle ausgestreckt und will mich herauswinken. Dann geschieht alles in einem einzigen Augenblick, wie im Standbild eines Films. Unsere Blicke kreuzen sich, ich habe das Gefühl, der Polizist erkennt mich. Auf einmal lässt er den Arm sinken und dreht den Kopf auf die andere Seite. Nun bin ich schon weit fort, der weißblaue Alfa 156 ist nur noch ein winziger Punkt in meinem Rückspiegel.

Eine Viertelstunde später bin ich auf dem Sentierone angelangt. Bergamo will mich nicht gehen lassen, will mich in seiner mütterlichen Umarmung ersticken. Ich bin ein undankbarer, illegitimer Sohn, dem aber trotzdem vergeben wird.

Vincenzo sitzt an einem Tischchen im Donizetti, der Espressobar neben dem Theater. An seinem Aufzug sehe ich, dass sich etwas Wichtiges ereignet hat. Statt wie üblich Jeans, trägt er einen eleganten, neuen Anzug aus grauer Schurwolle. Vielleicht hat er deswegen einen etwas verlorenen Gesichtsausdruck, wo er doch sonst so selbstsicher wirkt. Ich lege ihm zum Gruß die Hand auf die Schulter und setze mich dann auch. Bergamo ist schön heute, an diesem beinahe sommerlichen Tag. Die Leute drängen sich auf dem Sentierone wie an einem Feiertag. Ein Luftballonverkäufer steht in einer Ecke und wartet darauf, dass ein Kind vorbeikommt.

»Schieß los«, sage ich zu Vincenzo.

»Danke, dass du gekommen bist. Wolltest du gerade wegfahren?«

»Eine kleine Reise. Bald habe ich die Lösung, glaube ich.«

»Weißt du jetzt, wer Alice ist?«

»Noch nicht. Aber ich hoffe, dass ich es herausfinden werde. Also, erzähl schon.«

Vincenzo ist unruhig, er weiß nicht, wie er das Thema angehen soll.

»Willst du heiraten?«, frage ich und spiele damit auf den Anzug an. Er lacht nicht.

»Nein, es ist wegen der Zeitung. Heute Morgen bekam ich einen Anruf von Seguaci.«

»Haben sie dich rausgeworfen? So ein Dreckskerl.« Ich rutsche auf dem Sitz hin und her, unfähig, meine Verachtung zu unterdrücken. »Aber mach dir keine Sorgen, ich kümmere mich darum, ein paar Kontakte habe ich noch. Ich werde Zenoni anrufen und …«

»Sie haben mir eine Stelle angeboten.«

»Eine Stelle? Und ab wann?«

»Ab morgen. Es war schon alles schriftlich fixiert.«

»Prima. Ich freue mich! Etwas überrascht bin ich zwar, aber ich freue mich trotzdem ... Und wo schicken sie dich hin, zum Sport?«

»Nein.« Vincenzo senkt den Blick. »Nach Amerika.«

»Nach Amerika ...?«

»Als Korrespondent. Morgen muss ich nach New York fliegen.«

Ich lasse mich gegen die geflochtene Stuhllehne schnellen. »Ein Amerikakorrespondent für die *Gazzetta* ... Das kann ich einfach nicht glauben.«

»Seguaci sagte, der Verleger habe vor, die Zeitung zu erweitern. Sie wollen eine Online-Redaktion gründen, einen Radiosender, vielleicht auch eine ...«

»Ja, ich weiß.«

»Und jetzt brauchen sie einen Amerikakorrespondenten, sagen sie. Ich sei jung und tüchtig.«

»Da haben sie ausnahmsweise mal Recht. Tja ... freut mich für dich. Ehrlich.«

Vincenzo bringt den Mut auf, mir in die Augen zu sehen. »Was soll ich tun? Ja sagen?«

Auf einmal begreife ich seine nervöse Unruhe. Loyalität ist für Vincenzo kein leeres Wort.

»Gibt es eine Alternative?«

Vincenzo schaut mich an und sagt nichts.

»Mach es«, sage ich zu ihm. »Mach es, und denk nicht weiter darüber nach. Du wirst bestimmt ein fantastischer Korrespondent.«

»Und du? Vielleicht brauchst du mich ja.«

»Nun bleib mal schön auf dem Teppich. Und außerdem bin ich ja fast am Ziel angelangt. Jetzt geht die Sache nur noch mich etwas an.«

Vincenzo ist sichtlich erleichtert. Auch körperlich: Er steht nämlich auf.

»Ja, also, wenn du das so siehst ... dann würde ich jetzt gern gehen. Ich muss noch packen.«

Ich stehe auf und umarme ihn. Der einzige Freund, den ich hier hatte, verlässt mich. Ich werde ihn nie mehr wiedersehen. Vielleicht hat es sich gelohnt, all dies durchzumachen, nur um ihn kennen zu lernen.

Ich schaue ihm nach, wie er sich auf dem Sentierone entfernt, in seinem eleganten, etwas zu großen Jackett. Was mich betrifft, so muss ich nun das Rätsel, das mich verfolgt, alleine lösen. Das macht nichts. Ich habe allein angefangen, und ich werde es auch allein zu Ende bringen.

Fehlt nur noch ein letztes Teil

Zum Glück habe ich noch ein paar Freunde bei der Zeitung. Während ich zum Auto zurückgehe, rufe ich in der Redaktion in Mailand an, wo ich bis vor einem Jahr gearbeitet habe. Ich lasse mich mit einem Kollegen vom Kulturressort verbinden. Das sind normalerweise die Schlimmsten. Sie gewöhnen sich an den Umgang mit den Stars aus Film, Fernsehen und Musik und halten sich nach einer Zeit selbst für eine Berühmtheit. Sie leben im Abglanz des Ruhms und glauben irgendwann, dessen Quelle zu sein. Sie sind auf Du und Du mit weiblichen und männlichen Diven und bemühen sich krampfhaft, es ihnen gleichzutun. Erbärmliche Schattenfiguren, und das für fünf Millionen Lire pro Monat.

Bei diesem Kollegen hier ist es anders, er hasst sogar die meisten Menschen, die er interviewt. Als ich ihm erläutere, was ich suche, verspricht er mir, sich sofort darum zu kümmern. Er ruft zurück, als ich gerade aus der Tiefgarage komme.

»Ich habe ihre Privatnummer ausfindig gemacht. Behandle sie mit einer gewissen Reserviertheit. Sag ihr auch nicht, dass du die Nummer von mir hast. Also, es ist die …«

Ich speichere sie auf dem Handy. Mit der Bank habe ich zu viel Zeit vertan. Auf diese Nummer hier hätte ich mich von Anfang an verlegen sollen.

»Guten Tag, ich möchte gern mit Beatrice sprechen.«

»Wer sind Sie?«

»Manlio Fiorentini, ich bin Journalist.«

»Wegen eines Interviews? Beatrice hat heute frei. Es ist Montag, und das Theater ist geschlossen. Wenn Sie wollen, kann ich Ihnen einen Termin für …«

»Hören Sie, es ist dringend. Und außerdem persönlich. Bitte verbinden Sie mich mit ihr.«

»Einen Moment, ich seh mal, was …«

»Sagen Sie ihr, ich sei ein Freund von Guglielmo Rondine.«

»Einen Augenblick.«

Eine Hand bedeckt den Hörer, aber ich höre trotzdem die gedämpften Stimmen. Nachdem mein Gesprächspartner »ein Freund von Guglielmo« gesagt hat, vernehme ich ein langes Schweigen. Dann wird die Handfläche wieder von der Sprechmuschel genommen.

»Ja?«

Beatrice hat eine tiefe, sinnliche Stimme. Kein Wunder, dass sie Schauspielerin ist.

Ich stelle mich als Chefredakteur der *Gazzetta* vor und hoffe, dass sie das genügend beeindruckt. Ich bitte sie um ein Interview, sie verneint.

»Heute geht es nicht. Es ist mein freier Tag, und den möchte ich mit den Kindern verbringen.«

»Ich stehle Ihnen nur eine halbe Stunde Ihrer Zeit. Es ist wirklich dringend.«

»Schauen Sie, heute geht es wirklich nicht. Und selbst wenn ich wollte – ich bin in La Spezia. Ein bisschen weit für Sie …«

»Das macht nichts. Ich bin bereits im Auto. In ein paar Stunden könnte ich Sie dort treffen. Passt es Ihnen um vier?«

»Warten Sie … Sagen wir halb fünf. Ich fahre mit den Kindern nach Bonassola, ich weiß nicht, ob Sie das kennen.«

»Keine Sorge. Um halb fünf also. Danke.«

Ich parke auf dem kleinen Platz vor der Kirche, neben der Laube eines Restaurants. Von Bonassola ist alles ausgegangen, und hier muss es auch enden. Es ist, als hätte ein verborgener Ansager verkündet, dass nun bald der letzte Tanz ansteht.

Beatrice ist am Strand, mit ihren zwei Kindern und dem Kindermädchen, einer Südamerikanerin. Von weitem könnte man sie mit Elettra oder Virginia verwechseln, sie tragen die Haare ähnlich, haben mehr oder weniger die gleiche Statur, obwohl Viriginia größer als die beiden anderen ist und in gewisser Weise unbeholfener wirkt, mit ihrem schlaksigen, leicht androgynen Körper der Frauen aus dem Osten.

Doch man braucht nur ein paar Schritte näher zu kommen und stellt fest, dass die Haare und die Augenfarbe nicht genügen, um Beatrice mit den anderen auf eine Stufe zu stellen. Sie hat einen Badeanzug an – es ist heute sehr heiß, beinahe ein Sommertag –, über dem sie einen bunten Pareo trägt. Nichts Besonderes: Doch es ist die angeborene Eleganz dieses Körpers – die Pose, die er eingenommen hat, die anmutig übereinander geschlagenen Beine –, die jeden Vergleich mit Virginia oder Elettra zunichte macht. Wenn Guglielmo glaubte, in ihnen einen vorübergehenden Ersatz gefunden zu haben, so täuschte er sich.

»*Dottor* Fiorentini ...?«

Beatrice erhebt sich mit einer fließenden Bewegung und streckt mir die Hand hin.

Es ist, als würde man ein Buch vom Regal nehmen, aus dem das Foto einer Exfreundin herausfällt, an die man seit Jahren nicht mehr gedacht hatte. Denn sie ist es ja – jetzt erkenne ich sie –, die in dem Amateurfilm, den ich bei mir zu Hause gesehen habe, die Hauptrolle gespielt hat. Zwanzig Jahre hat sie gebraucht, um jetzt, hier vor mir, Gestalt anzunehmen. All dies erhöht ihren Zauber nur noch, als wäre sie mit jenem Goldstaub bedeckt, der einem im Märchen die Gabe des Fliegens verleiht.

»Sie haben sich beeilt …«

»Ich kenne den Weg. Es ist wirklich bezaubernd hier.«

Als müsse sie sich erst von der Richtigkeit meiner Worte überzeugen, lässt Beatrice den Blick über den einsamen Strand aus winzigen schwarzen Kieselsteinchen schweifen.

»Ja, das ist wahr. Und so entspannend.«

Ich schaue aufs Meer hinaus, und die *Alice* liegt wieder draußen vor Anker, ein paar Hundert Meter entfernt. Ob Beatrice weiß, wem sie gehört, was sie Guglielmo bedeutete? Sie folgt meinem Blick, jedoch ohne offenkundiges Interesse.

Dann wendet sie sich an das Kindermädchen, gibt ihm eine Empfehlung und küsst die Kinder auf die Stirn.

»Also, machen wir einen kleinen Spaziergang?«

Sie zieht ein T-Shirt an und geht los, ohne auf die Antwort zu warten. Ich folge ihr.

»Wo wollen Sie beginnen? Ich bitte Sie, so präzise wie möglich zu sein. Morgen beginne ich wieder zu spielen, ich bin seit zehn Tagen in La Spezia und fühle mich ziemlich erschöpft. Ich hatte vor, mich heute auszuruhen. Und ich möchte meine Zeit mit den Kindern verbringen …«

»Seien Sie unbesorgt. Ich werde mich kurz fassen. Aber, um ehrlich zu sein, bin ich nicht wegen eines Interviews hier.«

Sie blickt mich mit ihren grünen Augen an, die jetzt kalt und hart wie Smaragde sind.

»Sondern?«

»Ich bin wegen Guglielmo hier. Er ist …«

»Tot. Das weiß ich. Ich habe es in der Zeitung gelesen. Es hat mir sehr Leid getan. Aber, schauen Sie, ich hatte schon seit ewigen Zeiten keinen Kontakt mehr zu ihm. Schon seit zwanzig Jahren nicht mehr.«

»Ich weiß, wie es passiert ist. Ich habe alles gesehen. Es war kein Unfall. Guglielmo wollte sich umbringen.«

Diese Enthüllung scheint sie zu schockieren, sie hält den Atem an.

»Aha. Aber … was habe ich damit zu tun? Ich habe Ihnen

ja schon gesagt, ich habe ihn aus den Augen verloren. Ich begreife nicht, wie soll ich sagen, auf welche Weise ich Ihnen da nützlich sein könnte ...«

»Ich versuche herauszufinden, weshalb er sich umgebracht hat. Guglielmo hatte alles: Er war reich, gut aussehend, einflussreich, faszinierend. Es fehlte ihm an nichts. Weshalb also? Vielleicht wissen Sie ja etwas.«

Beatrice wendet den Blick ab. Wir haben einen Weg über dem Meer eingeschlagen, von dem aus der Ort und der Strand zu sehen sind. In der Ferne, vor dem sandigen dunklen Untergrund, sind drei winzige bunte Punkte zu erkennen: die Kinder und das Kindermädchen.

»Ich kann Ihnen da nicht helfen, fürchte ich. Und selbst wenn ich es könnte, weshalb sollte ich? Ich kenne Sie ja gar nicht.«

»Ich muss es einfach wissen. Es ist wichtig für mich.«

»Es tut mir Leid für Sie und Ihre privaten Probleme. Aber das hier ist, nun ja, eine alte Geschichte. Ich habe Jahre gebraucht, um sie zu vergessen. Und ich habe nicht vor, sie jetzt wieder auszugraben.«

Wir gehen noch ein paar Schritte Seite an Seite, ohne einander anzusehen. Dann bleibt sie stehen, setzt sich auf ein bröckeliges Mäuerchen im Schatten eines Schilfdickichts.

»Wenn Sie das nicht für mich tun wollen«, sage ich, »dann freut sich Augusto.«

»Augusto, was hat denn der damit zu tun?«

»Er will verhindern, dass ich herausfinde, warum sein Sohn sich umgebracht hat. Er hat auch versucht, mich umzubringen.«

Meine Worte klingen unglaublich im Licht dieser Frühsommersonne. *Er hat auch versucht, mich umzubringen.* Ich komme mir lächerlich vor, wie der Protagonist einer absolut unglaubwürdigen Seifenoper.

Doch Beatrice lacht nicht. Meine Worte scheinen sie nicht zu überraschen. Sie kennt Augusto.

Dann schüttelt sie den Kopf, als wolle sie eine gefährliche Versuchung verscheuchen. Es gelingt ihr nicht.

»Na schön«, sagt sie zu mir. »Ich werde Ihnen alles erzählen. Wenn es Augusto schadet, dann, nun ja, dann stehe ich Ihnen zur Verfügung.«

Ich mag Menschen, die hassen können. Heutzutage ist es so schwer geworden. Der Jahwe des Alten Testaments, schrecklich und unversöhnlich, wurde durch einen gütigen und nachsichtigen Gott ersetzt. Manche Schuld darf jedoch keine Vergebung finden: Das weiß ich, und das wusste auch Guglielmo.

Beatrice steht auf und geht wieder weiter, zusammen mit dem Wind, der ab und zu eine ihrer Locken aufwirbelt. Während wir auf einen Felsvorsprung mit einer kleinen Kapelle zusteuern, beginnt sie zu erzählen. Vielleicht wollte sie genau das. In all den Jahren hat sie die Vergangenheit in diversen Tresoren unter Verschluss gehalten, und jetzt ergreift sie mit Freuden die Gelegenheit, sie aufzubrechen. Vielleicht hat sie mit ihrem Mann darüber gesprochen, vielleicht auch nicht. Vielleicht bin ich die einzige Person, die sich wirklich für ihre Geschichte interessiert.

Beatrice und Guglielmo besuchen dasselbe Gymnasium. Sie kommt aus einer Familie, die in die Krise geraten ist. Dank einer entfernten Tante, die ein Auge auf ihre Nichte zu werfen verspricht, beschließen die Eltern, sie nach Bergamo zu schicken. Beatrice wird bei der Tante wohnen, in der Oberstadt. Beatrice kann ihre Verwandte nicht ausstehen, doch in dem Moment ist alles besser, als zu Hause wohnen zu bleiben.

Jedenfalls bedeutet Bergamo für sie eine Wiedergeburt. Zu Anfang ist ihr die Stadt feindlich gesinnt. Die Bergamasker zeichnen sich nicht durch Herzlichkeit aus und haben auch nicht gerade viel für ihre geistige Vielseitigkeit und Selbständigkeit übrig. Doch Beatrice macht das Beste aus der Situation, indem sie sich ein neues Leben erschafft.

Hier kann sie tatsächlich noch einmal ganz von vorn anfangen.

Am Sarpi-Gymnasium begegnet sie manchmal Guglielmo. Sie besuchen nicht dieselbe Klasse, sie ist in der zehnten Klasse, er bereits in der Oberstufe. Zunächst nervt der übertrieben temperamentvolle Junge sie nur. Sie beginnt, ihn von ganzem Herzen zu hassen. Wenn die Mädchen sich zusammenscharen, um unter viel Gekicher ihre Kameraden zu bewerten, äußert sie sich vernichtend über Guglielmos Qualitäten. Die Klügsten ahnen, dass sich hinter jener offensichtlichen Verachtung tatsächlich Interesse verbirgt.

Im Übrigen ist es nicht so, dass Guglielmo viel dafür täte, um ihre Aufmerksamkeit zu erregen – oder die von sonst einem Mädchen. Guglielmo lernt, singt, spielt Fußball, organisiert Wettkämpfe, Provokationen und Streiche – er ist die treibende Kraft einer jeden Initiative. Er flirtet mit fast allen Mädchen – und dazu dürfen wir ruhig auch die ein oder andere Lehrerin zählen –, doch auf eine derart harmlose Art, dass niemand es für bare Münze nehmen würde. Vielleicht ist es das, worüber Beatrice sich im Stillen entrüstet.

Vor allem liebt Beatrice das Kino. Bereits von Kindesbeinen an hat sie Zelluloid geatmet, für sie ist diese Welt realer als die echte. Zugleich verbietet ihr der Stolz, sich auf die Bekanntschaften des Großvaters zu berufen.

Ihr Traum ist es, Filmschauspielerin zu werden. Jeden Mittwoch und jeden Samstag betritt sie das alte Lichtspieltheater. Sie lässt sich auf einem der morschen Holzsessel nieder und gibt sich ganz dem Zauber der Leinwand hin. Sie sieht sich alles an, was die überaus engagierten Organisatoren des Filmforums ihrem Publikum bieten. Von mexikanischen bis hin zu iranischen Filmen, von den Meisterwerken der Undergroundkultur zu den unerschöpflichen chinesischen Filmreihen.

An einem kalten Novembernachmittag ist Beatrice wieder einmal in dem heute fast verlassenen Zuschauerraum. Seit ein paar Wochen wird nachmittags eine Orson-Welles-Retrospektive gezeigt. Die Verantwortlichen des Forums haben, mit leichtem Sadismus, den letzten Film des Regisseurs aufs Programm gesetzt, *F for Fake*, und zwar in der Originalsprache ohne Untertitel. Es ist ein bizarrer Film. Zu Beginn verkündet Orson Welles, dass alles, was gleich erzählt würde, wahr sei, zumindest während der ersten sechzig Minuten. Nach Ablauf dieser Zeit werde der Regisseur seiner Erfindungskraft freien Lauf lassen.

Der Ton ist miserabel, was das Verständnis der Aussprache nicht gerade erleichtert. Sosehr Beatrice sich auch bemüht, sie kann nicht folgen. Sie blickt sich suchend um, vielleicht kann ihr jemand auf die Sprünge helfen. Als sie sich umdreht, erblickt sie in der Reihe hinter ihr Guglielmo.

»Und, wie findest du ihn?«, fragt er sie, im Dunkeln flüsternd.

»Um ehrlich zu sein, verstehe ich nicht viel.«

Er klettert über die vordere Sitzreihe und setzt sich neben sie. Guglielmo hat von klein auf Sprachen gelernt, in seiner Kindheit gaben sich ausländische Babysitterinnen die Klinke in die Hand. Während der Film weiterläuft, übersetzt er für Beatrice, was sie nicht versteht. Er ist gezwungen, ganz nah an sie heranzugehen, während er ihr beinah ununterbrochen ins Ohr flüstert. Beatrice bemerkt es erst gegen Ende des Films: Es ist seltsam, aber jene physische Nähe stört sie nicht im Geringsten, im Gegenteil. Und während sie dies denkt, oder vielleicht, um sich von ebenjenem Gedanken abzulenken, fragt sie ihn plötzlich:

»Wie spät ist es eigentlich?«

Er sieht auf die Uhr. Dann begreift er.

»Orson Welles hat uns ausgetrickst«, raunt er ihr ins Ohr. Seit dem Beginn des Films sind beinahe anderthalb Stunden vergangen.

Am Ausgang des Filmforums beschließen sie, noch etwas gemeinsam zu unternehmen. Und obwohl es nach sieben ist, also just Abendessenszeit in einer Stadt wie Bergamo, schlendern sie über die Piazza della Libertà und landen schließlich in der Bar Borsa. Während sie zwei riesige Eisportionen vertilgen, auf die sie eigentlich gar keine Lust haben, entdecken sie eine gemeinsame Leidenschaft, zumindest die einzige, die sie einander derzeit gestehen können: das Kino.

Beatrice will Filmschauspielerin werden. Guglielmo ist da viel unentschlossener: Augusto hat bereits eine Zukunft als Manager für ihn geplant, wozu er sicherlich Talent hätte. Guglielmo könnte vieles werden: Industrieller oder Fußballer, Lateinlehrer ebenso wie Philosoph. Unter all den Dingen, für die er sich interessiert und die ihn begeistern, zieht ihn vielleicht das Kino am meisten an. Doch nicht als Schauspieler – wenn überhaupt, will Guglielmo Regisseur werden. Dies scheint ihm die geeignetere Rolle zu sein, da sie viele Gaben gleichzeitig erfordert. Und wenn Guglielmo eines kann, dann dies: mehrere Dinge gleichzeitig tun.

Das Filmforum veranstaltet auch Kurse für Regie und Drehbuchschreiben. Guglielmo und Beatrice schreiben sich ein. Sie sind die eifrigsten von allen, kommen als Erste und gehen als Letzte. Sie verschlingen Handbücher, probieren die seltsamsten Übungen aus. Und natürlich verpassen sie nicht einen einzigen Film, der gezeigt wird. Videorecorder gibt es noch keine, und das Filmforum ist die einzige Möglichkeit, die Meisterwerke der Vergangenheit kennen zu lernen. So groß ist ihr Enthusiasmus, dass sie ein kleines Abenteuer wagen: einen Kurzfilm, der vielleicht bei irgendeinem Festival gezeigt wird. Die Freunde vom Filmforum unterstützen sie halbherzig, stellen Material zur Verfügung, machen Vorschläge. Guglielmo ermuntert ein paar weitere Mitglieder zum Mitmachen, die sich bislang nicht hätten träumen lassen, einen Film zu drehen. Es gelingt ihm, tausend Schwierigkeiten aus der Welt zu schaffen, und genau das ist ja auch seine Stärke: Hindernisse entweder zu überwinden oder mit einem Lächeln beiseite zu schieben. Die Dreharbeiten beginnen.

Der Film – doch vielleicht ist es nur ein Vorwand – schweißt Guglielmo und Beatrice ganz eng zusammen. Auch in der Schule treffen sie sich, sobald sie können, vorm Unterricht oder während der Pause. Ihre Beziehung entgeht weder Lehrern noch Klassenkameraden.

Niemand der beiden würde es zugeben, doch sie verlieben sich ineinander. Guglielmo ist ganz anders als die Jungen, denen Beatrice bislang begegnet ist. Seine Entschlossenheit ist ungewöhnlich für einen Jungen seines Alters. Er ist nicht nur gut aussehend, begabt, intelligent, großzügig und ... eben alles, nein, er hat auch eine Selbstsicherheit an sich, die Gleichaltrigen abgeht. Nach wenigen Monaten ist Guglielmo und Beatrice klar, wohin die Zukunft sie führt: Sie wird Schauspielerin werden und er Regisseur. Der Einsatz ist beträchtlich. Für Guglielmo bedeutet es, sich dem Vater zu widersetzen. Doch er hat keine Angst: Wenn dies der Preis seines Glücks ist, wird er es gern tun.

Guglielmo und Beatrice werden ein Paar. Ihre Liebe ist zärtlich und leidenschaftlich. Sie ist die erste Frau für ihn, er der erste Mann für sie. Beider Leben durchdringen sich so sehr, dass sie nur noch eine einzige Person zu sein scheinen. Es muss April sein, als sie bemerkt, dass sie schwanger ist. Zuerst ist sie verzweifelt, sie will kein Kind, zumindest noch nicht. Vielleicht fürchtet sie Guglielmos Reaktion: Sie hat Angst, dass es zu früh sein könnte, um ihre Liebe auf eine derartige Probe zu stellen. Doch als sie es Guglielmo sagt, umarmt dieser sie, erdrückt sie beinahe. Unter Seufzern, Tränen und Zärtlichkeiten beginnen sie, Pläne für die unmittelbare Zukunft zu schmieden. Fünf Tage kaum fassbaren Glücks folgen. Genau wie ihre Liebe gedeiht auch ihr kleiner Film prächtig, nur noch wenige Szenen und er ist fertig. Am sechsten Tag, als sie gerade das Haus der Tante verlassen will, um erst zur Schule und dann zum Set zu gehen, klingelt das Telefon. Seltsam: Um diese Uhrzeit ruft sonst niemand an. Beatrice hat eine dunkle Vorahnung, und daher zögert ihre Hand auf dem Hörer. Dann sagt sie zu sich selbst, dass es so schlimm schon nicht sein wird, und nimmt ab.

Es ist Guglielmo. In stockendem Tonfall berichtet er ihr, vor fünf Minuten einen Anruf aus New York erhalten zu haben. Sein Vater hatte einen Infarkt, in Amerika. Und nun ist Guglielmo auf dem Weg nach Linate. Er wird den erstbesten Flug nehmen. Sie solle sich keine Sorgen machen, fügt er noch hinzu, er werde so bald wie möglich zurückkommen, spätestens in einer Woche. Beatrice wünscht ihm alles Gute. Doch es schleicht sich ein leiser Missklang in ihr Herz ein.

Der erste Tag vergeht ohne eine Nachricht. Am zweiten Tag ruft Guglielmo zu Hause an, doch er hat sich mit der Zeitverschiebung vertan, und Beatrice ist gerade nicht da. Als sie nach Hause kommt und die Tante es ihr ausrichtet, kommen ihr die Tränen. Am dritten Tag gelingt es ihnen endlich, miteinander zu sprechen. Es ist eine lange unbeschwerte Plauderei, Beatrice ist sehr erleichtert und lacht ständig, etwas zu schrill. Augusto ist aus dem Gröbsten heraus, sein Zustand ist jedoch nach wie vor ernst. Leider muss Guglielmo länger als vorgesehen in New York bleiben. Aber das, so versichert er sie, wird zwischen ihnen nichts ändern.

Doch je mehr Tage ins Land gehen, desto seltener ruft er an. Guglielmo weicht ihr zunehmend aus. Es wird an der Entfernung liegen, denkt Beatrice, und an der Sorge um den Vater, der niemals gesund zu werden scheint.

Nach zwei Wochen erwartet Beatrice am Ausgang der Schule ein eleganter Herr in einem dunkelblauen Anzug. Umständlich zieht er seine Visitenkarte heraus und reicht sie ihr: Es ist der Anwalt der Familie Rondine. Er fragt, ob er sie begleiten dürfe, und ohne die Antwort abzuwarten, fasst er sie am Ellbogen. Während die Schüler aus dem Sarpi-Gymnasium strömen, gehen sie auf Santa Maria Maggiore zu.

»Einen Augenblick«, sage ich zu Beatrice. Wir sind am

Ende des Wegs angekommen. Oben auf der Klippe stemmt sich die kleine Kapelle gegen den Wind. Rechts und links prallen die Wellen gegen die Felswände. Weiter unten werfen ein paar Fischer die Leine aus, in die Gischt hinein.

Beatrice unterbricht ihren Bericht und schaut mich an.

»Der Anwalt«, frage ich sie, »wie hieß der?«

»Es ist so lange her, ich weiß nicht mehr ... warten Sie ... doch ... Speciani, glaube ich. Massimo Speciani.«

Gualtieros Vater. Ein weiteres kleines Fragment dieses komplizierten Mosaiks.

»Kennen Sie ihn?«, will Beatrice wissen.

»Nur dem Namen nach. Erzählen Sie weiter.«

Während er sie nach Hause begleitet, beginnt Speciani ein langes Gespräch, das mit jenen Finessen und Umschreibungen gespickt ist, auf die sich nur Anwälte und Ärzte verstehen. Im Grunde berichtet er ihr, dass Guglielmo sich entschlossen habe, in Amerika zu bleiben. Er wird eine äußerst renommierte Business School besuchen und im Anschluss daran seinen Master machen. Er wird wohl erst in sechs, sieben Jahren zurückkommen und dann endlich bereit sein, die Zügel der *Banca di Provincia* in die Hand zu nehmen.

Beatrice spürt einen Gongschlag in ihrem Herzen. Ausgeträumt.

Mit äußerstem Zartgefühl spielt der Anwalt außerdem auf die Tatsache an, dass Beatrice ein Kind von Guglielmo erwartet. Commendatore Rondine beabsichtigt keineswegs, die Sache herunterzuspielen, er ist sich völlig im Klaren, dass sein Sohn hier in der Pflicht steht, und will dem auch nicht zuwiderhandeln. Schließlich ist ein Kind ein Geschenk des Himmels, das schönste Pfand der Liebe. Doch, fügt der Anwalt hinzu, sei sie wirklich sicher, ob zu diesem Zeitpunkt ein Kind das Beste sei? Sowohl sie als auch Guglielmo seien noch jung und hätten unendliche Möglichkeiten. Ein Kind würde ihnen etliche verwehren.

Nur mit Mühe kann Beatrice den Worten des Anwalts folgen, so viele Gedanken gehen ihr durch den Kopf. Speciani muss jeden Satz zwei- oder dreimal wiederholen, um sicher zu sein, dass sie ihn auch verstanden hat. Im Grunde schlägt er ihr vor abzutreiben. Sie selbst werden sich um alles kümmern: Arzt, Krankenhausaufenthalt, und alles unter dem Siegel absoluter Verschwiegenheit. Für sie, fügt er am Ende einigermaßen verschämt hinzu, sei auch eine angemessene finanzielle Entschädigung vorgesehen. Vielleicht sind dies die einzigen Worte, die Beatrice wirklich verstanden hat, denn sie verpasst Speciani eine Ohrfeige und lässt ihn stehen. Zu Hause bricht sie hemmungslos in Tränen aus. Der Tante, die an die Tür klopft, um zu erfahren, was los ist, kann sie nicht einmal antworten.

Guglielmo ruft an jenem Tag nicht an, und auch an den folgenden Tagen nicht. Da beschließt sie, selbst die Initiative zu ergreifen. Doch das schützende Netz um ihren Freund verhindert jeglichen Kontaktversuch. Guglielmo wird zu einer immer blasseren und ungreifbareren Figur, ihre Liebe nimmt die Umrisse eines Traums an, ist kein reales Gefühl mehr. Zum Schluss gibt Beatrice nach. Sie ruft Speciani an, willigt in die Abtreibung ein. Es ist eindeutig, dass Guglielmo nichts mehr von ihr wissen will. Das Kind unter diesen Umständen auszutragen wäre Wahnsinn.

Was sich dann ereignet, geschieht so rasch, dass es eindeutig von langer Hand geplant sein muss. Die Operation führt ein mit Augusto befreundeter Arzt durch.

»Entschuldigen Sie«, unterbreche ich Beatrice. »Hieß er Spreafico?«

»Spreafico, ja genau, woher wissen Sie das?«

»Ich habe vor ein paar Tagen mit ihm gesprochen. Er ist tot.«

Beatrice schaut mich an, nur ein leises Zucken verrät eine innere Regung. Diese Frau ist wirklich von Hass erfüllt.

Jedenfalls – erzählt sie weiter – fühlt sie sich beim Nachhausekommen wie entleert: im Körper, im Kopf, im Herzen.

Sie glaubt, nicht wieder ins Leben zurückzufinden. Natürlich irrt sie sich. Das Leben ist stärker als alles andere. Ein Monat um den anderen vergeht, und die Wunde vernarbt. Beatrice ist an die Schule zurückgekehrt. Sie spricht wenig, hat mit niemandem engeren Kontakt. In einer Stadt wie Bergamo wird gern und viel geklatscht. Beatrice wird eine Art Unberührbare, doch das ist ihr egal. Und just nach ein paar Monaten kommt sie von der Schule nach Hause und findet einen Brief mit einer amerikanischen Briefmarke vor. Stundenlang dreht sie ihn in Händen. Ihr erster Impuls ist es, ihn wegzuwerfen. Dann aber gibt sie auf und öffnet ihn doch.

Er ist von Guglielmo.

Es ist ein langer Brief auf leichtem Luftpostpapier, voll geschrieben mit der ihr vertrauten Schrift, die in der Zwischenzeit jedoch eine subtile Mutation durchgemacht hat. Die Buchstaben sind nun länger, schmaler, dünner. Die schönen vollen, bauchigen »o's« haben sich in enge Ösen verwandelt. Die »t's« haben einen hässlichen langen, wütenden Strich. Und wütend ist im Übrigen auch der Tonfall des gesamten Briefs. Beatrice möchte ihn langsam lesen, doch es geht nicht. Die Augen sausen an den Zeilen entlang, verschlingen Worte, kappen Silben, Konjunktionen, Adverbien. Ihr Kopf pulsiert erregt.

Guglielmo ergeht sich in einer ganzen Serie von Vorwürfen, Anschuldigungen, Klagen. »Obwohl ich mir geschworen hatte, mich nie wieder bei dir zu melden«, schreibt er eingangs, »ist es mir nicht gelungen, mir selbst Zurückhaltung aufzuerlegen.« Beatrice liest den Satz immer wieder, sie glaubt, ihn missverstanden zu haben. Das ist nicht ihr Guglielmo, nicht der Guglielmo, den sie kennen gelernt hat. Der Brief ist so sehr mit Groll und Feindseligkeit getränkt – sie steht vor einem Rätsel. Zumindest bis sie zum letzten Absatz kommt.

»Als ich hörte, dass du abtreiben wolltest«, schreibt er ihr, »wusste ich, dass es aus ist.«

Die Blätter segeln zu Boden. Beatrice lässt sich mit ausgebreiteten Armen aufs Bett fallen. Jetzt – zu spät – wird ihr alles klar. Es ist, als hätte sie die Lösung gelesen, die verkehrt herum auf dem Blatt stand. Im Geiste geht sie noch einmal durch, was in den vergangenen Monaten passiert ist, von Guglielmos Abreise bis heute, und nun fällt es ihr wie Schuppen von den Augen, ohrfeigen könnte sie sich, weil sie dermaßen dumm gewesen ist. Der Anwalt, der Arzt, Guglielmo und sie selbst: alles Marionetten in den Händen Augustos. Dem Herrn der Stadt kann man sich nicht widersetzen.

Ich schaue Beatrice an und bemerke, wie lebendig ihr Schmerz noch immer ist, auch nach Jahren noch. Der Hass auf Augusto ist gleich groß, vielleicht sogar größer als früher. Anstatt ihn zu mindern, hat das Verstreichen der Zeit ihren Verlust sogar noch vermehrt. Niemand hat ihr Guglielmo je ersetzen können.

»Kehren wir wieder um?«, fragt sie mich. Ohne die Antwort abzuwarten, macht sie kehrt, in Richtung Bonassola. Seite an Seite gehen wir nebeneinanderher, jeder tief in die eigenen Gedanken verstrickt. Ich denke über das nach, was Beatrice mir erzählt hat, und eines nach dem andern flammen in meinem Kopf Bruchstücke davon auf, wie die Scheinwerfer des Flutlichts, die der Reihe nach angehen, um ein Fußballfeld anzustrahlen. Der Film, Arnoldi, Speciani, die Abtreibung … jetzt begreife ich Guglielmos Misstrauen gegenüber Ärzten. Jetzt begreife ich, welches Schuldbewusstsein Spreafico zur Flucht nach Afrika bewogen hat. Der Zahnarzt hatte Recht.

Wir gehen unter der alten Eisenbahnbrücke durch, die in eine Promenade verwandelt wurde. Jene Promenade, von der aus Elettra Guglielmo hinter Beatrice herlaufen sah.

»Und seither hatten Sie nie mehr mit ihm gesprochen?«, frage ich sie.

»Nie mehr, nein. Ich kehrte Bergamo den Rücken. Wollte vergessen. Zuerst war ich im Ausland, habe dort eine Schauspielausbildung gemacht. Als ich wieder zurück nach Italien ging, zog ich nach Rom. Und dort habe ich dann meinen Mann kennen gelernt.«

Sie wirft einen Blick auf die Kinder, die am Strand Fangen spielen. Endlich erhellt ein Lächeln Beatrices Gesicht.

»Sind sie nicht wundervoll?«, fragt sie mich, ohne eine Antwort abzuwarten.

»Sonntag vor einer Woche waren Sie hier in Bonassola.«

»Ich kam her, um zusammen mit den Kindern auszuspannen. Woher wissen Sie das?«

»Von einer Freundin. An dem Tag war auch Guglielmo hier.«

»Guglielmo? Hier?«

»Diese Frau hat Guglielmo gesehen, wie er ihnen nachlief. Genau hier, auf der Hauptstraße. Die gingen sie mit Ihren Kindern entlang.«

Beatrice kneift die Augen zusammen und versucht, sich zu erinnern. Dann schüttelt sie den Kopf.

»Das stimmt, ich war hier. Aber ich habe nicht mit Guglielmo gesprochen. Ich habe ihn nicht einmal gesehen, ganz bestimmt nicht.«

»Es war der Tag, an dem er starb.«

»Ich weiß. Aber, glauben Sie mir, ich habe ihn nicht gesehen. Vielleicht hat Ihre Freundin sich geirrt.«

Ich habe eine Frau vor mir, die sich einen Schutzpanzer zugelegt hat. Nichts mehr kann ihr etwas anhaben. Lügt sie? Hat Guglielmo sie vielleicht doch hier getroffen? Und hat dies schließlich dazu geführt, dass er sich umbrachte?

»Entschuldigen Sie bitte, aber ich muss jetzt wirklich gehen. Die Kinder, verstehen Sie …«

»Nur einen Augenblick noch. Ich muss Sie nach einem letzten Detail fragen. Alice. Sagt Ihnen das etwas?«

Beatrices Gesicht verdunkelt sich, als wolle sie einen unliebsamen Gedanken verscheuchen.

»Alice?«

»Vielleicht eine gemeinsame Freundin, zu Schulzeiten.«

»Es gab keine Alice, nicht dass ich wüsste. Nie gehört. Warum fragen Sie mich danach?«

»Es war das letzte Wort, das Guglielmo gesagt hat, bevor er starb. Alice, genau das. Alice.«

Plötzlich fällt das wunderschöne Gesicht in sich zusammen. Beatrice kann ein Schluchzen nicht unterdrücken. Sie bedeckt das Gesicht mit den Händen, doch es hilft nichts. Unter Zuckungen stürzen die Tränen hervor. Ich strecke die Hand aus, um sie zu trösten, doch sie weicht mir aus. Sie läuft weg, auf die Kinder zu. Sie hebt die Hand, vermutlich nicht zum Abschied, sondern eher als Ermahnung, ihr nicht zu folgen. Gehen Sie, scheint sie sagen zu wollen, gehen Sie, und nehmen Sie auch die Vergangenheit mit.

Nun ist sie bei den Kindern angelangt. Sie umarmt sie. Drückt sie lange an sich. Dann klauben sie und das Kindermädchen die Sachen auf und schlagen den anderen Weg ein, damit ich ihnen nicht begegne.

Ich drehe mich um und gehe. Wohin, weiß ich nicht. Doch irgendwie schwant mir, am Ende meiner Recherche angekommen zu sein. Ich habe das Puzzle fast vollständig zusammengesetzt. Fehlt nur noch ein letztes Teil.

Alice

In Bonassola habe ich nun nichts mehr verloren. Ich stecke den Autoschlüssel ins Schloss und fahre los. Das heißt, ich will losfahren. Denn der Motor des Punto, den ich gemietet habe, gibt nur ein heiseres Krächzen von sich und schweigt dann. Ich versuche es erneut. Wieder nichts.

Ich steige aus und schaue ihn an, als könne mein Blick ihn dazu überreden anzuspringen, wie bei einem kranken Pferd. Doch die Karosserie glänzt nur reglos im Licht der hinter dem Hügel untergehenden Sonne. Ich betrachte die ganz von Baugerüsten bedrängte Kirche, als hoffte ich, das heilige Gebäude möge mich erleuchten oder zumindest ermutigen. Nichts. Dann suche ich mir wohl lieber einen Mechaniker.

Direkt unter der alten Eisenbahnbrücke prangt das Schild einer Autowerkstatt. Ich biege in eine enge Gasse ein und gelange zu einem Schuppen mit einem durchsichtigen, gewellten Plastikdach. Ein Mann in einem blauen, ölbefleckten Overall arbeitet an einer Werkbank, eine Brille auf der Nase. Im rückwärtigen Teil der Werkstatt steht ein alter Fiat 500, wer weiß, wie lange schon. Werkzeuge, Blechteile, schmierige Holzregale.

»Guten Abend.«

Der Mann – er wird an die sechzig sein – hebt den Kopf. Er fokussiert mich und fährt dann wortlos mit seiner Arbeit fort. Ich trete näher, warte, bis er zumindest diesen Arbeitsgang beendet hat – er hantiert an einem offenen Motor herum –, und erlaube mir dann, den Gruß zu wiederholen.

»Guten Abend.«

Er lässt mich noch ein Weilchen schmoren, dann antwortet er endlich, mit ausgeprägtem ligurischen Akzent.

»'n Ab'nd.«

»Mein Wagen springt nicht mehr an, gleich hier draußen. Könnten Sie vielleicht mal einen Blick drauf werfen?«

Der Mechaniker fummelt weiterhin an einem Kolben herum. Er schiebt ihn in den Zylinder und betrachtet den Zylinderblock, als warte er auf ein Wunder. Zufrieden nimmt er die Brille ab und schaut mich endlich an.

»Wo steht er?«

Ich führe ihn zum leblosen Punto, öffne die Motorhaube. Er steckt den Kopf hinein. Fordert mich auf, den Anlasser zu betätigen, mehrmals. Dann lässt er mit einer vernichtenden Geste die Motorhaube zuklappen.

»Nichts«, sagt er, und genau dieser Minimalismus macht mir Angst. »Muss ich auseinander nehmen. Jetzt geht es nicht. Morgen früh.«

Genau wie die Küche, zeichnet sich auch die Konversation hier durch eine geradezu lutherische Sparsamkeit aus.

»Ich muss aber zurück nach Hause.«

Er starrt mich lange an, als müsse er erst herausfinden, ob das ein Scherz oder ernst gemeint war. Zum Schluss entscheidet er sich für die zweite Möglichkeit.

»Vielleicht suchen Sie sich besser ein Zimmer. Dürfte nicht schwer sein, heute ist Montag. Kommen Sie, ich nehme die Daten auf.«

Wir gehen zurück in den Schuppen. In einer Ecke hat er eine Art Büro mit Glaswänden abgeteilt. Auf dem Tisch, auf einem Stapel vergilbter Papiere und knittriger Prospekte steht ein schwarzes Telefon aus Bakelit.

Der Mechaniker holt einen Stift aus der Schublade eines

Metallschreibtischs und reißt ein Blatt von einem karierten Block ab.

»Name?«

Während ich meine Angaben mache, lasse ich den Blick durch das Zimmerchen schweifen. Es fehlt der übliche gewagte Kalender, den in diesem Fall der weit prüdere Almanach der Sparkasse ersetzt. Darüber, an einer Reißzwecke, hängt ein kleines quadratisches Foto, ein Polaroidbild.

Langeweile, keineswegs detektivischer Spürsinn, bringt mich dazu, einen Schritt darauf zuzugehen, um es aus der Nähe anzuschauen. Ein Auto ist darauf abgebildet.

Ein Aston Martin.

Ich betrachte das Bild genauer. Das ist ja er, der Mechaniker, der da neben dem Auto steht und sich stolz an der Tür abstützt.

Der Mann im blauen Overall blickt zu mir herüber. Dann senkt er wieder den Kopf und schaut auf sein Blatt.

»Schöner Wagen«, sage ich.

Der Mechaniker ignoriert mich.

»Ist das Ihrer?«

»Ja, so weit kommt's noch«, erwidert er, ohne den Kopf zu heben.

»Gehört der einem Freund?«

Endlich blickt der Mann auf und schaut mich an, mit der angeborenen Feindseligkeit derjenigen, die etwas gegen Fremde haben. Früher kamen sie übers Meer, heute kommen sie über die Autobahn.

»Ein reicher Freund, nehme ich an.«

»Ein Kunde.«

Sich mit diesem Mann zu unterhalten ist mühsamer, als mit einer Olive einen Teller zu durchbohren. Die Schroffheit seiner Redeweise entspricht genau der seiner Vorfahren bei ihrer Fahrt über die Meere, direkt aufs Ziel zu, ohne Schnörkel und Umschweife, immer darauf bedacht, Zeit, Energie und Vorräte zu sparen. Weg mit den Adjektiven, den

Artikeln, den Präpositionen und Pronomen. Nur das Skelett bleibt übrig.

»Ein reicher Kunde demnach.«

»Weiß nicht, ich dräng mich nicht auf.«

»Wie ist der Motor eines Aston Martin?«

»Kolben und Zylinder.«

»Englische Autos sollen ziemlich heikel sein.«

»Heikel? Weiß nicht. Kompliziert, das ja.«

»War es schwierig, ihn zu reparieren?«

»Probleme mit den Bremsen.«

Probleme mit den Bremsen. Dann hatte Guidolini also Recht. Vielleicht war der Bericht doch nicht gefälscht. Vielleicht war der Selbstmord kein Selbstmord.

»Aber so einen Wagen bekommt man nicht alle Tage zu sehen, oder?«

»Für mich war's das erste und das letzte Mal. Auch wenn einem das hier öfter passiert.«

Aahhh. Endlich habe ich den Teller durchbohrt.

»Öfter, wie das?«

»Na, da war so 'n Typ aus Bergamo, glaub ich.«

»Ein Stammgast in Bonassola?«

»Glaub schon.«

»Und wann haben Sie ihn zum letzten Mal gesehen?«

Der Mechaniker nimmt die Brille ab und legt sie wortlos auf das Tischchen.

»Wissen Sie, ich frage deshalb, weil ich auch aus Bergamo bin. Vielleicht kenne ich ihn ja«, setze ich hinzu.

»Vergangenen Sonntag. Ich machte grade einen Wagen fertig, war schon spät dran. Da hat er ans Fenster geklopft.«

»Und dann?«

»Nichts. Ich hab einen Blick drauf geworfen. Knifflige Sache.«

»Ist etwas passiert?«

»Während ich mir die Bremsen anschaue, sieht der Typ irgendjemand über die Piazzetta gehen.«

»Eine Frau?«

»Groß, blond, schön, mit zwei Kindern. Es wirkte, als hätte er ein Gespenst gesehen oder so. Er hat mich hier stehen lassen und ist hinterhergerannt.«

»Und …?«

»Nichts und. Er ist um die Ecke gebogen, und das war's dann.«

Er steht auf, nimmt das Foto, schaut es nochmals an, kann einen Seufzer nicht unterdrücken.

»Ein einzigartiger Wagen. Deswegen hab ich ihn fotografiert. Kriegt man schließlich nicht alle Tage zwischen die Finger.«

»Aber die Frau, wer war das?«

»Hm. Eine Schauspielerin, heißt es. Aber ich war schon dreißig Jahre nicht mehr im Kino.«

Es ist klar, aus diesem maulfaulen Sturkopf werde ich nichts weiter herausbringen. Ich schicke mich zum Gehen an.

»Warten Sie …«

Der Mechaniker bückt sich hinter dem Schreibtisch und wühlt in einem Haufen alter Zeitungen in einer Ecke. Er brummelt etwas und richtet sich dann triumphierend wieder auf:

»Hier!«

Er blättert in der Zeitung, auch sie ganz schmierig, bis er zur mittleren Seite kommt, sie herausreißt und mir dann hinhält.

»Hier haben Sie es. Ein Interview, ist ein paar Tage her.«

Ich schaue das drei Spalten breite Foto an, kein Zweifel, sie ist es, Beatrice, schön und verführerisch, wie ich sie am Nachmittag erst gesehen habe.

»Darf ich das behalten?«, frage ich den Mechaniker. Ich falte das Blatt zusammen und stecke es in die Jackentasche.

»Also dann, morgen früh«, ermahnt er mich, während ich den Schuppen verlasse.

Gerade verschwindet die Sonne langsam hinter dem Hügel. Bis zum Sonnenuntergang werden es noch etwa zwanzig Minuten sein. Es riecht nach Meer. Ein paar ältere Touristen schlürfen einen Cappuccino am Tisch eines Cafés. Ich weiß nicht, was ich tun soll. Ich muss ein wenig Ordnung in meine Gedanken bringen, sollte vielleicht ein wenig spazieren gehen. Also schlage ich erneut den Weg ein, den ich vorhin mit Beatrice entlanggegangen bin, und gelange zu der windumtosten Klippe.

Ich setze mich auf die Stufen, die zu dem winzigen Säulengang vor der Kapelle führen, vier Säulen aus glänzendem Stein mit einer kleinen Madonna hinter einem Fenster. Rechts erhebt sich die Balustrade steil über dem Meer, das sich unten tosend an den Felsen bricht. Die Fischer sind verschwunden. Ab und an zerrt ein Windstoß am Saum meines Jacketts und enthüllt die Gasser, die noch hinten im Hosenbund steckt.

Jetzt ist fast alles klar. Am letzten Tag seines Lebens kam Guglielmo hierher, nach Bonassola. Nach der Szene mit Elettra, im Restaurant, beschließt er abzuhauen. Doch er bemerkt, dass etwas mit den Bremsen des Aston Martin nicht stimmt, und schaut hier bei dem Mechaniker vorbei. Draußen sieht er Beatrice vorbeigehen, er folgt ihr, holt sie ein, spricht mit ihr – vielleicht auch nicht. Er ist völlig durcheinander, die Vergangenheit taucht wie ein Gespenst vor ihm auf.

Als sein Wagen wieder repariert ist – ob gut oder schlecht, werde ich nie erfahren –, fährt Guglielmo zurück nach Bergamo. Er macht einen Abstecher nach Mailand, nimmt eine Spule seines alten Films mit. Dann ruft er Arnoldi an und teilt ihm mit, dass er gleich die Filmrolle abholen werde, die seit zwanzig Jahren bei ihm herumliegt. Schließlich ruft er Virginia an. Guglielmo ist verunsichert, verwirrt, er weiß nicht, was er tun, wem er sich anvertrauen soll. Irgendetwas spukt ihm im Kopf herum, während er im Aston Martin mit hundertachtzig über die Autobahn düst. Alice. Dann schießt er von der Brücke hinab.

Ich sehe auf und bemerke eine Bewegung auf dem Meer. Jemand auf der *Alice* setzt die Segel, die im böigen Wind flattern. Aus dieser Entfernung, beim niedrigen Sonnenstand, kann ich die Person an Deck nicht genau erkennen. Vielleicht ist es eine Frau, vielleicht hat sie blondes Haar.

Dann höre ich das Geräusch eines Wagens. Ich drehe mich um. Es ist ein dunkelblauer Fiat 127, der gut zehn Meter entfernt stehen bleibt. Die Tür geht auf, und noch bevor der Fahrer aussteigt, weiß ich, um wen es sich handelt. Lelio Artifoni. Als ich seinen massigen Leib sehe, bin ich beinahe enttäuscht. Diese Geschichte ist mir bereits so sehr in Fleisch und Blut übergegangen, dass ich jede neue Wendung vorhersehen kann.

Wie ich mir dachte, hält der Aufseher des Teatro Sociale eine Waffe in der Hand, kleiner und handlicher als meine. Vorsichtig kommt Artifoni näher, die Pistole ständig auf mich gerichtet. Als er nur noch wenige Meter entfernt ist, zischt er:

»Bleib sitzen. Wirf die Pistole zu mir rüber.«

Ich stecke eine Hand hinten in den Hosenbund, während Artifoni den Finger auf dem Abzug anspannt. Nur noch wenige Sekunden, und alles ist vorbei.

Ich greife nach der Gasser und denke mir, wie blödsinnig. Da habe ich sie die ganze Zeit mit mir herumgeschleppt, ohne sie jemals zu benutzen. Dann werfe ich sie auf den Boden, wie ich es im Film gesehen habe.

»Hervorragend«, lobt mich Artifoni. »Bringen wir es also hinter uns.«

Er lächelt nicht wie die Killer im Kino. Er ist undurchschaubar. Für ihn geht es nur darum, eine Sache zu Ende zu bringen. Verdammt noch mal, dann soll er es endlich tun.

Mitten in die Böen platzt plötzlich ein Schuss. Ich spüre keinen Schmerz, nirgends. Artifoni dagegen gerät ins Taumeln. Er ist überrascht. Mit der Linken greift er sich an die Schulter. Mit demselben Staunen, mit dem er ein Pop-Art-Gemälde betrachten würde, schaut er seine Finger an, die sich blutig gefärbt haben. Dann dreht er sich um, zu dem Punkt, von dem der Schuss ausging, als wolle er sich davon überzeugen, das Auto abgeschlossen zu haben. Er stolpert, verliert das Gleichgewicht, fällt über die Brüstung und wird von seinem eigenen Gewicht hinabgezogen. Mit einem dumpfen Platschen stürzt er ins Meer, die Welle zermalmt ihn an den Felsen.

Ich stehe auf. Hinter einem Schilfrohrbüschel taucht Guidolini auf. Auch er hält eine Waffe in der Hand, steckt sie aber sofort ins Halfter.

Lächelnd kommt er auf mich zu, mit ausgestreckten Armen, als wolle er mich umarmen.

»Sie hatten Recht«, sagt er. »Artifoni war es, der Warburg umgebracht hat. Vielleicht hat er auch Giosuè Nerasti auf dem Gewissen. Die Untersuchungen laufen.«

Er tritt näher.

»Alle handeln auf Befehl Rondines. Vielleicht auch der Staatsanwalt«, fügt er hinzu.

Jetzt steht er direkt vor mir, genau dort, wo Artifoni vor wenigen Sekunden noch gestanden hat.

Guidolini bückt sich und hebt meine Gasser auf. Er trägt Handschuhe. Auch heute, trotz allem, sieht er wie aus dem Ei gepellt aus. An Stelle des üblichen eleganten Anzugs trägt er diesmal ein Polohemd und ein Paar Jeans – Markenjeans, versteht sich. Special Mission. Mit Kennerblick betrachtet er die Pistole.

»Seltsame Waffe«, bemerkt er, mehr zu sich selbst als zu mir gewandt. Er öffnet die Trommel, überprüft das Magazin und lässt es wieder zuschnappen.

»Sie hätten lernen sollen, wie man damit umgeht«, sagt er mit einem ganz und gar nicht vertrauenerweckenden Ton. Die übliche verständnisvolle Miene ist aus seinem Gesicht verschwunden. Jetzt blickt er mich an, wie ein Wissenschaftler vielleicht die Maus ansieht, die er gleich vivisezieren wird.

Bevor ich reagieren kann, gleitet er hinter mich. Von hinten blockiert er mir mit einer Hand die Arme, während er mir mit der anderen die Gasser an die Schläfe drückt.

»Es tut mir Leid. Aber ich hatte ein doppeltes Problem zu lösen. Artifoni war ein wenig vetrauenswürdiger Geselle. Gefährlich. Wir haben ihn zu oft die Initiative ergreifen lassen, denk nur an das, was er am San-Marco-Pass angestellt hat, und dann am Cisa-Pass. Wir brauchten ihn nicht mehr. Dann gab es natürlich noch dich, den Journalisten, der überall herumschnüffelt. Eine Weile lang haben wir dich walten lassen. Wir haben sogar versucht, dir zu helfen. Wir brauchten jemand, der sich nicht um das ungeschriebene Gesetz dieser Stadt scherte. Der von außerhalb kam. Nur einem Fremden wäre es eventuell gelungen, die Wahrheit aufzudecken.«

»Die Wahrheit liegt immer woanders.«

»Nicht diese hier. Weshalb ist Guglielmo ums Leben gekommen: Nur das interessierte den Commendatore. Mehr oder weniger hast du es herausgefunden. Abgesehen von der Kleinigkeit mit Alice, na schön, darum kümmern wir uns selbst. Deine Arbeit ist beendet, bravo. Jetzt bin ich dran. Im Grunde tue ich dir sogar einen Gefallen.«

»Was …«

»Glaubst du, ich wüsste es nicht? Du hast dich nur deshalb in dieses Abenteuer gestürzt und bist allen damit auf die Nerven gegangen, weil du eines herausfinden wolltest. Wie findet man den Mut, sich umzubringen? Wenn Guglielmo es schaffte, dachtest du dir, dann schaffe ich es vielleicht auch. Du wolltest seine Schuldgefühle erforschen, um sie mit den deinen zu vergleichen.«

Seltsam, die Wahrheit aus dem Mund des Mannes zu hören, der einen gleich umbringen wird. Dennoch: Er hat Recht. Dies ist der Grund für meine törichte, knifflige Untersuchung. Ich habe die Spuren eines Selbstmörders verfolgt, um herauszufinden, wie ich selbst die Kraft für einen derartigen Schritt finden könnte. Doch schlussendlich – ich merke es erst jetzt, wo ich aus dem Leben scheide – habe ich nur eins bei meinen Nachforschungen gelernt: dass es mehr Mut zum Leben als zum Sterben braucht.

Mit einem Ruck versuche ich mich aus Guidolinis Griff zu befreien. Doch er stemmt sich mit seinem Gewicht dagegen. Unter den schicken Kleidern steckt überraschenderweise der Körper eines Athleten.

»Halt, bleib doch stehen! Bist du überrascht? Woher ich das weiß? Glaub bloß nicht, du wärst der Einzige, mit dem Elettra ins Bett geht ... Komm schon, weißt du denn nicht, dass Frauen wie sie oft nymphoman veranlagt sind? Eine ziemlich weit verbreitete Krankheit, Spreafico hätte dir einiges darüber berichten können ...«

Der Griff des Kommandanten wird noch enger, so sehr geht die kriminelle Energie mit ihm durch.

»Alle werden glauben, es sei Selbstmord«, zischt er mir höhnisch ins Ohr. »Nach der Sache mit deiner Tochter hat deine Frau dich verlassen. Gerade hat man dir gekündigt. In letzter Zeit hast du seltsame Sachen wissen wollen und von dir gegeben, von wegen alle wollten dir an den Kragen. Die klassischen Symptome einer Depression, findest du nicht?«

Guidolini ist die richtige Person für diese endgültige Abrechnung. Nur er, stets makellos und kontrolliert, von manischer Präzision, darf glauben, er könne Ordnung in ein derart verworrenes Gedankengeflecht bringen.

Die *Alice* liegt direkt vor mir, hundert Meter von der Landspitze entfernt. Die blonde Frau am Bug scheint sich zu mir umzudrehen. Vielleicht will sie gerade den Arm heben, doch dann bauscht eine Windbö das Segel und verbirgt sie.

»Also, bist du so weit?«, fragt mich Guidolini. »Gleich erfülle ich dir deinen größten Wunsch.«

Der Kommandant drückt auf den Abzug. Ich höre das metallische Klicken dicht an meinem Ohr. Doch wie ich dachte, fürchtete, hoffte – die Gasser versagt. Ich nutze das Überraschungsmoment, hebe den Arm, packe Guidolinis Hand, lege meinen Zeigefinger auf den seinen, genau auf den Abzug.

Ich schiebe den Lauf ein paar Zentimeter nach hinten.

Dann drücke ich auf den Abzug.

Diesmal enttäuscht mich die Leon Beaux nicht. Der Schuss detoniert beinahe in meinem Ohr, betäubt mich. Guidolinis Körper wird starr, umarmt mich im Würgegriff des Todes. Ich mache mich aus der Umklammerung los und lasse den Kadaver langsam auf die Erde gleiten. Aus dem zerfetzten Kopf sprudelt Blut.

Da stehe ich nun also, auf dieser windigen Klippe, zusammen mit zwei Leichen, eine da unten, gefangen von den Wellen, die sie gegen die Felsen schleudern, die andere hier zu meinen Füßen. Blut und Hirn des Kommandanten haben mein Jackett besudelt. Ich ziehe es aus und werfe es weit weg. Ein Windstoß wirbelt ein Papier auf, das aus der Tasche gefallen ist, lässt es durch die Luft segeln, bis es endlich – als es beinahe schon ins Meer geflattert wäre – auf meinem Gesicht landet.

Es ist der Zeitungsausschnitt mit dem Interview von Beatrice, und mir wird klar, dass das Schicksal, das mich hierher geführt hat, nun von mir verlangt, dass ich ihn lese. Als wäre es das Natürlichste der Welt, als befände ich mich in einem Café und nicht am Ort einer zweifachen Gewalttat, setze ich mich auf die Stufen der Kapelle und beginne ihn zu überfliegen.

Es ist eines der üblichen geistlosen Interviews, die den Kulturteil füllen. Die Fragen sind immer gleich. Wovon träumen Sie? Welche Schauspielerin bewundern Sie am meisten? In welchem Film der Vergangenheit hätten Sie gern mitgespielt? Wie ist Ihr Traummann beschaffen? Wie bringen Sie

Familie und Karriere unter einen Hut? Es ist der abgedroschene Kanon eines kraftlosen Repertoires. Wenn ich hoffte, hier eine Antwort auf meine Frage zu finden, so habe ich mich getäuscht.

Dann komme ich zu den letzten Fragen.

Was haben Sie für Pläne?

»Endlich habe ich einen alten Traum verwirklicht. Es handelt sich um den Film, den ich drehen wollte, als ich, als junges Mädchen, zu einer Gruppe von Amateurfilmern gehörte. Ein Film, der aus tausend Gründen nur zur Hälfte fertig wurde.«

Und der Titel?, will der Journalist wissen.

»Ganz schlicht, aber wunderschön. *Alice*.«

Danksagung

Kein Dank genügt, um die Mühen von Paola Caccianiga, der besten Drehbuchautorin, die ich kenne, entsprechend zu würdigen. Ohne ihre – nicht wertvollen, sondern unabdingbaren – Anregungen wäre dieses Buch nicht so vollständig und lebendig, wie Sie es soeben gelesen haben. Gedankt sei außerdem Laura Lepri und Claudio für die freundschaftlichen Ratschläge und die ebenso freundschaftliche Kritik, vor allem für ihre Ermutigung. Gianfranco Simone beriet mich dankenswerterweise in Waffenfragen, Walter Agliati beim Thema Sport. Elena Nembrini danke ich für die Hinweise zum Gesellschaftsrecht, Roberto Papetti (dem echten) dafür, dass er seinen Namen einer der Schlüsselfiguren geliehen hat (was er erst feststellen wird, wenn er dieses Buch liest: Überraschung!), Angelo Bendotti für die Geschichte der Resistenza in Bergamo, Marco Rota für die minutiöse Kontrolle aller Details. Ein letzter Dank geht an meine Freunde Luigi, Benedetta und Simone, die so sehr an dieses Buch glaubten, dass sie am Ende mich selbst überzeugten.